KB181168

韓國漢詩句選

韓國漢詩句選

전 관 수 엮음

국학자료원

머 리 말

한시를 접하면서 관심을 가지는 것은 좋은 시구와 잘 이루어진 對句(대구)를 알아보는 일이다. 이런 시구를 대하면 한시의 妙味(묘미)를 느끼게 되고 그 작품에 애착이 가게 된다. 한문이나 한시의 名句辭典(명구사전)이나 對句辭典(대구사전) 같은 것이 있으면 많은 도움이 될 것이다.

이런 생각에 따라, 우리 나라의 좋은 시구를 뽑아보려고 國譯東文選·續東文選(국역동문선·속동문선)을 중심으로 하고, 내가 펴낸 '한시작가작품사전'이나 '한시산책' '한시어사전·한시용례사전' 등에서 名句(명구)나 대구를 골라 정리하게 되었다. 이 외에도 학자들의 저서에 실린 작품에서도 선정해 보려고 했으니, 다음의 도서들이다.

壺山外史(조희룡) 里鄕見聞錄(유재건) 漢文講話(최신호)

한시기행(심경호) 韓國漢詩의 理解, 한국의 漢文學(Ⅰ~Ⅳ)(이병주)

노비문학산고(이상원) 韓國古隨筆選(장덕순) 기생문학산고(이상원)

韓國歷代高僧傳(김동화) 朝鮮漢文學史(최영성 역주) 孤潭遺稿(이순인) 등.

한시뿐 아니라 辭(사)와 賦(부) 및 몇 散文(산문)에서도 대구가 있으면 선정해 실었다. 또 특이한 작품은 시 전문을 싣기도 했다.

시구별로 '가나다' 순으로 배열하였더니 모두 967 개 항이 되었다. 原文(원문)과 번역문은 크게 하고 지은이와 시의 제목 및 註(주)는 주금 작은 활자로 하였으니 부수적인 것이 여서이다. 지은이는 간단히 소개했는데 인명사전에서 찾을 수 없는 작자는 부득이 未詳(미상)으로 처리했다. 그리고 한자에는 한글 음을 달아 아무나 부담 없이 읽을 수 있게 했다.

부록으로는 '昭陽江行(소양강행)' 7언고시 9수와 科體詩(과체시) 두 편을 번역해 실었다. 경춘가도는 지금도 경치 좋기로 이름 있지만 그때는 더욱 景勝地(경승지)라 같은 韻字(운자)로 아홉 문인이 지은 것이 뜻 있게 생각되어 부록으로 삼았고, 과체시는 지난날 과거의 본보기의 하나로 여겨 실었다.

끝으로 이 책이 한시에 관심 있는 분들에게 도움이 되었으면 더 바랄 것이 없겠고, 출판해 주신 국학자료원 정찬용 원장님과 새미출판사 정구형 사장님께 감사하며 편집에 애쓰신 분들께도 고마움을 표하는 바이다.

2018년 10월 31일

衆山 田 鸛洙 씀

차 례

머리말

부록

1부 (1~108)

1. 佳穀莫容稊熟美(가곡막용제숙미) 잘 자란 벼논에는 피 같은 잡초 없고
   遊塵不許鏡磨新(유진불허경마신) 닦은 거울에는 티가 끼지 못하는 법이라.

   <李滉 和答栗谷詩화답율곡시,
   율곡 李珥(이이)의 시에 화답하다 詩句(시구)>

   *이황(1501~1570); 조선 선조 때 大提學(대제학), 대학자, 東方朱子(동방주자). 자 景浩(경 호). 호 退溪, 陶叟, 退陶(퇴계, 도수, 퇴도). 시호 文純(문순). 본관 眞寶(진보). 저서 自省錄, 喪禮問答, 陶山十二曲, 退溪集(자성록, 상례문답, 도산12곡, 퇴계집) 등.

2. 駕洛遺墟幾見春(가락유허기견춘) 가락국의 남은 옛터 몇 년 세월 지났던가
   首王文物亦隨塵(수왕문물역수진) 김수로왕의 문물 또한 티끌 따라 없어졌네.

   <孟思誠 燕子樓연자루, 제비 돌아오는 누각 시구>

   *맹사성(1359~1438); 조선 세종 때 左議政(좌의정). 호 古佛, 東浦(고불, 동포). 시호 文貞(문정). 본관 新昌(신창). 효자요 청백리로 孟古佛로서의 일화가 많이 전하고, 시조 '江湖四時歌(강호사시가)'는 연시조의 嚆矢(효시)임.

3. 伽藍却是新羅舊(가람각시신라구) 절은 신라 때의 옛 절임이 완연하고
   千佛皆從西竺來(천불개종서축래) 불당의 많은 부처는 인도에서 왔구나.

   <朴誾 福靈寺복령사 시구>

*박은(1479~1504); 조선 연산군 때 修撰(수찬), 天才詩人(천재시인). 호 挹
翠軒(읍취헌). 본관 高靈(고령). 부산 동래에 유배되었다가 사형 당했음.

4. 可憐穹廬一眉月(가련궁려일미월) 애달파라, 파오[흉노의 둥근 천
막집]의 조각달
曾照臺前宮樣粧(증조대전궁양장) 일찍이 누대 앞 漢 宮中(한 궁
중)의 단장한 모습 비추었으리.
將身已與胡兒老(장신이여호아로) 몸 바쳐 오랑캐와 함께 늙어가
려니
唯恐紅顔凋不早(유공홍안조부조) 다만 홍안이 빨리 시들지 않을
까 두려웠으리라.
琵琶絃中不盡情(비파현중부진정) 비파 줄에 담긴 다하지 못한 정은
塚上年年見靑草(총상연년견청초) 해마다 무덤에 나는 푸른 풀에
서 보겠구나.

<安軸 王昭君왕소군 後半(후반)>

*王昭君; 중국 漢元帝(한 원제) 때의 궁녀. 흉노와의 화친을 위해 강제로
추장 單于(선우)에게 시집갔음.

*안축(1282~1348); 고려 충목왕 때 監春秋館事(감춘추관사), 학자. 호
謹齋(근재). 시호 文貞(문정). 본관 順興(순흥). 관동별곡, 한림별곡 등
을 지었음.

5. 佳色掇時憐靖節(가색철시연정절) 고운 국화꽃 주울 때 정절
陶潛(도잠)이 애틋하고
落英餐處惜靈均(낙영찬처석영균) 떨어진 꽃잎 흩어진 곳에서는
영균 屈原(굴원)을 아까워하네.

<李珥 詠菊영국, 국화꽃을 읊다 시구>

*이이(1536~1584); 조선 선조 때 대학자, 右贊成, 兵曹判書(우찬성, 병조판서). 호 栗谷(율곡). 시호 文成(문성). 본관 德水(덕수). 氣發理乘一途說(기발이승일도설),10만 養兵(양병)을 주장했고, 隱屏精舍(은병정사)에서 제자들을 양성했음.

6. 賈生窮適楚(가생궁적초) 漢(한) 나라 賈誼(가의)는 어쩔 수 없이 南楚(남초)로 좌천되어 갔고
蘇子再居杭(소자재거항) 宋(송) 나라 蘇軾(소식)은 두 번 杭州(항주)로 좌천되었네.

<李崇仁 次漁隱韻차어은운, 어은의 시에 차운하다 시구>

*이숭인 (1349~1392); 고려말 학자. 호 陶隱(도은). 본관 星州(성주). 嶺南流配地(영남유배지)에서 殺害(살해)되었음.

7. 家世相傳何物業(가세상전하물업) 집안 대대로 이어갈 것이 어찌 재물 같은 것이랴
孝仁忠義禮廉節(효인충의예염절) 효인과 충의와 예도와 염치와 절조니라.

<田祖生 誡子詩계자시, 자손들을 훈계하는 시 初頭(초두)>

*전조생(?); 고려 충정왕 때 贊成僉議府事(찬성첨의부사). 호 耕隱(경은). 시호 文元(문원). 본관 潭陽(담양). 충정왕을 호종 江華島(강화도)로 갔고, 성리학을 처음 연구한 학자였음.

8. 家承班定遠(가승반정원) 家風(가풍)은 漢(한)의 명장 定遠侯 班超(정원후 반초)처럼 이어지고

國倚霍嫖姚(국의곽표요) 나라에서 의지한 漢武帝(한무제) 때 名
將(명장) 嫖姚校尉 霍去病(표요교위 곽거병)이어라.

<李奎報 上直門下상직문하,
直門下省 金迪侯(직문하성 김적후)께 올리다 시구>

*이규보(1168~1241); 고려 고종 때 門下侍郞平章事(문하시랑평장사),
대문장가. 호 白雲居士, 白雲山人(백운거사, 백운산인). 시호 文順(문
순). 본관 黃驪(황려, 여주). 글 한편에 벼슬 한 자리라는 文才(문재)로
官運(관운)이 있었음.

9. 曶矣親祠比干墓(가의친사비간묘) 당 태종이 비간의 묘에 몸소 제
사함은 좋았으나

*비간; 중국 殷(은) 紂王(주왕)의 숙부. 주의 나쁜 짓을 바른 말로 간하다
가 살해당했음.

胡然却仆魏徵碑(호연각부위징비) 어찌하여 위징의 비석은 넘어뜨
렸던고.

*위징; 唐太宗(당 태종)의 名臣(명신).

<李齊賢 比干墓비간묘, 비간의 묘 시구>

*이제현(1287~1367); 고려 충선왕 때 政堂文學(정당문학), 공민왕 때 門下
侍中(문하시중), 학자, 시인. 호 益齋(익재). 시호 文忠(문충). 본관 慶州(경
주). '三千年來(삼천년래) 우리 詩文學(시문학) 第1人者(제1인자)'라 함.

10. 家鄕雲外三千里(가향운외삼천리) 고향은 구름 저 바깥 삼천리요
鴻雁霜邊九月天(홍안상변구월천) 기러기 날고 서리 끼는 구월일세.
處世無能依作佛(처세무능의작불) 처세에 무능해 부처 신세가 되
었고

終身變通乃成仙(종신변통내성선) 평생 일으킨 풍운이 신선 모양
되었구나.

<興宣大院君 保定府述懷보정부술회,
중국 보정부에 갇혀 생각을 펴다 시구>

*홍선대원군(1820~1898); 조선 고종의 生父(생부) 李昰應(이하응). 호 石
坡(석파). 시호 獻懿(헌의). 고종 擁立(옹립)을 주도하고 政事(정사)를 위
임받아 積弊改革(적폐개혁)에 힘썼으나 閔妃(민비)와 대립하여 失勢(실
세)했음. 壬午軍亂(임오군란) 후 淸(청) 나라에 감금당했다가 환국했고,
詩文 書畵(시문 서화)에 능했음.

11. 看羊海上兮四十年(간양해상혜사십년) 바닷가에서 양을 돌보기
40년이요

*漢(한)의 武帝(무제) 때 蘇武(소무)의 故事(고사)인 듯함.

化鶴人間兮三千齡(화학인간혜삼천령) 학으로 변한 인간이 삼천
나이로다.

*遼東(요동)의 道士(도사) 丁令威(정영위)가 학으로 변했음.

<南孝溫 藥壺賦약호부, 漢(한)의 費長房(비장방)이
만났던 약 파는 노인 이야기 글(부) 句(구)>

*남효온(1454~1492); 조선 세조 때 生六臣(생육신). 호 秋江(추강), 杏雨(행우), 最樂堂(추
강, 행우, 최락당). 시호 文貞(문정). 본관 宜寧(의령). 홀로된 모친에게 효성
을 다 했고 司馬(사마)에 올랐으나 벼슬할 생각을 버리고 각지로 유랑했음.

12. 羯鼓百枝乾欲雹(갈고백지건욕박) 백 개의 채로 갈고 북을 치니
마른하늘에 우박소리요
鶻衫雙袖疾如梭(골삼쌍수질여사) 매같이 날씬한 두 소매는 북인
양 빠르게도 들락거리네.

<李需 教坊小娥교방소아, 掌樂院(장악원)의 어린 소녀들 시구>

*이수(?); 고려 고종(1214~1259) 때 文閣博士(문각박사), 文人(문인).

13. 甘棠正是思人樹(감당정시사인수) 周(주) 김公(소공)의 아가위나
    무는 바로 그분을 그립게 하는 나무인데
    峴首依然墮淚碑(현수의연타루비) 현산 위에는 여전히 타루비가
    서있네.

   *현수; 峴山(현산) 頂上(정상). 현산은 중국 호북성 襄陽縣(양양현) 남쪽
    에 있는 산. 西晉(서진)의 羊祜(양호)가 양양 태수가 되어 선정을 베풀
    고 가끔 이 산에 올라 인생무상을 슬퍼하며 詩酒(시주)를 즐겼음. 그의
    사후 縣民(현민)들이 이 산에 비석을 세우고 명절에 제사 드리며 눈물
    흘리니, 서진의 杜預(두예 222~284)가 이 비를 墮淚碑(타루비)라 했음.

          <朴椿齡 靈光郡憶金太守儒영광군억김태수유,
           영광군 김유 태수를 추억하다 시구>

   *박춘령(?); 고려 인종, 의종 때 侍郎(시랑).

14. 紺宴初罷葆光殿(감연초파보광전) 즐거운 첫 잔치 보광전
    綺宴還開花蕚樓(기연환개화악루) 다시 화려한 잔치를 화악루에
    서 여네.

          <崔讜 次扈從安和寺應製詩차호종안화사응제시,
           임금님을 안화사로 모시며 명에 따라 지은 시 시구>

   *최당(1135~1211); 고려 신종 때 中書門下平章事(중서문하평장사). 시
    호 靖安(정안). 본관昌原(창원). 아버지 惟淸(유청). 雙明齋(쌍명재)에서
    아우 詵(선)과 逍遙自適(소요 자적)했음.

15. 感玄雲之表異(감현운지표이) 짙은 구름[용이 타고 하늘로 오르는 구름]의 이상한 상서로움이 있었고
協偃月以挺奇(협언월이정기) 반달의 특출한 기이함[이마뼈의 고귀한 骨相골상]이 부합되었다.

<李之茂 敬順王后諡冊경순왕후시책 句(구)>

*諡冊; ①왕이나 왕비의 諡號(시호)를 올릴 때 그 생전의 공적을 찬양하여 지은 글. 諡冊文(시책문). ②시책문을 새긴 玉冊(옥책)이나 竹冊(죽책)

*이지무(?); 미상.

16. 敢希令尹三無慍(감희영윤삼무온) 영윤 子文(자문)이 세 번 쫓겨나도 노여움 없기를 감히 바라랴마는

*春秋(춘추) 때 楚(초)의 자문이 세 번 벼슬에 올라도 기뻐하지 않았고 세 번 그만두어도 노여워 않았음.

每憶陳平六出奇(매억진평육출기) 늘 漢(한)의 진평이 여섯 번 낸 기특한 꾀만 생각하네.

<鄭思道 鎭守西江作진수서강작, 서울 서강의 진을 지키며 짓다 시구>

*정사도(1318~1379); 고려 우왕 때 評理商議(평리상의). 시호 文貞(문정). 본관 延日(연일).

17. 江上雪消江水多(강상설소강수다) 강가의 눈 녹아 강물 많아졌고
夜來聞唱竹枝歌(야래문창죽지가) 밤들며 죽지가 부르는 소리 들리네.

*죽지가; 중국 蜀中(촉중)의 민요. 唐(당) 나라 시인 劉禹錫(유우석)이 듣고 남녀의 정, 풍속, 인정 등의 시를 지었음. 평양 愁心歌(수심가)를 은 유했음.

與君一別思何盡(여군일별사하진) 그대와 헤어진 뒤 그리움이 어찌 다하리

千里春心送碧波(천리춘심송벽파) 천리의 봄 마음[끝없는 훈훈한 마음]을 푸른 물결에 부치네.

<李克堪 次大同江樓船韻차대동강누선운, 대동강 다락 배, 鄭知常(정지상)의 '送人(송인, 대동강) 시 차운>.

*이극감(1423~1465); 조선 세조 때 刑曹判書(형조판서). 시호 文景(문경). 본관 慶州(경주).

18. 江城宿霧朝初捲(강성숙무조초권) 강가의 성에 끼었던 안개 아침 되어 걷히고

官樹棲禽暮各歸(관수서금모각귀) 관청 앞 나무에 모였던 새들 해 저무니 돌아가네.

<金得臣 偶題우제, 우연히 시를 짓다 시구>

*김득신(1604~1684); 조선 현종 때 參奉, 嘉善(참봉, 가선), 시인. 호 柏谷, 龜谷山人(백곡, 구곡산인). 본관 安東(안동). 伯夷傳(백이전)을 1억 1만 3천 번 읽었다 하여 서재를 '億萬齋(억만재)'라 했다 함. 따라서 여러 번 推敲(퇴고)하여 글을 발표했음.

19. 江雲白勝雪(강운백승설) 강에 낀 구름 눈보다 희고

春水碧於藍(춘수벽어람) 봄 강물은 쪽보다 더 푸르네.

<卞仲良 憶弟억제, 아우 생각 詩句(시구)>

*변중량(?~1398); 조선 초기 右副承旨(우부승지). 호 春堂(춘당). 본관 密陽(밀양). 동생 계량.

20. 江浙人稱大小霞(강절인칭대소하) 江蘇 浙江(강소 절강, 南道남
도) 사람들이 나를 大霞, 너를 小霞라 일컬었는데
小霞先去大霞嗟(소하선거대하차) 소하가 먼저 가니 대하인 나
몹시 슬퍼하노라.

<申緯 哭子(命準)곡자(명준), 아들 명준의 죽음을 곡하다 시구>

*신위(1769~1845); 조선 정조 때 吏曹參判(이조참판), 학자, 시인. 자
漢叟(한수). 호 紫霞(자하). 본관 平山(평산). 조선 5백년간 시의 제1인
자라 칭송 받았음.

21. 强秦若翼虎(강진약익호) 강한 진 나라는 날개 달린 범 같고
懦趙眞首鼠(나조진수서) 나약한 조 나라는 바로 두리번거리는 쥐
일세
特會非同盟(특회비동맹) 특별하게 모인 것은 동맹하자는 게 아니니
安危在此擧(안위재차거) 조 나라 안위가 이번 일에 달렸구나.

<李齊賢 澠池민지 시구>

*민지; 중국 戰國(전국) 때 河南省(하남성)에 있던 韓(한)의 縣(현). 趙(조)
의 藺相如(인상여)가 惠文王(문혜왕)을 수행하여 秦(진)의 昭王(소왕)
을 만난 곳임.

*이제현 →9.

22. 江風習習獵春叢(강풍습습엽춘총) 강바람 살랑살랑 봄 숲을 누비고
塞日濛濛臥晚空(새일몽몽와만공) 변방의 해는 흐릿하게 저녁하
늘에 누웠구나.

<金克己 西樓晚望서루만망,
저녁에 서쪽 누각에서 바라보다 前半(전반)>

*김극기(?); 고려 명종 때(1170~1197) 翰林(한림), 학자. 호 老峰(노봉).
본관 廣州(광주). 문장에 조예가 깊어 입을 열면 바로 글이 이루어졌음.

23. 江風吹晚角(강풍취만각) 강바람은 저녁 뿔피리를 불고
    夜月墜淸笳(야월추청가) 밤 달은 맑은 날라리 소리에 떨어지네.

   <李黿 無題二首무제2수, 제목을 붙이지 않은 시 두 수 제1수 시구>

   *이원(?~1504); 조선 연산군 때 文臣(문신). 호 再思堂(재사당). 본관 慶
   州(경주).

24. 皆骨山頭望八垠(개골산두망팔은) 개골산 정상에서 온 세상을 바
    라보니
    大千迢遞隔風塵(대천초체격풍진) 광대한 大千世界(대천세계)가
    풍진을 떠나있구나.
    欲傾東海添春酒(욕경동해첨춘주) 동해의 물로 춘주(淸明酒, 三
    亥酒)를 담근다면
    醉盡寰中億萬人(취진환중억만인) 세상 억만 사람들을 취하게 할
    수 있으리.

            <任叔英 登毘盧峰등비로봉, 비로봉에 올라>

   *임숙영(1576~1623); 조선 인조 때 司憲府持平(사헌부 지평). 호 疎庵(소
   암). 본관 豊川(풍천). 광해군 때 유배되고 仁祖反正(인조반정) 후 풀려났음.

25. 客路離愁江上雨(객로이수강상우) 객지의 이별하는 시름은 강가
    에 비 내릴 때요
    故園歸夢日邊春(고원귀몽일변춘) 고향 돌아가는 꿈은 해 돋는 부
    근 곧 서울이 봄일 때라오.

<崔致遠 陳情上太尉진정상태위, 태위에게 생각을 펴 올리다 시구>

*최치원(857~?); 신라말 대학자, 文宗(문종). 자 海雲, 海夫(해운, 해부).
호 孤雲(고운). 시호文昌侯(문창후). 경문왕 때 12세에 唐(당)에 유학하
여 과거에 장원하고 문명을 떨쳤으며 28세에 귀국, 난세라 뜻을 펴지
못하고 伽倻山(가야산) 등 여러 곳에 소요했음.

26. 客稀門巷堪羅雀(객희문항감나작) 찾아오는 손 드물어 대문과 골
    목은 새 그물 칠만한데
    兒戲庭除政鬪鷄(아희정제정투계) 아이들은 섬돌 아래에서 닭싸
    움 장난 한창이네.

<徐居正 長夏장하, 긴 여름 시구>

*서거정(1420~1488); 조선 세조 때 六曹(육조)의 判書(판서), 大司憲(대
사헌), 대학자. 자 剛中(강중). 호 四佳亭(사가정). 시호 文忠(문충). 본관
達城(달성). 成三問(성삼문)의 만류로 端宗復位(단종 복위) 활동에 참여
하지 못했음.

27. 去客沒孤島(거객몰고도) 나그네길 그대 외딴섬으로 가물가물 가
    버리니
    浮生同片雲(부생동편운) 덧없는 인생 조각구름과 같구나.

<金馹孫 次睡軒차수헌, 수헌 權五福(권오복)과 묵으며 시구>

*김일손(1464~1498); 조선 연산군 때 吏曹正郎(이조정랑), 학자. 호 濯
纓(탁영). 본관 金海(김해). 김종직의 門人(문인)으로 戊午士禍(무오사
화)에 嶺南學派(영남학파)의 여러 학자와 함께 처형당했음.

28. 去國同流落(거국동유락) 서울을 떠나 똑같이 타향을 떠돌다가
    今朝復入關(금조부입관) 오늘 아침 다시 서울 성안으로 드네.

天敎雙劍合(천교쌍검합) 하늘이 시켜 두 검이 합쳐지듯 했고

*雙劍合; 중국 晉武帝(진 무제) 때 張華(장화)와 雷煥(뇌한)이 獄(옥) 터
를 파서 얻은 龍泉(용천)과 太阿(태아) 두 名劍(명검)을 나누어 가졌는
데, 하나를 잃어버렸다가 나중에 延平津(연평진) 강물 속에서 두 용으
로 화하여 합쳤더라 함.

亂後幾珠還(난후기주환) 난리 뒤 떠났던 진주가 되돌아오듯 한
게 아닌가.

*중국 後漢(후한) 때 合浦太守(합포태수)들의 탐욕으로 진주조개가 交
趾(교지) 땅으로 옮겨갔다가 孟嘗(맹상)이 태수가 되어 선정하니, 조개
들이 다시 되돌아왔다는 고사가 있음.

歲月粘衰鬢(세월점쇠빈) 세월은 백발이 된 우리 머리에 붙어있고
風霜改舊顔(풍상개구안) 온갖 풍상은 우리의 옛 얼굴을 바꾸어
버렸네그려.
平生交分合(평생교분합) 우리 사귐이 평생과 함께 했는데
猶喜更追攀(유희갱추반) 다시 만나게 되니 오히려 기쁘지 않은가.

<林椿 贈李湛之증이담지, 이담지에게 드리다>

*이담지(?); 고려 明宗(명종) 때 학자. 江左7賢(강좌7현)의 한 사람임.

*임춘(?); 고려 인종(1122~1146) 때 문인. 자 耆之(기지). 호 西河(서
하). 醴泉(예천) 사람. 백부 宗庇(종비). 江左7賢(강좌7현)의 한 분으로
唐詩(당시)에 뛰어났음.

29. 車馬誰見賞(거마수견상) 수레나 말을 탄 고귀한 분들 누가 보아
주리
蜂蝶徒相窺(봉접도상규) 다만 벌과 나비만이 엿보고 있네.

<崔致遠 蜀葵花촉규화, 접시꽃 시구>

*최치원→25.

30. 去思橫斂刻碑錢(거사횡렴각비전) 거사한답시고 송덕비 새기는 돈
    마구 거두니

    *去思; 지난 뒤 그 사람을 사모함. 고을원이 갈려간 뒤 그를 기념함. 그
    렇게 세운 頌德碑(송덕비)가 去思碑(거사비)임.

    編戶流亡孰使然(편호유망숙사연) 집집이 짝지어 떠도는 삶 누가
    시켰는가.
    片石無言當路立(편석무언당로립) 조각 비석 말없이 길가에 서 있
    는데
    新官何似舊官賢(신관하사구관현) 신관 사또는 구관 사또처럼 어질
    는지.

    <李尙迪 題路傍去思碑제노방거사비, 길가의 거사비를 두고 짓다>

    *이상적(1804~1889); 조선 순조 때 知中樞府事(지중추부사), 시인, 書
    道家(서도가). 譯官4家(역관4가)의 한 분. 호 藕船(우선). 본관 牛峯(우
    봉). 淸(청) 劉喜海(유희해)와 교분이 깊었음.

31. 擧觴崔宗之(거상최종지) 술잔 들고 푸른 하늘 보는 唐(당)의 최종
    지요
    投轄陳孟公(투할진맹공) 손님 좋아해 못 가도록 수레바퀴 굴대
    뽑는 漢(한)의 진맹공 遵(준)일세.

    <李穀 飮酒一首同白和父禹德麟作음주일수동백화보우덕린작,
        백화보와 우덕린과 함께 지은 음주 한 수 시구>

    *이곡(1298~1351); 고려 충목왕 때 政堂文學(정당문학), 학자. 호 稼亭
    (가정). 시호 文孝(문효). 본관 韓山(한산). 元(원) 나라 과거급제, 그곳
    학자들과 교유했음.

32. 乾坤有意生男子(건곤유의생남자) 하늘땅이 뜻이 있어 남자로 태어나게 했을 텐데
歲月無情老丈夫(세월무정노장부) 세월은 무정하여 늙은 사나이 되었구나.

　　　<趙國賓 鄕居自歎향거자탄, 시골에 살며 스스로 탄식하다 시구>

　*조국빈(?); 조선 광해군 때 刑曹參議(형조참의). 호 雪竹(설죽).

33. 乾坤調玉燭(건곤조옥촉) 하늘과 땅은 태평성세를 조화롭게 하고
　*옥촉; 사철 기후가 화창함, 太平盛世(태평성세) 비유.

　日月繞璣璇(일월요기선) 해와 달은 임금님 자리를 둘러싸네.
　*기선; ①璇璣(선기). 천체관측기구. 渾天儀(혼천의). ②北極星(북극성),
　帝位(제위) 비유. ③北斗七星(북두칠성).

　　　<徐居正　送南原梁君誠之詩百韻송남원양군성지시백운,
　　　남원으로 가는 양성지 송별의 시 백운[200구] 시구>

　*서거정 →26.

34. 擊鼓催人命(격고최인명) 목숨을 재촉하는 북소리 둥둥 울리는데
回頭日欲斜(회두일욕사) 고개 돌려보니 해는 지려 하는구나.
黃泉無一店(황천무일점) 저승에는 주막집 하나 없다 하니
今夜宿誰家(금야숙수가) 오늘밤은 뉘네 집에서 묵으려나.

　　　<成三問　絶命詩절명시, 죽음에 이르러 지은 시>

　*성삼문(1418~1456); 조선 단종 때 死六臣(사육신). 호 梅竹軒(매죽헌).
　시호 忠文(충문). 본관 昌寧(창녕). 集賢殿 學士(집현전 학사)로 한글 창
　제에 공이 큼.

35. 隔林布穀聲(격림포곡성) 숲 건너 뻐꾸기 우는 소리
   催却耕耘遲(최각경운지) 논밭길이 늦었다고 재촉하고 있구나.

   <兪好仁 花山十歌화산십가, 경북 안동을 읊은 열 편의 시 제2수 시구>

   *유호인(1445~1494); 조선 성종 때 校理, 陝川郡守(교리, 합천군수). 호 林溪
   (임계). 본관 高靈(고령). 忠孝, 詩文, 書藝(충효, 시문, 서예)의 三絶(삼절)임.

36. 犬牙當路高丹遠(견아당로고단원) 개 이빨같이 들쭉날쭉한 산골
   길에 고단[春川춘천]은 멀기만 하고
   娥黛浮空太白橫(아대부공태백횡) 미인의 고운 눈썹 공중에 뜬
   듯 태백산이 비껴있구나.

   <許少由 旌善郡次韻정선군차운, 강원도 정선군 시에 차운하다 시구>

   *허소유(?); 고려 공민왕 때 문인.

37. 結茅仍補屋(결모잉보옥) 띠 풀 엮어 지붕 고치고
   種竹故爲籬(종죽고위리) 대나무 심어 울타리 삼네.
   多少山中味(다소산중미) 산 속에 사는 많은 재미를
   年年獨自知(연년독자지) 해마다 나 혼자 알아가네.

   <柳方善 偶題우제, 우연히 짓다>

   *유방선(1388~1448); 조선 태종, 세종 때 학자. 호 泰齋(태재). 본관 瑞
   興(서흥). 세종이 크게 등용하려던 차에 사망했고, 문하에 成侃(성간)
   등 유명 선비가 배출되었음.

38. 鏡裏銷紅臉(경리소홍검) (꽃은) 거울 속 붉은 뺨이 사라지듯 하고
   釵頭抱苦心(차두포고심) (줄기는) 비녀 꼭지에 괴로운 마음 품듯 했네.

<丁胤禧 芙蓉抱香死應製부용포향사응제,

'연꽃이 향기 품고 시들었다'는 임금님 시구에 따라 짓다 시구>

*정윤희(1531~1589); 조선 선조 때 各曹參議(각조참의), 江原道觀察使
(강원도관찰사). 호 顧庵, 順庵(고암, 순암). 본관 羅州(나주). 四六文(사
륙문)에 뛰어났음.

39. 輕陰漠漠雨連曉(경음막막우련호) 엷게 그늘진 땅 아득한데 비는
새벽까지 이었고
細草萋萋風滿津(세초처처풍만진) 자잘한 풀들 무성한데 바람은
나루터에 가득하네.

<鄭希良 鴨江春望압강춘망, 봄에 압록강에서 바라보며 시구>

*정희량(1469~?); 조선 연산군 때 藝文館待敎(예문관 대교). 호 虛庵(허
암). 본관 海州(해주). 문장과 시에 능했음.

40. 境靜仙蹤在(경정선종재) 경내가 고요해 신선의 자취 있고
沙明鳥篆存(사명조전존) 모래는 맑아 새 발자국 그대로 남았구나.

<李茂芳 次寒松亭韻차한송정운, 강릉 경포대 한송정 차운 시구>

*이무방(?~1398); 고려 창왕, 조선 초 檢校門下侍中(검교문하시중). 자
釋之(석지). 시호文簡(문간). 본관 光陽(광양).

41. 鏡浦夜涵羅代月(경포야함나대월) 경포 호수는 밤에 신라 때의 달
이 잠겼고
寒松朝帶濊時煙(한송조대예시연) 한송정 정자 아침에는 예 나라
의 연기 띠었구나.

<兪孝通 次江陵東軒韻차강릉동헌운, 강릉동헌시에 차운하다 시구>

*유효통(?); 조선 세종 때 大司成(대사성), 文人, 醫人(문인, 의인). 자 行
源(행원).

42. 鷄竿曙色開暘谷(계간서색개양곡) 닭 홰의 새벽빛 해뜨는 곳 양
곡에서 열리고
鳳闕春光到雪山(봉궐춘광도설산) 대궐의 봄빛은 서역의 설산까
지 이르네.

<李齊賢 題長安逆旅三首제장안역려삼수,
중국 장안의 여관 세 수 제3수 시구>

*이제현 →9.

43. 鷄立山前漲戰塵(계립산전창전진) 계립산 아래는 전쟁으로 시끄러
웠는데
丹旌依戀沁園春(단정의련심원춘) 붉은 영정 앞세우고 평강공주 못
잊었네.
*심원춘; 宋詞(송사)의 하나. 미인의 고운 손가락과 발을 노래했음.

平生慷慨愚溫達(평생강개우온달) 평생을 悲憤慷慨(비분강개)했
던 바보 온달
自是龍鍾可笑人(자시용종가소인) 본래는 못나서 우스웠던 사람이
어라.

<柳得恭 二十一都懷古詩(43首)平壤詩
21도회고시(43수) 평양시 제3수>

*유득공(1748~1807); 조선 정조 때 僉知中樞府事(첨지중추부사), 학자.
호 泠齋, 泠庵(냉재, 냉암). 본관 文化(문화). 實事求是(실사구시)를 주장
했고, 漢學4家(한학4가)의 한 분임.

44. 鷄園閑日月(계원한일월) 닭 울음만 들리는 동산이라 세월 한가롭고
    雁塔鎖雲烟(안탑쇄운연) 탑은 높아 구름 서려 있구나.

    <咸傅霖 法住寺법주사, 속리산 법주사 시구>

    *함부림(1360~1410); 조선 개국공신, 태종 때 參知議政府事(참지의정
    부사). 호 蘭溪(난계). 시호 定平(정평). 본관 江陵(강릉). 詩(시)로 이름
    났음.

45. 溪花處處發(계화처처발) 시냇가의 꽃 곳곳마다 피었고
    溪水曲曲淸(계수곡곡청) 시냇물은 구비 구비 맑구나.
    花發惜年華(화발석연화) 꽃이 피니 세월이 가는 게 아깝고
    水淸宜濯纓(수청의탁영) 물이 맑으니 갓끈 씻기 마땅하네.

    <釋宏演 分題得九曲溪送友분제득구곡계송우,
    구곡계에서 벗을 보내며 시를 나누어 짓다 初頭(초두)>

    *석굉연(?); 고려말 僧侶(승려).

46. 鼓角蒼江動(고각창강동) 북이며 나팔 소리에 푸른 강물 출렁이고
    旌旗白日陰(정기백일음) 깃발은 밝은 해를 그늘 지우네.

    <李崇仁 扈從城南호종성남, 임금님 모시고 성남에서 시구>

    *이숭인 →6.

47. 高閣快登如坦道(고각쾌등여탄도) 높은 누각을 평탄한 길처럼 빠
    르게 오르고
    巍階穩踏似平坡(외계온답사평파) 크고 높은 층계를 평지같이 사
    뿐히 밟는구나.

<李奎報 教坊小娥次韻교방소아차운,
掌樂院(장악원)의 예쁜 소녀들을 읊은 시 차운 시구>

*이규보 →8.

48. 姑婦食時同器食(고부식시동기식) 끼니때면 고부는 한 그릇에 같이 먹고
出門父子易衣行(출문부자역의행) 부자가 나들이 갈 때면 옷 바꾸어 입고 가는구나.

<金炳淵 貧吟빈음, 가난을 읊다 後半(후반)>

*김병연(1807~1863); 조선후기 放浪詩人(방랑시인). 호 蘭皐(난고). 속칭 김삿갓, 金笠(김립). 순조11년(1811) 洪景來亂(홍경래난) 때 宣川府使(선천부사)인 조부 益淳(익순)이 홍경래에게 항복해 가문이 廢族(폐족)이 되었음. 그는 삿갓에 竹杖(죽장)을 짚고 팔도를 누비며 시를 읊어 숱한 일화를 남기고, 그 시와 일화가 口傳(구전)하게 되었음.

49. 高山如大柱(고산여대주) 높은 산이 큰 기둥 같아
撑却一邊天(탱각일변천) 하늘 한쪽을 버티어 서서
頃刻未嘗下(경각미상하) 잠시라도 내려놓지 않으니
亦非不自然(역비부자연) 그 또한 제격에 어울리지 않는 건 아닐세.

<曺植 偶吟우음, 우연히 읊다>

*조식(1501~1572); 조선 중종 때 尙瑞院判官(상서원 판관), 대학자. 호 南冥, 山天齋(남명, 산천재). 시호 文貞(문정). 본관 昌寧(창녕). 退溪 李滉(퇴계 이황)과 함께 대학자임.

50. 古石波春平作礪(고석파용평작려) 오랜 바위는 찧어대는 파도에 닳아 평평해져 숫돌이 되었고
壞船苔沒臥成橋(괴선태몰와성교) 부서진 배는 이끼에 묻혀 누워 다리가 되었구나.

＜李奎報 扶寧浦口부령포구 시구＞

*이규보 →8.

51. 孤城暮角江流急(고성모각강류급) 외딴 성의 저녁 나팔소리에 강 흐름은 빠르고
絶塞春風雁到遲(절새춘풍안도지) 먼 국경 땅 봄바람에 기러기 더디 오네.

＜閔齊仁 述懷술회, 생각을 펴다 시구＞

*민제인(1493~1549); 조선 명종 때 左贊成(좌찬성). 호 立岩(입암). 본관 驪興(여흥). 일부신하들의 미움을 받아 公州(공주)로 귀양, 사망했음.

52. 孤城勢急危如髮(고성세급위여발) 외로운 성의 형세 위기일발이라
到此一死鴻毛輕(도차일사홍모경) 이에 이르러 한번 죽기는 기러기털보다 가벼웠네.
浿水流洋洋(패수류양양) 대동강물 양양하게 흐르고
王儉高嶔嶔(왕검고금금) 왕검성은 우뚝 높아라.

＜安鼎福 成己歌성기가, 성기를 읊은 시 시구＞

*成己; 한 무제가 古朝鮮(고조선)을 침범했을 때 왕검성을 지키다가 賣國奴(매국노)의 손에 죽은 정승.

*안정복(1712~1791); 조선 정조 때 同知中樞(동지중추), 학자. 호 順菴,

漢山病隱, 虞夷子, 椽軒(순암, 한산병은, 우이자, 연헌). 본관 廣州(광주). 朱子學(주자학)으로 명성이 높음.

53. 古松能自籟(고송능자뢰) 오래된 소나무 절로 솨솨 소리내고
春鳥巧相呼(춘조교상호) 봄을 맞은 새들 예쁘게도 서로 부르는 듯 우짖네.

<高兆基 永淸縣영청현, 평안남도 평원 고을 시구>

*고조기(?~1157); 고려 인종 때 平章事(평장사). 호 鷄林(계림). 본관 濟州(제주).

54. 孤臣憂國日(고신우국일) 외로운 신하 나라 걱정하는 날
壯士樹勳時(장사수훈시) 장사들 공훈 세울 때일세.

<李舜臣 陣中吟三首진중음삼수, 軍陣(군진)에서 읊다 세 수 시구>

*이순신(1545~1598); 조선 선조 임진왜란 때 絶世(절세)의 名將(명장). 자 汝諧(여해). 시호 忠武(충무). 三道水軍統制使(삼도수군통제사)를 역임했고, 거북선을 만들어 왜군을 물리치는 大捷(대첩)을 성공시킨 애국자였음. 亂中日記(난중일기)가 유명함.

55. 孤如籠鳥長思侶(고여농조장사려) 새장에 갇힌 새같이 외로워 늘 짝을 그리워하고
癡似秋蠅更怯寒(치사추승갱겁한) 가을 파리처럼 어리석어 추위를 겁내네.

<朴誾 病眼次友人韻簡擇之병안차우인운간택지,
병든 눈으로 벗의 시에 차운하여 택지에게 편지로 주다 시구>
*박은 →3.

56. 孤雲本無心(고운본무심) 외로운 구름 본디 무심하여
汎汎遊宇宙(범범유우주) 둥둥 떠 온 세상에 노니네.
無心而白衣(무심이백의) 무심히 흰옷 모양도 되고
無心而蒼狗(무심이창구) 무심히 복슬강아지도 되네.
無心而東西(무심이동서) 무심히 동으로 서로
無心而去住(무심이거주) 무심히 가기도 하고 머무르기도 하네.
雲我俱無心(운아구무심) 구름과 나 똑같이 무심하여
相與爲益友(상여위익우) 서로 유익한 벗이 되리라.

<李達衷 雜興五章寄思菴잡흥오장기사암,
여러 가지 흥취 5장으로 사암에게 부치다 마지막 제5수>

*이달충(?~1385); 고려 공민왕 때 密直提學(밀직제학), 儒學者(유학자).
호 霽亭(제정). 시호 文靖(문정). 본관 慶州(경주). 辛旽(신돈)의 專橫(전
횡)을 직언해 파면되기도 했음.

57. 孤雲雲孫雲錦腸(고운운손운금장) 고운 최치원의 후손으로 구름
무늬 수놓은 비단 같은 마음에서 우러난 文章(문장)이요
曼倩嘲謔寬饒狂(만천조학관요광) 만천 같은 해학에 관요의 狂簡
(광간, 뜻은 높으나 처사가 어설픔)을 닮음일세.

*만천; 東方朔(동방삭 B.C154~B.C93); 중국 漢(한)의 金馬門侍中(금마문
시중). 자 曼倩. 호 東郭老人(동곽노인). 諧謔(해학)과 辯舌(변설)로 이름
났고 오래 살아 三千甲子東方朔(삼천갑자동방삭)이라 함.

*관요; 蓋寬饒(합관요 ?). 중국 漢 때 강직했던 사람. 자 次公(차공). 귀
족 許伯(허백)의 새집 낙성식에서 음주하며 '이 집은 주인이 바뀌겠구
먼' 했음.

<李齊賢 後儒仙歌爲崔拙翁作示及菴후유선가위최졸옹작시급암,
유선가 뒤에 졸옹 최해에게 주는 시를 지어 급암에게 보이다
―최해의 시를 평함 시구>

*최졸옹; 崔瀣(최해 1287~1340). 고려 충숙왕 때 문학자. 호 拙翁. →
384.

*이제현 →9.

58. 高懷杳杳耽奇勝(고회묘묘탐기승) 높은 회포로 아득히 먼 기묘한
절경을 즐겨 찾고
逸思飄飄跨汗漫(일사표표과한만) 마음 내키는 대로 속세 떠나
자유로이 유람하네.

<崔恒 桃源圖도원도, 무릉도원 그림 시구>

*최항(1409~1474); 조선 성종 때 左議政(좌의정), 학자. 호 㠉梁, 太虛
亭(동량, 태허정). 시호文靖(문정). 본관 朔寧(삭령). 겸손, 성실, 과묵했
고 經國大典(경국대전)을 찬수했음.

59. 曲曲溪回復(곡곡계회부) 시냇물을 굽이굽이 다시 돌아 건너고
登登路屈盤(등등노굴반) 비탈 구부러진 길을 오르고 또 올랐네.

<羅湜 道峯寺도봉사, 서울 도봉산의 도봉사 前半(전반)>

*나식(?); 조선 중종 때 宣陵參奉(선릉참봉), 文人(문인). 호 長吟亭(장음
정). 본관 羅州(나주). 바탕이 淸秀(청수)하여 신선 같았는데, 乙巳士禍
(을사사화)에 江界(강계)로 귀양, 아우 淑(숙)과 함께 賜死(사사)되었음.

60. 鵠嶺靑松氣鬱葱(곡령청송기울총) 개성 松嶽山(송악산) 푸른 솔
은 기세 울창하고

鷄林黃葉秋蕭瑟(계림황엽추소슬) 경주 계림의 누른 잎 가을되어 쓸쓸하네.

＜李仁老 半月城반월성, 경주의 반월성 시구＞

*이인로(1152~1230); 고려 고종 때 秘書監右諫議大夫(비서감 우간의 대부), 학자. 자 眉叟(미수). 호 雙明齋(쌍명재). 본관 仁川(인천). 海左7賢(해좌7현, 竹林高會죽림고회)의 중심 인물이며 중국에 들어가 모든 文人會席(문인회석)에 참석했고 시로 유명함.

61. 谷靜無人跡(곡정무인적) 골짜기는 고요해 사람 왔던 자취 없고
    庭空有月痕(정공유월흔) 뜰은 비어 달빛만 차지하고 있구나.

＜嚴義吉 夜坐야좌, 밤에 앉아 前半(전반)＞

*엄의길(?); 조선 현종 때 시인. 호 春圃(춘포). 본관 寧越(영월). 글과 시에 능했음.

62. 崑崙東走五山碧(곤륜동주오산벽) 곤륜산이 동으로 뻗어 오악(五嶽)이 푸르고
    星宿北流一水黃(성수북류일수황) 별자리는 별 바다[은하수] 북으로 흘러 황하수가 누르구나.

＜崔致遠 시구＞

*최치원→25.

63. 功名草芥細(공명초개세) 공을 세운 명성이란 지푸라기같이 하찮은 것이요
    富貴浮雲輕(부귀부운경) 부귀란 것도 뜬구름처럼 가벼운 것이라.

<金九容 送竹溪金少尹송죽계김소윤,

소윤 벼슬의 김 죽계를 보내며 시구>

*김구용(1338~1384); 고려 우왕 때 判典校寺事(판전교시사), 학자. 호
惕若齋(척약재). 본관 安東(안동). 親明派(친명파)로 유배 중 병사했음.

64. 空山多月色(공산다월색) 빈 산에 달빛 아주 밝아

孤往極淸遊(고왕극청유) 홀로 가노라니 맑게 노니는 일 지극하구나.

情緖爲誰遠(정서위수원) 저절로 이는 이 느낌 누굴 위해 멀리 번
지는가

夜闌杳不收(야란묘불수) 밤 깊어 거두어들이기 아득하네.

<韓龍雲 絶句절구>

*한용운(1879~1944); 僧侶詩人(승려시인), 독립운동가. 호 卍海(만해).
3·1운동 때 민족대표 33인의 한 분임. 중국 망명 후 귀국하여 불교학원
에서 교편을 잡았고 新幹會(신간회)를 창설했음. 장편소설 '黑風(흑풍)'
시집 '님의 침묵' 등을 남겼음.

65. 功成亦欲試良圖(공성역욕시양도) 공을 이루고는 또 좋은 계책 시
험코자 해

月棹烟蓑向五湖(월도연사향오호) 달 아래 노 저으며 이내 속에
도롱이 걸치고 오호로 향했네.

*五湖; 중국 고대 吳(오)와 越(월) 지역에 있던 호수.

捲却吳宮春色去(권각오궁춘색거) 오 나라 궁전의 봄 경치를 걷어
가 버리니

獨留秋草滿姑蘇(독류추초만고소) 오직 가을 풀만 남겨 고소대에
가득케 했구나.

<李齊賢 范蠡五湖범려오호, 범려와 오호>

*범려(?); 중국 戰國(전국) 때 월 나라 정승. 계교를 써서 오 나라를 멸한 뒤 벼슬을 버리고, 미인 西施(서시)와 오호에 배 띄우고 놀다가, 죄지어 망명하는 체하고 齊(제) 나라에 가서 鴟夷子皮(치이자피)라 변성명했음.

*이제현 →9.

66. 空手來空手去(공수래공수거) 빈손으로 왔다가 빈손으로 가나니
    世上事如浮雲(세상사여부운) 세상의 모든 일 뜬구름 같네.
    成孤墳客散後(성고분객산후) 무덤 하나 만들고 조객들 가버린 뒤
    山寂寂月黃昏(산적적월황혼) 산은 외롭고 쓸쓸하며 달뜨는 황혼이로구나.

    　　　<無名氏(무명씨) 古詩고시, 옛 형태의 시>

67. 共宿應山寺(공숙응산사) 밤에는 응당 산사에서 함께 묵으며
    幽期更釣臺(유기갱조대) 다시 낚시터로 가자고 은근히 기약하리라.

    　　<丁範祖 蟾江섬강, 全南北(전남북)의 蟾津江(섬진강) 시구>

    *정범조(1723~1801); 조선 정조 때 刑曹判書, 弘文館提學(형조판서, 홍문관 제학). 호 海左(해좌). 시호 文憲(문헌). 당파에 초연해 존경받았음.

68. 跨空簷豁膚生粟(과공첨활부생속) 하늘에 걸터앉은 듯 솟은 추녀는 살에 소름 돋게 하고
    照水軒危眼眩花(조수헌위안현화) 물을 비추는 누각 난간 높아 눈이 아찔하구나.

*조간(?); 고려 충선왕 때 僉議評理, 贊成事(첨의평리, 찬성사). 시호 文 良(문량). 본관 金堤(김제). 詩文(시문)에 뛰어났음.

69. 跨馬行衝微雪白(과마행충미설백) 말은 가랑눈 희게 덮인 길 밟으 며 가고

擧鞭吟數亂峰靑(거편음수난봉청) 나는 채찍 들어 푸른 봉우리들 세며 가노라.

<林椿 冬日途中동일도중, 겨울날 길을 가며 시구>

*임춘→28.

70. 果符沙麓之嘉祥(과부사록지가상) 정말로 사록의 좋은 상서로움에 부합되어

*사록; 중국 하북성 大名(대명) 동쪽의 산. 春秋(춘추) 때 이 산이 무너졌 는데, 晉(진)의 太史(태사)가 예언하기를 '445년 뒤에 그 땅에 聖女(성 녀)가 나리라' 했음. 그 후 漢 元帝(한 원제)의 황후 王氏(왕씨)가 거기 서 태어났음.

誕育河洲之淑德(탄육하주지숙덕) 河水(하수) 섬의 정숙한 덕으로 낳아 길러졌다.

*하주; 시경 周南 關雎(주남 관저)의 '關關雎鳩 在河之州(간관저구 재하 지주, 짝지어 우는 징경이, 하수의 섬에 있네)'는 周 文王(주 문왕)과 妃 太姒(비 태사)의 덕을 칭송한 구절인데, 그것을 인용했음.

<鄭襲 王子珆爲開府儀同三司守司徒~竹册文
왕자태위개부의동삼사수사도~죽책문,
왕자 태를 개부의 동삼사수사도로 임명하는 죽책문 句(구)>

*竹册文; 대쪽을 여러 개 엮어 글을 새긴, 册封(책봉)하는 글.

*정의(?); 미상.

71. 過雨霏霏濕江樹(과우비비습강수) 지나가는 비 부슬부슬 내려 강
가 나무 젖었고
薄雲洩洩凝晴光(박운설설응청광) 엷은 구름 띄엄띄엄 맑은 햇빛
머금었네.

　　　　　　　<鄭誧 黃山歌황산가 初頭(초두)>

*정포(1309~1345); 고려 충혜왕 때 左司議大夫(좌사의대부). 호 雪谷
(설곡). 본관 淸州(청주). 무고를 받아 蔚州(울주)로 귀양 갔고, 문장과
서예에 능했음.

72. 科第未消羅隱恨(과제미소나은한) 과거에 못 오른 唐(당) 나은의
한을 지녔고
離騷空寄屈平哀(이소공기굴평애) 이소 글에 부질없이 굴원의 설
움을 부치었네.

　　　　　　<林椿 次友人韻차우인운, 벗의 시에 차운하다 시구>

*임춘 →28.

73. 丱角森森東海之蒼煙(관각삼삼동해지창연) 불로초 캐러 갔던 童
男童女(동남동녀) 5백 명은 동해의 검푸른 연기 속에 아득하고
紫芝曄曄商山之翠巓(자지엽엽상산지취전) 붉은 지초는 商山四
皓(상산사호)들이 캐던 푸른 봉우리에 빛나네.

　　　　　　<陳澕 桃源歌도원가, 무릉도원 노래 첫머리>

*진화(1181?~?); 고려 神宗(신종) 때 右司諫(우사간), 문인. 호 梅湖(매호). 본관 驪陽(여양).

74. 寬博而謹愼(관박이근신) 도량이 넓고 관대하매 言行(언행)을 삼가서 조심하며

恭敬而溫文(공경이온문) 예를 지켜 남을 높이매 온화하며 예절 바르다.

<無名氏(무명씨) 熙宗册爲太子册희종책위태자책,
희종을 왕태자로 삼는 글(죽책문) 구>

75. 狂奔疊石吼重巒(광분첩석후중만) 돌 서리[돌 무더기]를 마구 흘러 겹친 봉우리 사이 골짜기에 마주 울리니

人語難分咫尺間(인어난분지척간) 남의 말하는 소리 지척임에도 알아듣기 어렵네.

常恐是非聲到耳(상공시비성도이) 옳으니 그르니 시비하는 소리 귀에 들려올까 늘 두려워하여

故敎流水盡籠山(고교유수진롱산) 일부러 흐르는 물로 하여금 온 산을 둘러싸게 했구나.

<崔致遠 題伽倻山讀書堂제가야산독서당, 가야산 독서당을 읊다>

*최치원 →25.

76. 盥手淸泉冷(관수청천랭) 손 씻을 맑은 샘물 차고

臨身茂樹高(임신무수고) 몸 기댈 무성한 나무 높구나.

<吉再 卽事즉사, 즉흥으로 읊다 前半(전반)>

*길재(1353~1419); 고려말 학자. 호 冶隱, 金烏山人(야은, 금오산인). 시호 忠節(충절). 본관 善山(선산). 조선조 유학 개창자요 麗末三隱(여말 삼은)임.

77. 觀禮曾聞吳季札(관례증문오계찰) 예도를 보니 일찍이 들었던 오 나라 계찰이요
乘槎還憶漢張騫(승사환억한장건) 신선배 타니 한 나라 장건이 생각나네.

<李存吾 送胡若海照磨還台州송호약해조마환태주,
호약해 조마가 태주로 돌아감을 송별하며 시구>

*이존오(1341~1371); 고려 공민왕 때 正言(정언). 호 孤山(고산). 본관 慶州(경주). 辛旽(신돈)의 횡포를 극간, 좌천되었고 公州(공주) 石灘(석탄)에 은둔했음.

78. 光陰袞袞繩難繫(광음곤곤승난계) 세월은 쉬지 않고 흘러 밧줄로 매어둘 수 없는데
雲路悠悠馬不前(운로유유마부전) 구름 떠도는 길 멀고멀어 말도 나아가지 못하네.

<蔡壽 快哉亭二首쾌재정이수,
쾌재정('상쾌하도다' 이름한 정자) 두 수 시구>

*채수(1449~1515); 조선 중종 때 大司憲(대사헌). 호 懶齋(신재). 시호 襄靖(양정). 본관 仁川(인천). 士禍(사화)로 浮沈(부침)하는 생애였고 詩 文(시문)과 글씨로 중국인들을 놀라게 했음.

79. 塊不破枝不揚(괴불파지불양) 흙덩이 부서지지 않고 나뭇가지 흔 들리지 않을 만큼 비오고 바람 불어
氤氳調玉燭(인온조옥촉) 천지의 기운이 고르고 태평하게 되었네.

<姜希孟 農謳一雨暘若농구一우양약,
농사노래一비와 햇볕이 따르다 시구>

*강희맹(1424~1483); 조선 성종 때 左贊成(좌찬성). 호 私淑齋, 萬松岡

(사숙재, 만송강). 시호 文良(문량). 남이 장군을 죽인 공으로 翊戴功臣 (익대공신)이 되었음.

80. 蕎麥花開夕照明(교맥화개석조명) 메밀꽃 피어 저녁놀 아래 환한데
斷橋衰柳獨蟬鳴(단교쇠류독선명) 끊긴 다리 옆 시든 버들에 매 미 외로이 우네.
草人相對堠人立(초인상대후인립) 허수아비는 장승과 마주 섰으니
似護平田萬斛情(사호평전만곡정) 들판의 많은 곡식 낟알 지키려 는 뜻이것다.

<趙熙龍 荏子島임자도, 全南 新安(전남 신안) 임자도 섬>

*임자; 들깨.

*조희룡(1789~1866); 조선 正祖·純祖(정조·순조) 때 五衛將(오위장), 시 인, 화가, 명필. 호 壺山, 又峰, 鐵笛, 丹老, 梅叟, 滄洲, 石憨(호산, 우봉, 철적, 단로, 매수, 창주, 석감). 본관 平壤(평양). 헌종의 명으로 금강산 그림을 그려왔고 매화를 잘 그렸음. 저서 호산외사.

81. 丘壟暗松櫟(구롱암송력) 언덕은 소나무와 상수리나무 숲이라 어 둠침침하고
墳衍豊蒿萊(분연풍호래) 강가 평평한 땅은 쑥대 풀이 무성하네.

<金時習 詠百濟故事五首영백제고사오수, 백제의 옛일을 읊다 5수 시구>

*김시습(1435~1493); 조선 단종 때 生六臣(생육신). 호 梅月堂, 東峰, 淸 寒子, 贅世翁, 碧山淸隱(매월당, 동봉, 청한자, 췌세옹, 벽산청은). 시호 淸簡청간. 본관 江陵(강릉). 5세에 신동이었고, 세조가 서자 水落山(수 락산), 강원도, 경상도 등지를 방랑하며 諧謔(해학)과 隱喩(은유)의 시 를 지어 세상의 허무함을 읊었음. 최초의 소설 金鰲新話(금오신화, 한 문소설)를 지었음.

82. 鳩鳴穀穀棣棠葉(구명곡곡체당엽) 비둘기는 구구하고 산앵두나
무 잎에서 울고
蝶飛疑疑蕪菁花(접비의의무청화) 나비는 훨훨 순무 꽃에 날아
다니네.

<金宗直 寒食村家한식촌가, 한식날의 시골집 시구>

*김종직(1431~1492); 조선 성종 때 刑曹判書(형조판서), 학자. 호 佔畢
齋(점필재). 시호 文簡(문간). 본관 善山(선산). 士林派(사림파, 嶺南學
派영남학파)의 宗祖(종조). 弔義帝文(조의제문)으로 戊午士禍(무오사
화) 때 剖棺斬屍(부관참시)당했음.

83. 口耳聾啞久(구이농아구) 입과 귀는 벙어리에 귀머거리 된 지 오
래고
猶餘兩眼存(유여양안존) 아직도 두 눈만은 성하네.
紛紛世上事(분분세상사) 시끌시끌한 세상일
能見不能言(능견불능언) 볼 수야 있지만 말로 하지는 못 하네.

<朴遂良 浪吟낭음, 허투루 읊다>

*박수량(?); 조선 중종 때 縣監(현감). 호 三可亭(삼가정). 본관 江陵(강
릉). 己卯士禍(기묘사화)를 겪었음.

84. 口傳三代詩書教(구전삼대시서교) 전해오는 옛 夏殷周(하은주)
의 시경 서경을 익혀
文起千秋道德波(문기천추도덕파) 문명을 천추토록 일으키고 도
덕 널리 퍼졌네.

<韓忠 回文詩회문시 시구>

*한충(?~1521); 조선 중종 때 直提學, 左承旨(직제학, 좌승지). 호 松齋
(송재). 시호 文貞(문정). 본관 淸州(청주). 辛巳誣獄(신사무옥)에 南袞
(남곤)의 계략으로 투옥, 왕이 석방했으나 남곤이 보낸 병졸에 의해 살
해되었음.

85. 鷗波深浩浩(구파심호호) 갈매기 노는 파도 이는 바다 깊고도 넓고
　　鳳闕望魏魏(봉궐망외외) 대궐문 바라보니 높디높구나.

　　<鄭夢周 賀李秀才就登第還鄕三十韻하이수재취등제환향삼십운, 이
　수재가 과거에 급제하고 고향으로 돌아감을 축하하며30운(60구) 시구>

　　*정몽주(1337~1392); 고려말 大提學(대제학), 학자. 호 圃隱(포은). 시
　　호 文忠(문충). 본관 迎日(영일). 東方理學祖宗(동방이학 조종)으로 추
　　앙됨. 恭讓王(공양왕) 4년 4월 李成桂(이성계) 일파에 의해 善竹橋(선
　　죽교)에서 횡사, 그 해 7월 고려도 망하고 말았음.

86. 舊墟空草木(구허공초목) 옛터에는 하릴없이 초목만 우거지고
　　遺俗尙絃歌(유속상현가) 남겨진 풍속 거문고 노래 가락에 아직
　　남앗네.
　　崔薛無因見(최설무인견) 최치원과 설총 같은 분들 볼 길 없으니
　　嗟嗟可奈何(차차가내하) 섧고도 섧구나 어찌할거나.

　　<印份 東都懷古동도회고, 경주의 옛일을 생각하다 後半(후반)>

　　*인빈(?); 미상. 고려 의종(1146~1107) 때 선비로 추정됨.

87. 國以人爲本(국이인위본) 나라는 백성을 근본으로 삼고
　　人以食爲天(인이식위천) 백성은 먹을 것을 하늘로 삼는다.

　　　　<崔洪胤 勸勉農蠶敎書권면농잠교서,
　　　　농사와 양잠에 힘쓸 것을 권하는 교서 句(구)>

88. 國之有學 黨之有庠(국지유학 당지유상) 나라에는 학이 있고, 鄕
　　黨(향당, 시골마을)에는 상이 있으며
　　遂之有序 家之有塾(수지유서 가지유숙) 수[큰 都會地(도회지)]
　　에는 서가 있고, 집에는 숙이 있었다.

　　　　　　<李崇仁 復齋記복재기, 서재를 다시 세우는 글(기) 구>

*이숭인 →6.

89. 國患親之患(국환친지환) 나라의 근심은 신하인 어버이들의 근심
　　이요
　　親憂子所憂(친우자소우) 어버이의 걱정은 자식의 걱정일세.
　　代親如報國(대친여보국) 어버이를 대신해 나라 은혜에 보답하면
　　忠孝可雙修(충효가쌍수) 충과 효 둘을 한번에 다하는 게 되리라.

*이 시는 병사들을 점호하던 趙冲 元帥(조충 원수)를 놀라게 했다 함.

　　　　　　<金之垈 口占구점, 즉석에서 시를 지어 읊다>

*김지대(1190~1266); 고려 고종 때 守太傅中書侍郎平章事(수태부중서
　시랑평장사). 시호 英憲(영헌). 본관 淸道(청도). 문장에 능하고 拗體詩
　(요체시)를 잘 지었음.

90. 君爲燒酒徒(군위소주도) 合浦元帥(합포 원수) 金鎭(김진) 그대
　　는 소주 좋아하는 사람이 되고
　　我爲箠下奴(아위추하노) 나는 그대의 매를 맞는 종이 되었구나.

<李學逵 嶺南樂府燒酒徒영남악부 소주도 시구>

*이학규(1770~1835); 조선 정조 때 문인. 호 洛下生(낙하생). 본관 平昌
(평창). 외조부 李用休(이용휴)에게 唐詩(당시)를 배우고, 약관에 명성
이 있어 文士(문사)들과 교유했음. 辛酉邪獄(신유사옥)에 綾州, 金海(능
주, 김해)로 유배, 풀려나 忠州(충주) 근처에 살았음.

91. 君子惟心遠(군자유심원) 군자는 오직 마음가짐이 원대해야 하나니
無非意所加(무비의소가) 무슨 일에든 조심해야 하리라.

<趙光祖 送安順之赴求禮송안순지부구례,
구례현감으로 부임하는 안순지를 송별하며 시구>

*조광조(1482~1519); 조선 중종 때 大司憲(대사헌), 성리학자. 호 靜菴
(정암). 시호 文正(문정). 본관 漢陽(한양). 王道政治(왕도정치)와 道學
政治(도학정치)를 시행하여 勳舊派(훈구파)의 반발로 己卯士禍(기묘사
화)가 일어나, 綾州(능주, 전남 화순)로 귀양, 賜死(사사)되었음. 東方4
賢(동방4현), 朝鮮5賢(조선5현)에 들었음.

92. 宮柳靑靑鶯亂飛(궁류청청앵난비) 궁중 버들 짙푸른 속에 꾀꼬리
어지러이 날고
滿城冠盖媚春暉(만성관개미춘휘) 장안 가득한 관개[高官고관]
들은 봄볕을 좇네.
朝家共賀昇平樂(조가공하승평락) 조정에서는 모두들 태평 시절
경하 드리는데
誰遺危言出布衣(수유위언출포의) 강직한 말이 선비 입에서 나올
줄 뉘 알았으리.

<權韠 嫉柳希奮用事질유희분용사, 유희분의 권세부림을 미워하다>

*이 시는 미래 암시의 징조가 된 詩讖(시참)임. 왕이 宮柳(궁류)를 '外戚
(외척)인 유희분 (광해군의 妻男처남) 일파'로, 布衣(포의)는 '任叔英(임
숙영)'을 가리킨다 하여 권필을 朔方(삭방)으로 귀양보내게 했음.

*이에 앞서 광해군 2년(1611) 임숙영이 權門(권문)의 폐해를 강하게 논하
다가 왕의 노여움을 사서 對策榜(대책방)에서 취소된 바 있음.

*임숙영 →24.

*권필(1569~1612); 조선 선조 때 製述官(제술관), 文人(문인). 자 汝章
(여장). 호 石洲(석주). 李安訥(이안눌)과 함께 2才(2재) 곧 '才士(재사)
두 사람'으로 불리었음.

93. 窮而望則雲霧塞(궁이망즉운무색) 궁색한 때 바라보면 구름 안개
로 막혔고
達而望則天日開(달이망즉천일개) 즐거울 때 바라보면 하늘과 해
훤하니
可以喜則喜(가이희즉희) 기쁠만하니 기쁘고
可以悲則悲(가이비즉비) 슬플만하니 슬프네.

<李奎報 春望賦춘망부, 봄에 바라보다 글(부) 句(구)>

*이규보 →8.

94. 几案留三友(궤안류삼우) 책상에는 벼루, 먹, 종이의 세 벗이 놓
였고
林蔬當八珍(임소당팔진) 산나물은 맛있는 팔진미가 되네.

<許琛 次韻克己見贈三首차운극기견증삼수,
김극기의 시에 차운하여 보라고 드리다 3수 제3수 시구>

*허침(1444~1505); 조선 연산군 때 左議政(좌의정). 호 頤軒(이헌). 시

호 文貞(문정). 본관 陽川(양천). 욕심이 없고 온유한 성품이었고 지은
시는 깊이가 있었음. 淸白吏(청백리).

95. 歸夢共雲常過嶺(귀몽공운상과령) 집에 가려는 꿈은 구름과 함께
    늘 대관령을 넘고
    宦愁如海不知邊(환수여해부지변) 벼슬길 깊은 시름 바다처럼 가
    이없네.
    濤聲動地來喧枕(도성동지내훤침) 땅을 뒤흔드는 파도소리 베갯
    머리에 시끄럽고
    蜃氣浮空望似煙(신기부공망사연) 공중에 뜬 신기루 바라보니 연
    기처럼 사라지네.

    <宋因 次江陵東軒韻차강릉동헌운, 강릉 동헌 시에 차운하다 시구>

    *송인(-1389-); 고려 공양왕 때 獻納(헌납).

96. 金甌不覆於凡名(금구불복어범명) 금단지는 평범한 사람의 이름
    위에 덮을 수 없고
    玉鉉須求於偉望(옥현수구어위망) 옥 솥귀는 모름지기 인망이 큰
    사람에게서 구할 것이라.

    <李藏用 除宰臣朴文成李子晟宋恂任景肅麻制
    제재신박문성이자성송순임경숙마제,
    박문성, 이자성, 송순, 임경숙을 정승으로 임명하는 마제 句(구)>

    *麻制; 宰相, 重臣(재상, 중신) 임명 詔書(조서). 삼으로 만든 흰 종이에
    썼음.

    *이장용(1201~1272); 고려 元宗(원종) 때 門下侍中(문하시중). 시호 文眞
    (문진). 본관 仁川(인천). 經史, 陰陽, 醫藥(경사, 음양, 의약) 등에 통달했음.

97. 錦里句工山吐月(금리구공산토월) 錦官城(금관성)에 살던 杜甫
(두보)가 읊은 '산이 달을 토했다' 구절은 절묘하고
雪堂言好水浮空(설당언호수부공) 蘇軾(소식)이 黃州(황주) 귀
양 때 지은 '설당'이란 집 이름도 물이 공중에 떠 있어 좋구나.

<李藏用 次李需普門寺詩韻차이수보문사시운,
이수의 보문사 시에 차운하다 시구>

*이장용 →96.

98. 錦鱗戲躍吹晴浪(금린희약취청랑) 고운 고기 장난치며 뛰어올라
맑은 물결 뿜으니
白鳥驚飛暎碧山(백조경비영벽산) 백조는 놀라 날아 푸른 산에
그림자 비추네.

<辛裔 驪興淸心樓次韻여흥청심루차운,
여주의 청심루시에 차운하다 시구>

*신예(?~1355); 고려 충목왕 때 僉議參理(첨의참리).

99. 琴亭書庫香山叟(금정서고향산수) 거문고 정자와 서고는 白居易
(백거이) 것과 같고
文彩風流玉局仙(문채풍류옥국선) 문장의 광채와 풍류는 蘇軾(소
식)일세.

<尹定鉉 申紫霞壽宴詩신자하수연시,
자하 申緯(신위)의 회갑잔치 시 시구>

*윤정현(1793~1874); 조선 헌종 때 判敦寧府事(판돈녕부사). 호 梣溪(침
계). 시호 孝文(효문). 본관 南原(남원). 經史(경사)에 널리 통하였고 黃草
嶺(황초령)의 眞興王巡狩碑(진흥왕순수비)를 서울로 옮겼음.

100. 金樽美酒千人血(금준미주천인혈) 금 술항아리의 맛있는 술은
천 사람의 피요
玉盤佳肴萬姓膏(옥반가효만성고) 옥쟁반의 좋은 안주는 만백
성의 기름일세.
燭淚落時民淚落(촉루낙시민루락) 놀이의 촛농이 떨어질 때 백
성들 눈물 떨어지고
歌聲高處怨聲高(가성고처원성고) 노랫소리 높은 자리에 백성
들 원성도 높구나.

<春香傳 御史出頭詩어사출두시, 암행어사가 출두할 때 읊은 시>

*춘향전; 연대와 작자 미상의 한글 고대소설.

101. 金穴共承偏雨露(금혈공승편우로) 금구덩이 같은 큰 부유함을
함께 받으니 임금님 은혜 질펀하고
玉笙長弄定風波(옥생장롱정풍파) 옥 피리 길게 부니 풍파 잔
잔해지네.

<李需 敎坊小娥교방소아, 掌樂院(장악원)의 소녀들 시구>

*이수→12.

102. 綺季家邊雲擁岫(기계가변운옹수) 기리계가 살던 집 가에는 구름
이 산을 안았고
*綺里季(기리계); 漢高祖(한 고조) 때 商山四皓(상산사호)의 한 사람.

張儀山下樹籠溪(장의산하수롱계) 장의가 살던 산밑에는 나무가 냇
물을 둘렀구나.
*장의; 戰國時代(전국시대) 웅변가. 連衡策(연형책, 6國이 秦(진)을 섬기

자는 계책)을 주장했음.

<崔匡裕 商山路作상산로작, 상산 길에서 짓다 시구>

*최광유(?); 신라 말 학자. 진성여왕 3년(889) 唐(당)에 유학해 학문과 시
에 능하여 당에 서도 명성이 높았고, 신라10현의 한사람이었음.

103. 箕裘眞素履(기구진소리) 家業(가업, 箕裘)은 참 선비[素履]요
    詩禮是靑氈(시례시청전) 시와 예도는 그 댁 世業(세업, 靑氈)
    이었네.

<徐居正 送南原梁君誠之詩百韻송남원양군성지시백운,
양성지 군이 남원으로 감을 송별하는 시 백운[2백구] 시구>

*서거정 →26.

104. 豈同荊璞經三獻(기동형박경삼헌) 어찌 형산의 박옥처럼 임금께 세
    번을 바치랴
    *형박; 荊山(형산)의 璞玉(박옥, 깎아 다듬지 않은 옥돌). 楚(초)의 卞和
    (변화)가 이 박옥을 厲王(여왕), 武王(무왕), 文王(문왕)의 세 왕에게 바
    쳐 문왕이 좋은 옥임을 인정했음. 和氏之璧(화씨지벽).

    只效周詩蔽一言(지효주시폐일언) 다만 詩經(시경)의 폐일언을
    본받은 것뿐인 걸.
    *폐일언; 한마디로 가리거나 감쌈. 一言以蔽之(일언이폐지). 孔子(공자)
    가 시경 삼백 편을 한마디로 감싸면 思無邪(사무사, 시의 정신이 순수
    함)라 했음.

<黃石奇 次鄭愚谷子厚韻送洪敏求進士차정우곡자후운송홍민구진사,
우곡 정자후의 시에 차운하여 홍민구 진사를 송별하다 시구>

*황석기(?); 고려 공민왕 때 文官(문관). 호 檜山(회산).

105. 旣茂膺帶礪之盟(기무응대려지맹) 이미 대려지맹의 맹세를 가슴에
    크게 품었으니

*대려지맹; 山礪河帶(산려하대). 산이 숫돌 되고 강이 띠가 됨. 영원한
충성 맹세의 말임.

   須衍及閨房之匹(수연급규방지필) 모름지기 규방의 배필로 널리
   뻗칠 것이라.
          <李百順 晉陽公妻李氏贈卞韓國大夫人官誥
           진양공처이씨증변한국대부인관고,
       진양공 아내 이씨를 변한국 대부인으로 높이는 관고 구>

*官誥; 官吏任命의 辭令狀(관리 임명의 사령장). 4品(4품) 이상 벼슬의
辭令. 敎旨(교지), 官告(관고).

*이백순(?); 미상.

106. 旗尾翻風烈火飛(기미번풍열화비) 깃발이 바람에 펄럭이니 맹
    렬한 불이 날아가는 듯. <金仁存김인존>
    馬蹄踏雪輕雷動(마제답설경뢰동) 말굽이 눈 밟으니 마른 우레
    움직거리는 듯. <孟初맹초>

*위 김인존의 詩句(시구)는 遼(요)의 使臣(사신) 맹초의 시구에 口占(구
점)하여 맹초를 놀라게 했다고 함.

*김인존(?~1127); 고려 인종 때 門下侍中(문하시중), 학자. 초명 緣(연).
시호 文成(문성). 본관 江陵(강릉). 선종부터 인종까지 다섯 왕을 모셨
고 내정과 외교에 공이 많았음.

107. 紀言文似錦(기언문사금) 임금님 말씀 적은 글은 비단 같았고
    華制筆如椽(화제필여연) 빛나는 詔書(조서)는 붓이 서까래 같았네.

<崔淑精 送李觀察使赴黃海道송이관찰사부황해도,
황해도로 부임하는 이 관찰사를 보내며 시구>

*최숙정(1433~1480); 조선 세조 때 弘文館副提學(홍문관부제학), 문인.
호 逍遙齋(소요재). 본관 陽川(양천). 왕이 하사한 술을 폭음해 병을 얼
어 사망했음.

108. 幾日縉紳相藉藉(기일진신상자자) 사대부들은, 이 댁에서 정승
이 되고 父子(부자)가 장원한 이야기로 며칠 동안 자자했고
今朝街巷更喧喧(금조가항갱훤훤) 오늘아침 거리에 이 소문으로
다시 떠들썩하네.

<金行瓊 賀崔中令赴內宴하최중령부내연,
崔冲(최충) 中書令(중서령)이 대궐 안 잔치에 들어감을 하례하다 시구>

*김행경(?); 고려 문종 때 翰林學士(한림학사).

ㄴ부 (109~139)

109. 羅敷初總髻(나부초총계) 邯鄲(한단)의 미인부인 나부가 머리
    를 갓 올리고
    莫愁工畫蛾(막수공화아) 미녀 막수가 눈썹 곱게 그린 듯.

    <申維翰 祖江行조강행, 경기도 開豊郡(개풍군) 조강 시 시구>

    *신유한(1680~?); 조선 숙종 때 奉常僉正(봉상첨정), 문장가. 호 靑泉
    (청천). 본관 寧海(영해). 숙종45년(1719) 製述官(제술관)으로 南泰耆
    (남태기)를 따라 일본으로 갔음.

110. 羅紈聲色盈前席(나환성색영전석) 비단옷 입은 맵시 있는 여인들
    은 앞자리에 가득하고
    簪履雲仍列後庭(잠리운잉열후정) 벼슬 사는 후손들은 뒤뜰에 늘
    어섰네.

    <鄭招 賀李中樞貞幹年七十壽九十慈親하이중추정간연칠십수구십자친,
        이정간 중추 나이 70에 90세 된 자친 모심을 하례하다 시구>

    *정초(?~1434); 조선 세종 때 大提學(대제학). 시호 文景(문경). 본관 河
    東(하동). 총명하고 문장으로 당세에 이름 높았음.

111. 落落巖陵表(낙락엄릉표) 높고도 험악한 바위 언덕 모습
    巖巖岳王眞(암암악왕진) 바위 겹쳐 치솟은 모양 산의 왕자가 분
    명쿠나.
    天涯瘴霧裏(천애장무리) 하늘 끝까지 짙게 낀 안개 속에서
    經幾賞心人(경기상심인) 사람들의 올곧지 못한 마음 얼마나 겪었
    을꼬.

    <崔永慶 題伽倻山제가야산, 가야산에서>

(화순). 남명 曹植(조식)에게 배우고 조정에서 5賢士(5현사)로 발탁되
었으며 己丑獄事(기축옥사)에 관련되었다는 참소를 입어 옥사했음. 효
성과 우애가 돈독했음.

112. 落落形骸曾有志(낙락형해증유지) 적적한 내 몰골도 일찍이 큰
뜻은 있었건만
栖栖身世竟何依(서서신세경하의) 뜻 이루지 못해 조급한 내 신
세 마침내 무엇에 의지하리.

<金時習 遊陂上유피상, 둑 위를 거닐며 시구>

*김시습 →81.

113. 落葉泛流飄彩舫(낙엽범류표채방) 물에 떠가는 낙엽 놀잇배처럼
한들거리고
浮萍點水撒靑錢(부평점수살청전) 여기저기 뜬 부평초 엽전 뿌린
듯하구나.

<釋圓鑑 福城道中복성도중, 전남 寶城(보성) 길에서 시구>

*석원감(1226~1292); 고려 충렬왕 때 海東曹溪宗(해동조계종) 6世(6
세). 속성 魏氏(위씨). 호 宓庵(복암). 법명 冲止(충지). 시호 圓鑑國師
(원감국사). 塔號(탑호) 寶明(보명). 安定(안정) 사람. 일본에 使臣(사신)
으로 갔다 왔음.

114. 落日無餘力(낙일무여력) 지는 해 (물들일) 여력이 없어
浮雲自幻容(부운자환용) 뜬구름은 스스로 모습을 바꾸는구나.

<李亶佃 水聲洞수성동 시구>

*이단전(1755~1790); 조선 영조 때 시인. 자 耘岐(운기). 自號 疋齋(자호 아재). 머슴살이 賤人(천인)이었음.

115. 落日無留景(낙일무유경) 해가 지는 때라 남아있는 볕이 없고
    棲禽不定枝(서금부정지) 깃에 드는 새는 가지에서 안정이 안 되네.

    <魚無迹 馬上逢新雪마상봉신설, 말을 타고 첫눈을 맞다 시구>

*어무적(?); 조선 성종·연산군 때 경남 金海(김해) 사람. 司直 魚孝良(사직 어효량)의 庶子(서자)로 詩(시)에 능했음.

116. 落日下平沙(낙일하평사) 지는 해는 넓은 모래펄에 내리고
    宿鳥投遠樹(숙조투원수) 잘 새들은 먼 숲으로 던지는 듯 날아가네.
    歸人晩騎驢(귀인만기려) 나그네는 저녁에 나귀를 타고
    更怯前山雨(갱겁전산우) 앞산에 비올까 다시 겁내는구나.

    <金得臣 絶句절구, 네 구가 한 首(수)가 되는 시>

*김득신 →18.

117. 落照吐紅掛碧山(낙조토홍괘벽산) 저녁노을 붉게 번져 푸른 산을 감돌고
    寒鴉尺盡白雲間(한아척진백운간) 추운 까마귀 잣대질 하듯 구름 사이 날아가네.
    放牧園中牛影大(방목원중우영대) 목장 동산의 소 그림자 길게 드리우고
    望夫臺上妻低鬟(망부대상처저환) 남편 기다리는 망부대의 아내 쪽머리 숙어지네.

問津行客鞭應急(문진행객편응급) 나루터 가는 길 묻는 나그네 말채찍 급해지고

深寺老人杖不閒(심사노인장불한) 절로 돌아가는 스님 지팡이 한가롭지 않구나.

靑煙古木溪西里(청연고목계서리) 저녁 연기 고목에 서린 계서리 마을에

短髮草童弄笛還(단발초동농적환) 다박머리 머슴아이 피리 불며 돌아오누나.

<作者未詳 落照낙조, 저녁 해>

118. 南宮編局夢依然(남궁편국몽의연) 남궁[禮曹예조]의 편찬국 꿈 같이 생생한데

當時朽質特見憐(당시후질특견련) 그때 못난 이 몸을 특별히 아껴주셨네.

一別雲泥頻甲子(일별운니빈갑자) 헤어진 뒤 심한 차이[운니] 세월만 흘러

重逢齒髮各衰年(중봉치발각쇠년) 다시 만나니 치아와 두발 다 늙은 나이일세.

君臣社稷風塵際(군신사직풍진제) 임금과 신하, 사직은 전쟁과 어려움에 잠겼고

關輔山河涕淚邊(관보산하체루변) 요새와 서울 인접 고을 산하는 눈물 속에 있네.

久握文衡推老手(구악문형추노수) 과거 시험관 오래 맡아 노련한 분으로 추앙되니

浯溪撰頌望吾賢(오계찬송망오현) 오계에 찬송 짓는 일 우리 택당 선생께 바라네.

*浯溪; 중국 湖南省(호남성) 서남쪽 시내. 唐(당)의 元結(원결)이 肅宗(숙종)의 공덕을 찬양한 大唐中興頌(대당중흥송)을 오계의 石壁(석벽)에 새겼음. '오계 석벽찬송 글 우리 택당도 새겨지리'로 풀이할 수도 있을 듯함.

<崔奇男 上澤堂李太學士상택당이태학사, 택당 이태학사께 올리다>

*택당 이태학사; 李植(이식, 1584~1647) 조선후기 문신.

*최기남(1586~1669); 조선 효종 때 시인. 호 龜谷, 黙軒(구곡, 묵헌). 본관 川寧(천녕). 東陽尉 申翊聖(동양위 신익성, 宣祖선조의 駙馬부마요 貞淑翁主정숙옹주의 남편)의 宮奴(궁노).

119. 南市賣矮籠(남시매왜롱) 남쪽 장터에서 고리짝 팔고
　　　北市鬻箕子(북시육기자) 북쪽 장터에서는 키를 파는데
　　　錐刀日中集(추도일중집) 반나절에 입추의 여지없이 구경꾼들 모여들어
　　　皆言製造美(개언제조미) 만든 물건이 곱다고 모두 칭찬이라오.

　　　　　<金鑢 古詩爲張遠卿妻沈氏作고시위장원경처심씨작,
　　　　　　　장원경의 아내 심씨를 위해 지은 고시 시구>

*김여(?); 미상.

120. 男兒功名當有日(남아공명당유일) 남아의 공명은 당연히 이룰 날 있으련만
　　　女子盛麗能幾時(여자성려능기시) 여인의 한창 고운 모습 그 얼마나 가리오.

　　　　　<鄭誧 怨別離원별리, 이별을 원망하며 詩句(시구)>

*정포 →71.

121. 南阮定應輕北阮(남완정응경북완) 晉(진) 때 길 남쪽에 사는 가
난뱅이 완씨들은 북쪽의 부자 완씨들을 으레 업신여기는데
東施那復效西施(동시나부효서시) 동시도 어찌 서시의 찡그린
얼굴 또 본뜰 건가.

  *속병으로 서시의 찡그린 얼굴이 더욱 고우므로, 이웃 추녀 동시가 그
  를 본받아 찡그리니 모두 보고는 도망가더라 함.

        <金克己 草堂書懷초당서회, 초당에서 회포를 쓰다 시구>

  *김극기 →22.

122. 南浦片帆風颯颯(남포편범풍삽삽) 남포를 떠나는 외 돛배에 바
람 살랑거리고
東門驅馬草靑靑(동문구마초청청) 동문에서 말달리니 풀마다
푸릇푸릇하구나.

        <崔承祐 別별, 헤어짐 시구>

  *최승우(?); 신라 진성여왕 때 학자. 동왕 3년(889) 唐(당)에 유학, 3년
  뒤 賓貢科(빈공과)에 급제하여 귀국했음. 최치원, 최언휘와 함께 三崔
  (삼최) 문장이라 했음.

123. 朗月照襟開玉京(낭월조금개옥경) 밝은 달은 옷깃에 비치어
玉皇上帝(옥황상제)의 백옥경을 열어 보이고
仙風吹夢落瓊宮(선풍취몽낙경궁) 맑은 바람은 꿈을 불러 백옥
경의 구슬궁전에 들게 하네.

        <奇大升 百祥樓백상루 시구>

  *기대승(1527~1572); 조선 선조 때 大司諫(대사간), 性理學者(성리학

자). 호 高峰(고봉). 시호 文憲(문헌). 본관 幸州(행주). 退溪 李滉(퇴계
이황)과 성리학 문답의 편지가 8년간 계속되었음.

124. 來塗隨社燕(내도수사연) 오는 길은 봄 제비를 따라왔다가
    歸轡伴秋鴻(귀비반추홍) 돌아가는 말고삐는 가을 기러기 짝하여
    가는구나.

        <李崇仁 送林主事使還京師송임주사사환경사,
        임 주사가 사명을 마치고 서울로 돌아감을 송별하며 시구>

    *이숭인 →6.

125. 來與白雲來(내여백운래) 올적에는 구름과 함께 왔다가
    去隨明月去(거수명월거) 갈 때에는 명월 따라 갔구나.
    去來一主人(거래일주인) 오고 가기를 마음대로 한 그 사람
    畢竟在何處(필경재하처) 필경 어디엔가 살아있으리라.

        <鄭東浚 弔山人조산인, 산에 살던 사람을 조상하다>

    *정동준(?); 조선 영조 때 吏曹參議(이조참의). 호 東齋(동재). 본관 東萊(동래).

126. 老眼元非識健兒(노안원비식건아) 늙은이의 눈은 본디 건장한
    사람 알아보지 못하는 법
    千金當日豈爲期(천금당일기위기) 그 당시에야 어찌 뒷날의 천
    금을 기대했으리.
    墳前春草年年綠(분전춘초연년록) 무덤 앞 봄 풀 해마다 푸른
    것은
    料得王孫解報施(요득왕손해보시) 아마도 왕손[한신]이 은혜
    갚는 것이리라.

<李詹 漂母墓표모묘, 빨래하는 노파의 묘>

*韓信(한신)과 표모 고사. 한신이 不遇(불우)했을 때 빨래하는 노파가 늘 도
와주어, 후에 부귀하게 된 한신이 그 노파에게 후하게 사례했음.

*이첨(1345~1405); 조선 태종 때 知議政府事(지의정부사), 문장가. 호
雙梅堂(쌍매당). 시호 文安(문안). 본관 洪州(홍주). 문장에 능하고 글씨
도 잘 썼음.

127. 老與病相隨(노여병상수) 늙은 데다 병마저 따르니
    窮年一布衣(궁년일포의) 평생 벼슬 없는 가난한 신세.
    玄花多掩映(현화다엄영) 눈은 헛 꽃 피어 어질어질해 모두 가려
    버리고
    紫石少光輝(자석소광휘) 예리하던 눈빛은 광채를 잃어가는구나.

        <吳世才 病目병목, 병든 눈 첫머리>

*오세재(-1190-); 고려 明宗(명종) 때 학자. 자 德全(덕전). 본관 高敞
    (고창). 李奎報(이규보)가 哀詞(애사)를 지어 哀悼(애도)했음. 世稱(세
    칭) 玄靜先生(현정선생).

128. 老閱詩書手不停(노열시서수부정) 늘그막에 시전 서전을 뒤적거
    리느라 손이 쉴 틈 없으나
    可憐事業竟何成(가련사업경하성) 가련해라, 하려던 일 마침내
    무얼 이루었는고.
    西窓風雪寒蕭索(서창풍설한소삭) 서창의 눈바람 차고도 쓸쓸한데
    獨對殘燈笑一生(독대잔등소일생) 홀로 가물대는 등불 마주해
    평생을 웃어보네.

        <崔惟淸 偶書우서, 우연히 쓴 시>

*최유청(1095~1174); 고려 명종 때 判禮部事(판예부사), 학자. 시호 文
淑(문숙). 본관 昌原 (창원). 經史, 佛經(경사, 불경)에 깊었음. 두 아들
諟(당)과 詵(선)도 문명이 높음.

129. 鸕鷀窺魚立漁磯(노자규어입어기) 가마우지 낚시터에서 물고기
엿보다가
人語舟行忽驚飛(인어주행홀경비) 인기척에 배 지나가니 놀라
날아올라
雙雙自入烟霧中(쌍쌍자입연무중) 쌍쌍이 안개 속으로 날아 들
어가니
我不如君早見機(아불여군조견기) 나 낌새 알아차리기가 너희보
다 못하구나.

　　　　　<朴誾 宿葛山숙갈산, 갈산에 묵으며>

*박은 →3.

130. 露滴明珠轉(노적명주전) 이슬방울은 아름다운 구슬 되어 구르고
風飜翠蓋低(풍번취개저) 바람 불면 숙인 양산이 되네.
憐渠淸且潔(연거청차결) 가엾구나, 너는 맑고도 깨끗하건만
何事在淤泥(하사재어니) 어인 일로 진흙 속에 잠겨 있는고.

　　<趙任 愛蓮辭四首애련사사수, 연을 아끼는 글 네 수 제2수 後半(후반)>

*조임(1573~1644); 조선 인조 때 知中樞府事(지중추부사). 호 沙月(사
월). 본관 漢陽(한양). 郭再祐(곽재우)의 義兵陣營(의병진영)에 들어가
충의를 다했음.

131. 蘆花散搏沙頭雪(노화산박사두설) 갈대꽃 어지러이 흩어지니 물
가에 눈 오는 듯

菱荇吹生渡頭風(능채취생도두풍) 마름 풀은 나루 어귀의 바람에 마구 흔들리네.

方朔絳囊遊渺渺(방삭강낭유묘묘) 漢(한) 나라 東方朔(동방삭)은 불사약 붉은 주머니 차고 어디 유람하는지 아득하고

鴟夷桂楫去悤悤(치이계즙거총총) 越(월) 나라 정승 范蠡 鴟夷子皮(범려 치이자피)는 계수나무 노 저으며 어딘가로 바삐 가버렸네.

<崔承祐 鏡湖경호, 중국 紹興(소흥)의 경호 호수 시구>

*최승우 →123.

132. 鹿鳴嘉宴會賢良(녹명가연회현량) 녹명의 즐거운 잔치에 어진 이들 모였는데

  *녹명; 詩經小雅(시경 소아)의 편명. 임금이 신하와 賓客(빈객)을 모아 잔치하는 내용임.

仙樂洋洋出洞房(선악양양출동방) 좋은 음악 그윽한 방에서 가득히 들려오네.

天上賜花頭上艶(천상사화두상염) 천자께서 주신 꽃 머리 위에서 곱게 빛나고

盤中宣橘袖中香(반중선귤수중향) 소반에 내리신 귤 소매 속에서 향기롭구나.

黃河再報千年瑞(황하재보천년서) 황하가 다시 맑아져 천년만의 상서로움이요

綠醑輕浮萬壽觴(녹서경부만수상) 푸른 술은 만수 비는 잔에 가벼이 떠있네.

今日陪臣逢盛際(금일배신봉성제) 오늘 모신 신하들 태평성대 만났나니

願歌天保永無忘(원가천보영무망) 원컨대 천보를 읊어 길이 잊지
않았으면.

*천보; 시경 소아의 편명. 신하가 임금에게 답하는, 임금을 祝壽(축수)하
는 내용임.

<李資諒 大宋睿謀殿御宴應製대송예모전어연응제,
송의 예모전 왕이 베푸는 잔치에서 임금의 명에 따라 짓다>

*그가 사신으로 송 나라에 가서, 徽宗(휘종)이 베푼 예모전 잔치에서 글
로 쓰지 않고 읊은[口占구점] 시로, 휘종을 놀라게 했다 함.
*이자량(-1120-); 고려 仁宗(인종) 때 文官, 詩人(문관, 시인). 형은
資謙(자겸)인데 그와는 달리, 왕을 섬겨 나라의 일에 盡悴(진췌, 정상껏
힘씀)했음.

133. 綠水喧如怒(녹수훤여노) 푸른 물은 노한 듯 괄괄 흐르고
    青山黙似嚬(청산묵사빈) 청산은 찡그리는 듯 말이 없네.
    靜觀山水意(정관산수의) 산과 물의 뜻을 조용히 살피니
    嫌我向風塵(혐아향풍진) 속세의 풍진 속으로 가는 나를 싫어함
    이라.

<宋時烈 赴京부경, 서울로 가다>

*송시열(1607~1689); 조선 현종 때 左議政(좌의정), 대학자. 호 尤菴,
尤齋(우암, 우재). 시호 文正(문정). 본관 恩津(은진). 숙종 때에 여러 곳
으로 유배되고, 동왕 15년(1689) 유배지 제주도에서 귀경 도중 井邑
(정읍)에서 賜死(사사)되었음. 주자학의 대학자였음.

134. 綠楊閉戶八九屋(녹양폐호팔구옥) 푸른 버들 속 문닫은 여덟아홉 집
    明月捲簾三兩人(명월권렴삼량인) 밝은 달 아래 발을 걷는 두
    세 사람.

開豊郡(개풍군)의 高麗離宮(고려 이궁) 장원정 시구>

*정지상(1084~1135); 고려 인종 때 起居注(기거주), 大詩人(대시인). 호 南湖(남호). 西京 (서경) 태생. 시에 뛰어나 晩唐(만당)의 詩格(시격)이었으며, 妙淸(묘청)에 가담, 金富軾(김부식)에게 참살 당했음.

135. 論功豈啻破强吳(논공기제파강오) 공을 논하자면 어찌 강한 오를 파한 것뿐이라고 조잘거리랴

最在扁舟泛五湖(최재편주범오호) 보다 더 큰 것은 오호에 조각배 띄운 것일세.

不解載將西子去(불해재장서자거) 西施(서시)를 싣고 떠날 줄을 몰랐더라면

*서시; 春秋(춘추) 때 越(월)의 미인. 범려가 미인계로 吳王 夫差(오왕 부차)에게 바치니 부차는 서시를 위해 姑蘇臺(고소대)를 지어 향락에 빠져 멸망에 이르게 되었음.

越宮還有一姑蘇(월궁환유일고소) 월 나라 궁전에도 서시 위한 姑蘇臺(고소대)가 또 하나 있었을 거라.

<李齊賢 范蠡범려>

*범려 →65.

*이제현 →9.

136. 弄丸眞似宜僚巧(농환진사의료교) 방울놀이는 옛 중국의 熊宜僚(웅의료)의 재주와 같고

朱索還同飛燕輕(주삭환동비연경) 붉은 줄타기는 漢成帝 後宮(한성제 후궁) 비연처럼 가볍구나.

<成俔 觀劇관극, 연극 관람 시구>

*성현(1439~1504); 조선 성종 때 禮曹判書, 大提學(예조판서, 대제학),
학자. 호 慵齋, 浮休子, 虛白堂(용재, 부휴자, 허백당). 시호 文載(문재).
본관 昌寧(창녕). 기발한 시를 지었음.

137. 樓居雲雨上(누거운우상) 누각은 비구름 위로 솟았고
鍾動斗牛間(종동두우간) 종소리는 북두와 견우별까지 울리는구나.

<周世鵬 榮川浮石寺영천부석사, 영주 부석사 시구>

*주세붕(1495~1554); 조선 중종 때 大司成(대사성), 학자. 호 신재(愼
齋). 본관 尙州(상주). 豊基郡守(풍기군수) 때 최초의 서원 白雲洞書院
(백운동서원)을 세웠음.

138. 淚傾銀漢秋波潤(누경은한추파윤) 견우직녀 흘린 눈물로 가을
은하수 불었고
腸斷瓊樓夜色幽(장단경루야색유) 애끊는 구슬 같은 누각에는
밤 경치 그윽하네.

<金安國 七夕칠석, 7월 7일 칠석 시구>

*김안국(1478~1543); 조선 중종 때 兵曹, 禮曹判書(병조, 예조판서). 호
慕齋(모재). 시호 文敬(문경). 본관 義城(의성). 己卯名賢(기묘명현)으
로 性理學(성리학)에 깊었음.

139. 凌晨走馬入孤城(능신주마입고성) 이른 새벽 말을 달려 외로운
성에 드니
籬落無人杏子成(이락무인행자성) 울타리 곁에 사람 없고 살구
는 달렸구나.
布穀不知王事急(포곡부지왕사급) 뻐꾸기는 나랏일 급한 줄도
모르면서

傍林終日勸春耕(방림종일권춘경) 온종일 숲 곁에서 밭갈이하라고만 권하네.

<鄭允宜 書江城縣舍서강성현사, 경남 山淸郡(산청군) 官舍(관사)에서>

*정윤의(?); 고려 충숙왕 때 密直提學(밀직제학). 본관 草溪(초계).

ㄷ부 (140~178)

140. 凌風千丈直(능풍천장직) 바람 타고 천길 곧게 오르니
     映日五花文(영일오화문) 햇빛 비치어 오색무늬 이루네.
     祥光應玉殿(상광응옥전) 성서로운 빛은 玉堂殿(옥당전)을 두르고
     瑞氣擁金門(서기옹금문) 좋은 조짐의 기운 金馬門(금마문)에
     서리네.

     <任元濬 雲운, 구름 시구>

     *임원준(1423~1500); 조선 성종 때 左參贊, 左贊成(좌참찬, 좌찬성). 호
     四友堂(사우당). 본관 豊川(풍천). 中宗反正(중종반정) 때 사형 당했음.

141. 多才餘事又能詩(다재여사우능시) 많은 재주에 餘力(여력)으
     로 시에도 능하니
     警人妙語江山助(경인묘어강산조) 사람을 놀라게 하는 뜻깊고
     감동적인 말들은 강산이 도왔네.

     <權友仁 挽退溪만퇴계, 퇴계 李滉(이황) 선생을 애도하다 시구>

     *권우인(?); 미상.

142. 斷逕歸僧猶木末(단경귀승유목말) 절로 돌아가는 스님 오솔길
     의 나무 끝 같고
     遠岑疎磬自雲端(원잠소경자운단) 먼 산 절간의 풍경소리 구름
     저편에 은은하네.

     <田光玉 江上小菴강상소암, 강가의 작은 암자 시구>

     *전광옥(1694~1761); 조선 영조 때 司憲府監察, 幽谷道察訪(사헌부감
     찰, 유곡도찰방). 호 澗松堂(간송당). 본관 潭陽(담양). 기개와 도량이
     활달하고 공명정대했으며, 山南宿儒(산남숙유, 영남의 명망 높은 선
     비)라 칭송 받았음.

143. 短短蓑衣露兩臂(단단사의노양비) 모지랑이 도롱이라 두 팔뚝
드러났고
童童小髮掩雙眉(동동소발엄쌍미) 나팔거리는 더벅머리 두 눈
썹을 가렸네.

<鄭仁弘 牧童목동 前半(전반)>

*정인홍(1535~1623); 조선 광해군 때 領議政(영의정). 호 萊菴(내암). 본관 瑞山
(서산). 강직하고 孝悌(효제)에 독실했음. 仁祖反正(인조반정)에 참형을 당했음.

144. 短世黃粱半熟(단세황량반숙) 짧은 세상 한단지몽처럼 조밥 익을
동안이요

*邯鄲之夢(한단지몽); 옛날 중국 盧生(노생)이 邯鄲(한단)에서 도사 呂洞
賓(여동빈)의 베개를 빌어 베고 좁쌀 익을 짧은 동안 부귀 영화를 50년
간 누린 꿈을 꾸었다 함. 황량몽(黃粱夢), 노생몽(盧生夢).

長歌白酒三盃(장가백주삼배) 장가 긴 노래에 술 석 잔일세.
相如但有四壁(상여단유사벽) 사마상여(司馬相如, 중국 한 무제
漢武帝 때 문인)는 다만 네 벽뿐 가난했고
彭澤欲賦歸來(팽택욕부귀래) 도연명(陶淵明—陶潛도잠, 중국 晉
진의 시인)은 귀거래사를 지어 전원으로 돌아갔네.

<權敏手 病中無聊錄呈寓菴求和二首병중무료녹정우암구화이수,
병중에 무료하여 우암이 화답해주기를 구하여 적어 드리다 두 수 제2수>

*권민수(1466~1517); 조선 중종 때 大司憲(대사헌). 호 岐亭, 退齋(기
정, 퇴재). 본관 安東(안동).

145. 短髮緣愁千丈白(단발연수천장백) 짧은 머리칼 근심 따라 천길
길어 세어 희고

衰顔借酒半邊紅(쇠안차주반변홍) 쭈그러진 얼굴 술 힘으로 반
쯤 불그레하네.

<洪瑋 醉吟취음, 취중에 읊다 시구>

*홍위(1559~?); 조선 인조 때 成均司藝(성균사예). 호 西潭(서담). 본관
南陽(남양). 효성이 돈독하여 이웃의 칭송을 받았음.

146. 但願交遊繼支許(단원교유계지허) 다만 晉(진)의 고승 支道林
 (지도림)과 許詢(허순)처럼 사귐이 이어지기 바랄 뿐
 何須富貴羨金張(하수부귀선김장) 어찌 漢宣帝(한 선제) 고관
 金日磾(김일제)와 張安世(장안세)의 부귀를 부러워하리.

<柳淑 次伽倻寺住老詩三首차가야사주로시삼수,
가야사 주지의 시에 차운하다 3수 제2수 시구>

*유숙(1324~1368); 고려 공민왕 때 藝文館大提學(예문관대제학). 호 思
菴(사암). 시호 文僖(문희). 본관 瑞州(서주). 신돈의 모함으로 유배 중
신돈에 의해 목 졸려 죽었음.

147. 達道子雲著法言(달도자운저법언) 도통한 前漢末(전한말)의 자
 운 揚雄(양웅)은 양자법언을 지었으니
 生憎屈子反離騷(생증굴자반이소) 楚(초)의 屈原(굴원)을 미워
 하여 굴원의 이소 글에 반대되는 것이더라.
 雖然投閣求生辱(수연투각구생욕) 비록 누각에서 몸을 던졌지만
 살려고 했더라면 욕이 되었을 게니
 千載何如溺死高(천재하여익사고) 물에 몸 던져 죽은 굴원의 높
 은 절개 만고에 그 어떠한고.

<南孝溫 自詠十一首자영십일수, 스스로 읊다 11수 제4수>

*남효온 →11.

148. 談笑三生夢(담소삼생몽) 과거 현재 미래 삼생의 꿈을 웃으며
말했지만
精靈四尺墳(정령사척분) 영혼은 넉 자 높이의 무덤 속에 있네.

<李崇仁 嘉州路上聞王評理下世가주노상문왕평리하세,
가주의 길에서 왕평리가 사망했다는 소식을 듣다 시구>

*이숭인 →6.

149. 淡雲微雨小古祠(담운미우소고사) 엷은 구름에 보슬비 내리는
작은 옛 사당
菊秀蘭衰八月時(국수난쇠팔월시) 국화는 향기 풍기고 난초 시
드는 팔월이로구나.

<金尚憲 次吳晴川大斌韻(姜女廟詩)三首차오청천대민운(강녀묘시)삼수,
오청천 대민의 시에 차운하다(강녀사당시)3수 시구>

*姜女; 누구인지 미상이나, 중국 周(주)의 시조 后稷(후직)의 어머니 姜
嫄(강원, 巨人거인의 발자국을 밟아가다가 임신해 후직을 낳았음)이
있고, 周宣王(주 선왕)의 비로 賢德(현덕)했던 姜后(강후)가 있어, 이 중
의 한 사람을 가리키는 듯함.

*김상헌(1570~1652); 조선 효종 때 左議政(좌의정), 학자, 명필. 호 清
陰, 石室山人(청음, 석실산인). 시호 文正(문정). 본관 安東(안동). 병자
호란 和議(화의) 후 瀋陽(심양)에 잡혀가 3년만에 귀환했음.

150. 儻有自他之同利(당유자타지동리) 자기와 남을 함께 이롭게 하
였다면

宜加褒賞之異榮(의가포상지이영) 마땅히 포상의 남다른 영광을 주어야 하리.

<河千旦 海東宗首座官誥해동종수좌관고,
해동종의 國師尊對(국사 존대) 관고 句(구)>

*하천단(?); 미상.

151. 唐鞋崇襪數斤綿(당혜숭말수근면) 몇 근 솜들인 코높은 버선에 당혜 가죽신 신고
踏盡淸霜趁暮煙(답진청상진모연) 아침 서리 밟고 가서 저녁 연기 따라 돌아오네.
淺綠周衣長曳地(천록주의장예지) 軟綠色(연록색) 두루마기 길어 땅에 끌리고
眞紅長扇半遮天(진홍장선반차천) 진홍색 긴 부채는 하늘을 반쯤 가리네.
纔讀一卷能言律(재독일권능언률) 겨우 책 한 권 읽고서도 율[시]을 말할 수 있고
財盡千金尙有錢(재진천금상유전) 천 냥 재물을 쓰고도 돈이 아직 남았네.
朱門盡日垂頭客(주문진일수두객) 권세가에서는 하루 종일 머리 숙인 손이었지만
若到鄕關意氣全(약도향관의기전) 고향에 돌아와서는 우쭐한 기세 온전해지네.

<金炳淵 盡日垂頭客종일수두객, 종일 머리 숙인 손>

*김병연→48.

152. 大羹元不和梅鹽(대갱원불화매염) 대갱[큰 국]에는 원래 조미료[매염]를 안 넣으며

至妙難形筆舌尖(지묘난형필설첨) 지묘한 이치는 필설로 형용하기 어려운 법이라.

靜裏黙觀消長理(정리묵관소장리) 고요함 속에 영고성쇠의 이치를 묵묵히 살피면

月圓如鏡又如鎌(월원여경우여겸) 달이 둥근 거울 같다가 또 낫같이 되기도 하네.

<金安國 周易卽唱주역즉창, 주역을 즉석에서 읊다>

*일본(日本)의 중 弸中(붕중)이 운을 부르니 즉시 읊어 그를 傾倒(경도)시켰음.

*김안국 →138.

153. 大姑舂政急(대고용정급) 큰 시누이는 절구질 서두르고

小姑入廚烟橫碧(소고입주연횡벽) 작은 시누이 부엌에 들어 연기 가득.

飢腸暗作吼雷鳴(기장암작후뇌명) 주린 배에서는 꾸르륵 우레소리 몰래 나고

空花生兩目(공화생양목) 두 눈은 眼花(안화, 눈병) 피어 어지러이 가물거리네.

待饁時提鋤不得力(대엽시제서부득력) 참 밥 기다릴 때면 호미들 힘도 없다오.

<姜希孟 待饁대엽, 중참을 기다리다. 農謳(농구) 14수 중의 하나>

*강희맹 →79.

154. 大同江水琉璃碧(대동강수유리벽) 대동강 강물은 유리처럼 파랗고
　　　長樂宮花錦繡紅(장락궁화금수홍) 장락궁의 꽃들 비단 수같이
　　　붉구나.

　　<李之氐 西都口號서도구호, 서도 평양에서 입으로 읊다 前半(전반)>

　　*이지저(1092~1145); 고려 인종 때 參知政事(참지정사). 자 子固(자고).
　　시호 文正(문정). 풍채가 좋고 마음이 후하며 문장이 뛰어났음.

155. 玳筵錯落啼紅燭(대연착락제홍촉) 玳瑁(대모, 거북 등껍질) 자
　　　리 편 연회석에 붉은 초 녹아 떨어져 내리는 듯
　　　鳳詔淋漓濕紫泥(봉조임리습자니) 임금님 詔書(조서)를 봉한
　　　자줏빛 진흙이 젖어 흘러내리는 듯 (살구꽃 만발일세)

　　<李齊賢 達尊杏花韻달존행화운, 달존의 살구꽃 시 운자 따라 시구>

　　*이제현 →9.

156. 大知無閑忙(대지무한망) 큰 지혜는 한가하거나 바쁨이란 게 없고
　　　小知形所役(소지형소역) 작은 지혜는 정신이 육체에 매여 시
　　　달리네.
　　　累日無卯酉(누일무묘유) 여러 날 출근과 퇴근이란 것이 없으니
　　　舊閒聊復得(구한료부득) 그 옛날의 한가함을 다시 얻었구나.

　　　　　　<成聃年 賦懷부회, 회포를 붙이다 시구>

　　*성담년(?); 조선 성종 때 弘文館校理(홍문관 교리). 호 靜齋(정재). 性
　　理學(성리학)에 통하고 시와 술을 즐기며 벼슬을 바라지 않았음.

157. 德茂者禮優(덕무자예우) 덕이 거룩하면 禮遇(예우)가 융숭하고
    功高者位重(공고자위중) 공적이 높으면 爵位(작위)도 중한 법이라.

    <李百順 除宰臣李延壽崔瑀敎書제재신이연수최우교서,
    이연수와 최우를 정승으로 除授(제수)하는 교서 구>

    *이백순→105.

158. 桃熟已敎金母獻(도숙이교금모헌) 복숭아 익으면 西王母(서왕
    모)더러 바치라 했고
    曲高新自月娥傳(곡고신자월아전) 새로운 좋은 악곡은 달나라
    의 姮娥(항아)가 전해 주었네.

    <李仁老 文機障子문기장자, 문기의 미닫이문 시구>

    *이인로→60.

159. 陶甖提白醶(도앵제백엄) 뚝배기단지에 막걸리 담아오고
    柳筐挈紅腥(유비설홍성) 버들광주리에는 비린 생선 넣어오네.

    <李達衷 山村雜詠산촌잡영, 산골마을의 여러 가지를 읊다 시구>

    *이달충→56.

160. 陶潛歸去欣瞻宇(도잠귀거흔첨우) 도잠은 벼슬 놓고 돌아가 집
    을 보며 기뻐했고
    杜甫行藏獨倚樓(두보행장독의루) 두보는 행장에 홀로 누각에
    올랐네.

    *行藏; 세상에 나가거나 숨음. 벼슬하거나 은퇴함.

    <徐居正 秋懷추회, 가을 회포 시구>

*서거정 →26.

161. 陶朱雖相越(도주수상월) 도주공은 월 나라 재상이지만

*陶朱公; 중국 春秋(춘추) 때 越(월)의 大夫 范蠡(대부 범려). 吳(오)를 멸한 뒤 陶(도)로 가서 朱公(주공)이라 하고 장사를 하여 많은 재산을 모았음. 陶朱는 '富者(부자)'의 대명사로 쓰임. →65.

一舸泛溟渤(일가범명발) 큰 바다로 조각배 띄워 갔고
安石在晉朝(안석재진조) 안석은 진 나라 조정에 있으면서

*安石; 중국 晉(진) 나라 謝安(사안 320~385)의 字(자). 前秦 苻堅(전진 부견)의 공격을 막아 太保(태보)가 되었고 太傅(태부)로 追贈(추증)되었음.

雅賞東山月(아상동산월) 동산의 달을 매우 즐겼네.
<李仁老 贈四友―山水友 趙亦樂증사우―산수우 조역락,
네 벗에게 드림―산수의 벗 조역락 前半(전반)>

*이인로 →60.

162. 桃花多事圍山店(도화다사위산점) 복숭아꽃 쓸데없이 산골 주막 두르고
胡蝶隨人上野船(호접수인상야선) 호랑나비 우리 따라 배에 날아오르네.

<黃玹 鴨江途中압강도중, 압록강 길에서 시구>

*황현(1855~1910); 大韓帝國末(대한제국말) 憂國烈士(우국열사), 시인. 호 梅泉(매천). 본관 長水(장수). 고종22년(1885) 生員試(생원시)에 장원했으나 관직에 나가기를 단념하고 시골에서 시를 지으며 보내다가, 중국 망명도 이루지 못하고 망국하자 음독 자결했음.

163. 纛亂風前竹(독난풍전죽) 바람 앞의 대나무는 깃발 펄럭이듯 하고
     螺排雨後山(나배우후산) 비온 뒤의 산들은 소라처럼 늘어섰네.

   <許小由 次旌善郡韻차정선군운, 강원도 정선군 시에 차운하다 시구>

   *허소유 →36.

164. 獨坐林亭夏日明(독좌임정하일명) 홀로 숲 정자에 앉으니 여름
     날 밝기도 하고
     淸溪琴節碧山屛(청계금공벽산병) 맑은 시냇물은 거문고요 푸른
     산은 병풍일세.

                <李滉 書季任倦遊錄後서계임권유록후,
                계임의 권유록 뒤쪽에 쓰다 시구>

   *이황 →1.

165. 獨擅文章繼牧翁(독천문장계목옹) 홀로 마음대로 글 휘둘러 목
     은 이색을 이으니
     粲然星斗列胸中(찬연성두열흉중) 찬란한 별들이 가슴속에 줄
     지어 가득하구나.
     更將六籍窓前讀(갱장육적창전독) 다시 여섯 경전을 창 앞에서
     읽으면서
     手自硏朱考異同(수자연주고이동) 붉은 먹으로 같고 다름을
     詳考(상고)한다네.

           <鄭夢周 讚陶隱찬도은, 도은 이숭인을 찬양하다>

   *陶隱 李崇仁(도은 이숭인) →6.

*정몽주 →85.

166. 東國千年運(동국천년운) 우리 나라의 천년 운을 타고났고
　　　南原一代賢(남원일대현) 남원 한 세대의 어진 사람이어라.

　　　　　<徐居正 送南原梁君誠之詩百韻송남원양군성지시백운,
　　남원으로 가는 양성지 군을 보내며 시 백운[200句구]을 짓다 시구>

　　*서거정 →26.

167. 曈曨紅日行黃道(동롱홍일행황도) 돋는 붉은 해는 그 가는 길
　　　황도로 가고
　　　靉靆卿雲繞紫宮(애체경운요자궁) 자욱히 낀 상서로운 구름은
　　　紫微宮(자미궁) 궁궐을 둘렀구나.

　　　　　<金勘 貫虹樓관홍루, 무지개를 꿰뚫는 누각 시구>

　　*김감(1466~1509); 조선 중종 때 兵曹判書(병조판서). 호 一齋, 仙洞(일
　　재, 선동). 시호 文敬(문경). 본관 延安(연안). 문장이 아름답고 굳세다
　　는 평을 받았음.

168. 東參而西商(동삼이서상) 동쪽의 삼 별과 서쪽의 상 별은
　　　相思以終古(상사이종고) 언제이고 서로 그리워하네.

　　　　　<柳夢寅 擬涉江采芙蓉의섭강채부용,
　　　　　강을 건너 연뿌리 캐는 일을 본떠 시구>

　　*유몽인(1559~1623); 조선 광해군 때 吏曹參判(이조참판), 說話文學者
　　(설화문학자). 호 於于堂, 艮菴(어우당, 간암). 시호 義貞(의정). 본관 興
　　陽(홍양). 仁祖反正(인조반정) 후 珍島(진도)로 귀양가 아들과 함께 처
　　형되었음. 저서 於于野談(어우야담).

169. 同心呵猰貐(동심가알유) 한마음으로 알유(이리보다 큰 맹수)
를 꾸짖었고
戮力射天狼(육력사천랑) 힘을 합쳐 천랑성 별을 쏘듯 안록산
무리를 부수었네.

<金訢 大唐中興五十韻대당중흥오십운, 당 나라 중흥 50운 시구>

*김흔(1448~?); 조선 성종 때 工曹參議(공조참의), 시인. 호 顔樂堂(안락
당). 본관 延安(연안). 문장이 정묘하고 律詩(율시)에 능했음.

170. 洞葉蕭蕭下(동엽소소하) 구렁의 나뭇잎 쓸쓸히 떨어지고
溪雲寂寂生(계운적적생) 시내의 구름 고요히 이네.

<李亶佃 聽琴청금, 거문고소리 듣다 시구>

*이단전 →114.

171. 凍雨斜連千嶂雪(동우사련천장설) 진눈깨비는 많은 봉우리들의
흰 눈에 이었고
飢鴉驚叫一林風(기아경규일림풍) 주린 까마귀 온 숲에 부는 바
람에 놀라 우짖네.

<李冑 次安邊樓題차안변루제, 안변 누각의 시에 차운하다 시구>

*이주(1468~1504); 조선 성종 때 正言(정언). 호 忘軒(망헌). 본관 固城
(고성). 연산군 戊午士禍(무오사화) 때 珍島(진도)로 유배, 甲子士禍(갑
자사하) 때 梟首(효수)되었음.

172. 東湖春水碧於藍(동호춘수벽어람) 동호의 봄물이 쪽빛보다 더
푸르니

白鳥分明見兩三(백조분명견양삼) 백조 두세 마리 분명하게 보이다가

柔櫓一聲飛去盡(유로일성비거진) 노 젓는 소리에 놀라 모두 날아가 버려

夕陽山色滿空潭(석양산색만공담) 석양의 산 경치만이 빈 못 같은 강물에 담겼네.

<鄭鳳 東湖동호, 성동구 옥수동 앞 한강>

*정봉(?); 楊根(양근, 경기도 楊平양평) 거주 나무꾼 시인. 일명 浦(포), 樵夫(초부), 鳳雲(봉운). 呂氏(여씨) 집 종으로 배 한 척에 땔나무를 싣고 동호에서 팔았음.

173. 冬曦不可夕(동희불가석) 겨울 햇빛은 저문다 할 수 없고
夏夜不可朝(하야불가조) 여름밤은 새울 것도 없구나.

<尹紹宗 一月三十日寄野堂吁齋일월삼십일기야당우재,
한달 서른 날'이란 제목으로 야당 우재에게 부치다 시구>

*윤소종(1345~1393); 고려 창왕 때 大司成(대사성), 조선조 兵曹判書(병조판서) 同知春秋館事(동지춘추관사). 호 桐軒(동헌). 본관 茂松(무송). 詩文(시문)이 뛰어나고 性理學(성리학)에 밝았음.

174. 頭流山迥暮雲低(두류산형모운저) 두류산은 높고 저녁구름 낮게 끼어
萬壑千巖似會稽(만학천암사회계) 수많은 골짜기와 바위들 중국 회계산 같구나.

*會稽; 중국 浙江星 紹興(절강성 소흥) 동남의 산. 越 句踐(월 구천)이 吳 夫差(오 부차)에 패해 城下之盟(성하지맹)을 맺은 곳임.

策杖欲尋靑鶴洞(책장욕심청학동) 지팡이 짚고 청학동을 찾으려 하니
隔林空聽白猿啼(격림공청백원제) 숲 건너 흰 원숭이 울음만 헛되이 들리네.
樓臺縹渺三山遠(누대표묘삼산원) 누대는 아득해 三神山(삼신산)은 하늘 밖이요
苔蘚依俙四字題(태선의희사자제) 이끼 낀 바위의 넉자 글씨 희미하구나.
始問仙源何處是(시문선원하처시) 무릉도원 어디인고 물어보려니
落花流水使人迷(낙화유수사인미) 낙화유수만 있어 헤매게 하는구나.

<李仁老 遊智異山유지리산, 지리산 유람>

*이인로 →60.

175. 頭陀雲夕起(두타운석기) 두타산 구름 저녁에 일어
時自宿簷來(시자숙첨래) 때때로 죽서루 처마에 와 자고 가네.

<李秉淵 竹西樓죽서루, 강원도 삼척 죽서루 끝구>

*이병연(1671~1751); 조선 영조 때 三陟府使(삼척부사), 시인. 호 槎川
(사천). 본관 韓山(한산). 鄭敾(정선)의 그림에 畵題(화제)를 많이 지었음.

176. 燈撼螢光明鳥道(등감형광명조도) 등불은 깜박깜박 반딧불인양 오솔길을 밝히고
梯廻虹影倒巖扃(제회홍영도암경) 층계는 무지개 그늘같이 빙 돌아 바위 문에 다다르네.

<朴仁範 涇州龍朔寺閣경주용삭사각, 중국 경주의 용삭사 누각 시구>

*박인범(?); 신라 때 학자, 문인. 唐(당)의 賓貢科(빈공과)에 급제했고,

守禮部侍郎(수예부시랑)을 지냈으며 효공왕 2년(898) 道詵(도선)의 비
문을 지었음.

177. 登壇周召虎(등단주소호) 단에 올라 주 나라 중흥을 맹세한 장
수 소호요
借符漢張良(차부한장량) 황제 밥상의 젓가락 빌어 계책을 아
뢴 한 나라 장량이라.

<金訢 大唐中興五十韻대당중흥오십운,
당 나라 중흥을 읊은 시 50운(100구) 시구>

*김흔→169.

178. 登玄圃而歷閬風(등현포이역낭풍) 崑崙山(곤륜산) 신선동산 현
포를 오르고 거기 낭풍을 지나
超大壑而昇列缺(초대학이승열결) 渤海(발해) 동쪽 몇 만리 대
학 골짜기를 넘어 번개 치는 하늘로 오르네.

<南孝溫 藥壺賦약호부, 漢(한)의 費長房(비장방)이
만났던 약 파는 신선노인에 관한 글[賦] 구>

*남효온 →11.

口부 (179~232)

179. 麻姑群玉山頭見(마고군옥산두견) 마고 선녀 사는 군옥산 머리에
　　天女瑤臺月下遊(천녀요대월하유) 선녀들 요대의 달 아래서 놀
　　이함이 보이네.
　　舞罷霓裳雲錦亂(무파예상운금란) 예상우의곡 춤추기를 마치
　　니 구름 같은 비단옷 흐트러져
　　歸來醉墮不曾收(귀래취타부증수) 돌아갈 제 놀이에 취해 옥비
　　녀 떨어진 걸 거두지 못한 게로다.

＜李塏 玉簪花옥잠화＞

　*이개(1417~1456); 조선 단종 때 死六臣(사육신). 호 白玉軒(백옥헌). 시
　　호 義烈, 忠簡(의열, 충간). 본관 韓山(한산). 直提學(직제학) 역임.

180. 莫怪隆冬贈扇子(막괴융동증선자) 한겨울에 부채를 준다고 괴
　　상하게 여기지 말라
　　爾今年少豈能知(이금연소기능지) 그대 나이 어려 어찌 그 뜻
　　을 알겠냐마는
　　相思夜半胸生火(상사야반흉생화) 그리움에 젖는 한밤 가슴속
　　에 이는 불은
　　獨勝炎蒸六月時(독승염증유월시) 유월 삼복더위의 뜨거움에
　　못지 않다네.

＜林悌 贈扇증선, 부채를 주며＞

　*임제(1549~1587); 조선 선조 때 禮曹正郎兼知制敎(예조정랑겸지제
　　교). 호 白湖, 謙齋, 楓江, 嘯痴(백호, 겸재, 풍강, 소치). 본관 羅州(나주).
　　東西紛爭(동서 분쟁)을 개탄, 명산을 다니며 悲憤慷慨(비분강개) 속에
　　요절했음. 문장, 시, 글씨, 거문고, 노래 등에 능했음.

181. 莫問累累兼若若(막문누누겸약약) 주렁주렁 매달리고 치렁치
    렁 늘어졌다고 묻지를 말라
    不曾是是況非非(부증시시황비비) 옳음을 옳다 않으니 그름을
    그르다 하겠는가.

        <李奎報 辛酉五月端坐無事和子美成都草堂詩韻
    신유오월단좌무사화자미성도초당시운, 신유 5월에 무사히 바로 앉아
            杜甫(두보)의 성도초당시에 和韻(화운)하다 시구>

    *이규보 →8.

182. 莫恨無書信(막한무서신) 편지 없다고 한하지 말라
    無書勝有書(무서승유서) 무소식이 희소식이라네.
    書來人不見(서래인불견) 편지는 오고 사람을 보지 못하면
    愁緒更何如(수서갱하여) 그 근심 또 어이하리.

        <洪宇遠 寄鄭進士子修기정진사자수, 진사 정자수에게>

    *洪宇遠(1605~1687); 조선 숙종 때 吏曹判書, 左參贊(이조판서, 좌참찬).
    호 南坡(남파). 시호 文簡(문간). 본관 南陽(남양). 庚申大黜陟(경신대출
    척) 때 南人(남인)으로 明川(명천)에 귀양, 文川(문천)으로 옮겨 사망했음.

183. 萬國都城如垤蟻(만국도성여질의) 만국의 서울은 개미 둑 같고
    千家豪傑等醯鷄(천가호걸등혜계) 온갖 집의 호걸들은 술독 안
    의 초파리일세.
    一窓明月清虛枕(일창명월청허침) 창에 비치는 밝은 달빛 아래
    잡념 없이 누우니
    無限松風韻不齊(무한송풍운부제) 끝없는 솔바람 소리 야단스
    럽기도 하구나.

<西山大師休靜 登香爐峯등향로봉, 금강산 향로봉에 올라>

*이 시를 두고 無業(무업)이란 妖僧(요승)이 조선 왕조를 비방했다고 誣
告(무고)했으 나, 선조 임금이 오히려 잘 지었다고 했다 함.

*서산대사 휴정(1520~1604); 조선 선조 때 高僧(고승). 법명 休靜. 속성
崔氏(최씨). 호 淸虛, 西山(청허, 서산). 본관 完山(완산). 임진왜란 때 僧
兵(승병)을 조직, 지휘했음.

184. 晩年身世鳥飛倦(만년신세조비권) 늙바탕의 신세는 날기에 지
친 새요
少日功名蟻戰酣(소일공명의전감) 젊은 날의 공명은 과거 보느
라 부산했었네.

<成石璘 題南谷先生詩卷제남곡선생시권,
남곡 선생의 시권에 제하다 시구>

*성석린(1338~1423); 조선 태종 때 領議政(영의정), 名筆(명필). 호 獨
谷(독곡). 시호 文景(문경). 본관 昌寧(창녕). 효성이 지극했음.

185. 晩來微雨洗長天(만래미우세장천) 저녁 되어 내리는 가랑비 하
늘 씻어 맑게 하고
入夜高風捲暝煙(입야고풍권명연) 밤들어 부는 센바람 저물 녘
연기 거두네.

<李荇 霜月상월, 서리 내린 밤의 달 前半(전반)>

*이행(1478~1534); 조선 중종 때 左議政(좌의정), 문인. 자 擇之(택지).
호 容齋, 靑鶴道人(용재, 청학도인). 시호 文憲(문헌). 학문을 좋아하고
그림도 잘 그렸으며 10척 長身(장신)이었음. 誣告(무고) 받아 沔川(면
천, 당진)에 은거했음.

186. 萬里雲開銀漢迥(만리운개은한형) 구만리 하늘 구름 걷히니 은
하수 멀어 보이고
一簷風動玉繩橫(일첨풍동옥승횡) 처마에 바람 일어 설렁줄 늘
어졌구나.

<崔淑生 新秋신추, 첫가을 시구>

*최숙생(1457~1520); 조선 중종 때 右議政(우의정). 호 忠齋(충재). 본
관 慶州(경주). 詩文(시문)에 능했고 己卯士禍(기묘사화) 때 官爵(관작)
이 삭탈되었음.

187. 萬事一回悲逝水(만사일회비서수) 세상만사 한번 물 흐르듯 해
버리는 게 슬프고
浮生三歎撫飛蓬(부생삼탄무비봉) 덧없는 인생 쑥대처럼 떠돌
아 거듭 탄식하네.

<朴祥 彈琴臺탄금대, 충북 충주 탄금대 시구>

*박상(1474~1530); 조선 중종 때 司諫院獻納(사간원헌납), 羅州牧使(나
주목사). 호 訥齋(눌재). 시호 文簡(문간). 본관 忠州(충주). 일 처리가 단
호하여 기개가 있었고 성현·신광한·황정욱과 4家(4가)로 칭송됨.

188. 滿城桃李千林雨(만성도리천림우) 성 안 가득 핀 복숭아와 오얏
꽃 모든 숲에 내리는 비와 같고
比屋弦歌萬井烟(비옥현가만정연) 집집마다 거문고에 노랫소리
온 시가지에 퍼진 연기일세.

<許琛 送曹應教偉出知咸陽송조응교위출지함양,
함양 고을원으로 가는 조위 응교를 송별하며 시구>

189. 謾笑隋亡因拒諫(만소수망인거간) 수 나라가 망한 것은 신하들
의 간함을 물리쳐서라고 唐高宗(당 고종)은 부질없이 웃었지만
不知家索牝鷄晨(부지가색빈계신) 자신은 則天武后(칙천무후)
를 들여 암탉이 새벽에 울면 집안이 망함을 알지 못했네.

<鄭樞 讀唐高宗紀독당고종기, 당 나라 고종의 역사를 읽고 시구>

*정추(1333~1382); 고려 공민왕 때 成均館大司成(성균관대사성), 학자.
호 圜齋, 圓翁, 雪谷(원재, 원옹, 설곡). 시호 文簡(문간). 본관 淸州(청
주). 시에 능해 이름이 높았음.

190. 滿廷諫切眞長策(만정간절진장책) 조정에 가득한 간절한 간언
이 좋은 계책이어서
拓地功高是大名(척지공고시대명) 동북 국경 개척한 공이 높아
큰 명성 떨쳤네.

<李頖 賀元帥尹侍中하원수윤시중, 원수 尹瓘(윤관) 시중을 하례하다 시구>

*이오(?); 고려 숙종 때 門下侍中太學士(문하시중태학사). 호 金剛居士
(금강거사). 시호 文良(문량). 본관 仁川(인천).

191. 滿庭月色無煙燭(만정월색무연촉) 뜰 가득한 달빛 그을음 없는
촛불이요
入座山光不速賓(입좌산광불속빈) 방에 드는 산 경치 청하지 않
은 손님일세.
更有松絃彈譜外(갱유송현탄보외) 거기다가 소나무는 악보에 없
는 곡조를 타니

只堪珍重未傳人(지감진중미전인) 다만 아끼고 조심해 세상 사람들에게 알려지지 않기를.

<崔冲 絶句절구>

*최충(984~1068); 고려 문종 때 大學者(대학자), 門下侍中, 都兵馬使(문하시중, 도병마사). 호 惺齋, 月圃, 放晦齋(성재, 월포, 방회재). 시호 文憲(문헌). 본관 海州(해주). 관직에서 물러나 文憲公徒(문헌공도)를 세워 제자들을 많이 배출해 교육진흥에 많은 공을 남겼음.

192. 滿座佳賓皆國族(만좌가빈개국족) 자리 가득한 귀한 손님들 모두 임금님과 같은 姓(성)인 국족이요
趍庭群季盡朝官(추정군계진조관) 뜰에 있는 아우들은 모조리 고관들일세.

<黃鉉 賀李中樞年七十壽九十慈親하이중추연칠십수구십자친,
이 중추 연세 일흔에 아흔 살 자친 모심을 하례하다 시구>

*황현(?); 조선 세종 무렵의 文人(문인).

193. 蠻觸三韓日(만촉삼한일) 우리 땅에서는 달팽이 뿔의 싸움 같은 다툼이 있었고
風塵四海天(풍진사해천) 온 천하에는 전쟁이 요란했었네.

<朴枝華 詠崔孤雲영최고운, 고운 崔致遠(최치원)을 읊다 시구>

*박지화(1513~1592); 조선 선조 때 학자. 호 守庵(수암). 본관 旌善(정선).

194. 萬壑煙嵐行坐裏(만학연람행좌리) 수많은 골짜기들 가나 앉으나 이내 속이요
千重島嶼顧瞻間(천중도서고첨간) 천 겹 겹친 섬들 뒤나 앞이

나 가득일세.

<釋圓鑑 遊楞伽寺유능가사, 능가사를 유람하며 시구>

*석원감 →113.

195. 萬峽怳疑春夢到(만협황의춘몽도) 만첩 골짜기 황홀해 봄꿈 속
이 아닌가 하고
千秋長擬地仙遊(천추장의지선유) 천추토록 길이 지상의 신선
유람 본받네.

<李重煥 丹陽三巖단양삼암, 단양의 세 바위 시구>

*이중환(1690~1756); 조선 숙종 때 兵曹正郞(병조정랑), 실학자. 호 淸
潭, 靑華山人(청담, 청화산인). 본관 驪州(여주). 두 번 유배당했고 擇里
志(택리지)를 지었음.

196. 萬戶炊煙靑靄靄(만호취연청애애) 많은 집에서 밥짓는 연기 푸
르게 자욱하고
四山佳氣碧浮浮(사산가기벽부부) 사방 산의 고운 모양 파란
빛 성하구나.
分符留守二千石(분부유수이천석) 유수 벼슬은 2천 석 녹봉인데
仗鉞觀風五十州(장월관풍오십주) 임금님 명으로 觀風察俗
(관풍찰속, 풍속을 세밀히 살핌) 하기 쉰 고을일세.

<許稠 次鎭南樓韻차진남루운, 충남 海美邑城(해미읍성) 진남루 차운 시구>

*허조(1369~1439); 조선 세종 때 左議政(좌의정). 호 敬菴(경암). 시호
文敬(문경). 사람을 공정하게 썼고 官妓廢止(관기폐지)를 사람들 생각
과 달리 반대했음.

197. 茫茫太白與天通(망망태백여천통) 멀고도 아득한 태백산 하늘과
통하고

舊刹雄開左海東(구찰웅개좌해동) 옛 절은 웅대하게 우리 나라 동
쪽에 열렸구나.

河岳遠朝千里外(하악원조천리외) 강과 산은 천리 밖에서 뵙듯 하
고

殿樓飛出二儀中(전루비출이의중) 불전과 누각은 천지간에 날아오
르듯 솟았네.

名僧去住花生樹(명승거주화생수) 義湘(의상)은 떠났지만 나무는
꽃 피우고

*화생수; 의상대사가 꽂은 지팡이가 살아나 나무가 되고 꽃이 피었음.

故國興亡鳥度空(고국흥망조도공) 신라의 흥망 알 바 없이 새들은
하늘을 나네.

誰識周南留滯客(수식주남유체객) 남쪽 지방을 두루 도는 나그네
여기 머물렀음을 그 누가 알랴

*주남; 시경 國風(국풍)의 篇名(편명). 여기서는 召南(소남) 편도 함께 연
상(聯想)하여 '남방을 두루 돌아보는'의 뜻으로 표현한 듯함. 周武王
(주 무왕)을 도와 殷(은)을 멸한 周公旦(주공 단)을 기념한 것이 周南이
고, 召公奭(소공 석, 소공, 文王문왕의 庶子서자, 召伯소백)을 기념한
것이 召南인데, 소공이 남쪽을 순회하다가 甘棠(감당) 나무 아래서 쉬
며 백성들을 교화했다 함.

浮雲落日意無窮(부운낙일의무궁) 떠가는 구름과 지는 해에 이 마
음 하염없어라.

<李重煥 浮石寺부석사, 영주 부석사>

*이중환 →195.

198. 妄說壺公能縮地(망설호공능축지) 호공이 축지법을 쓴다고 망녕되이 말하고

  *호공; 後漢(후한)의 費長房(비장방)이 만났던 신선 노인. 시장에서 약을 팔며 병 속에 살았음.

  可憐杞國謾憂天(가련기국만우천) 기 나라 사람들은 하늘이 무너지지 않나 걱정했다니 가련하구나.

＜徐居正 閑題한제, 한가로이 짓다 시구＞

  *서거정 →26.

199. 望紅塵而縮頭(망홍진이축두) 속세를 바라보면 고개 움츠러지니
    人心對面眞九疑(인심대면진구의) 얼굴을 마주해도 그 마음은 구의산일세.

  *九疑山; 중국 호남성 零陵道(영릉도)에 있는 산. 아홉 봉우리가 거의 같아 어느 봉우리인지 의심되므로 '의심'의 뜻으로 씀. 일명 蒼梧山(창오산).

＜李仁老 和歸去來辭화귀거래사,
陶潛(도잠, 淵明연명)의 귀거래사에 화답하다 句(구)＞

  *이인로 →60.

200. 每年加弊瘼(매년가폐막) 해마다 없애지 못하는 폐해만 더해가니
    何日得歡娛(하일득환오) 어느 날에나 즐거움을 얻을 수 있으랴.

＜元天錫 過楊口邑과양구읍, 강원도 양구읍을 지나며 시구＞

  *원천석(?); 고려말의 학자, 隱士(은사). 호 耘谷(운곡). 본관 原州(원주). 고려가 쇠망해감을 보고 雉岳山(치악산)에 들어가 농사 짓고 부모 봉양에 힘썼음. 조선 太宗(태종)이 왕자 때 배운 바 있어 왕이 된 뒤 치악산으로 찾아갔으나 만나주지 않았음.

201. 每懷姜被暖(매회강피난) 늘 강피의 따뜻함을 못 잊는데

*강피; 後漢(후한) 姜肱(강굉) 형제가 이불을 같이 덮고 자며 화목했음.

　　誰念范袍寒(수념범포한) 范叔(범숙)의 차가운 도포를 누가 생각하리.

*중국 戰國(전국) 때 魏(위)의 須賈(수가)가 범숙에게 비단 도포를 주었음.

<李齊賢　北上북상, 북으로 가며　시구>

*이제현 →9.

202. 猛焰燎空欺落日(맹염요공기낙일) 사나운 불꽃 하늘을 태워 석양을 업신여기고
　　狂煙亘野截歸雲(광연긍야절귀운) 미친 연기 온 들판을 뻗어 가는 구름 자르네.

<崔致遠　野燒야소, 들판이 타다　시구>

*최치원 →25.

203. 盟主詞垣七十年(맹주사원칠십년) 문단의 맹주로 칠십 년
　　生朝此日開盛筵(생조차일개성연) 이 아침에 성대한 생신 잔치 벌이네.
　　琴亭書庫香山叟(금정서고향산수) 거문고 정자와 서고[박식함]는 백낙천과 같고
　　文彩風流玉局仙(문채풍류옥국선) 고상한 문장과 풍류는 신선 같은 소동파일세.

*玉局; 중국 宋(송) 때 祭祀擔當官吏(제사담당관리). 玉局觀提擧(옥국관제거). 蘇軾(소식, 東坡동파)이 이를 역임한 바 있어 읊은 것임.

<<尹定鉉 磚陵잠릉, 申緯(신위) 壽宴(수연) 축하시>

*윤정현 →99.

204. 俛仰江山似昔年(면앙강산사석년) 우러러보고 굽어보아도 강산
은 예와 같아
英雄眼力故依然(영웅안력고의연) 백사 선생의 안목이 선하구나.
西風恐汚王孫畫(서풍공오왕손화) 서풍으로 해서 왕손의 그림
더럽혀질세라
欲徙全家上水邊(욕사전가상수변) 온 가족 이사하여 물가에서
살고 싶네.

<李重煥 絶句절구>

*강원도 橫城(횡성)을 지나며 白沙 李恒福(백사 이항복)이 여기에 살았
으면 했다는 사실을 생각하며 지었다 함.

*이중환 →195.

205. 明誠承古聖(명성승고성) 참됨을 밝힘에는 옛 성인을 이어받았고
博約冠群賢(박약관군현) 博文約禮(박문약례, 널리 학문을 닦
고 예절을 바르게 함)는 여러 어진 이들 중 으뜸일세.

<宋時烈 次洪輔而韻차홍보이운, 홍보이 시에 차운하다 시구>

*송시열 →133.

206. 銘心欲報夫人渥(명심욕보부인악) 부인의 두터운 은혜 갚자고
명심했고

結草難忘相國恩(결초난망상국은) 張丞相(장승상)의 은덕 결초보은 어이 잊으리.

<淑香傳 哀怨詩애원시, 슬피 원망하는 시 시구>

*숙향전; 작자미상의 古代小說(고대소설).

207. 茅茨萬屋平初合(모자만옥평초합) 수많은 초가마다 한결같이 평평히 눈 덮였으니
簑笠孤舟重乍添(사립고주중사첨) 쪽배의 도롱이와 삿갓에도 무게 더했으리.

<鄭以吾 新都雪夜效歐陽體신도설야효구양체, 새 서울 한양의 눈오는 밤에 宋(송)의 歐陽修(구양수) 詩體(시체)를 본떠 시구>

*정이오(?); 조선 태종 때 大提學, 贊成事(대제학, 찬성사). 호 郊隱(교은). 시호 文定(문정). 본관 晋州(진주). 글에 뛰어났음.

208. 帽灰鼠者未陞品(모회서자미승품) 회색 다람쥐 털모자 쓴 사람은 品階(품계)에 못 오른 이요
帶烏角者初筮仕(대오각자초서사) 검은 가죽 허리띠 두른 이는 갓 벼슬에 오른 사람일세.

<朴齊家 城市全圖應令성시전도응령,
임금님 명에 따라 시내의 모든 모습을 읊다 시구>

*박제가(1750~1815); 조선 정조 때 檢書官兼承文院吏文學官(검서관겸승문원이문학관). 호 楚亭, 貞蕤, 葦杭道人(초정, 정유, 위항도인). 본관 密陽(밀양). 後四家(후4가)의 한 분으로 淸(청)에 사신으로 수차 가서 新學風(신학풍) 곧 北學(북학)을 수입했음.

209. 牧童橫笛驅黃犢(목동횡적구황독) 목동은 피리 비껴 불며 누렁
    송아지 몰고
    兒女携筐採白蘋(아녀휴광채백빈) 계집아이들 광주리 끼고 마
    름을 캐리라.

    <李健 江南春강남춘, 강남의 봄 後半(후반)>

*이건(1614~1662); 조선 효종 때 王族文人(왕족문인). 호 葵窓(규창).
본관 全州(전주). 선조의 제7자 珙(공)의 아들로 海原君(해원군)에 봉해
졌음. 시와 글씨, 그림에 능하여 三絶(삼절)이라 했음.

210. 穆穆開閭闔(목목개창합) 거룩하게도 궁궐 문을 열어놓고
    侁侁試禮闈(신신시례위) 떼를 지어 궁중 안에서 과거를 치르
    게 하셨네.

    <鄭夢周 賀李秀才就登第還鄉三十韻 하이수재취등제환향삼십운,
    이수재가 과거에 올라 고향으로 감을 하례하며 30운(60구) 시구>

*정몽주 →85.

211. 夢躡紅雲拜紫皇(몽섭홍운배자황) 꿈은 붉은 노을 구름 밟아 옥
    황상제를 뵙고
    身隨明月度瀟湘(신수명월도소상) 몸은 명월 따라 경치 좋은 소
    상을 건너네.

    <金萬重 癸丑九月十三日~定配之命獄中作絶句
    계축구월십삼일~정배지 명옥중작절구,
    계축9월13일~귀양가라는 명이 내려 옥중에서 절구를 짓다 시구>

*김만중(1637~1692); 조선 숙종 때 吏曹判書(이조판서), 문학자. 호 西
浦(서포). 시호 文孝(문효). 본관 光山(광산). 세 차례나 定配(정배)를 당

했고 유복자로서 모친에 대한 효성이 지극해 최초의 국문소설 九雲夢
(구운몽)과 謝氏南征記(사씨남정기)를 지었음.

212. 夢淸逼鷗鷺(몽청핍구로) 갈매기와 벗하는 맑은 꿈을 지니고
　　詩壯恐蛟鼉(시장공교타) 교룡과 자라들이 놀랄 굳센 시를 지으리.

　　　　　<鄭元容 暮行모행, 저녁에 배로 가며 시구>

　　*정원용(1783~1873); 조선 헌종 때 領議政(영의정). 호 經山(경산). 시
　　호 文忠(문충). 본관 東萊(동래). 벼슬살이 72년 동안 나랏일에 부지런
　　했고 검소한 생활을 했으며 문장과 筆法(필법)이 뛰어났음.

213. 夢枕已諳身一世(몽침이암신일세) 꿈꾸는 베개에서 이 몸의 한
　　세상 깨달았으나
　　醉鄕那得屋三間(취향나득옥삼간) 취향에서 어찌 초가삼간 얻을
　　수 있으리.

　　*醉鄕; 취중에 느끼는 몽롱한 경지, 취중의 즐거운 경지.

　　　　　<許琮 南原東軒韻남원동헌운, 남원동헌에서 지은 시 시구>

　　*허종(1434~1494); 조선 成宗(성종) 때 右議政(우의정). 호 尙友堂(상우
　　당). 시호 忠貞(충정). 본관 陽川(양천). 淸白吏(청백리)로 유명함.

214. 廟表全心德(묘표전심덕) 廟號(묘호, 追尊 諡號추존 시호)는 너
　　그럽고 어지신 마음을 나타냈고
　　陵加百行源(능가백행원) 능[陵寢능침]은 백행의 근원인 효를
　　올렸네.
　　衣裳圖不見(의상도불견) 어지신 모습 肖像(초상)이 없어 못 보고

社稷欲無言(사직욕무언) 사직[정부, 조정]에 관해서는 할말이
없구나.

天靳逾年壽(천근유년수) 하늘은 겨우 한 해만 在位(재위)토록
인색했으니

人含萬古寃(인함만고원) 백성들은 만고의 원망을 가졌어라.

春坊舊僚屬(춘방구요속) 춘방[世子侍講院세자시강원]의 옛 동
료로는

只有右司存(지유우사존) 다만 侍講院 右司書(시강원 우사서)
만이 남아 있구나.

<盧守愼 孝陵端午祭효릉단오제, 효릉의 단오제>

*孝陵; 조선 12대 임금 仁宗(인종)의 능. 高陽(고양)에 있음.

*노수신(1515~1590); 조선 선조 때 領議政(영의정). 자 寡悔(과회). 호
蘇齋, 伊齋(소재, 이재). 시호 文懿(문의). 본관 光州(광주). 지은 책이 많
았으나 난리로 흩어졌음.

215. 無可舊詩汀月冷(무가구시정월랭) 무가의 옛 시에는 물가의 달이
서늘하고

*無可; 당(唐)의 僧侶(승려). 賈島(가도)의 從弟(종제).

巨然新畵遠山平(거연신화원산평) 거연의 새 그림에는 먼데 산이
평평하구나.

*巨然; 南唐(남당)의 승려. 그림에 능했음.

<金學淵 詩會作시회작시, 시회에서 지은 시구>

*김학연(?); 정조, 순조 때 시인, 서예가. 이름 禮源(예원).

216. 無金可買長門賦(무금가매장문부) 가진 돈 없어 漢武帝(한무제) 때 司馬相如(사마상여)의 장문부 글을 살 수 없고

有夢空傳錦字詩(유몽공전금자시) 헛되이 回文詩(회문시)인 금자시가 전해올 꿈을 가졌네.

珠淚幾霑吳練袖(주루기점오련수) 구슬 같은 눈물 오 나라 비단 소매 얼마나 적셨던고

薰香猶濕越羅衣(훈향유습월나의) 향냄새는 아직도 월의 비단 옷에 스며 있구나.

<朴致安 老妓彈琴노기탄금, 거문고 타는 늙은 기생 시구>

*박치안(?); 연대 미상의 시인. 이 시의 原題(원제)가 '興海鄉校月夜老妓彈琴(흥해향교월 야노기탄금, 경북 홍해 향교의 달밤에 노기가 거문고를 타다)'이고, 사람들이 즐겨 읊던 시라 함.

217. 無人解唱陽關曲(무인해창양관곡) 누구도 날 위해 송별 노래 양관곡을 불러주지 않는데

只有靑山送我行(지유청산송아행) 다만 저 청산만이 나를 전별해 주네.

<鄭之升 留別유별, 남아 있는 사람들에게 작별하며 後半(후반)>

*정지승(?); 조선 선조 때 文官(문관). 호 叢桂堂(총계당). 본관 溫陽(온양).

218. 黙黙思前事(묵묵사전사) 조용히 지난 일을 생각하고

遙遙計去程(요요계거정) 아득히 먼 갈 길을 헤아려보네.

<鄭夢周 客夜객야, 객지의 밤 시구>

*정몽주 →85.

219. 文高華國靑錢鸞(문고화국청전작) 문장에 뛰어나 나라 빛냄은 청
    전작(장작의 청동엽전)이요

  *청전작; 唐(당) 나라 張鸞(장작)이 과거를 보기만 하면 급제하므로, 員
    半千(원반천)이 "청동 엽전은 만 번 가려보아도 틀림이 없는 것처럼 재
    주 있는 선비는 과거를 만 번 보아도 급제한다" 했음.

    威敵扶王白棒羆(위적부왕백봉비) 위엄은 적을 쫓고 왕을 살린 백
    봉비(왕비의 흰몽둥이)로다.

  *백봉비; 北齊(북제)의 猛將 王羆(맹장 왕비)가 南齊(남제) 군사들의 습
    격을 모르고 있다가 흰 몽둥이를 들고 내달으며 크게 외치니 적들이
    물러섰음.

        <趙冲 賀琴平章得外孫하금평장득외손,
    평장사 琴儀(금의)가 외손을 보았음을 하례하여 시구>

  *조충(1171~1220); 고려 고종 때 翰林學士, 西北面兵馬使(한림학사, 서
    북면병마사)로 文臣(문신)이요 將軍(장군)임. 시호 文正(문정). 본관 橫
    川(횡천, 횡성). 契丹軍(글안군)의 침입을 무찔렀음.

220. 聞君閉戶對塵編(문군폐호대진편) 듣자니 그대 문닫고 먼지 앉
    은 책 뒤적인다지
    讀過長安積雨天(독과장안적우천) 그걸 읽으며 서울의 장마 겪
    어 넘기려는가.
    要向柴扉尋病叟(요향시비심병수) 사립문 두드리며 이 병든 늙
    은이 찾아오게나
    淸談終勝卷中賢(청담종승권중현) 나와 나누는 청담이 책 속 賢
    人(현인)의 말보다 나을 걸세.

  *淸談; 名利(명리)를 떠난 청아한 이야기. 중국 魏와 晉(위진) 때(서기
    265년 무렵) 노장학파들이 淸淨無爲(청정무위)를 이야기하는 사조가

있었으니, 劉伶·阮籍·嵇康·山濤·向秀·阮咸·王戎(유령·완적·혜강·산도·
향수·완함·왕융) 등 죽림7현이 대표적임.

<林椿 戲贈皇甫若水희증황보약수, 황보 항에게 장난 삼아 주다>

*황보약수, 皇甫沆(황보항(－1171－); 고려 明宗(명종) 때 名儒(명유).
호 若水. 海左7賢(해좌7현)의 한 사람.

*임춘→28.

221. 聞說至尊徵稿入(문설지존징고입) 임금께서 그대의 詩稿(시고)
를 들이라 하셨다니
全勝身到鳳凰池(전승신도봉황지) 직접 봉황지[弘文館홍문관]
에 간 것보다 낫구려.

<崔岦 贈石洲증석주, 석주 권필에게 주다>

*최입(1539~1612); 조선 선조 때 刑曹參判(형조참판), 문장가. 호 東皐,
簡易(동고, 간이). 본관 通川(통천). 明(명)에 사신으로 가기 세 번으로
명의 학사들이 그의 글을 보고 탄복했다 하며, 百家(백가)의 여러 글에
정통했음.

222. 聞汝便憐斷月丞(문여편련단월승) 듣자니 네가 단월역의 역승을
사랑하여
*驛丞; 明淸(명청) 때 驛站(역참)에서 관리의 迎送(영송), 공문서 전달 등
을 맡은 벼슬.

夜深常向驛奔騰(야심상향역분등) 깊은 밤에도 늘 역을 향해 바삐
달린다는구나.
何時手執三稜杖(하시수집삼릉장) 언젠가는 내 손에 세모진 방망
이를 쥐고

歸問心期月嶽崩(귀문심기월악붕) 돌아가 너의 굳은 약속 문책해
볼꼬.

＜全穆 責妓金蘭책기금란, 기생 금란을 나무라다＞

* 전목이 忠州(충주) 기생 금란을 사랑했는데 서울로 떠날 즈음 다른 사람
  에게 정 주지 말라하니 금란이 "월악산이 무너질지라도 내 마음 변치 않
  을 것이오." 했음. 그 뒤 금란이 단월역승을 사랑하니 전목이 이 시를 지
  어 보냈는데, 금란이 다음과 같이 和答(화답) 했다고 함. 이 시들은 斯文
  梁汝恭(사문 양여공)이 지은 것이다. ＜成俔성현 慵齋叢話용재총화＞

北有全君南有丞(북유전군남유승) 북에는 전 서방님, 남에는 역승
妾心無定似雲騰(첩심무정사운등) 내 마음 정한 데 없어 피어나는
구름일세.
若將盟誓山如變(약장맹서산여변) 만약 맹세로 하여 산이 변해 버
린다면
月嶽于今幾度崩(월악우금기도붕) 월악산이 지금까지 몇 번이나
무너졌을꼬.

＜金蘭 和答화답, 전목의 시에 화답하다＞

*전목(?); 선비. 미상.

223. 文而爲書癡(문이위서치) 문을 하면서도 글만 아는 바보가 되고
　　　武而爲虎癡(무이위호치) 무를 하면서도 용맹스러운 바보가 되네.

＜金馹孫 癡軒記치헌기, 치헌을 두고 쓴 글(記)＞

*김일손 →27.

224. 文章不出經綸業(문장불출경륜업) 문장이 천하 다스리는 일에서
　　　벗어나지 않고

名節原從道學源(명절원종도학원) 명분과 절의는 도학에 뿌리를 두었네.

＜黃玹 哭勉庵先生六首곡면암선생육수,
면암 崔益鉉(최익현) 선생 영전에 통곡하다 여섯 수 제1수 시구＞

*황현 →162.

225. 文章超出於百王(문장초출어백왕) 문장은 많은 왕들보다 뛰어나
시고
禮樂竝興於中國(예악병흥어중국) 예악은 중국과 나란히 일으키
시었소.

＜朴昇中 睿王諡册文예왕시책문 句(구)＞

*예종의 諡號(시호)를 올릴 때 생전의 공적을 찬양하여 지은 글[시책문]

*박승중(－1123－); 고려 예종 때 학자, 문인. 자 子千(자천). 경북 蔚珍
(울진)에 유배되었다가 고향인 務安縣(무안현)으로 量移(양이, 감형하
여 이송)되어 사망했음.

226. 門千戶萬摠成灰(문천호만총성회) 천문만호 번화함이 모두 재
가 되었는데
剩水殘山春又來(잉수잔산춘우래) 그래도 남은 산과 강에는
봄이 또 오는구나.

＜柳得恭 松京雜絶송경잡절, 개성의 여러 모습 시구＞

*유득공 →43.

227. 物象鮮明霽色中(물상선명제색중) 만물의 모습 맑은 날씨 속에 산뜻하고

勝遊懷抱破忡忡(승유회포파충충) 즐거운 놀이의 감회 시름겨운 마음 깨뜨리네.

江含落日黃金水(강함낙일황금수) 강은 지는 해를 머금어 황금빛 물결이요

柳放飛花白雪風(유방비화백설풍) 버들강아지 흩날리니 흰눈바람이어라.

故國江山千里遠(고국강산천리원) 내 고향산천은 천리로 멀고먼데

一尊談笑萬緣空(일준담소만연공) 술잔 놓고 담소하니 얽힌 고향생각들 없어지네.

興來意欲題新句(흥래의욕제신구) 흥이 나서 새로운 시 한 수 지으려니

下筆慚無氣吐虹(하필참무기토홍) 무지개 토하듯 하는 아름다운 시상 떠오르지 않아 부끄럽구나.

<鄭知常 春日 춘일, 봄날>

*정지상 →134.

228. 物色當三日(물색당삼일) 만물의 풍경이 삼짇날 되었는데

羈囚恰四人(기수흡사인) 감옥에 갇힌 죄수 네 사람이라.

<曹漢英 瀋獄踏靑日呈淸陰심옥답청일정청음,
심양 감옥에서 삼짇날에 청음 金尙憲(김상헌)에게 시구>

*조한영(?~1670); 조선 현종 때 漢城左尹(한성좌윤). 호 晦谷(회곡). 시호 文宗(문종). 본관 昌寧(창녕). 인조 18년(1640) 瀋陽(심양)으로 잡혀가 3년만에 석방되었음.

229. 未待百年悲麥秀(미대백년비맥수) 서울이 보리밭으로 변한 망국
　　　을 탄식한 箕子(기자)의 麥秀之嘆(맥수지탄)이 백년 뒤에 들리
　　　리라 기다릴 것 없이
　　　君王當日亦霑衣(군왕당일역점의) 禑王(우왕)은 최영 장군을
　　　내쫓은 그날로 옷이 눈물에 젖었었네.

<許琛 松都本闕古基송도본궐고기, 송도(개성)의 고려 궁궐 옛터 終聯(종련)>

　*허침 →94.

230. 未圓常恨就圓遲(미원상한취원지) 둥글지 못함이 늘 한인데 둥
　　　글게 되기 느리니
　　　圓後如何易就虧(원후여하이취휴) 둥글게 된 뒤에는 어이 쉽게
　　　이지러지는가.
　　　三十夜中圓一夜(삼십야중원일야) 한 달 서른 날 중 둥근 달은
　　　하룻밤이니
　　　百年心事摠如斯(백년심사총여사) 내 평생 심사도 모두 이와 같
　　　구나.

<宋翼弼 望月망월, 보름달>

　*송익필(1534~1590); 조선 선조 때 학자, 문인. 호 龜峰(구봉). 시호 文敬
　　(문경). 본관 礪山(여산). 庶孽(서얼) 출신이나 율곡, 송강 등 명사들과 사
　　귀었고 禮學(예학)에 뛰어났으며 8文章家(문장가)의 한 분임.

231. 未知成佛同靈運(미지성불동영운) 晉(진)의 謝靈運(사영운)을
　　　닮아 성불하려나
　　　自足能詩似貫休(자족능시사관휴) 唐(당)의 스님 관휴처럼 시
　　　짓는 솜씨 장하지.

<李尙迪 聞鄭壽銅入香山爲僧문정수동입향산위승,
정수동이 묘향산에 들어가 중이 된다는 말을 듣고 시구>

*이상적 →30.

232. 民心去隋久(민심거수구) 민심은 수 나라를 떠난 지 오래라
    天命向唐新(천명향당신) 천명이 당나라로 새로이 향했구나.

<尹紹宗 凌煙閣능연각, 당 나라 능연각 시구>

*윤소종 →173.

ㅂ부 (233~309)

233. 雹亂霆馳彌洞府(박란정치미동부) 소쿠라지는 물벼락 온 골에
가득하고
珠舂玉碎徹晴空(주용옥쇄철청공) 물보라는 부서지는 옥이라 갠
하늘에 사무치네.

<黃眞伊 朴淵瀑布박연폭포, 개성 박연폭포 시구>

*황진이(?); 조선 중종 때 개성의 名妓(명기), 여류시인. 별명 眞娘(진
낭). 妓名(기명) 明月(명월). 아름다운 용모와 聰明(총명)으로 詩書音律
(시서음률)이 당대의 독보여서 문인 및 뛰어난 선비들과 사귀었음. 松
都三絶(송도삼절)의 하나.

234. 撲地靑泥屋(박지청니옥) 곳곳마다 찰흙으로 지은 집에
遮風白葦墻(차풍백위장) 흰 갈대 울 둘러 바람을 막네.

<李秉淵 浦村포촌, 갯가의 마을 시구>

*이병연 →175.

235. 班聲喧鵬背之風(반성훤붕배지풍) 반열에서 울려 퍼지는 함성은
대붕의 잔등에서 나오는 바람처럼 떠들썩하고
喜氣瀜牛目之雪(희기융우목지설) 기뻐하는 기색은 소의 눈에 보
이는 눈같이 깊고도 넓구나.

<車天輅 平壤城奪還露布평양성탈환노포,
평양성을 탈환했음을 알리는 노포 구>

*露布; 전쟁에서 적병을 쳐 승리하면 비단에 사실을 써서 장대에 달아
백성들에게 알리는 일, 그 글.

*차천로(1556~1615); 조선 선조 때 奉常寺僉正(봉상시첨정), 학자. 자 復
元(복원). 호 五山, 蘭嵎, 淸妙居士(오산, 난우, 청묘거사). 본관 延安(연안).

萬里長城馬絶盡(만리장성마절진) 만리장성에 종이 붙이고 그 끝
까지 말을 달려도
揮毫餘氣尙輪困(휘호여기상윤균) 휘두르는 붓의 기운 오히려 넘
실거리네.
名心擬死眞堪笑(명심의사진감소) 공명심에 죽은 체하는 일 참으
로 우습나니

*許(허) 아무개가 사신으로 갔다가 星官(성관)이 우리 나라 분야의 奎星
(규성)이 흐려 文人死亡(문인사망) 같다 하니 자기가 아닌가 했는데,
압록강을 건너오니 차천로의 사망 소식이더라 함.

自有文星上應人(자유문성상응인) 文昌星(문창성)은 본래 하늘이
헤아리는 것이라.

*신위 →20.

236. 半月城空江月白(반월성공강월백) 반월성은 비었고 강의 달 밝
은데
孤雲仙去野雲閒(고운선거야운한) 고운 崔致遠(최치원) 선생
신선 되어 가신 뒤 들판 구름만 한가롭구나.

＜田祿生 鷄林東亭계림동정, 계림의 동쪽 정자 시구＞

*전녹생(1318~1375); 고려 공민왕 때 全羅道按廉使, 門下評理(전라도안
렴사, 문하평리). 호 埜隱(야은). 시호 文明(문명). 본관 潭陽(담양). 우왕
때 李仁任(이인임)을 탄핵했으나 도리어 朴尙衷(박상충)과 함께 杖刑(장
형)을 받고 유배 도중 사망했음. 최초로 古文眞寶(고문진보)를 간행했음.

237. 半月城邊秋草多(반월성변추초다) 반월성 가에 가을 풀 더부룩하고
　　金鰲山上暮雲過(금오산상모운과) 금오산 위로 저녁구름 흘러가네.
　　可憐亡國千年恨(가련망국천년한) 가련타, 신라 망한 천년의 한
　　盡入樵兒一曲歌(진입초아일곡가) 나무하는 아이들의 지게작대
　　기 장단 노래 속에 숨어있구나.

　　<南景羲 東都懷古동도회고, 동도 경주의 옛일을 돌이켜보다 시구>

　　*남경희(？); 조선 영조 때 正言(정언). 호 癡庵(치암). 본관 英陽(영양).

238. 半醉半醒深夜後(반취반성심야후) 술 취한 듯 깬 듯 밤 깊어진
　　뒤요
　　相逢相別落花時(상봉상별낙화시) 만나고 헤어짐은 꽃이 질 때
　　일세.

　　　　<林悌 廣寒樓광한루, 전북 南原(남원) 광한루 시구>

　　*임제 →180.

239. 潑潑魚遊淵(발발어유연) 물고기들 못에서 팔짝팔짝 뛰놀고
　　嗈嗈雁至天(옹옹안지천) 기러기들 기럭기럭 울며 하늘을 가네.
　　縱觀上下察(종관상하찰) 아래 위 이 둘의 자연에 따르는 이치
　　를 마음껏 살피며
　　快樂終吾年(쾌락종오년) 즐거이 내 여생을 마치리로다.

　　　　<田子壽 題觀魚臺제관어대, 경북 寧海(영해) 관어대를 짓다>

　　*전자수(？); 고려말 進賢館大提學(진현관대제학). 호 晦亭, 月湖(회정,
　　월호). 본관 潭陽(담양). 江原道按廉使(강원도안렴사)로 蔚珍(울진) 平
　　海(평해)에 정착했음. 조용하고 순수하며 학문을 즐겼음.

240. 跋涉來蒼海(발섭내창해) 산 넘고 물 건너 푸른 바다에 왔다가
　　　驅馳向紫宸(구치향자신) 말 빨리 달려 궁전으로 향하네.

　　　<金九容 送郭九疇檢校송곽구주검교, 곽구주 검교를 송별하다 시구>

　　*김구용 →63.

241. 放眼威儀覩漢宮(방안위의도한궁) 중국의 문물을 마음껏 보아
　　　功高初祖始開山(공고초조시개산) 학파를 이룩한 始祖(시조)
　　　로 공이 드높네.
　　　顧雲一部方輿誌(고운일부방여지) 중국 친구 고운의 '일부 大
　　　地(대지)의 眼標(안표)'란 평도 받으니 -최치원
　　　爭及僧碁白日閒(쟁급승기백일한) '중이 한낮에 한가로이 바둑
　　　두네'란 시구가 최치원에게 미치려나. -박인량

　　　<申緯 東人論詩絶句동인논시절구, 우리 나라 사람들의 시를 논하는
　　　　　　　　절구 제1수-崔致遠과 朴寅亮에 대한 평>

　　*신위 →20.

242. 放牛眠細草(방우면세초) 풀 뜯던 소는 풀밭에 누워 졸고
　　　驚鹿入長林(경록입장림) 놀란 노루는 숲 속 깊이 숨네.

　　　　　　<玄德升 閒居한거, 한가로이 살며 시구>

　　*현덕승(?); 조선 선조 때 司藝(사예). 호 希窩(희와).

243. 芳草渡頭分客路(방초도두분객로) 꽃다운 풀 우거진 나루터에서
　　　나그네길 나뉘고

綠楊堤畔有農家(녹양제반유농가) 수양버들 늘어진 둑 가에 농가가 있네.

<禹倬 暎湖樓영호루, 경북 안동 영호루 시구>

*우탁(1263~1343); 고려 충선왕 때 監察糾正, 成均祭酒(감찰규정, 성균 좨주). 호 易東, 白雲(역동, 백운). 시호 文僖(문희). 본관 丹陽(단양). 우 리 나라 理學(이학, 성리학)의 시초를 열었고 經史, 易學, 卜筮(경사, 역 학, 복서)에도 통달했음.

244. 白鷗波上疎疎雨(백구파상소소우) 백구 뜬 물결 위에 부슬부슬 비 내리고
黃犢坡南點點山(황독파남점점산) 누렁송아지 노는 언덕 남쪽 은 점점이 산일세.
有興卽來忘返轡(유흥즉래망반비) 흥이 나 곧장 와서 말고삐 돌 리기 잊었으니
長閑那似此偸閑(장한나사차투한) 오랜 한가함이 어찌 나의 잠 깐 틈을 탄 한가함만 하랴.

<權漢功 永明樓영명루>

*권한공(?~1349); 고려 충선왕 때 都僉議政丞(도첨의정승). 호 一齋(일 재). 시호 文坦(문탄). 본관 安東(안동).

245. 百年富貴終歸盡(백년부귀종귀진) 백년의 부귀도 끝내는 없어져 버리는 것이요
一世升沉總是虛(일세승침총시허) 한 세상 오르내림[성공, 실 패]도 모두 헛것일세.

<柳壕 贈姜子文증강자문, 강자문에게 드리다 시구>

*유호(?); 미상.

246. 百年三萬六千日(백년삼만육천일) 백년은 3만 6천 날인데

三萬六千能幾何(삼만육천능기하) 그 3만 6천 날인들 얼마 되는가.

談笑勝愁歌勝哭(담소승수가승곡) 담소가 시름보다 낫고 노래는
곡성보다 나으니

不妨談笑助淸歌(불방담소조청가) 담소로 맑은 노래 돕는 것이
해롭지 않겠구나.

<林惟正 敍情서정, 내 마음을 펴다>

*임유정(?); 고려 명종(1107~1197) 무렵의 國子祭酒(국자좨주). 여러
시인들의 시 구절을 모아 한 편의 시를 만든 集句(집구), 百家衣詩(백가
의시) 작가로 유명함.

247. 百年榮辱人將老(백년영욕인장로) 백년의 영예와 치욕 속에 인
생은 늙어가고

六代興亡鳥沒空(육대흥망조몰공) 여기 세웠던 여섯 왕조의 흥
망도 공중을 지나간 새와 같네.

<趙浚 夜泊金陵야박금릉, 밤에 중국 南京(남경)에 배를 대고 시구>

*조준(1346~1405); 조선 開國功臣(개국공신), 領議政府事(영의정부사).
호 吁齋, 松堂(우재, 송당). 시호 文忠(문충). 본관 平壤(평양). 詩文(시
문)에 능했고 경제에 밝았음.

248. 百年天地身如粟(백년천지신여속) 천지간에 백년뿐인 이 몸 한
낱 좁쌀인데

兩字功名鬢欲霜(양자공명빈욕상) 공명 두 글자에 얽매어 귀밑 머리 서리로다.

<鄭夢周 渡渤海도발해, 발해를 건너며 시구>

*정몽주 →85.

249. 白頭山石磨刀盡(백두산석마도진) 백두산의 돌은 장검을 가느라 다 없어지고

豆滿江波飮馬無(두만강파음마무) 두만강 물은 말들이 마시어 다 말랐네.

男兒二十未平國(남아이십미평국) 사나이 스무 살에 나라 태평하게 못 하면

後世誰稱大丈夫(후세수칭대장부) 후세에 누가 대장부였다고 일컬으리.

<南怡 無題무제, 제목 없음>

*남이(1441~1468); 조선 세조 때 名將(명장). 본관 宜寧(의령). 태종의 外孫(외손), 權擥(권남)의 사위로, 李施愛(이시애)의 난에 공을 세웠고, 26세에 兵曹判書(병조판서)가 되니 질시하는 사람들이 생겼음. 예종이 즉위하자 柳子光(유자광)이 반란을 꾀한다고 무고해 28세로 처형되었음.

250. 白山拱海摩天嶺(백산공해마천령) 백두산이 마천령에서 바다를 끼었고

黑水橫坤豆滿江(흑수횡곤두만강) 흑룡강은 땅을 가로질러 두만강을 사이 했네.

<柳誠源 咸興함흥, 함경남도 함흥 前半(전반)>

*유성원(?~1456); 조선 단종 때 死六臣(사육신). 호 琅軒(낭헌). 시호 忠景(충경). 본관 文化(문화). 세조의 頌德文(송덕문)을 협박으로 짓고 집에 와 통곡했음.

251. 白雪擁松扃(백설옹송경) 흰 눈이 소나무 대문을 덮었는데
千峯孤磬澄(천봉고경징) 천 봉우리에 외로운 풍경소리 맑게 퍼지네.
老僧年八十(노승연팔십) 늙은 스님은 여든 살
終夜話傳燈(종야화전등) 밤새도록 전등[佛法正脈불법정맥 傳承전승]을 얘기하네.

<崔大立 宿極樂庵숙극락암, 극락암에 묵으며>

*최대립(?); 조선 인조 때 譯官(역관). 호 蒼厓, 筠潭(창애, 균담). 본관 隋城(수성). 모친에 대한 효성이 지극했음.

252. 白眼如無見(백안여무견) 흘겨보는 눈에는 보이는 게 없으련만
靑山似有情(청산사유정) 푸른 산만은 정겹구나.

<偰長壽 春色춘색, 봄 경치 시구>

*설장수(1341~1399); 고려 우왕 때 政堂文學(정당문학). 호 芸齋(운재). 시호 文貞(문정). 回鶻族(회골족)으로 아버지가 遜(손)임. 조선 초에 明(명)에 사신으로 갔다 왔으나 元勳(원훈)들의 노여움을 사 謫所(적소)에서 사망했음.

253. 白雲滿翠巓(백운만취전) 흰 구름은 푸른 영마루에 가득하고
紅日倒淸流(홍일도청류) 붉은 해는 맑은 시냇물에 잠겼구나.

<李滉 都士潭도사담 시구>

254. 白雲雲裏靑山重(백운운리청산중) 흰 구름 그 속에 푸른 산이 첩
첩이요

靑山山中白雲多(청산산중백운다) 청산 그 속에는 흰 구름도 많
아라.

日與雲山長作伴(일여운산장작반) 날로 구름과 산이 오랜 벗이
되었으니

安身無處不爲家(안신무처불위가) 몸 편히 하는 곳 집 아닌 곳
없구나.

<釋普愚 雲山운산, 구름과 산(구름 산)>

*석보우(1301~1382); 보우 스님. 고려말의 僧侶(승려). 호 太古(태고).
속성 洪氏(홍씨). 시호 圓證(원증). 탑호 寶月昇空(보월승공). 충목왕2
년(1346) 元(원)에 가 東國臨濟宗(동국임제종) 종주가 되고, 2년 후 귀
국, 공민왕 때 王師(왕사), 國師(국사)가 되었음.

255. 白日高麗國(백일고려국) 대낮 해처럼 밝은 고려 나라

丹心鄭夢周(단심정몽주) 충성에 빛나는 정몽주 포은 선생

千年橋下水(천년교하수) 천년을 흐르는 선죽교 밑 냇물

不入漢江流(불입한강류) 서울 한강으로는 흘러들지 않으리.

<作者未詳(작자미상) 善竹橋선죽교, 개성 선죽교>

256. 白鳥去盡暮天碧(백조거진모천벽) 갈매기 날아가 버리니 저무는
하늘 푸르고

靑山猶含殘照紅(청산유함잔조홍) 청산은 아직도 저녁 햇빛 붉

게 남았네.

<金之岱 贈西海按部王侍御仲宣증서해안부왕시어중선,
서해 안부[巡視순시] 왕 시어 중선께 드리다 시구>

*김지대 →89.

257. 百花叢中淡丰容(백화총중담봉용) 백화 총총한 속에 청초한 그
모습

忽被狂風減却紅(홀피광풍감각홍) 홀연히 광풍 만나 붉은 기색
덜었구나.

獺髓未能醫玉頰(달수미능의옥협) 수달의 골로도 옥 같은 뺨 고
치지 못하니

五陵公子恨無窮(오릉공자한무궁) 오릉의 부귀가 자제들 한이
끝없겠구나.

*南州(남주)의 사또가 임기를 마치게 될 때 이별연에서, 사귀던 예쁜 기
생의 양 볼을 불로 지져 흉터지게 했는데, 지은이가 안찰사로 그 기생
을 만났을 때 지어준 시임.

<鄭襲明 贈妓증기, 기녀에게 주다>

*정습명(?~1151); 고려 의종 때 重臣(중신). 시호 榮陽(영양). 본관 迎日
(영일). 樞密院知奏事(추밀원지주사)를 역임했고, 왕의 失政(실정)을 직
언했으나 오히려 관직을 바꾸므로 격분 끝에 음독 자살했음.

258. 飜雲覆雨天樞動(번운복우천추동) 구름 날리고 비 퍼붓는 변덕
에 하늘 밑둥이 흔들흔들

盪海掀山地軸傾(탕해흔산지축경) 바다 덮고 산 번쩍 들어 지축
을 기울게 하네.

<宋時烈 詠風영풍, 바람을 읊다 시구>

*송시열 →133.

259. 帆急山如走(범급산여주) 돛단배 빨리 가니 산이 달아나는 듯
　　 舟行岸自移(주행안자이) 배가 가니 강기슭은 절로 옮기는구나.

　　 <金九容 帆急범급, 돛단배 빠르게 달리다 初頭(초두)>

*김구용 →63.

260. 法服坐廊廟(법복좌낭묘) 조정에서는 옷차림이 법도에 맞았고
　　 禮樂趨群賢(예악추군현) 많은 선비들이 그의 예악에 따랐네.

　　 <李穡 讀杜詩독두시, 杜甫(두보)의 시를 읽고 시구>

*이색(1328~1396); 고려말 성리학자, 麗末三隱(여말 삼은). 호 牧隱(목
은). 시호 文靖(문정). 본관 韓山(한산). 判門下府事(판문하부사) 역임.
李太祖(이태조)의 벼슬 권유를 거절했으며, 驪江(여강, 경기도 여주)으
로 가던 도중 사망했음.

261. 碧醪盈蘸甲(벽료영잠갑) 파란 술이 술잔 가득한 듯한 물
　　 紅果滿楾函(홍과만연함) 붉은 열매가 대추 상자를 채운 듯한 산.

　　 <李純仁 內藏山내장산, 전라남북도 내장산 시구>

*이순인(1543~1592); 조선 선조 때 都承旨(도승지), 8文章家(8문장가).
호 孤潭(고담). 본관 全義(전의).

262. 碧岫巉巉攢刀刃(벽수참참찬도인) 푸른 봉우리들 우뚝우뚝 솟아
　　 붓끝을 모아 세운 듯

蒼江杳杳漲松烟(창강묘묘창송연) 파란 강물 아득히 흘러 먹물 넘쳐흐르는 듯

暗雲陣陣成奇字(암운진진성기자) 검은 구름 뭉게뭉게 기이한 글자 이루고

萬里靑天一幅牋(만리청천일폭전) 만리 푸른 하늘 한 폭의 종이로구나.

<李仁老 早春江行조춘강행, 이른봄에 강으로 가며 시구>

*이인로→60.

263. 碧瓦朱欄開小閣(벽와주란개소각) 푸른 기와 붉은 난간으로 작은 누각 이루어

淸風泠泠午枕凉(청풍영령오침량) 맑은 바람 서늘해 한낮의 목침 시원하네.

<李仁老 崔太尉雙明亭최태위 쌍명정 시구>

*이인로→60.

264. 寶輪金地壓人寰(보륜금지압인환) 귀한 불법 펴는 절은 인간 세상을 압도하는데

獨坐蒼冥啓玉關(독좌창명계옥관) 탑은 홀로 앉아 하늘 궁전 문을 여네.

<許玫 題雁塔제안탑, 탑을 두고 짓다 시구>

*허민; 未詳(미상)

265. 報恩寺下日曛黃(보은사하일훈황) 보은사 밑에서 해 저물어

繫纜尋僧踏月光(계람심승답월광) 배 매어두고 중을 찾아 달빛 밟네.

棟宇已成新法界(동우이성신법계) 절 집은 이미 완공되어 새 불교계 이루었는데

江湖猶攪舊詩腸(강호유교구시장) 강과 호수는 아직도 옛 시흥을 일으키네.

上方鍾動驪龍舞(상방종동여룡무) 위 殿閣(전각)의 쇠북 울리니 검은 용이 춤추고

萬竅風生鐵鳳翔(만규풍생철봉상) 온갖 굴에서 바람이 이니 철봉산이 활개치네.

珍重旻公亦人事(진중민공역인사) 杜甫(두보)가 중 민공을 귀중히 여김도 사람의 할 일이거니, → 아래 두보의 시 참조.

時將菜把問舟航(시장채파문주항) 때로는 채소 음식이라도 갖추어 뱃길을 물어야 하리라.

<金宗直 夜泊報恩寺下贈住持牛師, 寺舊名神勒或云甓寺…
야박보은사하증주지우사, 사구명신륵혹운벽사…, 밤에 보은사에 배를 대고 우사 주지에게 드리다, 절의 옛 이름은 신륵 또는 벽사이다. 예종 때 改創(개창)했는데 극히 웅장하고 화려하다. 지금 왕이 賜額(사액)을 내렸다>

*김종직 →82.

*因許八奉寄江寧旻上人허팔을 통해 강녕의 민 상인께 드림 杜甫(두보)

不見旻公三十年 封書寄與淚潺湲, 舊來好事今能否
불견민공삼십년 봉서기여누잔원, 구래호사금능부

老去新詩誰與傳, 碁局動隨尋澗竹 袈裟憶上泛湖船,
노거신시수여전, 기국동수심간죽 가몽억상범호선

問君話我爲官在 頭白昏昏只醉眠.
문군화아위관재 두백혼혼지취면.

<杜詩諺解두시언해 246쪽(卷9)>

민 상인을 보지 못한지 30년이니, 편지 부쳐주고 눈물 흘리네. 지난날 즐기던 일 지금도 할 수 있는가, 늙어 가매 새로 지은 시 뉘와 함께 전할꼬. 바둑두러 시냇가 대밭 찾을 때, 가사 입고 호수에 뜬 배에 오르던 일을 생각하노라. 벼슬 하느라 머리 세고 정신 흐릿해 오직 취하여 자는구나'라고 나에게 말했었지.

266. 步入石門逢晩晴(보입석문봉만청) 돌문을 걸어 들어가니 저녁하
    늘 개고
    松林五月風泠泠(송림오월풍영령) 5월 솔숲에 바람 맑구나.
    老僧相對坐溪上(노승상대좌계상) 노승을 마주해 시냇가에 앉았
    노라니
    日暮雲生山更靑(일모운생산갱청) 날 저물며 구름 일어 산 더 푸
    르게 되네.

    <李安訥 金井山梵魚寺次漢陰李相國韻금정산범어사차한음이상국운,
        부산 금정산 범어사에서 한음 이 정승의 시에 차운하다>

    *한음; 李德馨(이덕형 1561~1613)의 雅號(아호).

    *이안눌(1571~1637); 조선 인조 때 刑曹判書兼弘文館提學(형조판서겸
        홍문관제학). 호 東岳(동악). 시호 文惠(문혜). 본관 德水(덕수). 검소하
        고 詩文(시문)에 능했음.

267. 卜地規模深密祖(복지규모심밀조) 절 지을 곳 가려 깊고 치밀하
    게 지었음은 심밀 스님 이름 그대로요
    絶塵塗墍信香山(절진도기신향산) 흙벽 발라 속세를 막으니 참
    으로 묘향산일세.

        <金良鏡 普賢寺보현사 시구>

*김양경(?~1235); 고려 고종 때 中書侍郎平章事(중서시랑평장사), 학
　자. 일명 仁鏡(인경). 시호 貞肅(정숙). 본관 慶州(경주). 翰林別曲(한림
　별곡)에 '良鏡詩賦(양경시부)'라 있음.

268. 伏枕乍吟莊舄病(복침사음장석병) 베개에 엎드려 越(월)의 장석
　　이 楚(초)에서 월나라 소리로 병 앓은 일을 읊조리다가
　　登樓聊散仲宣襟(등루요산중선금) 누각에 올라서는 애오라지 魏
　　(위)의 왕찬의 회포를 흩뜨리네.

　　　　　　＜金訢 在玉河館次叔强韻재옥하관차숙강운,
　　　　　　옥하관에서 숙강의 시에 차운하다 시구＞

*김흔 →169.

269. 蓬萊隱映三山杳(봉래은영삼산묘) 봉래산이 은은히 비치어 삼신
　　산은 아득하고
　　海若蹁躚百鬼忙(해약편선백귀망) 바다 신 해약이 춤추니 온갖
　　귀신 바쁘구나.

　　　　　　＜金守溫 奉敎製日出扶桑圖봉교제일출부상도,
　　　　　　임금님 명에 따라 해 돋는 부상의 그림을 두고 짓다 시구＞

*김수온(1409~1481); 조선 성종 때 領中樞府事(영중추부사), 학자. 호
　乖崖, 拭疣(괴애, 식우). 시호 文平(문평). 본관 永同(영동). 중과 佛敎講
　論(불교 강론)하여 이긴 바 있음.

270. 逢迎魑魅新相識(봉영이매신상식) 내 뜻 맞추어 주는 건 귀신뿐
　　임을 새로이 알게 되었는데
　　邂逅江山舊見親(해후강산구견친) 우연히 만난 강산은 오랜 친
　　구 본 듯 반가워라.

<洪彦忠 遊橘島유귤도, 귤도를 유람하며 시구>

*홍언충(1473~1508); 조선 연산군 때 禮曹正郎(예조정랑). 호 寓菴(우암). 본관 缶溪(부계). 중종이 불렀으나 나가지 않았고, 관대 활달했으며 글에 능하고 隷書(예서)를 잘 썼음.

271. 鳳姿瞻穆穆(봉자첨목목) 임금님 뵈니 그 모습 봉황같이 아름답고
天樂耳洋洋(천악이양양) 궁중 음악은 귀에 가득하도다.

<尹淮 慶會樓侍宴경회루시연, 경회루에서의 대궐 잔치 시구>

*윤회(1380~1436); 조선 세종 때 兵曹判書, 藝文館大提學(병조판서, 예문관대제학), 학자. 호 淸香堂(청향당). 시호 文度(문탁). 본관 茂松(무송). 태종과 세종의 기림을 받았음.

272. 鳳銜綸綍從天降(봉함윤발종천강) 봉황이 詔書(조서)를 물고 하늘에서 내려오고
鼇駕蓬萊渡海來(별가봉래도해래) 자라는 봉래산을 타고 바다를 건너왔구나.

<金黃元 遼使臣接待內宴요사신접대내연, 요의 사신 접대 궁중잔치 시구>

*김황원(1045~1117); 고려 예종 때 僉書樞密院事(첨서추밀원사), 학자. 시호 文簡(문간). 본관 光陽(광양). 古文(고문)이 해동 제일이었고 詩文(시문)에 능했음.

273. 俯看逝水歎流景(부간서수탄유경) 가는 물 굽어보며 흐르는 세월 탄식하고
坐對靑山多厚顔(좌대청산다후안) 앉아 청산을 마주하니 내 얼굴 부끄러워라.

半月城空江月白(반월성공강월백) 반월성은 비었고 강에 뜬 달 흰데

孤雲仙去野雲閒(고운선거야운한) 최치원 선생 신선 된 뒤 들 구름 한가롭구나.

<田祿生 鷄林東亭계림동정, 서울 경주의 동편 정자에서 시구>

*전녹생 →236.

274. 夫君妙譽擅丹靑(부군묘예천단청) 벗 그대의 기묘한 명성은 畵壇(화단) 독보인데

絶藝何如限短齡(절예하여한단령) 절세의 예술을 어찌 짧은 나이로 한계 지었나.

遺墨收藏賢嗣在(유묵수장현사재) 유묵을 거두어 간직한 착한 후사[아들] 있으니

孝心其足慰冥冥(효심기족위명명) 그 효심 명명한 영혼 위로하기에 충분하리라.

<姜世晃 次金喜誠畵集中詩韻차김희성화집중시운, 김희성의 화집에 있는 시에 차운하다>

*김희성(?); 정조 때 화가. 호 不染子(불염자). 泗川縣監(사천현감) 역임.

*강세황(1713~1791); 조선 정조 때 서화가. 호 豹庵(표암). 본관 晉州(진주).

275. 富貴有爭難下手(부귀유쟁난하수) 부귀는 시샘이 많아 손대기 어렵고

林泉無禁可安身(임천무금가안신) 자연 속에 사노라니 시비 없어 몸 편하구나.

採山釣水堪充腹(채산조수감충복) 산나물 뜯고 물고기 낚아 배를 채울 만하고
詠月吟風足暢神(영월음풍족창신) 음풍영월로 정신은 산뜻 맑아지네.

<徐敬德 讀書有感독서유감, 책 읽으며 느낀 감상 시구>

*서경덕(1489~1546); 조선 중종 때 巨儒(거유), 大哲學者(대철학자). 호 花潭, 復齋(화담, 복재). 시호 文康(문강). 본관 唐城(당성, 南陽남양이라고도 함). 松都三絶(송도삼절)의 한 분임.

276. 富貴兮如浮(부귀혜여부) 부귀는 뜬구름 같고
   瓊華兮易悴(경화혜이췌) 고운 꽃은 쉬이 시드네.

<李奎報 夢悲賦몽비부, 꿈의 서글픔 글(부) 구>

*이규보 →8.

277. 俯臨慄乎淵深(부림율호연심) 내려다보니 깊은 연못 같은 塹壕(참호)라 오싹하고
   仰觀愁於壁立(앙관수어벽립) 쳐다보니 절벽같이 선 城壁(성벽)이라 아찔하구나.

<崔滋 三都賦삼도부, 세 도읍지 글(부) 구>

*최자(1186~1260); 고려 고종 때 判吏部事(판이부사), 학자. 호 東山叟(동산수). 시호 文淸(문청). 본관 海州(해주). 시문에 뛰어나 명성을 떨쳤고 학식, 행정력을 겸비했음.

278. 浮浮我笠等虛舟(부부아립등허주) 가벼이 떠도는 내 삿갓 빈배와 같아

一着平安四十秋(일착평안사십추) 한 번 쓰고는 사십 평생이로
구나.
牧竪行裝隨野犢(목수행장수야독) 더벅머리 목동이 쓰고 들에서
송아지 몰며
漁翁身勢伴江鷗(어옹신세반강구) 어부의 몸차림되어 갈매기를
벗하네.
閑來脫掛看花樹(한래탈괘간화수) 한가하면 꽃구경하는 나무에
벗어 걸고
興到携登玩月樓(흥도휴등완월루) 흥이 나면 벗어들고 달구경하
는 누각에 오르네.
俗子衣冠皆虛飾(속자의관개허식) 속인들의 의관이야 다 겉치레
지만
滿天風雨獨無愁(만천풍우독무수) 온통 비바람 쳐도 나 홀로 걱
정 없다네.

<金炳淵 笠입, 삿갓>

*김병연 →48.

279. 扶桑賓白日(부상빈백일) 부상나무는 해를 맞이하고
檀木上靑雲(단목상청운) 박달나무 푸른 구름 위로 솟았네.

<鄭斗卿 檀君祠단군사, 단군 사당 시구>

*정두경(1597~1673); 조선 현종 때 弘文館提學(홍문관제학), 학자. 호
東溟(동명). 본관 溫陽(온양). 詩文(시문)이 뛰어나며 典故(전고)에 밝았
고 성격이 호방해 풍자를 잘했음.

280. 扶桑將漂地軸動(부상장표지축동) 해 뜨는 부상이 떠내려갈 듯
지축이 흔들리니

龍王坐愁宮殿傾(용왕좌수궁전경) 용왕도 궁전이 기울어질까
앉아서 근심하네.

　　　　<朴孝修 興海松羅途中觀海濤홍해송라도중관해도,
　　　　경북 홍해 송라 도중에 바다 파도를 보며 시구>

*박효수; 未詳(미상).

281. 父成哭其子(부성곡기자) 아비가 아들에 곡하고
　　　子或哭其父(자혹곡기부) 아들은 혹 아비에 통곡하며
　　　祖成哭其孫(조성곡기손) 할아비는 손자에 곡하고
　　　孫成哭其祖(손성곡기조) 손자는 할아비에 통곡하네.

*선조 25년(1592) 4월 15일 釜山 東萊(부산 동래)가 왜군에 함락되었는데,
　지은이가 동래부사로 부임해 이 날을 명심하자는 뜻에서 읊었음.

　　　　<李安訥 四月十五日사월십오일, 음력 4월 보름날 시구>

*이안눌 →266.

282. 浮世虛名是政丞(부세허명시정승) 뜬세상 헛된 명성 바로 정승이요
　　　小窓閑味卽山僧(소창한미즉산승) 작은 창의 한가로운 맛 곧 산
　　　속 절 스님일세.

　　<李嵒 寄息影菴禪老기식영암선로, 식영암의 노스님에게 前半(전반)>

*이암(1297~1364); 고려 충정왕 때 右政丞(우정승), 書畵家(서화가). 호 杏
　村(행촌). 시호 文貞(문정). 書道(서도)는 동국의 趙子昻(조자앙)이라 했음.

283. 芙蓉幕府香塵靜(부용막부향진정) 부용막부[정승의 집]에는 향
　　　진[여인이 걸을 때 이는 먼지]이 고요하고

翡翠樓臺瑞氣多(비취누대서기다) 짙은 초록빛 누대에는 서기가 뻗치었네.

<李需 敎坊小娥교방소아, 장악원의 어린 아가씨들 시구>

*이수 →12.

284. 芙蓉花發滿池紅(부용화발만지홍) 연꽃 피니 못 가득 붉은데
　　　人道芙蓉勝妾容(인도부용승첩용) 사람들 말하기를 내 얼굴보다도 곱다 하네.
　　　朝日妾從堤上過(조일첩종제상과) 아침해 받으며 연못 둑을 지나노라니
　　　如何人不看芙蓉(여하인불간부용) 어찌 사람들은 연꽃을 보지 않고 나만 보는고.

<芙蓉 芙蓉부용, 연꽃>

*부용(?~1869); 평안도 成川妓生(성천 기생), 시인. 金芙蓉(김부용). 詩名(시명) 雲楚(운초). 양반 부친의 무남독녀로 唐詩(당시)와 사서삼경에 통했고, 황진이, 매창과 더불어 조선 3大詩妓(3대시기)임. 淵泉 金履陽(연천 김이양)의 愛姬(애희)였음.

285. 浮雲流水客到寺(부운유수객도사) 뜬구름이나 흐르는 물과 같은 길손 되어 절에 이르니
　　　紅葉蒼苔僧閉門(홍엽창태승폐문) 붉은 단풍 푸른 이끼 속에 중은 절 문을 닫고 있구나.

<鄭知常 題邊山來蘇寺제변산내소사, 변산의 내소사를 짓다 시구>

*정지상 →134.

286. 浮沈元有數(부침원유수) 흥성하거나 멸망함은 이미 정해진 운수요

　　覆載本無私(복재본무사) 만물을 덮는 하늘과 모든 것을 싣는 땅은 본디부터 사사로움이 없는 법이라오.

　　　　　＜趙須　贈金相國증김상국, 김 정승께 드리다 시구＞

*조수(？); 조선 태종 때 成均司藝(성균사예), 문인. 호 松月堂, 晩翠(송월당, 만취). 본관 平壤(평양). 학문에 힘쓰고 시에 능했음. 죽을 때 자기의 글을 모두 불살랐음.

287. 北闕春雲滿(북궐춘운만) 임금 계신 대궐 쪽은 봄 구름 잔뜩 끼었고

　　西山夕照微(서산석조미) 서산의 저녁 햇빛 희미하구나.

　　　　　＜許篈　謫中送朴甥적중송박생,

　　　　　귀양살이 중에 생질 박 군을 보내며 시구＞

*허봉(1551~1588); 조선 선조 때 昌原府使(창원부사), 문인. 호 荷谷(하곡). 본관 陽川(양천). 栗谷 李珥(율곡 이이)를 논하다가 甲山(갑산)으로 귀양갔고, 풀려나 각지로 방랑하다가 客死(객사)했는데 시를 잘하고 문장에 능했음.

288. 北渡桑乾水(북도상건수) 북에서는 河北(하북)의 상건 강물을 건넜고

　　南浮揚子江(남부양자강) 남에서는 양자강 건너는 배에 있네.

　　　　　＜權近　記地名詩三首기지명시삼수, 지명을 기록한 시 세 수 시구＞

*권근(1352~1409); 조선 태종 때 大提學(대제학), 학자. 호 陽村(양촌). 시호 文忠(문충). 본관 安東(안동). 성리학에 조예가 깊고 문장에 능하여 조정의 글을 찬술했음.

289. 分明日月臨玄圃(분명일월임현포) 해와 달은 또렷하게 仙境(선
   경)인 현포에 다다랐고
   浩蕩風烟沒白鷗(호탕풍연몰백구) 끝없이 넓은 이내 속으로 갈
   매기 잠기는구나.

        <權韠 登摩尼山天壇用牧隱韻등마니산천단용목은운,

     강화도 마니산 천단에 올라 목은의 시운을 써서 짓다 시구>

   *목은; 李穡(이색) →260.

   *권필 →92.

290. 焚香靈應廟(분향영응묘) 등주에 있는 神廟(신묘)인 영응묘에
   분향하고
   乞火孝廉船(걸화효렴선) 晉(진)의 효렴으로 뽑힌 張憑(장빙)
   이 탄 배에서 불을 빌리네.

              <李詹 登州등주 시구>

   *이첨 →126.

291. 佛古稱尊者(불고칭존자) 부처는 에로부터 존자라 일러왔는데
   山靈號聖居(산령호성거) 산은 신령스러워서 성거 곧 성인의
   집이라 했구나.

   <卞季良 登聖居山金神寺등성거산금신사, 성거산 금신사에 올라 시구>

   *변계량(1369~1430); 조선 세종 때 大提學(대제학), 학자. 호 春亭(춘
    정). 시호 文肅(문숙). 본관 密陽(밀양). 館閣文字(관곽문자)를 전담했
    고, 시와 글을 잘했음.

292. 不惜作君袴(불석작군고) 당신의 바지로 짓는 건 아깝지 않지만
莫作他人裳(막작타인상) 남의 치마로 만들게 하지는 마소서.

<許蘭雪軒 遣興八首견흥팔수, 즉흥을 풀다 여덟 수 제3수 終聯(종련)>

*허난설헌(1563~1589); 조선 선조 때 여류시인. 본명 楚姬(초희). 호 난
설헌. 본관 陽川(양천). 아버지는 草堂 曄(초당 엽)이요 오빠가 均(균),
남편 金誠立(김성립)임. 詩作(시작)으로 세월을 보내다가 27세로 요절
했고, 시는 중국과 일본까지 퍼졌음.

293. 拂石坐苔伸脚膝(불석좌태신각슬) 바위 털고 이끼에 앉아 다리
쪽 뻗기도 하고
尋泉掬水洗胸襟(심천국수세흉금) 샘물 찾아 물 움켜 가슴속 씻
어내네.

<李達衷 炭洞新居탄동신거, 탄동에 새로 옮겨 살며 시구>

*이달충 →56.

294. 不省貴者榮(불성귀자영) 고귀한 사람의 영화로움을 알지 못하니
焉知賤者辱(언지천자욕) 어찌 미천한 자의 욕됨을 알리오.

<崔奇男 自挽三首자만삼수, 자기 스스로의 만사 세 수 제1수 시구>

*최기남 →118.

295. 不隨馮異西登隴(불수풍이서등롱) 後漢(후한)의 장수 풍이가 농
서 땅을 치러 감을 따르지 못했고
不遂孔明南渡瀘(불수공명남도로) 제갈공명이 南蠻(남만)을 평
정하려고 노수 강 건넘을 본받지 못했네.

<李仁老 醉時歌취시가, 취하여 읊은 시 시구>

*이인로 →60.

296. 不鞍而騎何處圉(불안이기하처어) 안장 없이 말 탄 사람 어느 곳
　　　마부이며
　　　挾籃而拱誰家婢(협람이공수가비) 바구니 끼고 두 손 모은 여자
　　　뉘네 여종인지.

<朴齊家 城市全圖應令성시전도응령,
임금님 명에 따라 서울 시내 모습 모두를 그리다 시구>

*박제가 →208.

297. 不如歸不如歸(불여귀불여귀) 돌아감만 못하다고 불여귀 불여귀
　　　우니
　　　望裏巴岑飛欲度(망리파잠비욕도) 고향 파촉의 산을 바라 날아
　　　가려 하는가.

<曺尙治 奉和端宗子規詞봉화단종자규사,
단종 임금의 자규사를 받들어 화운하다 시구>

*조상치(?); 조선 단종 때 副提學(부제학), 문인. 호 丹皐, 靜齋(단고, 정
　재). 시호 忠貞(충정). 본관 昌寧(창녕). 세조가 禮曹參判(예조참판)을 준
　다 해도 거절, 경북 永川(영천)에 낙향하여 독서와 저작으로 지냈음.

298. 不用忠言悔噬臍(불용충언회서제) 成忠(성충)의 충성된 말 듣지
　　　않아 사향노루가 제 배꼽 물 듯 후회했고
　　　至今荊棘悲銅駝(지금형극비동타) 지금 가시밭으로 변한 궁궐터
　　　에 구리 낙타상만 슬프구나.

<曹偉 扶餘懷古次稼亭韻부여회고차가정운,
가정 李穀(이곡)의 시에 차운하여 부여를 회고하다 시구>

*조위(1454~1503); 조선 성종 때 戶曹參判(호조참판), 학자. 호 梅溪(매
계). 시호 文莊(문장). 본관 昌寧(창녕). 왕명으로 김종직의 문집을 편찬
할 때 弔義帝文(조의제문)을 실어 戊午士禍(무오사화)의 빌미가 되고,
順天(순천)으로 移配(이배)되어 병사했음.

299. 不淺庾公興(불천유공흥) 晉(진)의 풍류 정승 庾亮(유량)의 흥
취가 얕지 않아
堪消王粲憂(감소왕찬우) 고향을 그리워한 왕찬의 시름을 녹일
만하네.

<金時習 登樓등루, 누각에 올라 시구>

*김시습 →81.

300. 否極當爲泰(비극당위태) 운수가 나빠 막힘(否卦비괘)이 다하면
당연히 태평한 운수(泰卦태괘)가 되며
柔貞卽克剛(유정즉극강) 부드러움이 곧으면 곧 굳셈을 이기게
되네.

<李崇仁 次漁隱韻차어은운, 어은의 시에 차운하다 시구>

*이숭인 →6.

301. 丕基措盤石之安(비기조반석지안) 王業(왕업)의 큰 터전은 반
석이 안정되듯 하고
洪業繫苞桑之固(홍업계포상지고) 건국의 큰 사업은 뽕나무 밑
동에 맨 듯 굳건하게 이어지소서.

<金訢 壽康宮上樑文수강궁상량문, 수강궁 들보 올리는 글 구>

*김흔 →169.

302. 否泰剝復同循環(비태박복동순환) 비와 태, 박과 복의 天道(천도)
는 순환하는 법

*剝; 음이 성하고 양이 다하는 괘.

*復; 음이 극성한 중에 밑에서 양이 하나 생겨나는 괘.

今觀陽生怡我顔(금관양생이아안) 이제 양이 생겨남을 보니 내 마
음 기쁘네.

<尹紹宗 冬至동지 시구>

*윤소종 →173.

303. 非仙非佛又非天(비선비불우비천) 신선도 부처도 하느님도 아니라
嵓嶂皚皚噛紫煙(암장애애함자연) 눈 덮인 흰 봉우리 푸른 안개
구름위로 솟았네.
誰道登斯閑擱筆(수도등사한각필) 그 누가 여기 올라 시 짓는 붓
을 던졌다던가
通身宛爾入詩禪(통신완이입시선) 헐성대 온 모습이 그대로 시
요 참선 그것일세.

<朴漢永 歇惺臺헐성대, 금강산의 헐성대>

*박한영(1870~1948); 學僧, 僧侶詩人(학승, 승려시인). 법명 鼎鎬(정
호). 堂號(당호) 映湖(영호). 詩號(시호) 石顚(석전). 中央佛敎專門學校
(중앙불교전문학교) 교장을 지냈고 敎宗(교종)으로 불교계 대표였음.

304. 鄙哉公孫弘(비재공손홍) 인색하여라, 漢武帝(한 무제)의 정승
　　　공손홍이여
　　　爲相乃布被(위상내포피) 정승이 되고서도 베 이불을 덮었네.
　　　小矣武昌守(소의무창수) 작기도 하다, 梁(양)의 무창 태수 何
　　　遠(하원)이여
　　　投錢飮井水(투전음정수) 우물에 돈 던져 넣고 그 물을 마셨다네.

<李奎報 釣名諷조명풍, 이름 낚음을 풍자하다 시구>

　*이규보 →8.

305. 飛泉倒瀉疑銀漢(비천오사의은한) 솟아 내리는 물줄기 쏟아지는
　　　은하수인가 싶고
　　　怒瀑橫垂宛白虹(노폭횡수완백홍) 노한 듯 비껴 드리운 폭포 바
　　　로 흰 무지개일세.

<黃眞伊 朴淵瀑布박연폭포 시구>

　*황진이 →233.

306. 貧同原憲空懸磬(빈동원헌공현경) 공자의 제자 원헌 같은 가난
　　　이라 경쇠만 매달린 듯 텅텅 비었고
　　　淸似鄴侯家滿書(청사업후가만서) 鄴縣侯(업현후) 같은 청렴이
　　　라 집안에는 책만 그득하네.

<鄭澈 失題실제, 제목 잃은 시 시구>

　*정철(1536~1593); 조선 선조 때 右議政(우의정), 문인. 호 松江(송강).
　　시호 文淸(문청). 본관 迎日(영일). 關東別曲(관동별곡) 등 뛰어난 歌辭(가
　　사)를 많이 지었음.

307. 貧吏畏人如虺蜮(빈리외인여훼역) 가난뱅이 아전은 뱀과 물여우 보는 듯 사람을 두려워하고
虛堂無主有狐狸(허당무주유호리) 텅 빈집에는 주인 없어 여우와 삵만 사는구나.

<金富軾 題良梓驛제양재역, 良才驛站(양재 역참)을 읊다 시구>

*김부식(1075~1151); 고려 인종 때 集賢殿太學士(집현전태학사), 史家 (사가). 호 雷川(뇌천). 시호 文烈(문열). 본관 慶州(경주). 妙淸(묘청)의 난을 평정하고 鄭知常(정지상)을 목베었음. 저서 三國史記(삼국사기), 銀臺文集(은대문집, 未傳미전) 등.

308. 鬢絲斗覺今年白(빈사두각금년백) 구레나룻 올해 들어 하얗게 되었음을 깨달았고
山色仍猶舊日靑(산색잉유구일청) 산은 오히려 예 그대로 푸르기만 하구나.

<朴椿齡 登採眞亭등채진정, 채진정에 올라 시구>

*박춘령 →13.

309. 騁氣鄒枚躅(빙기추매탁) 기개를 드러내 보이기는 漢(한)의 문사 鄒陽(추양)과 枚乘(매승)의 자취요
籌時賈董肩(주시가동견) 때를 타기는 한 나라 賈誼(가의)와 董仲舒(동중서) 문사들과 나란했네.

<徐居正 送南原梁君誠之詩百韻송남원양군성지시백운, 남원으로 가는 양성지 군을 시 백운을 지어 송별하다 시구>

*서거정 →26.

人부 (310~471)

310. 死固人皆有(사고인개유) 죽음이란 본디부터 사람마다 있는 것
　　　이지만
　　　君應世所無(군응세소무) 그대는 이 세상에 없네그려.
　　　誰知一箇字(수지일개자) 그 누가 알리, '死(사)' 글자 한 자가
　　　能喪百年軀(능상백년구) 능히 백년의 몸을 잃게 하는 것을.

<李安訥 哭石洲곡석주, 석주 권필를 곡하다>

*석주; 權韠 →92.

*이안눌 →266.

311. 事君當盡忠(사군당진충) 임금님 섬길 때는 충성을 다하고
　　　遇物當至誠(우물당지성) 무슨 일을 당했을 때에는 정성을 다해야
　　　하리.
　　　願言勤夙夜(원언근숙야) 바라건대 밤낮으로 부지런하게 되면
　　　無忝爾所生(무첨이소생) 너희에게 욕될 일은 생기지 않으리라.

<趙仁規 示諸子시제자, 여러 아들들에게 훈계하다>

*조인규(1227~1308); 고려 충선왕 때 僉議贊成事(첨의찬성사), 功臣(공
　신). 시호 貞肅(정숙). 본관 平壤(평양). 蒙古語(몽고어)에 능숙했음.

312. 詞難花蘂似(사난화예사) 詞(사, 樂府악부 변체)는 화예부인
　　　[詞曲이름]과 비슷하기 어렵고
　　　文豈景樊同(문기경번동) 시와 글로는 경번 許蘭雪軒(허난설
　　　헌)과 어찌 같으리.

<芙蓉 自嘲자조, 내 스스로를 비웃다 시구>

*부용 →284.

313. 邪魔外道喙爭鳴(사마외도훼쟁명) 사악한 외도로써 저마다 주
장하는 세상이니
志士仁人淚欲橫(지사인인누욕횡) 기개 높은 선비와 어진 이들
은 분노의 눈물 뿌릴 판일세.

<田愚 謁宋先生墓알송선생묘,
宋時烈(송시열) 선생 묘소를 참배하며 前半(전반)>

*전우(1841~1922); 조선 말기의 대유학자. 호 艮齋, 臼山(간재, 구산).
본관 潭陽(담양). 鼓山 任憲晦(고산 임헌회)에게 배우고, 만년에 界火島
(계화도)에서 후학들을 가르쳤음.

314. 四書平易註精當(사서평이주정당) 사서는 쉽고 그 풀이는 정확
합당하나니
義理都涵八百章(의리도함팔백장) 그 내용과 이치 모두 8백장
에 담겼네.
潛思實履無遺算(잠사실리무유산) 깊이 생각하고 하나하나 실
천해 가면 실책이 없는 법
應許儒門第一郎(응허유문제일랑) 마땅히 우리 儒林(유림)의
첫째가 되리라.

<田愚 專門四書詩전문사서시, 사서에 정통함을 읊은 시>

*전우→313.

315. 思邃包黃古(사수포황고) 생각은 깊어 옛 伏犧氏(복희씨)와 黃
帝 軒轅氏(황제 헌원씨)의 일을 알았고
眼高泰華巓(안고태화전) 안목은 높아 泰山(태산)과 華山(화
산)의 산마루였네.

<崔淑精 送李觀察使赴黃海道송이관찰사부황해도,
황해도로 부임하는 이 관찰사를 보내며 시구>

*최숙정 →107.

316. 槎牙古木截前灘(사아고목절전탄) 앙상한 고목 베어 앞 여울에
    걸쳤으니
    步步寒心幾駭瀾(보보한심기해란) 걸음걸음 오싹한 마음 물결
    에 얼마나 놀라는가.
    平地風波人不識(평지풍파인불식) 평지에도 풍파 있음을 사람
    들은 알지 못하고
    到橋猶作畏途看(도교유작외도간) 이 다리에 이르러서야 건너
    기 두렵다 하네.

    <金壽寧 次三陟竹西樓臥水木橋차삼척죽서루와수목교,
        삼척 죽서루시의 와수목교에 차운하다>

    *김수녕(1436~1473); 조선 성종 때 大司諫, 江原道觀察使(대사간, 강원
      도관찰사). 호 素養堂(소양당). 시호 文悼(문도). 본관 安東(안동). 東國
      通鑑(동국통감) 편찬에 참여했음.

317. 事業渾歸管城子(사업혼귀관성자) 사업은 온통 붓에 맡기고
    功名不識孔方兄(공명불식공방형) 공명은 돈을 몰랐었네.

    <郭珝 贈孫斯慶進士송손사경진사, 손사경 진사에게 주다 시구>

    *곽운(?); 未詳(미상).

318. 賜汝鐵爪如秋隼(사여철조여추준) 너에게 보라매의 쇠 발톱을
    주었고

賜汝鋸齒如於菟(사여거치여오도) 또 톱날 같은 범의 이빨을
주었어라.

<丁若鏞 狸奴行이노행, 고양이를 읊은 시 시구>

*정약용(1762~1836); 조선 정조 때 刑曹參議(형조참의), 대학자. 호 茶
山, 俟菴, 與猶堂, 洌樵, 竹翁, 籜翁(다산, 사암, 여유당, 열초, 죽옹, 탁
옹). 시호 文度(문탁). 본관 羅州(나주). 천주교를 가까이 하여 여러 곳
으로 유배되고, 다방면의 학자로 5백여 권의 저술, 3천 수 가까운 詩賦
(시부)를 남겨 신라 고려 이후의 최다 저작자라 함.

319. 絲染不須悲(사염불수비) 흰 실이 물든다고 墨子(묵자)처럼 슬
퍼할 것 없고
岐多何必泣(기다하필읍) 갈림길 많다고 楊朱(양주)와 같이 하
필 울 것인가.

<洪逸童 效八音體寄剛中효팔음체기강중, 팔음체(여덟 악기 소리
형태)를 본떠 강중 徐居正(서거정)에게 주다 시구>

*홍일동(?~1464); 조선 세조 때 上護軍(상호군). 호 麻川(마천). 본관 南
陽(남양). 시를 읊으며 풀피리를 잘 부는 것으로 유명했음.

320. 四海爭隨黠(사해쟁수힐) 온 세상이 교활하게 다툴 때
天民長守愚(천민장수우) 하늘이 낸 우리 민족 오래 우직했으니
谷陵平似砥(곡릉평사지) 陵谷易處(능곡역처, 구릉이 계곡 되
고 계곡이 구릉이 됨)로 숫돌처럼 평평해져
蠻觸競分溝(만촉경분구) 달팽이 뿔 위에서 도랑 나눠 다툰 셈이
었어라.

<朴漢永 登白頭頂俯瞰天池등백두정부감천지,
백두산 정상에 올라 천지를 내려다보며 시구>

*박한영 →303.

321. 思鄕肯作登樓賦(사향긍작등루부) 고향 생각에 王粲(왕찬)처
    럼 등루부를 지어 무엇하리
    把酒聊吟問月詩(파주료음문월시) 술잔 들고 李白(이백, 이태
    백)의 '파주문월' 시나 읊조리네.

    <李石亨 蔚珍東軒韻울진동헌운, 울진 동헌에서 시구>

    *이석형(1415~1477); 조선 성종 때 判中樞府事(판중추부사). 호 樗軒
     (저헌). 시호 文康(문강). 울진 縣令(현령)을 지냈음. 성질이 후하여 가
     난한 사람을 돌보았음.

322. 舍後桑枝嫩(사후상지눈) 집 뒤 뽕나무 가지에 새싹 트고
    畦西薤葉抽(휴서해엽추) 밭이랑 서켠에는 부추 잎 길게 나왔
    구나.

    <李詹 自適자적, 편안히 즐기다 前半(전반)>

    *이첨 →126.

323. 削成鐵壁千尋壯(삭성철벽천심장) 쇠 절벽을 깎은 천 길 壯觀
    (장관)에
    倒瀉銀潢一派垂(도사은황일파수) 은하수 거꾸로 부어 한 갈래
    폭포 드리웠구나.

    <李承召 題朴淵瀑布圖제박연폭포도,
    개성 박연폭포 그림을 보고 짓다 시구>

    *이승소(1422~1484); 조선 성종 때 禮曹判書(예조판서). 호 三灘(삼탄).

시호 文簡(문간). 박식하고 禮樂, 兵刑, 陰陽, 律曆, 醫藥, 地理(예악, 병형, 음양, 율력, 의약, 지리)등에 도통했음.

324. 朔風利於劍(삭풍이어검) 삭풍은 칼날보다 날카로워

  凓凓削我肌(율률삭아기) 차디차게 내 살을 깎아내네.

  此頭寧可斫(차두영가작) 이 머리는 잘릴 수 있을망정

  此膝不可奴(차슬불가노) 이 무릎 꿇어 종이 될 수야 없으리.

<李相龍 渡鴨綠江도압록강, 압록강을 건너며>

 *이상룡(?); 독립운동가. 호 石洲(석주). 본관 安東(안동). 만주로 이주
  하여 광복운동 단체 扶民團(부민단) 단장이었고 1926년 상해 임시정
  부 國務領(국무령)으로 활약했음.

325. 山空孤塔立庭際(산공고탑입정제) 텅 빈 산에 탑 하나만 절 뜰
  가에 섰고

  人斷小舟橫渡頭(인단소주횡도두) 건너는 사람 끊어져 나루터에
  는 작은 배만 떠 있구나.

<李混 西京永明寺서경영명사, 평양의 영명사 시구>

 *이혼(1252~1312); 고려 충선왕 때 僉議侍郞贊成事(첨의시랑찬성사), 학
  자. 시호 文莊(문장). 본관 全義(전의). 성품이 관대하고 후했음.

326. 山光滿席上(산광만석상) 산 경치는 자리 위에 가득하고

  澗水鳴窓前(간수명창전) 시냇물은 창 앞에서 졸졸거리네.

<鄭誧 結廬결려, 초가집을 짓다 시구>

 *정포 →71.

327. 山多從北轉(산다종북전) 산은 북쪽에서 많이 굴러오고
　　　江自向西流(강자향서류) 강물은 절로 서쪽을 향해 흐르네.

　　　　<金時習 登昭陽亭등소양정, 춘천 소양정 정자에 올라 시구>

　　*김시습 →81.

328. 山東宰相山西將(산동재상산서장) 산동 출신의 정승들과 산서
　　　에서 나온 장수들
　　　彼丈夫兮我丈夫(피장부혜아장부) 그들이 대장부라면 나 또한
　　　대장부일세.

　　　　<林慶業 劒銘검명, 장검에 명심토록 새긴 글 後半(후반)>

　　*임경업(1594~1646); 조선 인조 때 崇明派(숭명파) 장군. 호 孤松(고
　　　송). 시호 忠愍(충민). 본관 平澤(평택). 병자호란 때 중국 南京(남경)에
　　　서 잡히어 淸(청) 나라에서 달랬으나 굴하지 않았음.

329. 山連鰲極蒼茫外(산련오극창망외) 산은 三神山(삼신산)을 이
　　　고 있는 자라 저 바깥으로 이어졌고
　　　地接鷄林縹緲邊(지접계림표묘변) 땅은 신라의 아득한 끝에 닿
　　　았네.

　　　　　　<金時習 題金貴一詩軸제김귀일시축,
　　　　　　김귀일의 시 두루마리에 짓다 시구>

　　*김시습 →81.

330. 山不離俗俗離山(산불이속속리산) 산은 속세를 떠나지 않았는데
　　　속세가 산을 떠나갔고

道不遠人人遠道(도불원인인원도) 도는 사람을 멀리하지 않았는
데 사람이 도를 멀리 하네.

＜作者未詳작자미상 시구＞

331. 山西留滯思愔愔(산서유체사음음) 關西(관서)에 오래 머무니 생각
은 고요하고 깊은데

*山西; 摩天嶺(마천령) 서쪽 지방(平安道평안도). 關西.

不覺東風散老陰(불각동풍산노음) 동풍이 봄을 흩어버림을 깨닫지
못했구나.

*老陰; 周易 四象(주역사상, 춘하추동 또는 太陽태양·少陽소양·太陰태
음·少陰소음)의 하나. 곧 봄.

倦客拂衣江岸靜(권객불의강안정) 지친 객으로 옷소매 터는 강기
슭 조용한데
行人催渡野洲深(행인최도야주심) 행인은 깊은 모래 섬 강물을 바
쁘게 건너가네.
鶯溪里巷三更夢(앵계이항삼경몽) 앵계 마을은 한밤중 꿈속에 잠
겼는데
鳳闕樓臺一片心(봉궐누대일편심) 대궐 누대에 일편단심 걸어두네.
峴首風流吾敢望(현수풍류오감망) 현산의 풍류야 내 감히 바라랴
마는
閑吟時復遣幽襟(한음시부견유금) 이따금 시 읊어 그윽한 회포를
부치노라.

＜金富軾 征西軍幕有感정서군막유감,
妙青(묘청)의 난 토벌 때 관서의 군사 장막에서 느낀 바＞

*김부식 →307.

332. 山水無非舊眼靑(산수무비구안청) 산천은 예와 다르지 않아 친
     근하고
     樓臺亦是少年情(누대역시소년정) 영호루 또한 어린 시절 그대
     로 정겁구나.

          <金方慶 暎湖樓영호루, 안동 영호루 시구>

     *김방경(1212~1300); 고려 원종 때 刑部尙書(형부상서), 名將(명장). 시
      호 忠烈(충렬). 본관 安東(안동). 왕실의 내분, 삼별초의 난 등을 잘 다
      스려 侍中(시중)이 되었음.

333. 山僧安爲求詩至(산승안위구시지) 산의 중은 늘 시를 받고자 찾
     아오고
     地主時能送酒來(지주시능송주래) 고을 원은 가끔 술을 보내오네.

          <鄭夢周 偶題奉使日本우제봉사일본,
           일본에 사신으로 가서 우연히 짓다 시구>

     *정몽주 →85.

334. 山應臨別瘦(산응임별수) 산은 가을과의 이별로 수척해졌고
     葉爲送行飛(엽위송행비) 잎은 가을을 보내노라 이리저리 날리
     는구나.

          <金益精 送秋송추, 가을을 보내며 시구>

     *김익정(?~1436); 조선 세종 때 大司憲(대사헌), 六曹參判(육조참판).
      본관 安東(안동).

335. 山中富貴無人管(산중부귀무인관) 산중의 부귀는 아무에게도 매
     이지 않아

個個樵童一擔花(개개초동일담화) 나무꾼 아이들마다 꽃다발 하나씩 들었네.

<玄鎰 山居산거, 산 속에 살며 後半(후반)>

*현일(1807~1876); 조선 말 知中樞府事(지중추부사). 호 皎亭(교정). 본관 延州(연주).

336. 山川如昨市朝移(산천여작시조이) 산천은 예와 같은데 조정과 市場(시장)은 옮겨가 버려
玉樹歌殘問幾時(옥수가잔문기시) 玉樹後庭花(옥수후정화) 망국의 노래 잦아든 게 그 언제던가.
落日古城春草裏(낙일고성춘초리) 해지는 옛 성터에 봄 풀 돋아나는데
祇今惟有鄭公碑(지금유유정공비) 지금은 다만 포은 정몽주 공의 비석만 남았네.

<泗溟堂惟政 過善竹橋과선죽교, 개성 선죽교를 지나며>

*사명당 유정(1544~1610); 조선 선조 때 高僧(고승). 俗姓 任氏(속성 임씨). 호 松雲, 泗溟(송운, 사명). 시호 慈通弘濟尊者(자통홍제존자). 본관 豊川(풍천). 임진왜란 때 큰 공을 세웠음.

337. 山川鬱鬱紆疇昔(산천울울우주석) 산천에는 지난 일들 우울하게 서리었고
風月依依竟自如(풍월의의경자여) 맑은 바람 밝은 달은 예와 다름없으리.

<黃廷彧 將卜居鷺梁錄此贈人장복거노량녹차증인,

장차 노량에 은거하려고 지어 적어서 남에게 주다 시구>

*황정욱(1532~1607); 조선 선조 때 戶曹, 禮曹判書(호조, 예조판서). 호
芝川(지천). 시호 文貞(문정). 본관 長水(장수). 詩文(시문)에 능해 중종·
선조 연간의 4家(4가)에 들었음.

338. 山河氣盡姜邯贊(산하기진강감찬) 고려 산천 기력이 다하니 강
감찬 장군이 우뚝하고
日月名賢鄭夢周(일월명현정몽주) 해와 달 같은 이름난 어진 선
비 정몽주 충신.

<洪世泰 滿月臺歌만월대가, 고려 왕궁 터 만월대 노래 後半(후반)>

*홍세태(1653~1725); 조선 숙종 때 吏文學官, 蔚山監牧官(이문학관, 울
산감목관), 문인. 호 滄浪, 柳下(창랑, 유하). 본관 南陽(남양). 經史(경사)
에 통달하고 시에 능했으며, 만년에 산과 바다를 다니며 풍월을 즐겼음.

339. 山河風雨後(산하풍우후) 고향 땅 산과 강이 난리 겪은 뒤
日月晦塞餘(일월회색여) 해와 달도 꽉 막히어 모두 제 빛을 잃
었구나.

<張顯光 亂後歸故山난후귀고산, 난리 뒤 고향으로 돌아와 시구>

*장현광(1554~1637); 조선 인조 때 工曹判書(공조판서), 학자. 호 旅軒
(여헌). 시호 文康(문강). 본관 仁同(인동). 병자호란 때 의병을 일으켰음.

340. 薩水湯湯漾碧虛(살수탕탕양벽허) 청천강물 파도치며 허공에 출
렁이니
隋兵百萬化爲魚(수병백만화위어) 수 나라 백만 군사 고기밥이
되었것다.

至今留得漁樵話(지금유득어초화) 지금까지 어부와 나무꾼의 얘
깃거리로 남아있어

不滿征夫一笑餘(불만정부일소여) 지나는 나그네의 한바탕 웃음
거리 되고도 남네.

<趙浚 安州懷古안주회고, 안주에서 옛일을 돌이키다>

*조준 →247.

341. 三傑徒勞作漢臣(삼걸도로작한신) 세 호걸 헛된 애쓰며 한 나라 신
하가 되어

*삼걸; 張良, 蕭何, 韓信(장량, 소하, 한신) 등 중국 한 고조의 뛰어난 세
신하.

一時功業竟成塵(일시공업경성진) 한때의 공과 업적 티끌 되고 말
았네.
只今留得嗚呼島(지금유득오호도) 지금 오호도에 잠시 머물며 회
상하니
長使行人淚滿巾(장사행인누만건) 지나는 길손 길이 눈물 젖게 하
는구나 <제1수>
五百人爭爲殺身(오백인쟁위살신) 섬 안 5백 명이 다투듯 살신성
인했으니
田橫高義感千春(전횡고의감천춘) 전횡의 높은 절의 영원토록 감
동 주네.
當時失地夫何責(당시실지부하책) 그 때 국토 빼앗긴 일 누구를 책
망하랴
大漢寬仁得萬民(대한관인득만민) 큰 한 나라의 너그럽고 인자함
이 만 백성의 마음을 얻게 된 것을. <제2수>

<鄭夢周 田横島(嗚呼島)二首전횡도(오호도) 두 수>

*오호도를 전횡도라고도 하는데 본명은 半洋山(반양산)임.

*田横(?); 중국 戰國(전국) 때 齊(제) 나라 왕. 劉邦(유방)이 項羽(항우)를
이겨 漢高祖(한고조)가 되자 전횡더러 항복하라 했으나, 洛陽(낙양) 가
까이 가서 자결하니 섬 안의 5백 명도 일시에 그를 따라 자결했음. 이
후 이 섬을 오호도 또는 전횡도라 부르게 되었음.

*정몽주 →85.

342. 三年遠遊客(삼년원유객) 3년 동안 외국에 있던 몸
    萬里始歸人(만리시귀인) 만리 먼 고향에 이제 돌아왔는데
    國弱深憂主(국약심우주) 나라의 힘 허약해 임금님 근심 깊어지고
    家貧倍憶親(가빈배억친) 집이 가난해 어버이 생각 더욱 커지는
    구나.

<兪吉濬 自美洲歸拘南山下자미주귀구남산하,
미국에서 귀국하자 남산 아래에 구금되다 시구>

*유길준(1856~1914); 大韓帝國(대한제국) 金弘集內閣(김홍집 내각) 內
務大臣(내무대신), 개화운동가, 국어학자. 호 矩堂(구당). 본관 杞溪(기
계). 興士團, 漢城府民會(흥사단, 한성부민회) 등을 통해 국민계몽운동
에 힘썼음.

343. 三良入穴人思贖(삼량입혈인사속) 세 어진 선비 무덤에 들어가니
    사람들이 贖錢(속전) 바칠 생각을 했고
    *삼량입혈; 중국 秦穆公(진목공)의 신하 子車氏(자거씨)의 세 아들이 목
    공이 죽었을 때 殉死(순사)한 故事(고사). <詩經 秦風 黃鳥>

    二子乘舟賊不仁(이자승주적불인) 두 아들 배를 탔는데 어질지 못

한 자에게 해를 입었네.

*이자승주; 중국 春秋(춘추) 때 衛宣王(위 선왕)이 아들 伋(급)의 아내가 될 宣姜(선강)을 빼앗아 살며 壽, 朔(수, 삭) 두 아들을 낳았는데, 선강은 급을 미워하여 齊(제)에 사신으로 보내고 도중에 살해하려 한 바, 壽는 착하여 급 대신 자기가 사신으로 가서 죽으니 급이 이를 알고 壽를 구하러갔다가 자기도 죽고 말았음. <詩經 邶風 二子乘舟>

<崔參 竹西樓죽서루, 강원도 삼척 죽서루 시구>

*최삼(?); 조선 선조 때 江原道觀察使(강원도관찰사)를 지낸 듯함.

344. 三十年前同擢第(삼십년전동탁제) 30년 전에 함께 과거에 뽑혀
    一千里外各棲身(일천리외각서신) 천리 밖으로 떨어져 각각 살
    았네.
    浮雲入洞曾無累(부운입동증무루) 뜬구름이 골에 들어도 허물이
    되지 않고
    明月當溪不染塵(명월당계불염진) 밝은 달은 냇물에 들어와도
    티끌에 물들지 않네

<郭輿 贈淸平山李居士증청평산이거사, 청평산의 이 거사께 드리다 시구>

*이거사; 李資玄(이자현 -1123-); 예종 때 학자. 시호 眞樂(진락). 과거 급제 후 경기도 청평산에 文殊院(문수원)을 짓고 은거했음.

*곽여(1058~1130); 고려 예종 때 洪州牧使(홍주목사), 학자. 자 夢得(몽득). 시호 眞靜(진정). 본관 淸州(청주). 예종이 궁중에 있게 하니 烏巾(오건)에 鶴氅衣(학창의)라 사람들이 金門羽客(금문우객)이라 칭했음.

345. 三椽茅屋一架書(삼연모옥일가서) 세 서까래 초가에 한 선반의
    책뿐인데

百歲人生半世餘(백세인생반세여) 백년 인생 반평생만 남았구나.

<鄭介清 詠懷영회, 회포를 읊다 시구>

*정개청(1529~1590); 조선 선조 때 典牲主簿(전생주부), 道學者(도학
자). 호 困齋(곤재). 본관 羅州(나주). 鄭汝立(정여립)의 난 관련 혐의로
慶源(경원) 유배 가던 중 사망했음.

346. 三月藝麻七月穫(삼월예마칠월확) 3월에 삼 심고 7월에 베어
五日繅絲十日濯(오일소사십일탁) 닷새동안 실로 켜고 열흘을
바래네.
織手弄杼作細布(직수농저작세포) 북을 놀려 올이 고운 삼베를
짜니
薄如蟬翼小盈握(박여선익소영악) 매미날개처럼 엷고 한 움큼
되게 작네.

<洪良浩 吉州藝麻길주예마, 길주의 예마 베>

*길주; 함경북도 城津(성진) 북쪽의 郡(군). 예마는 吉布(길포)를 포함해
六鎭(육진)에서 나는 베임.

*홍양호(1724~1802); 조선 英祖, 正祖(영조, 정조) 때 학자. 호 耳溪(이
계). 시호 文獻(문헌). 본관 豊山(풍산). 博學(박학)으로 유명했고, 吏曹
判書(이조판서)를 역임했음. 저서 高麗大事記(고려대사기), 東國名將
傳(동국명장전).

347. 三千世界珊瑚樹(삼천세계산호수) 온 세상(삼천세계)이 산호수
같이 온갖 빛깔이요
二十四橋芙蓉花(이십사교부용화) 중국 揚州(양주)의 24교처럼
다리마다 연꽃일세.

<徐居正 漢都十詠 鍾街觀燈한도십영 종가관등,
서울의 경치 10곳 종로 佛燈(불등) 관람 곧 초파일 저녁 시구>

*서거정 →26.

348. 上國好花愁裏艶(상국호화수리염) 당 나라의 좋은 꽃들 시름 속
에 요염한데
故國芳樹夢中春(고국방수몽중춘) 고국의 꽃다운 나무 꿈속 봄
으로 그립네.
扁舟煙月思浮海(편주연월사부해) 조각배로 달빛 은은한 바다
건널 생각하니
羸馬關河倦問津(이마관하권문진) 여윈 말 타고 강가에서 나루
터 묻기도 지치네.

<崔匡裕 長安春日有感장안춘일유감, 장안 봄날의 감상 시구>

*최광유 →102.

349. 橡栗橡栗栗非栗(상률상률율비율) 도토리 도토리, 밤 같아도 밤
이 아니니
誰以橡栗爲之名(수이상률위지명) 누가 도토리라고 이름 지었나.

<尹汝衡 橡栗歌상률가, 도토리 노래 시구>

*윤여형(?); 고려 후기의 學諭(학유), 문인.

350. 相思相見只憑夢(상사상견지빙몽) 그리워 만나보기 단지 꿈뿐인데
儂訪歡時歡訪儂(농방환시환방농) 그대 기쁘게 찾아올 때 나도
기쁘게 찾아가네.
願使遙遙他夜夢(원사요요타야몽) 원컨대 아득히 먼 다른 날 꿈은

一時同作路中逢(일시동작노중봉) 한꺼번에 만나러 떠나 길에
　서 만나지기를.

* 꿈길밖에 길이 없어 꿈길로 가니, 그 임은 나를 찾아 길 떠나셨네. 이
　뒤엘랑 밤마다 어긋나는 꿈, 같이 떠나 노중에서 만나를지고.

　　　<金岸曙(김안서) 飜案(번안), 金聖泰(김성태) 작곡 '꿈길에서'>
　　　　<黃眞伊 相思夢상사몽, 그리워하는 꿈>

　*황진이 →233.

351. 尙書令擁中書令(상서령옹중서령) 상서령이 중서령을 보호했고
　　　─상서령 惟吉(유길)이 중서령인 형 惟善(유선)을 보호해 지켰고

　　乙壯元扶甲壯元(을장원부갑장원) 을장원이 갑장원을 扶腋(부액)
　　해 모시었네.

　─을과 장원한 아들 유선이 갑과 장원한 아버지 崔冲(최충)을 부축했네.

　<金行瓊 賀崔中令赴內宴하최중령부내연, 中書門下省令(중서문하성령)
　　최충이 왕이 베푼 國老宴(국로연)에 들어옴을 하례하다 시구>

　*김행경(?); 고려 문종 때 翰林學士(한림학사).

352. 相如所避廉氏之奇(상여소피염씨지기) 藺相如(인상여)가 廉頗
　　(염파)를 피한 기이한 일은
　　以我國急難之故(이아국급난지고) 내 나라의 급한 어려움 때문이
　　었던 것이지
　　非予心畏懼之爲(비여심외구지위) 염파가 두려워서 그런 것은 아
　　니었다.

　*인상여; 중국 戰國(전국) 때 趙 惠文王(조 혜문왕)의 신하. 秦(진) 나라에
　　가서 和氏之璧(화씨지벽, 화씨의 구슬)을 무사히 보전해 돌아왔고, 진왕

과의 澠池(민지)의 만남에서 진왕의 요구를 무마하는 등 외교의 공을 세
위, 염파보다 높은 벼슬을 받으니 염파가 불평했음. 韓(한)의 司馬犬子
(사마견자)는 인상여를 존경, 司馬相如(사마상여)로 이름을 고쳤음.

*염파; 중국 조의 명장. 지위가 높아진 인상여를 몹시 시기했으나, 상여
의 본심을 안 그는 가시나무 회초리를 짊어지고 웃옷을 벗어 상여에게
가 사죄했음. 이후 두 사람은 刎頸之友(문경지우, 목을 벨 수 있도록 서
로 생사를 같이한 친구)가 되었음.

<崔滋 相如避廉頗以先國家之急賦상여피염파이선국가지급부, 상여가
염파를 피한 것은 나라의 위급함이 먼저였기 때문이었다는 부 구>

*최자→277.

353. 上有正方山(상유정방산) 위에는 정방산이요
　　　下有簇錦溪(하유족금계) 아래는 족금계 시냇물일세.
　　　寧作倡家婦(영작창가부) 차라리 기생집 여인이 될지언정
　　　莫作商人妻(막작상인처) 장사꾼의 아내는 되지 마오.

<許筠 黃州艶曲八首황주염곡팔수, 황주의 戀歌(연가) 8수, 그 중 한 수>

*허균(1569~1618); 조선 선조 때 刑曹判書, 參贊(형조판서, 참찬), 학
자, 시인. 호 蛟山, 白月居士(교산, 백월거사). 본관 陽川(양천). 儒彿仙
(유불선)과 天主學(천주학)에 博通(박통)했고 홍길동전(최초의 한글소
설)을 지었으며, 광해군10년 역모에 가담했다는 匿名投書事件(익명투
서사건)으로 하여 처형되었음.

354. 湘魂沉沉水無波(상혼침침수무파) 湘江(상강)에는 屈原(굴원)
　　　의 혼이 잠겨 파도가 일지 않고
　　　蜀魄磔磔山有月(촉백책책산유월) 촉 杜宇(두우)의 화신인 두
　　　견새 울 제 산에 달이 있었네.

<李穡 詩酒歌시주가, 시 짓고 술 마실 때 지은 시 詩句(시구)>

*이색 →260.

355. 霜後梧桐猶窣窣(상후오동유솔솔) 서리 온 뒤의 오동 아직 바
람소리 내고
月明鵁鵲自翻翻(월명지작자번번) 달이 밝아 까치들은 스스로
번득 나네.

<金宗直 潤八月十九日直廬偶吟윤팔월십구일직려우음,
윤8월 19일 집에서 우연히 읊다 시구>

*김종직 →82.

356. 霜後烏椑渾脫葉(상후오비혼탈엽) 서리 온 뒤의 감나무는 잎
모두 지고
月中鴛瓦漸生鱗(월중앙와점생린) 달빛 속의 원앙처럼 놓인 기
와들 차츰 비늘 번득이듯 하네.

<曺偉 宿直旨寺與善源同賦숙직지사여선원동부,
직지사에 묵으며 선원과 함께 짓다 시구>

*조위 →298.

357. 生寄死歸一夢間(생기사귀일몽간) 이승에 잠깐 머물다가 본 고
장인 죽음으로 가는 게 한 꿈결 같은데
眷情何必淚珊珊(권정하필누산산) 돌보아주신 부인의 정 하필
눈물 줄줄 흘리게 되다니.
世間最有斷腸處(세간최유단장처) 세상에서 가장 슬픈 지경에
나 다다랐으니

草綠江南人未還(초록강남인미환) 강남 땅에 풀 파랗게 돋아나
는 봄이 와도 나 돌아오지 못하리.

＜沈淸傳 沈淸詩심청시, 심청이 읊은 시＞

*심청전; 作者年代(작자연대) 미상의 古代小說(고대소설).

358. 西子眉嚬如有恨(서자미빈여유한) 西施(서시)가 눈썹 찡그리니
　　　무슨 한이 있는 듯
　　　小蠻腰細不勝嬌(소만요세불승교) 소만은 허리 가늘어 아양떠는
　　　모습 못 이기네.

＜崔均 和詠柳화영류, 버들을 읊은 시에 화운하다 시구＞

*최균(?); 未詳(미상).

359. 仙境肯尋三島外(선경긍심삼도외) 선경을 三神山(삼신산)만 즐
　　　겨 찾을 것 있는가
　　　風流却勝五湖間(풍류각승오호간) 여기 풍류는 越(월)의 范蠡
　　　(범려)가 노닐던 오호 보다 오히려 낫구나.

＜辛碩祖 次驪江淸心樓韻 차여강청심루운, 여주 청심루 시에 차운하다 시구＞

*신석조(1407~1459); 조선 세종 때 大司憲(대사헌), 유학자. 호 淵氷堂
　(연빙당). 시호 文僖(문희). 본관 靈山(영산). 온순하고 근엄했음.

360. 雪作衣裳玉作趾(설작의상옥작지) 눈처럼 흰 털 옥같이 고운 발톱
　　　窺魚蘆渚幾多時(규어노저기다시) 갈대 물가에서 물고기 엿보기
　　　얼마나 많았던가.
　　　偶然飛過山陰縣(우연비과산음현) 우연히 중국 산음 고을로 날아가

誤落羲之洗硯池(오락희지세연지) 왕희지의 벼루 씻는 못에 내려앉았던 게지.

<成三問 題白鷺圖제백로도, 백로를 그린 그림에 붙여>

*성삼문 →34.

361. 世事看來熟(세사간내숙) 세상 일 보면 밀가루 반죽이 익을 동안이며

棊飜局局新(기번국국신) 바둑처럼 판세 뒤집혀 새 국면이 되기도 하네.

休誇印如斗(휴과인여두) 官印(관인)이 말만큼 크다는 자랑은 그만두어야지

自笑甑生塵(자소증생진) 시루에는 먼지만 쌓였음을 스스로 웃어야 하니.

几案留三友(궤안유삼우) 책상에는 언제나 書窓三友(서창삼우, 벼루·먹·종이)가 있고

林蔬當八珍(임소당팔진) 숲의 산나물은 八珍味(팔진미) 못지 않네.

好觀齊物論(호관제물론) 즐겨 莊子(장자)의 제물론을 살펴보지만

誰識贗耶眞(수식안야진) 어느 것이 가짜이고 진짜인지 누가 알겠는가.

<許琛 次韻克己見贈三首차운극기견증삼수,
김극기의 시에 차운해 보라고 주다 세 수 제3수 >

*허침 →94.

362. 塞雲還帶雪(새운환대설) 북방 구름 눈발 머금었고
    邊草不生春(변초불생춘) 오랑캐 땅 풀은 봄인데도 돋아나지
    않네.

        <曹漢英 瀋陽獄踏靑日呈淸陰심양옥답청일정청음,
    심양 감옥에서 삼진날에 청음 金尙憲(김상헌)에게 주다 시구>

    *조한영(?~1670); 조선 현종 때 漢城左尹(한성좌윤). 호 晦谷(회곡). 시
    호 文宗(문종). 본관 昌寧(창녕). 심양 감옥에 갇혔다가 義州(의주)로
    移監(이감)되어 석방되었음.

363. 色如秋天初霽後(색여추천초제후) 색깔은 가을하늘이 비로소 산
    뜻하게 갠 때와 같고
    形如太極未分前(형여태극미분전) 모양은 태극이 나뉘기 전의
    둥근꼴이라.

        <金萬英 詠西瓜영서과, 수박을 읊다 前半(전반)>

    *김만영(?); 조선 인조(1623~1649) 무렵 進士(진사). 洗馬(세마) 제수
    를 거절했음.

364. 色透村塘月(색투촌당월) 꽃 빛은 시골 연못에 잠긴 달이요
    香傳隴樹風(향전농수풍) 꽃향기는 언덕 나무의 바람 따라 풍겨
    오네.
    地偏公子少(지편공자소) 후미진 시골이라 이 꽃 즐기는 공자들
    이 없어
    嬌態屬田翁(교태속전옹) 그 교태는 결국 늙은 농부의 몫일세.

        <鄭襲明 石竹花석죽화, 패랭이꽃 시구>

365. 色必敗身須戒愼(색필패신수계신) 女色(여색)은 몸을 망치니 반
　　드시 삼가야 하고
　　言能害己更詳量(언능해기갱상량) 말은 나를 해칠 수 있으니
　　다시금 자세히 생각해 보라.
　　狂荒結友終無益(광황결우종무익) 거만하고 예절 없는 친구 사
　　귀면 끝내 무익하고
　　驕慢輕人反有傷(교만경인반유상) 교만하여 남 업신여기면 내
　　가 상하는 법이라.

　　　　　<李那 寄子安命기자안명, 아들 안명에게　시구>

　　*이나; 미상.

366. 生不以爲樂(생불이위락) 사는 것을 즐거움으로 삼지 않고
　　死不以爲戚(사불이위척) 죽는 것을 슬픔으로 삼지 않으며
　　褒之不以爲榮(포지불이위영) 추어올림을 영광으로 여기지 않고
　　貶之不以爲辱(폄지불이위욕) 깎아 내림을 욕된다고 여기지 않
　　는다.

　　　　<李奎報 故寶鏡寺住持大禪師贈謚圓眞國師敎書
　　　　　고보경사주지대선사증시원진국사교서,
　　作故한 보경사 주지 대선사에게 원진국사라고 시호를 내리는 교서　구>

　　*이규보 →8.

367. 生而有食牛之量(생이유식우지량) 태어나면서는 황소를 먹을 만
한 氣量(기량)이 있었고
壯乃奮投筆之心(장내분투필지심) 장성해서는 書生(서생)으로
서의 붓을 던질 마음을 가져 분발했다.

<閔忠紹 除李之氏金正純並參知政事제이지저김정순병참지정사,
이지저와 김정순을 함께 참지정사로 제수한다 구>

*민충소; 미상.

368. 書堂長勿毁(서당장물훼) 서당을 오래도록 헐지 말아서
使我學聖賢(사아학성현) 저로 하여금 성현을 배우게 하소서.

*7, 8 세 때 배우던 서당이 문닫게 되자 스승에게 올린 시구임.

<徐起 詩句시구>

*서기(1523~1591); 조선 선조 때 학자. 호 孤青樵老(고청초로). 본관 利
川(이천). 20세에 諸子百家(제자백가)에 통달했고, 지리산과 공주로
옮기니 제자들이 많이 모여들었음.

369. 西山日暮群鴉亂(서산일모군아란) 서산에 해는 지고 까마귀 떼
만 어지러운데
北塞霜寒獨雁鳴(북새상한독안명) 북방 국경 찬 서리 외기러기
울며 예네.

<尹善道 被謫北塞피적북새, 북방변경으로 귀양와서 시구>

*윤선도(1587~1671); 조선 인조 때 漢城府尹(한성부윤), 문인. 호 孤山,
魚樵隱士(고산, 어초은사). 시호 忠憲(충헌). 본관 海南(해남). 여러 번
유배당했고 甫吉島(보길도)에서 살았음. 經史百家(경사백가)에 無不通

知(무불통지)했고 시조에 뛰어났음.

370. 書爲白髮劍斜陽(서위백발검사양) 글공부에 백발 되어 武人(무
인) 되기 글렀고
天地無窮一恨長(천지무궁일한장) 천지가 무궁한 것처럼 내 한
도 끝없구나.
痛飮長安紅十斗(통음장안홍십두) 서울에서는 紅友(홍우, 술)
열 말을 통음하고
秋風簑笠入金剛(추풍사립입금강) 가을 바람에 삿갓 쓰고 금강
산에 들어왔네.

<金炳淵 絶句절구>

*김병연 →48.

371. 誓海魚龍動(서해어룡동) 바다에 다짐 두니 어룡이 움직거리고
盟山草木知(맹산초목지) 산을 두고 맹세하니 초목도 아는 듯하
구나.

<李舜臣 陣中吟三首진중음삼수, 진중에서 읊다 세수 제1수 시구>

*이순신 →54.

372. 西華已蕭索(서화이소삭) 서쪽 중국 宋(송) 나라는 이미 쓸쓸해
졌고
北寨尙昏蒙(북채상혼몽) 북쪽 진영은 아직도 어둠 속일세.
坐待文明旦(좌대문명단) 앉아 문명의 새 아침을 기다리노라니
天東日欲紅(천동일욕홍) 우리 나라 쪽 태양이 붉게 동트려 하는
구나.

<陳澕 奉使入金봉사입금, 사신으로 금 나라에 가다>

*진화 →73.

373. 石逕崎嶇苔錦斑(석경기구태금반) 돌길은 험하며 이끼 곱게 깔렸는데

錦苔行盡入禪關(금태행진입선관) 비단 같은 이끼 길 다 가니 절간에 드는구나.

地應碧落不多遠(지응벽락부다원) 땅은 푸른 하늘과 그다지 멀지 않고

僧與白雲相對閑(승여백운상대한) 스님과 흰 구름은 마주해 한가롭네.

日暖燕飛來別殿(일난연비내별전) 햇살 따뜻해 제비는 옆 불당에 날아들고

月明猿嘯響空山(월명원소향공산) 달은 밝아 원숭이 울음소리 빈 산을 울리네.

丈夫本有四方志(장부본유사방지) 사나이는 본래 큰 뜻을 펴려는 의지가 있거늘

吾豈匏瓜繫此間(오기포과계차간) 내 어찌 표주박처럼 이 절에 매달려 있으리.

<鄭知常 題登高寺제등고사, 등고사 절을 두고 짓다>

*정지상 →134.

374. 釋道於儒理本齊(석도어유이본제) 불교와 도교도 유교와 이치는 본디 같은데

强將分別自相迷(강장분별자상미) 억지로 구분해서 스스로들 헤매게 되네.

三賢用意無人識(삼현용의무인식) 慧遠, 陶淵明, 陸修靜(혜원, 도연명, 육수정) 세 사람의 어진 뜻을 사람들은 모르니

一笑非關過虎溪(일소비관과호계) 한바탕 웃음이 호계를 지나치는 것과는 상관없다네.

<李齊賢 廬山三笑여산삼소, 여산 東林寺(동림사) 호계에서의 세 사람의 웃음>

*이제현 →9.

375. 石頭松老一片月(석두송로일편월) 바위머리 노송에는 조각달이 걸렸고

天末雲低千點山(천말운저천점산) 하늘 끝 구름 아래는 셀 수 없는 많은 산일세.

<鄭知常 開聖寺八尺房개성사팔척방, 개성사 여덟 자 넓이 방 시구>

*정지상 →134.

376. 石峯之下卽吾廬(석봉지하즉오려) 維石峯(유석봉) 아래 곧 내 집 있으니

萬丈芙蓉八紫虛(만장부용팔자허) 만길 높은 부용봉이 하늘로 솟았네.

高臥雲松塵想絶(고와운송진상절) 구름과 솔 속에 높이 사니 속세 생각 끊이고

朗吟霜月俗緣疎(낭음상월속연소) 소리 높여 차가운 달 시 읊으니 속연 드물구나.

林深自愛幽禽托(임심자애유금탁) 숲이 깊어 그윽이 깃 든 새들을 귀여워하고

境僻還宜靜者居(경벽환의정자거) 궁벽한 곳이라 도리어 고요히 살기에 좋아라.

閑寫黃庭北窓裏(한사황정북창리) 북창 안에서 한가로이 황정경을 베끼노라면

好風時卷一牀書(호풍시권일상서) 좋은 바람은 때때로 상위의 책장 넘겨주네.

<韓濩 清妙草廬청묘초려, 청묘 초가집>

*한호(1543~1605); 조선 선조 때 書道家, 名筆(서도가, 명필). 호 石峯(석봉). 본관 清州(청주). '짚방석 내지 마라 낙엽엔들 못 앉으랴. 솔불 켜지 마라 어제 진 달 돋아온다. 아이야, 薄酒山菜(박주 산채)일망정 없다말고 내어라'는 시조를 지었음.

377. 石上松孤類巢許(석상송고유소허) 바위 위의 소나무 외롭기가
巢父 許由(소부 허유)와 同類(동류)요
門前柳老似彭聃(문전유로사팽담) 문 앞의 버드나무 오래 살기
彭祖 老聃(팽조 노담—老子노자) 같구나.

<釋圓鑑 抵宿王巖愛其境地清幽因書拙語
저숙왕암애기경지청유인서졸어, 왕 바위에 이르러 자며 그 경지가 맑고
그윽함을 좋아해 그래서 서투른 몇 마디를 쓰다 시구>

*釋圓鑑 →113.

378. 石上梧桐將發響(석상오동장발향) 바위 위에 선 오동나무 장차
거문고 되어 소리 내리니

音中律呂有詩和(음중율려유시화) 그 음악의 가락이 시와 화답
하겠구나.

<韓忠 回文詩회문시,
바로 읽고 거꾸로 읽어도 모두 뜻이 이루어지는 시 시구>

*한충(?~1521); 조선 중종 때 直提學, 左承旨(직제학, 좌승지). 호 松齋
(송재). 시호 文貞(문정). 본관 淸州(청주). 南袞(남곤)의 시기로 그가 보
낸 병졸에 의해 살해되었음.

379. 昔在文陣間(석재문진간) 지난날 글 짓는 속에서
　　　爭名勇先購(쟁명용선구) 명성 다투며 먼저 이루려 날뛰었었지.
　　　吾嘗避銳鋒(오상피예봉) 나는 그대[시]의 날카로운 칼날 피하기
　　　를 겪었고
　　　君亦飽毒手(군역포독수) 그대 또한 나의 독한 손맛에 지치었것다.
　　　如今厭矛楯(여금염모순) 이제 와서는 창과 방패의 어긋남을 싫
　　　어해
　　　相逢但呼酒(상봉단호주) 만나면 다만 술 불러 즐기네.
　　　宜停雙鳥鳴(의정쌍조명) 마땅히 한 쌍의 새 울음 그만두고
　　　須念兩虎鬪(수념양호투) 모름지기 두 범의 다툼을 조심할지라.

<李仁老 贈四友ー林耆之증사우ー임기지, 네 벗에게ー기지 임춘에게>

*지은이가 海左7賢(해좌7현)들인 林耆之(임기지ー임춘, 詩友시우), 趙
亦樂(조역락ー趙通조통, 山水友산수우), 李湛之(이담지, 酒友주우), 宗
聆(종령, 空門友공문우)의 네 벗에게 '贈四友'라 하여 5言古詩(5언고
시) 한 수씩 읊었음.

*이인로 →60.

380. 席地寒衾卒伍同(석지한금졸오동) 짚자리 찬 이불에 무리들과
     함께 잘 때
     茶爐幸有火通紅(다로행유화통홍) 차 달이는 화로에 다행히 불
     기가 있네.
     耳根暫借松風響(이근잠차송풍향) 귀뿌리에 솔바람소리 울리니
     咫尺神遊澗壑中(지척신유간학중) 가까운 시내 골짜기에 신선이
     노닐겠구나.

      <申緯 獄中煎茶옥중전차, 옥중에서 차를 달이며>

    *신위 →20.

381. 石泉激激風生腋(석천격격풍생액) 돌 샘물 콸콸 솟아 겨드랑이에
     바람들고
     松霧霏霏翠滴巾(송무비비취적건) 솔 안개 부슬부슬 수건에 푸
     름이 방울지네.

      <李齊賢 松都八景紫洞尋僧송도팔경자동심승,
     송도(개성)의 여덟 곳 경치 중 자하동으로 중을 찾아가다 前半(전반)>

    *이제현 →9.

382. 石塔百層半空入(석탑백층반공입) 돌탑은 백 층 높이로 공중에 들
     었고
     鐵崖萬丈千古頑(철애만장천고완) 쇠 벼랑은 만 길로 영원토록 꼿
     꼿하네.
     <李胄 卽事效拗體즉사효요체, 요체를 본떠 즉흥으로 읊다 시구>
    *요체; 絶句(절구)나 律詩(율시)의 變格(변격). 二四不同二六對(이사부동

이류대)나 一三五不論(일삼오불론) 등 平仄(평측)의 규칙을 지키지 않는 近體詩(근체시).

*이주→171.

383. 先沒嗟孔鯉(선몰차공리) 아들 공리가 먼저 죽어 슬퍼한 孔子(공자)

　　 過哀聞卜商(과애문복상) 아들 잃어 애통으로 눈이 멀어버린 복상[子夏(자하)]

　<卓光茂 遣悶견민, 煩悶(번민, 답답하여 괴로움)을 떨쳐버리다 시구>

　*탁광무(?); 고려 후기 左諫議大夫(좌간의대부), 시인. 본관 光州(광주). 유고집 景濂亭集(경렴정집)이 조선 철종1년(1850)에 간행되었음.

384. 先生古君子(선생고군자) 선생은 옛 선비의 전통 그대로라

　　 道在接物中(도재접물중) 지닌 도는 사물을 처리하는 그 속에 있었네.

　　 自有五經笥(자유오경사) 절로 漢(한)의 邊韶(변소)처럼 오경 상자를 가졌으니

　*오경사; 다섯 경전이 든 상자. 변소가 낮잠을 자니 제자들이 "배가 뚱뚱하여 낮잠만 주무신다"고 조롱하는 글을 지으니, 변소가 일어나 그 글을 보고는 "뚱뚱한 배는 오경사니라"라 했음.

　　 不憂四壁空(불우사벽공) 가난으로 네 벽이 비었음을 근심하지 않으리.

　　　　　<崔瀣 次韻答鄭載物子厚차운답정재물자후,
　　　　재물 정자후의 시에 차운하여 화답하다 끝 연>

　*최해(1287~1340); 고려 충숙왕 때 문학자. 자 彥明父, 壽翁(언명보, 수옹). 호 拙翁, 猊山農隱, 取足(졸옹, 예산농은, 취족). 본관 慶州(경주). 최

치원의 후예. 成均館大司成(성균관대사성)이었으나, 빈한하여 寺田(사전)을 경작하며 詩酒 著述(시주 저술)했음. 세속에 아부 않았으나 남의 善惡(선악)을 잘 말해 미움받아 처세에 기복이 심했음.

385. 禪僧飛鷹已可矣(선승비응이가의) 참선하는 중이 매를 날림은 이미 웃던 일인데
盲人瞎馬尤堪憐(맹인할마우감련) 장님이 애꾸눈 말을 탄 것은 더욱 가련하여라.

<李達衷 咸州樓上作함주누상작, 함주의 누각 위에서 짓다 시구>

*이달충 →56.

386. 渲染伽倻一半霜(선염가야일반상) 바림한 듯한 가야산 서리로 반쯤 물들었고
山深雲擁貝多香(산심운옹패다향) 산 깊어 구름이 불경[패다] 향기 감쌌구나.
苺笞靑鶴行無跡(매태청학행무적) 고운 태운 청학의 자취 이끼에도 남아있지 않고
紅葉繽紛讀書堂(홍엽빈분독서당) 단풍잎만 독서당에 어지러이 날리네.

<朴珪壽 崔文昌讀書堂최문창독서당, 문창 최치원의 독서당>

*최문창; 崔致遠(최치원 857~?); 신라말기 대학자. →25.

*박규수(1807~1876); 조선 고종 때 右議政(우의정), 서예가. 자 桓卿(환경). 호 桓齋(환재, 瓛齋). 본관 潘南(반남). 조부 趾源(지원). 서양 사정에 통한 선각자였음.

387. 仙花杳杳難尋(선화묘묘난심) 신선 세계의 꽃은 아득해 찾기 어렵고
　　官柳依依堪折(관류의의감절) 관청의 버들은 무성해 꺾을만하구나.

　　　　＜鄭夢周 過揚州과양주, 중국 양주를 지나며 시구＞

　*정몽주 →85.

388. 雪梅霜菊淸標外(설매상국청표외) 눈 속에 피는 매화와 서리 속 국화의 깨끗한 기품 외에
　　浪紫浮紅也謾多(낭자부홍야만다) 흔해빠진 자줏빛과 경박스러운 붉은빛 꽃들은 다 부질없는 것들일세.

　　　　＜李兆年 次百花軒차백화헌, 백하헌에 머물며 시구＞

　*이조년(1268~1342); 고려 충혜왕 때 藝文館大提學(예문관대제학), 학자. 호 百花軒(백화헌). 시호 文烈(문열). 본관 京山(경산). 문장이 뛰어나고 直諫(직간)으로 유명했음.

389. 雪晴溪館無人掃(설청계관무인소) 시냇가 집에 눈은 갰으나 치우는 사람 없어
　　一樹梅花鶴守門(일수매화학수문) 한 그루 매화나무 아래 학이 문을 지키고 섰네.

　　　　＜李尙迪 車中記夢거중기몽, 수레 안에서 꿈을 적다 後半(후반)＞

　*이상적 →30.

390. 雪榻蟾光冷(설탑섬광랭) 눈 덮인 평상에 달빛은 차고
　　雲窓日影疎(운창일영소) 구름 곁 창에는 햇빛 엷어라.

<鄭希良　九龍山中구룡산중, 구룡산 산 속　시구>

*정희량 →39.

391. 雪花吹鶴氅(설화취학창) 눈송이는 鶴氅衣(학창의) 도포에 불
어 쌓이고
風浪打龍驤(풍랑타용양) 거센 파도는 큰배(용양)의 뱃전을 치네.

<李崇仁　次漁隱韻차어은운, 어은의 시에 차운하다　시구>

*이숭인 →6.

392. 聖德元和上(성덕원화상) 거룩한 덕은 오랑캐를 정벌한 唐憲宗
(당 헌종)보다 위요
戎功大雅前(융공대아전) 공훈은 시경 대아의 戰功(전공)을 노
래한 시보다 앞일세.

<金壽寧　次文川板上詩韻차문천판상시운, 문천 詩板(시판)시 차운　시구>

*김수녕 →316.

393. 盛漢當千載(성한당천재) 융성한 한 나라는 천년이지만
匈奴値百年(흉노치백년) 흉노는 백년뿐인 운수일세.

<金壽寧　次文川板上詩韻차문천판상시운,
문천 시판의 시에 차운하다　시구>

*김수녕 →316.

394. 細君洗爵開新醞(세군세작개신온) 아내는 잔 씻어 새로 빚은 술
독을 열고

稚子挑燈讀古書(치자도등독고서) 어린 아들은 등불 돋우며 옛
글을 읽네.

<成石璘 寄題吉再冶隱기제길재야은, 야은 길재를 두고 지어 부치다 시구>

*성석린 →184.

395. 世事莊生蝶(세사장생접) 세상일은 莊子(장자)의 나비 꿈이요

*장자가 꿈에 나비가 되어 날아다니니 유쾌했지만 자기가 장자인지 알
지 못했고, 꿈을 깨니 자기가 나비가 된 것인지 나비가 자기로 되었던
것인지 분간 못하겠더라 함. 莊周之夢(장주지몽). 胡蝶之夢(호접지몽).

人情華氏羊(인정화씨양) 인정은 春秋(춘추) 때 宋(송) 華元(화
원)의 양고기같이 불평거리가 되네.

*화씨양; 화원이 鄭(정) 군사의 침공을 받고 양을 잡아 군사들에게 먹였
는데, 그의 마부 羊斟(양짐)은 얻어먹지 못해 이튿날 싸움에 화원이
탄 수레를 몰고 정 나라 군중으로 달려가 화원이 패하고 말았음.

塵纓未濯久(진영미탁구) 먼지 묻은 갓끈 씻지 못한지 오래 되었으니
明發問滄浪(명발문창랑) 내일은 창랑의 맑은 물을 찾아가리라.

*屈原(굴원)의 '漁父辭(어부사)'에 "창랑의 물이 맑으면 가히 내 갓끈을
씻으리"라 했음.

<韓脩 木落목락, 나뭇잎 지다 後半(후반)>

*한수(1333~1384); 고려 충정왕 때 判厚德府事(판후덕부사), 名筆(명
필). 호 柳巷(유항). 시호 文敬(문경). 본관 淸州(청주). 士林(사림)의 모
범이었음.

396. 世上榮枯吾已見(세상영고오이견) 세상의 성함과 쇠함은 나 이
미 보았거니

此身無恨付窮貧(차신무한부궁빈) 이 몸 빈궁에 처했음을 한탄
치 않노라.

<趙云仡 題九月山小菴제구월산소암,
구월산 작은 암자를 두고 짓다 後半(후반)>

*조운흘(1332~1404); 고려 공양왕 때 鷄林府尹(계림부윤), 조선 초 檢校政堂
文學(검교정당문학). 본관 豊壤(풍양). 三韓詩龜鑑(삼한시귀감)을 편찬했음.

397. 歲歲宜投李(세세의투리) 해마다 마땅히 詩經(시경)에서와 같이
오얏 선물 주고
年年好灌瓜(연년호관과) 해마다 梁(양) 나라 宋就(송취)처럼
남의 외밭에 물대어 주기를.
師乎利他日(사호이타일) 스님이여 앞으로 중생을 이롭게 제도
해서
成佛薩婆訶(성불사바하) 부디 성불하시오, 사바하.

<崔恒 贈日本僧증일본승, 일본 중에게 주다 終聯(종련)>

*최항→58.

398. 歲惡奈難瞻國策(세악내난첨국책) 흉년 든 나라살림 어려움 보
며 어이 도우랴
才疎本乏濟民功(재소본핍제민공) 내 본디 재주 없어 백성 구제
하지 못하네.

<趙文命 燕坐연좌, 한가로이 앉아 시구>

*조문명(1680~1732); 조선 영조 때 左議政(좌의정). 호 鶴岩(학암). 시
호 文忠(문충). 본관 豊壤(풍양). 글씨가 유명함.

399. 細葉看如畵(세엽간여화) 가느다란 잎사귀 그림 같아 보이고
　　繁英望欲燃(번영망욕연) 번성한 숱한 꽃봉오리 불타듯 붉구나.
　　品高鷄省樹(품고계성수) 中書省(중서성) 나무 중 품질이 높고
　　香按獸爐煙(향안수로연) 향기는 수로 향로의 향냄새와 같네.

　　　　<崔惟善 御苑仙桃어원선도, 대궐 동산의 선도 복숭아 시구>

　　*최유선(?~1076); 고려 문종 때 守司徒(수사도). 시호 文和(문화). 본관
　　　海州(해주). 崔沖(최충)의 아들로 閥族(벌족) 가문임.

400. 細雨垂簾看草色(세우수렴간초색) 가랑비에 주렴 내려 풀빛을
　　보고
　　柴門倚仗聽禽言(시문의장청금언) 사립문에 지팡이 짚고 새소
　　리 듣네.
　　歲月峥嵘山木老(세월쟁영산목로) 세월 험난해 산의 나무 쇠했고
　　烟雲扶護石樓高(연운부호석루고) 안개구름 붙들어주니 돌 누
　　각 높구나.

　　　　<金亮元 詩句 二篇시구 이편, 시구 두 편>

　　*김양원(?); 조선 純祖, 憲宗(순조, 헌종) 때 시인. 이름 미상. 양원은 字
　　　(자)임.

401. 昭君玉骨胡地土(소군옥골호지토) 왕소군의 고운 몸 오랑캐 땅
　　의 흙이 되었고
　　貴妃花容馬嵬塵(귀비화용마외진) 양귀비의 꽃 같은 얼굴 마외
　　언덕 티끌 되었네.

　　　　<金炳淵 贈某女증모녀, 어느 여인에게 주다 前半(전반)>

*김병연 →48.

402. 少年行樂今如夢(소년행락금여몽) 젊을 때 즐겁게 지내던 일 이
제는 꿈결로 되어

老去悲秋感我情(노거비추감아정) 늙바탕의 쓸쓸한 가을 시름
내 마음 때리네.

〈韓明遠 黌舍偶作횡사우작, 글방에서 우연히 짓다 後半(후반)〉

*한명원(?); 조선 현종 때 府使(부사). 호 百堂(백당).

403. 小樓高倚碧屛顔(소루고의벽잔안) 조그만 누각이 높고 험한 푸
른 산을 기대어 우뚝한데

雨後登臨物色閑(우후등림물색한) 비 내린 뒤 올라보니 풍경이
한가롭네.

帆帶綠煙歸遠浦(범대녹연귀원포) 돛배는 푸른 이내 띠어 먼 갯
가로 돌아가고

潮穿黃葦到前灣(조천황위도전만) 조수는 누런 갈대 숲 뚫고 앞
물굽이에 이르네.

水分天上眞身月(수분천상진신월) 물은 하늘의 달[진신월]을
나누어 가졌고(分身月분신월이 되었고)

雲漏江邊本色山(운루강변본색산) 강가 산의 본모습이 구름사
이로 보이네.

客路幾人閑似我(객로기인한사아) 나그네길에 든 사람 누가 나
처럼 한가할꼬

曉來吟到晚鴉還(효래음도만아환) 새벽에 와 시 읊고 저녁이면
갈가마귀 돌아오듯 하니.

<陳澕 月溪寺樓上初晴晚眺월계사누상초청만조,
월계사 누각 위 날씨 비로소 개어 석양을 바라보며>

*진화 →73.

404. 小梅零落柳傲垂(소매영락유기수) 매화 지고 버들가지 한들거
리는데
閑踏青嵐步步遲(한답청람보보지) 한가로이 아지랑이 낀 속을
천천히 거니네.
漁店閉門人語細(어점폐문인어세) 주막은 문 닫치어 인기척 있
는 듯 만 듯
一江春雨碧絲絲(일강춘우벽사사) 앞강에 내리는 봄비 푸른 실
오리일세.

<陳澕 野步야보, 들을 거닐며>

*진화 →73.

405. 蘇武幾時終返國(소무기시종반국) 소무는 어느 때나 마침내 고
국으로 돌아가며
仲宣何處可登樓(중선하처가등루) 王粲(왕찬)은 어디에서 고향
그리며 누각에 오르는가.
騷人烈士無窮恨(소인열사무궁한) 시인과 열사들 그 원한 무궁해
地下傷心亦白頭(지하상심역백두) 저승에 가서도 마음상해 머
리 허옇게 세리라.

<金尙憲 送秋日感懷송추일감회,
가을날을 보내며 느끼는 회포 後半(후반)>

*김상헌 →149.

406. 蘇武何時返(소무하시반) 匈奴(흉노)에 잡힌 소무는 언제 돌아
　　　오려는가
　　　李陵亦未廻(이릉역미회) 항복한 이릉도 역시 돌아오지 않았네.
　　　蕭疎白旄節(소소백모절) 늘 쥐고 있어 헤어진 소무의 흰 모절
　　　[임명깃발장식]이요
　　　寂寞望鄕臺(적막망향대) 고국 漢(한)을 그리는 망향 누대 적막
　　　하구나.

<鄭道傳 關山月관산월, 국경의 달 시구>

*정도전(1342~1398); 조선 개국공신, 학자. 호 三峰(삼봉). 시호 文憲
　(문헌). 본관 奉化(봉화). 漢陽遷都(한양천도) 때 궁궐과 마을 이름 등을
　정했고, 排佛論者(배불논자)로 朱子學(주자학)으로 문교를 통일코자
　했음. 왕자의 난에 芳遠(방원)의 습격으로 사망했음.

407. 巢父不敢洗其耳(소부불감세기이) 소부로 하여금 감히 그 귀를
　　　씻지 못하게 하고
　　　顔闔不敢鑿其坏(안합불감착기배) 안합은 감히 임금의 부름을
　　　피해 뒷담 뚫고 도망 못하게 하리.

<李穆 弘文館賦홍문관부, 홍문관을 읊은 글(부) 구>

*이목(1471~1498); 조선 성종 때 北評事(북평사). 호 寒齋(한재). 시호
　貞簡(정간). 본관 全州(전주). 대궐 안의 무당을 내쫓았고, 戊午士禍(무
　오사화)에 화를 입었음.

408. 掃氛長白嶺(소분장백령) 좋지 못한 기운은 장백산 고개에서 쓸

어버리고

歇馬黑龍川(헐마흑룡천) 흑룡강 물가에서 말을 쉬게 하네.

<金壽寧 次文川板上詩韻차문천판상시운,
문천의 木板詩(목판시)에 차운하다 시구>

*김수녕 →316.

409. 蘇仙赤壁今蒼壁(소선적벽금창벽) 소동파는 적벽을 유람했으나
나는 푸른 절벽을 유람하고
庾亮南樓是北樓(유량남루시북루) 유량은 남루에 올랐고 나는
공북루에 올랐네.

*庾亮; 중국 晉(진)의 정승. 南樓(남루, 庾公樓유공루)에 올라 달구경을
했음.

<柳根 登拱北樓등공북루, 공주의 공북루에 올라 시구>

*유근(1549~1627); 조선 선조 때 大提學, 左贊成(대제학, 좌찬성). 호
西坰(서경). 시호 文靖(문정). 본관 晉州(진주). 어릴 때 백부가 가문을
빛낼 것이라고 귀여워했음.

410. 蕭蕭落木聲(소소낙목성) 우수수 나뭇잎 지는 소리를
錯認爲疎雨(착인위소우) 성글게 내리는 빗소리로 잘못 알아
呼僧出門看(호승출문간) 중 불러 문밖을 나가보랬더니
月掛溪南樹(월괘계남수) 달이 시내 남쪽 나뭇가지에 걸렸다
하네.

<鄭澈 山寺夜吟산사야음, 산 속 절에서 밤에 읊다>

*정철 →306.

411. 蕭蕭穿密室(소소천밀실) 눈은 꼭 닫은 방에 쓸쓸히 뚫고 들어오며
簌簌墜空林(속속추공림) 바삭바삭 빈 숲에 떨어지네.

<曹偉 次淳夫詠雪韻차순부영설운,

순부의 눈을 읊은 시에 차운하다 시구>

*조위 →298.

412. 瀟灑粵溪水(소쇄월계수) 깨끗한 월계의 물
澹蕩白屏山(담탕백병산) 화창한 백병산.

<丁若鏞 思鄕사향, 고향을 그리워하며 시구>

*정약용 →318.

413. 笑我頻傾深夜酌(소아빈경심야작) 우스워라, 나는 깊은 밤에 술
잔만 기울이는데
羨君多讀古人書(선군다독고인서) 부러워라, 貴公(귀공)은 옛
분들 글 많이도 읽는 구나.
寧爲彭澤棄官士(영위팽택기관사) 陶潛(도잠)처럼 벼슬 버리는
선비가 될지언정
莫作城池殃及魚(막작성지앙급어) 불끄느라 못물 말려 물고기에
화가 미치게 하지 말아야 하리라.

<全鎣弼 寄知人기지인, 아는 이에게 주다 後半(후반)>

*전형필(1906~1962); 古蹟保存委員(고적보존위원). 호 澗松(간송). 韓
國文化遺産(한국문화 유산)의 수호신이라 칭송되며 개인 박물관인 葆
華閣(보화각) 현재의 간송 미술관을 건립했음.

414. 笑臥亭翁閑臥笑(소와정옹한와소) 소와정 노인 한가하게 누워
  웃는데
  仰天大笑復長笑(앙천대소부장소) 앙천대소하다가 또 길게 웃는
  구나.
  傍人莫笑主人笑(방인막소주인소) 옆 사람이여, 주인이 웃는다
  고 비웃지 마오
  顰有爲顰笑有笑(빈유위빈소유소) 찡그리는 건 그런 까닭이 있
  어서고 웃는 것도 웃을 까닭 있기 까닭이라오.

  *임금은 한번 눈살을 찌푸리거나 한번 웃는데도 인색하여 함부로 얼굴
  에 나타내지 않는 다 곧 안색을 아낀다고 하는데, 찡그리고 웃는 데에
  도 그만한 까닭이 있어야 한다. 함부로 찡그리거나 웃으면 신하들이
  임금 눈치를 보기 때문이다.<韓非子 內儲說上 傳3>

    <柳義孫 笑臥亭소와정 全文(전문)>

  *유의손(1397~1450); 조선 세종 때 禮曹參判(예조참판). 호 檜軒(회헌).
  본관 晉州(진주). 권채, 남수문과 함께 集賢殿3先生(집현전 3선생)임.

415. 素月臨窓宵代燭(소월임창소대촉) 희고 밝은 달은 창에 다가와
  밤이면 촛불을 대신하고
  淸泉漱石曉聞笙(청천수석효문생) 맑은 샘물은 밤새도록 돌을
  씻어내려 새벽이면 생황소리 들려주네.

    <柳順汀 山居卽事산거즉사, 산에 살며 즉흥으로 읊다 시구>

  *유순정(1459~1512); 조선 중종 때 領議政(영의정). 시호 文貞(문정).
  본관 晉州(진주). 문무를 겸한 공신이었음.

416. 宵衣仍業業(소의잉업업) 날새기 전에 옷을 입고 조심하며

夕惕又乾乾(석척우건건) 저녁에 반성하여 쉬지 않고 애쓰네.

<崔淑精 送李觀察使赴黃海道송이관찰사부황해도,
황해도로 부임하는 이 관찰사를 송별하며 시구>

*최숙정 →107.

417. 疎才只合耕南畝(소재지합경남무) 변변치 못한 재주 남녘 밭
갈기에 알맞은데
淸夢徒然繞北辰(청몽도연요북신) 임금님 못 잊는 꿈 부질없
이 대궐을 감도네.

<李珥 求退有感구퇴유감, 벼슬에서 물러난 감상 시구>

*이이 →5.

418. 疎鍾隱隱催西日(소종은은최서일) 드물게 들리는 쇠북소리 은은
해 석양을 재촉하는데
高鐸鈴鈴響北風(고탁영령향북풍) 크게 들리는 풍경소리 북풍에
뎅그렁 울리네.

<鄭思道 遊東巖우동암, 동암을 유람하며 시구>

*정사도 →16.

419. 衰草淡煙迷遠近(쇠초담연미원근) 시든 풀 엷은 이내로 원근이
헷갈리고
白雲靑嶂互高低(백운청장호고저) 흰 구름과 푸른 산이 서로서
로 높고 낮네.

<李穡 雀噪작조, 참새들 재잘거리다 시구>

*이색 →260.

420. 隋家賀若弼(수가하약필) 수 나라 하약필 장수와
晉室祖將軍(진실조장군) 진 나라 祖逖(조적) 장군들이
仗劍過江水(장검과강수) 대검을 짚고 강을 건넌 것은
期還誓掃雲(기환서소운) 해를 가린 구름을 쓸고 돌아오기 기약
함이라.

<鄭地 題錦江松亭제금강송정, 금강의 송정을 읊다 시구>

*정지(1347~1391); 고려 우왕 때 門下評理(문하평리), 공양왕 때 남부지방
節制體察使(절제체찰사), 武將(무장). 시호 景烈(경렬) 본관 羅州(나주).

421. 水閣風欄苦見招(수각풍령고견초) 물위 정자의 시원한 난간 나
와는 인연 멀어
簿書叢裏度流年(부서총리도유년) 문서더미 속에서 세월 보내네.
朱櫻紫笋時將過(주앵자순시장과) 붉은 앵두와 자줏빛 죽순 철
이 지나려 하지만
紅槿丹榴態亦妍(홍근단류태역연) 붉은빛 무궁화와 석류의 모
습 또한 곱구나.
病久却嫌邀客飮(병구각혐요객음) 오랜 병으로 손님 맞아 술
마시지 못하고
性慵偏喜聽鶯眠(성용편희청앵면) 성질은 게을러 꾀꼬리 소리
들으며 잠들기 좋아하네.
良辰健日終難再(양진건일종난재) 좋은 시절에 건강한 날 다시
오기 어려워

ㅅ부 _ 197

急趁花開作醉仙(급진화개작취선) 꽃 피었을 때 서둘러, 술 마
시어 즐거운 경지에 든 사람이 되고 싶구나.

<崔冲 示座客시좌객, 함께 앉은 손님들에게>

*최충→191.

422. 雖隔音容冥路異(수격음용명로이) 저승과 이승이 다르니 말소리
나 얼굴은 비록 막혔으나
尙存恩愛綵衣班(상존은애채의반) 베푸신 은혜와 사랑만은 아직
남아 색동옷에 아롱지네.

<洪子藩 拜先塋不勝感愴卽成四韻

배선영불승감창즉성사운, 선영을 참배하며 슬픈 감회를 이기지 못해 곧
네 운(律詩율시)을 짓다 시구>

*홍자번(1237~1306); 고려 충렬왕 때 咨議都評議司事(자의도평의사
사). 시호 忠正(충정). 왕을 모시고 元(원)에 갔다가 사망했는데, 성품이
민첩하고 학문을 좋아했음.

423. 水光澄澄鏡非鏡(수광징징경비경) 물빛은 아주 맑아 거울 아닌
거울이요
山氣藹藹烟非烟(산기애애연비연) 산은 깨끗한 아지랑이 서려
연기인 듯 아닌 듯.

<朱悅 清風客舍寒碧軒청풍객사한벽헌,
청풍의 객사인 한벽헌 前半(전반)>

*주열(?~1287); 고려 충렬왕 때 知都僉議府事(지도첨의부사), 문장가.
시호 文節(문절). 본관 綾城(능성). 문장과 글씨에 뛰어났음.

424. 繡口便能揮玉筯(수구편능휘옥저) 글 잘하는 사람[안평대군]의
비단수 같은 입으로 이르는 말을 옥 젓가락 글씨체로 휘둘러
虎頭仍遺掃霜紈(호두잉견소상환) 화가 호두 顧愷之(고개지)
를 데려다가 서리같이 흰 비단에 붓 놀렸네.

<崔恒 桃源圖도원도, 무릉도원 그림―夢遊桃源圖(몽유도원도) 시구>

*최항→58.

425. 水國秋高木葉飛(수국추고목엽비) 강 마을에 가을 깊어 나뭇잎
날리는데
沙塞鷗鷺淨毛衣(사새구로정모의) 모래톱의 갈매기들 털 더욱
깨끗하네.
西風落日吹遊艇(서풍낙일취유정) 해지는 저문 날 우리 배에 가
을바람 불어오니
醉後江山滿載歸(취후강산만재귀) 취한 뒤에 배에 가득 이 강산
싣고 돌아가리라.

<申用漑 舟下楊花渡주하양화도, 배로 서울 양화나루를 내려가며 시구>

*신용개(1463~1519); 조선 중종 때 左議政(좌의정). 호 二樂堂(이락당). 시
호 文景(문경). 본관 高靈(고령). 당대 선비들의 중심인물이었음.

426. 水國秋光暮(수국추광모) 물의 고장 바다의 맑은 가을경치 저물고
驚寒雁陣高(경한안진고) 추위에 놀란 기러기 떼 높이 날아가네.
憂心輾轉夜(우심전전야) 나랏일 걱정에 잠 못 이루는 밤
殘月照弓刀(잔월조궁도) 새벽달이 벽에 걸린 활과 劍(검)을 비
추네.

<李舜臣 陣中夜吟 진중야음, 軍陣(군진)에서 밤에 읊다>

*이순신 →54.

427. 誰斷崑山玉(수단곤산옥) 누가 곤륜산 옥돌을 잘라

    裁成織女梳(재성직녀소) 직녀의 얼레빗을 만들었는고

    牽牛離別後(견우이별후) 견우 낭군과 헤어진 뒤

    謾擲碧空虛(만척벽공허) 아무렇게나 푸른 허공에 던져버렸구나.

       <黃眞伊 詠半月 영반월, 반달을 읊다>

    *황진이 →233.

428. 誰憐身似傷弓鳥(수련신사상궁조) 화살에 다친 새 같은 이 몸 누
    가 가련타 하리

    自笑心同失馬翁(자소심동실마옹) 소 잃고 외양간 고치는 늙은
    이 마음이라 절로 웃음이 나네.

       <趙光祖 綾城謫中 능성적중, 능성 귀양 중 시구>

    *조광조 →91.

429. 樹連李勣曾開府(수련이적증개부) 숲은 唐(당)의 이적이 머물던
    곳까지 이어지고

    雲壓東明舊住宮(운압동명구주궁) 구름은 동명성왕 살던 옛 궁
    궐을 둘렀구나.

       <朴趾源 九連城 구련성, 만주 구련성 後半(후반)>

    *박지원(1737~1805); 조선 정조 때 襄陽府使(양양부사), 학자. 호 燕岩,
     煙湘(연암, 연상). 시호 文度(문탁). 본관 潘南(반남). 北學派(북학파)로

詩文書畵(시문서화)의 四絶(사절).

430. 水綠山無厭(수록산무염) 강물 푸르다고 산이 싫증내지 않으며

　　　山靑水自親(산청수자친) 산이 푸르니 물 절로 친해지네.

　　　浩然山水裏(호연산수리) 넓디넓은 산수 속에

　　　來往一閒人(내왕일한인) 한가로이 거니는 한 나그네로세.

<韓舜繼 山水歌산수가, 산수의 노래>

*한순계(?); 조선 선조 때 학자. 호 市隱(시은). 본관 交河(교하). 花潭 徐
　敬德(화담 서경덕)의 문하에서 공부해 詩歌(시가)와 초서에 정교했음.
　모친을 지극한 효성으로 받들어 봉양할 정도의 구리그릇을 만들어 팔
　기도 했음.

431. 水岸依依楊柳多(수안의의양류다) 강 언덕은 하늘거리는 버드
　　　나무 숲인데

　　　小船爭唱采蓮歌(소선쟁창채련가) 조각배들에서는 연밥 따는
　　　노래 낭자하네.

　　　紅衣落盡秋風起(홍의낙진추풍기) 붉은 연꽃 지자 가을바람 불어

　　　日暮芳洲生白波(일모방주생백파) 해 저무는 나루터 물가에는
　　　흰 파도만 이네.

<崔慶昌 次大同江韻차대동강운,

정지상의 '대동강' 시에 차운하다>

*최경창(1539~1583); 조선 선조 때 鐘城府使(종성부사), 시인. 三唐詩
　人(삼당시인) 및 8文章(8문장)의 한 사람. 호 孤竹(고죽). 본관 海州(해
　주). 洪娘(홍낭)과의 艶聞(염문)이 유명하며 준수한 바탕이라 신선 같
　은 사람이라 했음.

432. 首章三段持身法(수장삼단지신법) 첫 장의 세 단락은 몸 가지는
     법이요
     先進一言用也源(선진일언용야원) 선진장의 한 말씀은 실천의
     근원일세.

          <田愚 論語吟논어음, 논어를 읊다 시구>

     *전우 →313.

433. 誰將神斧削貞珉(수장신부삭정민) 누가 신령스런 도끼로 굳은
     옥돌 깎아
     矗立巖巖入翠旻(촉립암암입취민) 바위들 겹치게 해 푸른 하늘
     로 곧추 세웠는고
     稜角却嫌何太露(능각각혐하태로) 뾰족한 봉우리를 오히려 싫어
     할까 못 드러내
     故敎煙雨半藏身(고교연우반장신) 일부러 안개비로 반쯤 가리게
     했구나.

          <崔永慶 題頭流山제두류산, 智異山(지리산)에서>

     *최영경 →111.

434. 守正不欺則天不吾威(수정불기즉천불오위) 올바름을 지켜 속이
     지 않으면, 하늘은 내게 위엄부리지 않는다.

          <李奎報 畏賦외부, 두려움의 글(부) 句(구)>

     *이규보 →8.

435. 守靜彈琴心淡淡(수정탄금심담담) 정적을 지켜 거문고 타니 마
     음은 고요히 맑고

杜窓調食意淵淵(두창조식의연연) 문 닫아걸고 쉬니 생각 더욱 편하구나.

<郭再祐 退去琵琶山퇴거비파산, 비파산에 물러나 살며 시구>

*곽재우(1552~1617); 임진왜란 때 의병장, 紅衣將軍(홍의장군). 호 忘
憂堂(망우당). 시호 忠翼(충익). 본관 玄風(현풍).

436. 叔文以碁奕取爵(숙문이기혁취작) 唐(당)의 왕숙문은 順宗(순
종)이 태자일 때 바둑으로 벼슬 얻었고
伯梁以葡萄得州(백량이포도득주) 後漢(후한)의 백량 孟佗(맹
타)는 張讓(장양)에게 포도주 한 말 바쳐 梁州刺史(양주자사)가
되었네.
士無才不才之殊(사무재부재지수) 선비가 재주 있고 없는 것에
다름이 있는 게 아니고
時有遇不遇而已(시유우불우이이) 때를 만나느냐 못 만나느냐에
있을 뿐일세.

<林宗庇 上座主權學士謝及第啓適
상좌주권학사사급제계적, 좌주 권적 학사께 과거급제토록 해 주심을
감사하여 올리다 시구>

*座主; 科擧及第者(과거급제자)가 자기의 試官(시관)을 일컫는 말. 恩門
(은문).

*權學士 適; 權適(권적 1094~1146); 고려 인종 때 학자. 宋(송)에 유생
으로 가서 太學(태학)에 급제되고, 귀국하여 國子祭酒(국자좨주), 翰林
學士(한림학사), 檢校太子太保(검교태자태보) 등을 역임했음. 淸平山
文殊寺(청평산 문수사)에서 李資玄(이자현)과 교유했음.

*啓; 윗사람에게 올리는 글.

*임종비(?); 고려 仁宗(인종) 때 翰林(한림), 학자. 權適(권적)의 門下 秀才(문하 수재).

437. 宿雲留塔頂(숙운유탑정) 밤에 끼었던 구름 탑 위에 머물러 있고
     積雪擁籬根(적설옹이근) 쌓인 눈은 울타리 밑을 둘렀구나.

     <柳方善 曉遇僧舍효우승사, 새벽에 절간 가서 시구>

*유방선 →37.

438. 殉義輕生已足驚(순의경생이족경) 의에 죽어 목숨 가벼이 하니 누가 아니 놀라랴
     天花白乳更多情(천화백유갱다정) 하늘에서 내리는 꽃 젖빛 피 다시금 다정해라.
     俄然一劒身亡後(아연일검신망후) 갑작스러이 한 칼에 몸은 비록 죽었지만
     院院鍾聲動帝京(원원종성동제경) 절간마다에서 울리는 종소리 온 서울 장안을 뒤흔들었으리.

     <一然 異次頓讚頌이차돈찬송, 이차돈을 찬송하다>

*일연(1206~1289); 고려 후기 高僧(고승). 속성 金氏(김씨). 자 晦然, 一然(회연, 일연). 호 無極, 睦庵(무극, 목암). 시호 普覺(보각). 탑호 靜照(정조). 본관 章山(장산). 저서 三國遺事(삼국유사) 등.

439. 乘航歸上國(승항귀상국) 배를 타고 상국[중국]에 가니
     北方學者莫之先(북방학자막지선) 그곳 북방 학자들이 앞서지를 못했고

衣錦還故鄉(의금환고향) 錦衣還鄉(금의환향)으로 고국에 돌아오니

東都主人喟然歎(동도주인위연탄) 신라[경주]의 학자들 크게 탄식했네.

<林宗庇 上座主權學士謝及第啓適상좌주권학사사급제계적, 과거급제 謝禮(사례)로 좌주이신 권적 학사께 올리는 글(계) 구>

*임종비 →436.

440. 試掉三寸舌(시도삼촌설) 세 치 혀를 움직이는 언변만을 꾀했으니

何須六出奇(하수육출기) 六出奇計(육출기계)가 무슨 소용 있었으리.

*육출기계; 楚漢(초한) 때 陳平(진평)이 劉邦(유방)을 위해 6차례 기묘한 계책을 낸 일.

歸來報聖主(귀래보성주) 돌아와 임금께 아뢰면서도

依舊一筇枝(의구일공지) 가진 것은 여전히 대지팡이 하나뿐이었어라.

<李植 贈惟政증유정, 사명당 유정에게 시구>

*이식(1584~1647); 인조 때 각 判書(판서), 大司憲(대사헌), 4대 문장가. 호 澤堂(택당). 시호 文靖(문정). 본관 德水(덕수). 師友(사우) 없이 杜詩(두시)를 탐독하고 纂註杜詩批解(찬주두시비해)를 지었음. 國民皆兵(국민개병)을 주장했으며 斥和派(척화파)였음.

441. 時來統合三分國(시래통합삼분국) 좋은 때가 오매 나뉜 세 나라를 통합했고

運去頹荒數畝宮(운거퇴황수무궁) 운수 가자 궁전이 몇 이랑 밭으로 거칠어졌네.

<鄭壽銅 滿月臺만월대, 고려의 왕궁터 만월대 시구>

*정수동(1808~1858); 조선 철종 때 譯官4家(역관4가), 시인. 이름 芝潤
(지윤). 호 壽銅. 본관 東萊(동래). 천재적 평민시인이라 함.

442. 詩書宗孔孟(시서종공맹) 시경 서경 경전은 공자와 맹자를 근본
    으로 했고
    學業繼參淵(학업계삼연) 학업은 曾子(증자, 曾參증삼)와 顔子
    (안자, 顔淵안연)를 이어받았네.

        <崔淑精 送李觀察赴黃海道송이관찰부황해도,
        황해도로 부임하는 이 관찰사를 보내며 시구>

    *최숙정 →107.

443. 詩書滿屋無樊素(시서만옥무번소) 시경 서경 같은 책은 집에 가
    득하나 노래 잘하는 번소 같은 풍악은 없고
    簪履盈門有老萊(잠리영문유노래) 집안 가득한 벼슬 높은 자손
    들 중에 노래자 같은 효자는 있네.

        <李齊賢 菊齋權文正公挽詞국재권문정공만사,
        국재 문정공 權溥(권부 1162~1346)공을 애도하는 만사 시구>

    *이제현 →9.

444. 時乘舞雩興(시승무우흥) 가끔 공자 제자처럼 무우의 흥에 잠기고
    赤足凌潺湲(적족능잔원) 잔잔히 흐르는 물에 맨발을 담그네.
    回頭歎人世(회두탄인세) 머리 돌려 인간세상을 탄식하나니
    逝者如奔川(서자여분천) 가는 세월이나 사람은 달려가는 냇물
    같기에.

<權近　次韻送騎牛道人차운송기우도인, 기우도인 송별 차운 시구>

*권근 →288.

445. 時時看箠瘢(시시간추전) 때때로 종아리의 매맞은 흉터 들여다
　　　보면
　　　涕淚空自潸(체루공자산) 흐르는 눈물 하염없이 글썽해지네.

　　　　　<金宗直　送大虛歸覲二首송대허귀근이수,
　　　대허가 양친을 뵈러 간다기에 송별하며 두 수　제2수 시구>

*김종직 →82.

446. 時時對鏡憐黃廋(시시대경연황수) 때때로 거울 보니 누렇게 여
　　　윈 몰골 가엾고
　　　事事臨機恨白痴(사사임기한백치) 일마다 고비에 이르면 백치가
　　　되어 한이라.

　　　　　<李穡　自京師東歸途中作又賦자경사동귀도중작우부,
　　　　서울에서 동쪽으로 가며 짓고 또 읊다　시구>

*이색 →260.

447. 視蝸角如牛角(시와각여우각) 달팽이의 뿔을 쇠뿔과 같이 보고
　　　齊斥鷃爲大鵬(제척안위대붕) 메추리를 대붕과 똑같게 생각하라.

　　　<李奎報　虱犬說슬견설, 이와 개에 관한 글(설)　句(구)>

*이규보 →8.

448. 詩爲有聲畫(시위유성화) 시는 소리 있는 그림이요

畫乃無聲詩(화내무성시) 그림은 소리 없는 시이니

*蘇軾(소식)이 王維(왕유)의 시와 그림을 평하기를 '詩中有畫 畫中有詩
(시중유화 화중유시, 시 속에 그림이 있고, 그림 속에 시가 있다)'라 했
음.<東坡志林>

古來詩畫爲一致(고래시화위일치) 예로부터 시와 그림은 하나되어
있어서
輕重未可分毫釐(경중미가분호리) 그 경중을 조그만 치이로도 가를
수 없네.

<成侃 寄姜景愚기강경우, 강경우에게 부치다 첫머리>

*성간(1427~1456); 조선 단종 때 修撰, 正言(수찬, 정언). 호 眞逸齋(진
일재). 弟(제) 侃(현).

449. 詩從三上覓(시종삼산멱) 시는 삼상[말등 위(馬上), 베개 위(枕
上), 변소 위(廁上)]을 좇아 찾아지고
理向一中求(이향일중구) 이치는 마음을 향해서만 얻어지네.

<柳方善 卽事즉사, 즉흥으로 읊다 시구>

*유방선 →37.

450. 神光蕩漾滄溟近(신광탕양창명근) 신비한 빛 넘실거리는 게 푸
른 바다와 같고
淑氣蜿蜒造化鍾(숙기완연조화종) 맑은 기운 꾸불꾸불 길게 뻗
쳐 조화를 모은 듯.

<權近 金剛山금강산 시구>

*권근 →288.

451. 新基草沒家安在(신기초몰가안재) 집터가 잡초에 묻혔으니 살
    던 집 어찌 있으리.
    古墓苔荒履跡愁(고묘태황이적수) 조상들 산소 이끼로 거칠어
    걸음마다 시름일세.

<草衣 歸故鄕귀고향, 고향에 돌아와서 시구>

*초의(1786~1866); 조선 정조 때 승려, 시인. 이름 意恂(의순). 호 草衣,
海翁, 海師, 海陽後學, 芋社, 一枝庵(초의, 해옹, 해사, 해양후학, 우사,
일지암). 시호 大覺登階普濟尊者草衣大禪師(대각등계보제존자초의대
선사). 속성 張氏(장씨). 본관 興城(홍성). 詩書畵(시서화) 三絶(삼절)이
었음.

452. 新菘露滴浸籬葉(신숭노적침리엽) 새로 자란 배추장다리 잎 이
    슬에 젖어 울타리를 넘어오고
    老杏風搖過屋枝(노행풍요과옥지) 오래된 살구나무가지는 바람
    에 흔들려 지붕을 넘네.

<李建昌 卽事즉사, 즉흥으로 읊다 시구>

*이건창(1852~1898); 조선 고종 때 暗行御史(암행어사), 海州監察使(해
주감찰사), 文章家(문장가). 호 寧齋(영재). 본관 全州(전주). 서양 사람
들을 미워했음.

453. 身作巡花使(신작순화사) 내 몸은 꽃을 찾아다니는 巡禮使(순례
    사)가 되고
    林啼念佛禽(임제염불금) 숲에는 염불하듯 우는 산새들일세.

<李書九 遊北漢山中유북한산중, 북한산 속을 유람하며 시구>

*이서구(1754~1825); 조선 순조 때 右議政(우의정), 시인. 호 惕齋, 薑山

(척재, 강산). 시호 文簡(문간). 본관 全州(전주). 박제가, 이덕무, 유득공
등과 漢學4家(한학4가)로 奎章全韻(규장전운)을 편찬했음.

454. 神策究天文(신책구천문) 신묘한 계책 하늘의 온갖 일 깊이 알았고
  妙算窮地理(묘산궁지리) 기묘한 헤아림은 땅의 이치 다 통했구려.
  戰勝功旣高(전승공기고) 싸움에 이긴 공적 진작에 높거니
  知足願云止(지족원운지) 만족함을 알아 원컨대 그만 그치시라.

　　　<乙支文德 與于仲文여우중문, 수 나라 장수 우중문에게>

  *原題(원제)는 '贈隋右翊大將軍于仲文(증수우익대장군우중문, 수나라
  우익대장군 우중문에게 주다)'로 우중문을 조롱한 작품임.

  *을지문덕(?); 고구려 嬰陽王(영양왕) 때 정승, 名將(명장). 薩水大捷(살
  수대첩)으로 수나라 군사들을 크게 이겼음.

455. 身逐飛雲疑駕鶴(신축비운의가학) 내 몸이 구름을 따라가니 학
  을 탄 듯
  路懸危磴似梯天(노현위등사제천) 길이 높은 돌계단에 걸렸으니
  하늘 오르는 사다리인 듯.

　　　<安軸 登太白山등태백산, 태백산에 오르다 시구>

  *안축 →4.

456. 神飆習習生陰壑(신표습습생음학) 신령스러운 바람은 그늘진 골
  짜기에서 살랑살랑 일고
  天樂嘈嘈發古鍾(천악조조발고종) 하늘 풍류 음악은 예스러운
  쇠북에서 급하게도 울리네.

<權鞸 讀杜詩偶題독두시우제, 두보의 시를 읽으며 우연히 짓다 시구>

*권필 →92.

457. 身後敢期千字詠(신후감기천자영) 죽은 뒤에 천자 시 읊어주기
를 어찌 바라랴
腹中空載五車書(복중공재오거서) 뱃속에 부질없이 많은 분량의
책을 실었구나.

<李穡 卽事즉사, 즉흥으로 읊다 시구>

*이색 →260.

458. 心同流水自淸淨(심동유수자청정) 마음은 유수와 같아 절로 맑
고 깨끗하며
身與片雲無是非(신여편운무시비) 몸은 조각구름과 함께 시비가
없구나.

<金時習 無題三首무제삼수, 제목 붙이지 않은 시 3수 제3수 시구>

*김시습 →81.

459. 深碧萬丈湫(심벽만장추) 짙푸른 만길 깊이의 못이요
蕩碎五色壁(탕쇄오색벽) 일렁거리며 부서지는 오색의 벽이라.
〈首聯〉
割據太荒頂(할거태황정) 멀고 광활한 곳의 정상을 占據(점거)
해 서서
俯視天下國(부시천하국) 천하의 모든 나라를 굽어보네.
雲雷根萬古(운뢰근만고) 만고토록 구름과 우레의 뿌리가 되고

霹靂摧兩角(벽력최양각) 벼락은 두 귀퉁이를 꺾어놓은 듯하구나. 〈終聯〉

　　<申光河 大澤대택, 큰못 곧 백두산 天池(천지) 初終聯(초종련)>

　*신광하(—1780—); 조선 영조, 정조 때 문인. 정조 8년(1784) 백두산 정상에 올랐고, 정약용이 그의 백두산 登程(등정)을 기념하는 글을 지어주었다 함.

460. 心非有想奚形役(심비유상해형역) 마음에 아무 생각 없는데 어찌 몸에 얽매임이 되며
　　道本無名豈假成(도본무명기가성) 도는 본래 이름지을 수 없거니 어찌 거짓 이루어지리.

　　<金時習 無題三首무제삼수, 제목 없는 시 세 수 제1수 시구>

　*김시습 →81.

461. 心爲形所役(심위형소역) 마음이 몸에 매여 먹고사느라 애썼고
　　老與病相隨(노여병상수) 늙음은 병과 함께 따라오네.

　　　　<韓脩 夜坐次杜工部詩韻야좌차두공부시운,
　　밤에 조용히 앉아 杜甫(두보)의 시에 차운하다 시구>

　*한수 →395.

462. 心學者立德(심학자입덕) 종교나 철학을 하는 이는 덕을 세우고
　　口學者立言(구학자입언) 문학을 하는 이는 글을 이룩한다.

　　*이 뒤는 '덕이란 글을 빌어야 일컬을 수 있고, 글이란 덕을 의지해야만 없어지지 않는다(彼德也 或憑言而可稱, 是言也 或倚惠而不朽)'임.

<崔致遠 朗慧和尚碑銘낭혜화상비명 구>

*최치원 →25.

463. 十年艱險魚千里(십년간험어천리) 10년의 갖은 고난 천리 올라
온 물고기요
萬古升沉貉一丘(만고승침맥일구) 만고의 흥망역사 한 언덕의
담비로다.

<李齊賢 黃土店三首황토점삼수, 중국 황토점 세 수 제2수 시구>

*이제현 →9.

464. 十年計活挑燈話(십년계활도등화) 10년 살아온 일 등불 돋우며
이야기하고
半世功名抱鏡看(반세공명포경간) 반세상 공명 거울 당겨 보네
一모두 헛되구나.

<林椿 與李眉叟會湛之家여이미수회담지가, 미수 李仁老(이인로)와 함께
李湛之(이담지)의 집에 모이다. 곧 海左7賢 (해좌7현)들의 모임 시구>

*이인로 →60. *이담지 →379.

*임춘 →28.

465. 十年流落負生涯(십년유락부생애) 10년을 떠돌며 내 생애를 저
버렸으니
觸處那堪感物華(촉처나감감물화) 가는 곳마다 좋은 경치 감동
을 어찌 대하리.
秋月春風詩准備(추월춘풍시준비) 추월 춘풍 속에 시 짓기는 갖
추어졌고

旅愁羈思酒消磨(여수기사주소마) 나그네 유랑의 시름은 술로 없앴네.

縱無功業傳千古(종무공업전천고) 천추에 전할 만한 큰 공로는 없지마는

還有文章自一家(환유문장자일가) 도리어 문장은 자기다운 일가를 이루었네.

盛世偸閒殊不惡(성세투한수불오) 성세에 한가함을 즐김도 과히 싫지 않은 일이라

從敎身世轉蹉陀(종교신세전차타) 내 신세 불우함도 그 한가함에 돌려 두네.

<林椿 寄友人進退格기우인진퇴격, 벗에게 주다 진퇴격>

*進退格; 律詩(율시)에서 押韻(압운)하는 격식의 하나로 進退韻, 格詩(진퇴운, 격시)라고 도 함. 율시는 同韻(동운)이어야 하는데, 今體詩(금체시)와 古體詩(고체시)의 중간인 격시는 頭聯(두련 1,2句)과 頸聯(경련 5,6구)이 같은 韻字(운자), 頷聯(함련 3,4구)과 尾聯(미련 7,8구)이 같은 운자로, 한 연씩 건너서 압운하는 형식임. 이시에서 두련 華 자와 경련 家 자는 평성 '麻(마)' 운이고, 함련 磨와 미련 陀는 평성 '歌(가)' 운임. 곧 麻－歌－麻－歌로 압운되어 진퇴격에 해당됨. 첫 행 涯는 평성 '佳(가)' 운임.

*임춘 →28.

466. 十年流落二毛人(십년유락이모인) 십 년을 떠돌다 마흔 두 살 되고
　　　千里江山入眼新(천리강산입안신) 천리 강산이 눈에 새롭구나.
　　　楚子不成巫峽夢(초자불성무협몽) 초 나라 임금은 무협의 꿈 못 이루었고

*楚懷王(초 회왕)과 巫山(무산) 선녀와의 꿈속 만남 일화가 있음.

漁翁虛負武陵春(어옹허부무릉춘) 고기잡이 노인은 무릉도원의 봄
을 저버렸구나.

*武陵桃源(무릉도원)을 찾았다가 놓친 어부의 일화가 있음.

<許誠 題山水圖제산수도, 산수도 그림에 짓다>

*허계(?); 조선 成宗(성종) 때 副提學(부제학). 본관 河陽(하양). 글씨에
능했음.

467. 十年宦海從愁老(십년환해종수로) 10년의 벼슬살이 시름 따라
늙어가고
萬里雲山和醉過(만리운산화취과) 구름 낀 만리 먼 산들을 술
거나해 넘어가네.

<丁壽崐 鳳山館曉起봉산관효기,
황해도 봉산의 여관에서 새벽에 일어나 시구>

*정수곤(?); 조선 중종 때 校理(교리). 본관 羅州(나주).

468. 十登峻嶺雙垂淚(십등준령쌍수루) 준령 열 고개를 넘으며 두 줄
눈물 흘렸고
三度長江獨斷魂(삼도장강독단혼) 넓은 강 세 번 건너며 넋이 나
갔었네.
漠漠孤峰雲潑墨(막막고봉운발묵) 멀고 아득한 외 봉우리에 구
름 검게 덮였고
茫茫大野雨翻盆(망망대야우번분) 넓은 들판에는 동이 뒤집듯
비 세찼었네.

<鄭光弼 謫金海初到配所作적김해초도배소작,
김해 귀양처에 처음 이르러 짓다 시구>

*정광필(1462~1538); 조선 중종 때 領議政(영의정). 호 守天(수천). 시
호 文翼(문익). 본관 東萊(동래). 중종 32년(1537) 김해로 귀양갔다가
김안로의 失脚(실각)에 석방되었음.

469. 十五越溪女(십오월계녀) 완사계 처녀처럼 아리따운 열 다섯 살
아가씨
羞人無語別(수인무어별) 남부끄러워 말 못 하고 헤어졌구나.
歸來掩重門(귀래엄중문) 집에 돌아와 안문을 지치고는
泣向梨花月(읍향이화월) 배꽃 비추는 달 마주하고 눈물 흘리네.

<林悌 無語別무어별, 말도 못하고 헤어지다>

*임제 →180.

470. 十千美酒鸕鷀杓(십천미주노자표) 한 말에 萬錢(만전) 가는 좋
은 술에 노자 술잔
二八佳人翡翠裙(이팔가인비취군) 이팔청춘 미인들의 비취빛
치마.

<李齊賢 楊安普國公宴太尉瀋陽王于玉淵堂

양안보국공연태위심양왕우옥연당, 양안보 국공이 태위 심양왕을 위해
옥연당에서 베푼 잔치에서 시구>

*이제현 →9.

471. 十笏禪房小(십홀선방소) 선방은 홀 열 개 놓을 정도로 작은데
燈從七祖傳(등종칠조전) 등[佛法불법]은 칠조에서 전해졌네.

*七祖; 華嚴宗(화엄종)의 敎(교)를 이어받은 馬鳴·龍樹·杜順·智儼·法藏·澄
觀·宗密(마명, 용수, 두순, 지엄, 법장, 징관, 종밀) 등 7인.

齋心水恒淨(재심수항정) 齋戒(재계)하는 마음은 늘 물같이 깨끗
하고
覺性月長圓(각성월장원) 깨달은 佛性(불성)은 달처럼 길이 원만
하여라.
門對千峰掩(문대천봉엄) 문은 천 봉우리와 막아서듯이 마주 대했고
身披一衲穿(신피일납천) 몸에는 헤진 長衫(장삼) 하나 걸쳤구나.
微官是吾累(미관시오루) 나는 하찮은 벼슬에 얽매어 있으니
問法定何年(문법정하년) 어느 해에야 불법을 물을 수 있으려는가.

<崔大立 寄法雄禪師기법웅선사, 법웅선사에게>

*최대립 →251.

ㅇ부 (472~693)

472. 我國天岸北(아국천안북) 내 나라는 하늘가의 북쪽인데
　　 他邦地角西(타방지각서) 이 고장은 먼 땅 끝의 서쪽일세.

　　　　＜慧超 南天路爲言남천로위언, 南天竺(남천축) 길에서 짓다　시구＞

　*혜초(704~?); 일명 惠超(혜초). 신라 경덕왕 때 高僧(고승). 唐(당)에 건
　너가 바닷길로 印度(인도)에 이르러 聖蹟(성적)과 5 天竺國(5천축국)을
　순례하고 中東(중동) 여러 곳을 다녀 성덕왕 26년(727) 당 나라 長安
　(장안)으로 돌아왔음. 往五天竺國傳(왕오천축국전)을 지으니 세계적으
　로 史學硏究(사학연구)의 좋은 자료가 되었음.

473. 我今無田食破硯(아금무전식파연) 나는 지금 논밭 없어 깨진 벼
　　 루로 먹고사나니
　　 平生唯以筆爲耒(평생유이필위뢰) 평생을 오직 붓이 가래가 되
　　 었어라.
　　 自古吾曹例困厄(자고오조예곤액) 자고로 우리 무리는 곤란과
　　 재앙이 예사로웠으니
　　 天公此意眞難會(천공차의진난회) 하늘이 준 이 같은 뜻은 참으
　　 로 알기 어렵구나.

　　　　　　＜林椿 寄洪天院기홍천원, 홍천원에 부쳐　시구＞

　*임춘→28.

474. 我未始知禪(아미시지선) 나 일찍이 선을 알지 못했는데
　　 因閑聊試貫(인한료시관) 한가로움으로 해서 알 듯도 하네.
　　 道本無可修(도본무가수) 도란 것은 본디 닦아서 되는 게 아니고
　　 心須早脫絆(심수조탈반) 마음을 얽매임에서 빠르게 벗어나게
　　 함이리라.

一源苟淵澄(일원구연징) 한 근원이 되는 마음이 참으로 깊고 맑
으면
萬象俱冰泮(만상구빙반) 온갖 것이 모두 얼음 녹듯 풀어지리라.
兀兀復騰騰(올올부등등) 오뚝이 또 느긋하게 지내는 것이
且作大憨漢(차작대대한) 더욱 간악한[大憨대대] 사람으로 되어
버리는 건가.

　　　　　<崔惟淸 雜興九首잡흥구수, 여러 가지 흥취 아홉수 제9수>

*최유청 →128.

475. 我本淸寒有一牛(아본청한유일우) 나 본디 가난하나 소 한 필이
있어
輟耕閑放峽中秋(철경한방협중추) 논밭갈이 끝나고는 골짜기에
가을까지 놓아두었다가
騎來不向人間路(기래불향인간로) 늦가을 소 타고 집에 올 때 사
람 다니는 길 피하나니
恐飮當年洗耳流(공음당년세이류) 그때 許由隱士(허유 은사)
귀 씻은 물 소가 마실까 두려워서라네.

　　　　　　<田滿車 隱居吟은거음, 숨어살며 읊다>

*전만거(?); 조선 숙종 때 은사. 海州(해주) 首陽山(수양산)에 은거해 주
　경야독을　낙으로　삼았다　함.　혹시　通政大夫(통정대부)　田萬車
　(1650~1733)가 아닌가 의문임.

476. 我辭蕪兮翳天庭(아사무혜예천정) 내 글이 풀밭처럼 거칠어 王
庭(왕정, 임금님뜰)을 가리웠으니
誓刪繁兮立良(서산번혜입량) 맹세코 간추려 좋은 싹만 세우리라.

<李穡 閔志辭민지사, 뜻을 근심하는 글(사) 구>

*이색 →260.

477. 我性平生酷愛山(아성평생혹애산) 내 성질이 평생 산을 몹시 좋
아해

愛山何事又催還(애산하사우최환) 산을 좋아하는데 왜 돌아오기
재촉하는고.

山靈應笑紅塵客(산령응소홍진객) 산신령은 응당 속세 사람을
웃으리니

擾擾曾無一日閑(요요증무일일한) 어지러이 분주해 한가한 날
하루도 없는 것을.

<金倫 題玄悟大禪師蘭若제현오대선사난야, 현오 대선사의 절에서>

*김윤(1277~1348); 고려 忠穆王(충목왕) 때 左政丞(좌정승). 호 竹軒(죽
헌). 시호 貞烈(정렬).·충렬왕 때 瀋陽王 暠(심양왕 고)를 고려의 왕으로
세우려 함에 대의를 밝히며 반대했음.

478. 兒時但道爲官好(아시단도위관호) 어릴 적에는 벼슬이 좋은 줄
로만 알았는데

老去方知行路難(노거방지행로난) 늙어 가는 이제서야 인생 길
어려움을 알겠구나

千里江山千里夢(천리강산천리몽) 천리 험한 강산 갈 길이 천리
로 아득한데

一番風雨一番寒(일번풍우일번한) 비바람 치고 추위 닥치는 괴
로움 번갈아 겪네.

<表沿沫 爲官述懷위관술회, 벼슬아치가 되어 생각을 펴다 시구>

호 濫溪(남계). 본관 新昌(신창). 戊午士禍(무오사화) 때 慶源(경원)으로
귀양가던 도중 사망했음.

479. 我身恨不如烽火(아신한불여봉화) 이 몸이 저 봉화보다도 못함
이 한스러우니
飛到南山屋上峯(비도남산옥상봉) 봉화는 남산의 우리 집 지붕
위로 날아가는데.

<洪貴達 慶源烽火경원봉화, 함남 경원의 봉화 後半(후반)>

*홍귀달(1438~1504); 조선 연산군 때 左參贊(좌참찬), 문인. 호 虛白堂,
涵虛亭(허백당, 함허정). 시호 文匡(문광). 본관 缶溪(부계). 慶源(경원)
에 유배되었다가 갑자사화 때 소환되어 오던 중 端川(단천)에서 교수
형을 받았음. 문장으로 이름이 높았음.

480. 峨峨靈臺高(아아영대고) 높디높게 솟은 周文王(주 문왕)이 쌓
은 영대
靄靄祥雲浮(애애상운부) 상서로운 구름 둥실둥실 떠 있구나.

<鄭道傳 遠遊歌원유가, 멀리 유람하는 노래 시구>

*정도전→406.

481. 我也前身過去僧(아야전신과거승) 나는야 전신이 지나가는 중
世間名利視風燈(세간명리시풍등) 세상 명리를 바람 앞의 등불
로 보네.
中心愛矣靑從事(중심애의청종사) 마음 깊이 맑은 술[靑州從
事청주종사]을 좋아하며

何日忘之白大鵬(하일망지백대붕) 어느 날인들 그대 백대붕을 잊을손가.

一斗換州誠小黠(일두환주성소힐) 한 말 술을 고을과 바꿨다는 옛말, 참으로 조그만 잔꾀에 지나지 않고

三杯通道是多能(삼배통도시다능) 석 잔에 道(도)가 통함은 이 곧 재능이 많음일세.

邙山有塚君知否(망산유총군지부) 북망산에 무덤 있는 걸 자네 아는가

粉骨苔生無醉朋(분골태생무취붕) 뼈가 가루 되고 이끼 끼이면 취한 친구 있겠나.

<鄭致 對酒招白萬里대주초백만리, 백만리에게 와서 술 마시자 부르다>

*百萬里; 白大鵬(백대붕 ?~1592); 조선 宣祖(선조) 때 시인. 자가 萬里이고, 典艦司(전함사)의 奴僕(노복)이었음.

*정치(-1600-); 조선 선조 때 內司別坐(내사별좌), 시인. 자 可遠(가원). 호 櫟軒(역헌).

482. 我如流水無歸去(아여유수무귀거) 나는 흐르는 물과 같아 가면 다시 못 오는데

爾似浮雲任往還(이사부운임왕환) 그대는 뜬구름처럼 맘대로 오락가락 하는구나.

<南九萬 慶州贈泰天上人경주증태천상인,
경주에서 태천 스님에게 주다 前半(전반)>

*남구만(1629~1711); 조선 숙종 때 領議政(영의정). 호 藥泉(약천). 시호 文忠(문충). 본관 宜寧(의령). 少論(소론)의 巨頭(거두)로 숙종4년

(1678) 南人(남인)의 횡포를 상소하다가 南海(남해)로 귀양갔고, 당파 싸움이 심해지자 퇴관해 經史(경사)와 문장을 일삼았음. 글과 글씨, 그림에 모두 뛰어났음.

483. 亞元登桂籍(아원등계적) 장원 다음 등위[榜眼(방안)]로 과거급제 명부에 들었고
高步上花磚(고보상화전) 큰 걸음으로 꽃 벽돌 길[翰林院(한림원)]에 올랐네.

<徐居正 送南原梁君誠之詩百韻송남원양군성지시백운,
남원으로 가는 양성지를 송별하는 시 100운[200구] 시구>

*서거정→26.

484. 俄從螭首之階(아종이수지계) 곧 이수의 계단[5품 이상의 벼슬자리]에 올라
便涉龍喉之位(편섭용후지위) 때맞추어 용후지위[翰林學士(한림학사)]도 지냈다.

<閔仁鈞 除宰臣崔宗峻金仲龜金良鏡麻制
제재신최종준김중구김양경마제,
최종준·김중구·김양경을 재상으로 제수하는 마제 구>

*민인균; 미상.

485. 兒捕蜻蜓翁補籬(아포청정옹보리) 아이는 잠자리 잡고 노인은 울타리 고치는데
小溪春水浴鸕鷀(소계춘수욕노자) 작은 개울 봄물에 가마우지 멱감네.

靑山斷處歸路遠(청산단처귀로원) 푸른 산 다하는 곳 너머 돌아
갈 길은 멀어
橫擔烏藤一個枝(횡담오등일개지) 검은 등나무 한 가지 비스듬
히 메고 가네.

<金時習 山行卽事산행즉사, 산으로 가며 즉흥으로 시를 읊다>

*김시습 →81.

486. 幄謀嘗預於紫樞(악모상예어자추) 임금 帳幕(장막)에서의 계략
은 일찍이 자추[中樞院중추원]에 참여함이었고
廟算久專於黃閣(묘산구전어황각) 조정에서의 계책은 황각[門
下省문하성]에서 오래도록 오로지 맡았다.

<李百順 除宰臣李延壽崔瑀麻制제재신이연수최우마제,
이연수와 최우를 정승으로 임명하는 마제 구>

*이백순 →105.

487. 惡人能覆國(악인능복국) 악한 자는 나라를 뒤엎고
惡灘能覆舟(악탄능복주) 나쁜 여울은 배를 능히 뒤집네.

<李滉 花灘화탄, 화탄 여울 시구>

*이황 →1.

488. 樂章已了三千曲(악장이료삼천곡) 궁중 음악인 악장 3천 곡을
모두 마쳤고
稚齒俄臨五六儺(치치아림오륙나) 어린 나이로 벌써 儺禮(나
례, 除夜제야에 악귀몰아내는 의식)를 대여섯 번이나 치렀네.

<李需 教坊小娥교방소아, 장악원의 어린 아가씨 시구>

*이수→12.

489. 眼如明鏡頭如漆(안여명경두여칠) 맑고 초롱초롱한 눈에 칠흑
같은 머리칼
最是人間第一榮(최시인간제일영) 그 시절이 사람의 첫째가는
영화이리라.

<禹性傳 題春帖二首제춘첩이수,
입춘첩으로 짓다 두 수 제2수 後半(후반)>

*우성전(1542~1593); 조선 선조 때 大司成(대사성), 문인. 호 秋淵(추
연). 시호 文康(문강). 본관 丹陽(단양). 임진왜란 때 秋義軍(추의군)이
란 의병을 일으켜 공을 세웠음.

490. 眼前瀲灩琉璃碧(안전염염유리벽) 눈앞에는 넘실거리는 파란 유
리 같은 강화도 바다요
舌上分明菡萏紅(설상분명함담홍) 혀끝에는 분명히 연꽃 달린
듯 유창한 설법.

<李需 普門寺보문사, 강화도 보문사 시구>

*이수→12.

491. 安土而重遷(안토이중천) 일정한 곳에 자리잡아 옮겨짐을 꺼리고
韜光而晦跡(도광이회적) 빛을 감추어 자취를 숨긴다.

<李達衷 礎賦초부, 주춧돌을 읊은 글(부) 구>

*이달충→56.

492. 鴈行聯拜玉堂春(안행연배옥당춘) 형제가 잇달아 옥당[홍문관] 봄
　　을 제수 받으니
　　屈指于今有幾人(굴지우금유기인) 손꼽아볼 때 이때까지 몇 형제
　　가 있었던고.
　　想得入花甎上過(상득입화전상과) 상상해보니 唐(당) 나라 翰林
　　院(한림원) 뜰의 꽃무늬 벽돌 밟으며 지날 적마다
　　傾朝應美寵光新(경조응미총광신) 온 조정이 왕의 은총 새로움을
　　미뻐했으리라.

　　　　　　　＜林宗庇 喜舍弟新除翰林희사제신제한림,
　　　　　　아우가 새로 한림을 제수 받은 일을 기뻐하여＞

　*그의 동생이 이 시에 다음과 같이 차운했음.

　*和(화)― 형의 시에 次韻 和答(차운 화답)함.

　　辰極恩波暖似春(신극은파난사춘) 임금님 은혜 따뜻하기가 봄 같아
　　鴈行繼作玉堂人(안행계작옥당인) 형제가 잇달아서 한림이 되었어라.
　　閑從院吏徵前事(한종원리징전사) 홍문관 관리에게 이런 일 있었
　　나 물어보니
　　演誥花甎墨尙新(연고화전묵상신) 형님이 지은 왕의 制誥(제고,
　　왕이 내리는 辭令사령) 草本(초본) 먹빛이 아직 새롭다 하네.

　*임종비 →436.

493. 巖根恒灑浪(암근항쇄랑) 바위 밑은 늘 물결에 씻기고
　　樹杪鎭搖風(수초진요풍) 나뭇가지들은 바람을 잠재우네.

　　　　　＜定法師 詠孤石영고석, 외 바위를 읊다 시구＞

　*정법사(?); 高句麗(고구려) 僧侶(승려). 이 시는 全唐詩(전당시)에 실려
　　있다 함.

494. 晻暘龜鼉伏(암양구타복) 햇살 가려 어두운 데는 거북이나 악어
가 숨은 듯
劚壁鬼神愁(촉벽귀신수) 깎아낸 듯한 절벽은 귀신도 시름에 잠
기게 하네.

<朴漢永 登白頭頂俯瞰天池등백두정부감천지,
백두산 정상에 올라 천지를 내려다보며 시구>

*박한영 →303.

495. 巖下觀空黃面老(암하관공황면로) 바위 밑에는 비운 마음을 보
는 석가여래가 앉아 있고
庭中聽法綠髥翁(정중청법녹염옹) 뜰에는 불법을 듣는 검은 구
레나룻 늙은이가 서 있네.

*녹염옹; 소나무로 보아도 됨.

<李需 普門寺보문사, 강화도 보문사 시구>

*이수 →12.

496. 巖橫萬古難消雪(암횡만고난소설) 만고에 걸친 바위라 눈 녹지
못하고
山聳千秋不散雲(산용천추불산운) 천추토록 솟은 산이라 늘 구
름 감도네.

<李珥 金剛山萬瀑洞금강산만폭동, 금강산의 만폭동 시구>

*이이 →5.

497. 仰觀廉利攙長劒(앙관염리참장검) 위로 보면 서슬이 장검을 찌르는 듯

　　　橫似參差聳碧蓮(횡사참치용벽련) 가로로 보면 올망졸망한 푸른 연꽃이 솟은 듯.

　　　　　　＜李存吾 還朝路上望三角山환조노상망삼각산,
　　　　　　서울로 돌아오는 길에 삼각산을 바라보며 시구＞

　　*이존오 →77.

498. 愛君如愛父(애군여애부) 임금님 사랑하기를 어버이 사랑하듯 했고

　　　憂國如憂家(우국여우가) 나라 걱정하기를 내 집 걱정하듯 했노라.

　　　　＜趙光祖 絶命詩절명시, 죽음에 임해 읊은 시 前半(전반)＞

　　*조광조 →91.

499. 睚眦生忿狠(애재생분한) 눈흘김에도 분노하고 사나운 데다가

　　　慓悍輕殺掠(표한경살략) 아주 慓毒(표독)해서 사람 죽이기를 가벼이 여기네.

　　　　　＜金訢 詠對馬島영대마도, 대마도를 읊다 시구＞

　　*김흔 →169.

500. 愛向竹欄騎竹馬(애향죽란기죽마) 대 난간에서 죽마 타기 즐겨 했고

　　　懶於金地聚金沙(나어금지취금사) ―금모래 모으듯 하는―불법 배우기 게을렀네.

添瓶澗底休招月(첨병간저휴초월) 산골 물에 병 넣고 달 부르기
는 그만두었고
烹茗甌中罷弄花(팽명구중파농화) 차 끓이는 탕관에 꽃잎 넣는
장난 그치었더라.

<喬覺 送童子下山송동자하산,
절에서 집으로 돌아가는 동자를 보내며 시구>

*교각(705~803); 신라 승려. 왕손으로 金氏(김씨)이며 호가 喬覺임. 唐
(당)에 유학하여 九華山(구화산)에 머물며 法化(법화)를 펴고, 肉身菩薩
(육신보살)이며 地藏菩薩(지장보살)의 화신으로 보았음.

501. 冶性恥針線(야성치침선) 바느질하는 일을 부끄러워하는 성품
을 기르고
粧成調管絃(장성조관현) 몸단장하고 풍악만 익히네.
所學非雅音(소학비아음) 배운 것은 고상한 음악이 아니라
多被春心牽(다피춘심견) 온통 春情(춘정)을 부추기는 곡조여라.

<崔致遠 江南女강남녀, 중국 강남 吳越(오월)의 딸들 시구>

*최치원 →25.

502. 夜靜魚登釣(야정어등조) 밤 고요해 고기는 낚시 잘 물고
波淺月滿舟(파천월만주) 파도 잔잔해 달빛 배에 가득하네.
一聲南去雁(일성남거안) 남으로 가는 기러기 울음
啼送海山秋(제송해산추) 기럭기럭 울며 가을 산과 바다를 넘네.

<車天輅 江夜강야, 강의 밤>

*차천로 →235.

503. 夜還則蓮燭分輝(야환즉연촉분휘) 밤에 돌아올 때 연꽃무늬 등
    불 비춰줌을 받고
    曉入則花甎承步(효입즉화전승보) 새벽에 들어갈 때 꽃무늬 계
    단에서 왕의 뒤를 따른다.

    <李仁老 玉堂栢賦옥당백부, 한림원 잣나무 글(부) 구>

    *이인로 →60.

504. 野闊秋多月(야활추다월) 들은 넓게 틔어 가을 달빛 가득한데
    江淸夜少烟(강청야소연) 강은 맑아 밤 안개 적네.

    <王漢相 詩句시구>

    *왕한상(?); 조선 정조 때 시인. 일명 太(태). 호 數里(수리). 鳥嶺別將(조
    령별장) 역임.

505. 藥石忠言口初苦(약석충언구초고) 약과 침 같은 成忠(성충)의
    충언이 처음에는 입에 써서
    宴安鳩毒臍終噬(연안짐독제종서) 안일하게 지내다가 짐독처럼
    번져 끝내 사향노루가 제 배꼽 물어뜯듯 후회했네.

    <金訢 落花巖낙화암, 백제(부여)의 낙화암 시구>

    *김흔 →169.

506. 兩部笙歌淸碎玉(양부생가청쇄옥) 坐部(좌부)와 立部(입부)의
    생황과 노래 옥을 부수는 듯 맑고
    九門燈火爛分星(구문등화난분성) 대궐 아홉 문 등불들 밝기가
    별 박힌 듯하네.

<李奎報 燈夕入闕有感등석입궐유감,
정월 대보름날 저녁에 입궐한 감상 前半(전반)>

*이규보 →8.

507. 陽生混沌竅(양생혼돈규) 천지개벽 초의 상태인 혼돈의 구멍에서
      양이 생기면
      萬物自陶鎔(만물자도용) 만물은 절로 만들어지듯 움이 터네.

<李黿 初春感興초춘감흥, 첫 봄의 감흥 시구>

*이원(?~1504); 조선 연산군 때 禮曹正郎(예조정랑). 호 再思堂(재사
 당). 본관 慶州(경주). 郭山(곽산)과 羅州(나주)로 유배되고 甲子士禍
 (갑자사화) 때 사형에 처해졌음.

508. 揚子夢中成吐鳳(양자몽중성토봉) 揚雄(양웅)은 꿈속에서 흰
      봉황을 토했고
*양웅; 중국 漢末(한말)의 학자. 太玄經(태현경)을 초할 때 꿈에 흰 봉황
 새를 토했다 함.

      庖丁眼底欠全牛(포정안저흠전우) 백정의 눈에는 온전한 모습
      의 소가 없었다네.
*庖丁欠全牛; 백정이 文惠君(문혜군)을 위해 소를 잡으며 '소의 뼈마디
 에는 틈이 있고, 내 칼날은 그 틈을 잘 찾아간다' 하여 온전한 소는 없
 다고 했음<莊子 養生主>

      人間未畢抽金櫃(인간미필추금궤) 이승에서 금궤 열어 책 다
      펴보지 못했는데
*금궤; 금속으로 만든 책 상자. 漢(한)의 司馬遷(사마천)이 石室(석실)에
 보관된 금궤 안의 책을 꺼내보며 史記(사기)를 지었음.

天上誰催記玉樓(천상수최기옥루) 하늘에서 누가 백옥루의 글
짓기를 재촉했던가.

*記玉樓; 천상 세계 백옥루의 記文(기문)을 지음. 문인들이 죽으면 백옥
루에 가서 글을 짓는다 함. 당의 시인 李賀(이하) 등.

<朴彭年 哭尹大提學淮곡윤대제학회, 대제학 윤회를 곡하다 시구>

*박팽년(1417~1456); 조선 단종 때 학자, 死六臣(사육신). 호 醉琴軒(취
금헌). 시호 忠正(충정). 본관 順天(순천).

509. 煬帝汴河秋冷落(양제변하추냉락) 수 양제의 놀이터 변하는 가
을이라 싸늘했고
明皇蜀道雨凄涼(명황촉도우처량) 당 玄宗(현종) 촉으로의 피
난길 비에 처량했네.

<任奎 過延福亭과연복정, 毅宗(의종)의
놀이터 연복정 정자를 지나며 시구>

*임규(1119~1187); 고려 의종 때 平章事(평장사). 시호 文肅(문숙). 본
관 長興(장흥). 仁宗妃(인종비) 恭睿王后(공예왕후)의 동생.

510. 魚麗整整軍容肅(어리정정군용숙) 물고기 떼 모양의 어리진은
가지런하여 군사사기와 기율이 엄숙하고
鶴翼堂堂陣勢長(학익당당진세장) 학의 날개 모양의 학익진은
당당하여 진의 형세 기다랗네.

<金訢 東郊觀獵三十韻應製동교관렵삼십운응제, 동쪽 교외에서 사냥을
구경하며 임금님 명에 따라 30운 시를 짓다 시구>

*김흔 →169.

511. 於世於名已兩逃(어세어명이양도) 세상도 명성도 이미 둘 다 버
렸고
閑圍一局子頻鼓(한위일국자빈고) 한가로이 두는 바둑 한 판에
바둑돌 자주 두드리네.
此中妙手無人識(차중묘수무인식) 그 속의 묘한 솜씨 이는 사람
없지만
會有安劉一著高(회유안유일저고) 반드시 漢皇室(한 황실)을 안
정시킬 높은 수가 있었으리.

<徐居正 四皓圍碁사호위기, 상산사호의 바둑 시구>

*서거정→26.

512. 御案獸香熏袖裏(어안수향훈수리) 임금님 평상의 香煙(향연)
소매 속에 배어 있고
詔牋鴉字落毫頭(조전아자낙호두) 詔書(조서) 초안의 까만 글
자 붓끝에 떨어지네.

<陳澕 上琴承制상금승제, 승정원 금 승제께 올리다 시구>

*承制; 中書門下省(중서문하성)의 왕명을 받드는 관직.

*진화 →73.

513. 魚因知樂潛相趁(어인지락잠상진) 물고기들도 즐거움을 알아
물에 잠겨 서로 따르고
鳥識忘機近尙浮(조식망기근상부) 물새들은 안 잡는 줄 아는지
가까이 다가가도 그대로 떠서 노네.

<韓脩 惕若齋乘舟來訪飮舟中 척약재승주내방음주중, 척약재
金九容(김구용)이 배를 타고 찾아와 배 안에서 술 마시며 시구>

*한수→395.

514. 言能爲世法(언능위세법) 말씀은 세상의 법칙이 되고
     行足爲人師(행족위인사) 행실은 모두의 사표가 되네.

          <權韠 忠州石충주석, 충주의 바위 시구>

*권필→92.

515. 藜羹不羨千鍾饗(여갱불선천종향) 명아주 국은 잔치처럼 많은
     음식을 부러워 않게 하고
     肉食終危五鼎烹(육식종위오정팽) 육식은 결국 다섯 솥에 삶기
     게 될까 위태하네.

          <金終弼 放言방언, 거침없이 말하다 시구>

*김종필(?); 조선 인조 때 문인. 호 楓巖, 楓潭(풍암, 풍담). 본관 淸風(청
  풍). 어린 나이로 司馬試(사마시)에 급제하고 시에 뛰어났으며 인조 때
  사망했음.

516. 女醫行首耽羅妓(여의행수탐라기) 여의의 우두머리 탐라 기생
     萬里層溟不畏風(만리층명불외풍) 만리의 험한 바다 바람 겁내
     지 않았고
     又向金剛山裏去(우향금강산리거) 또 금강산 산 속을 구경갔으니
     香名留在敎坊中(향명유재교방중) 향기로운 그 이름 교방에 오
     래 남아있구나.

<紅桃 萬德만덕>

*만덕(−1790−); 조선 정조 때 제주의 자선사업가. 본관 金海(김해). 아
버지 金應悅(김응열). 기생이었다가 良女(양녀)로 還元(환원)되어 객주
집을 차려 천 냥 부자가 되고, 정조 14년(1790)부터 5년간 제주도에 흉
년 들었을 때 천 금을 내어 육지에서 곡물을 사와 백성들을 구휼하니,
왕이 서울로 불러 친견하고 소원하는 금강산 구경도 시켜주었음.

*홍도(−1790−); 조선 正祖(정조) 때 서울의 妓女(기녀). 만덕을 두고
시를 읊었음.

517. 與赤松而並遊(여적송이병유) 적송자와 함께 交遊(교유)했음은
     美知足之張氏(미지족지장씨) 헤아려 만족함을 안 장량(張良)
     의 갸륵함이요.
     愛綠珠而速戾(애녹주이속려) 녹주를 사랑하여 재앙을 불러들
     였음은
     嗟好色之季倫(차호색지계륜) 가련타, 계륜[季倫, 石崇석숭]
     의 호색이었네.

       <無名氏 嗜欲皆同惟賢者節之賦기욕개동유현자절지부,

     좋아함과 욕심은 다 같지만 어진 사람만이 그것을 절제한다는 글(부) 구>

518. 瓊玻海色涵金璧(여파해색함금벽) 수정 같은 바다 빛 금과 옥
     에 잠긴 듯
     錦繡山光捲紫煙(금수산광권자연) 비단 수 같은 산 경치 보라
     빛 연기 거두네.

       <成俔 次江陵東軒韻四首차강릉동헌운사수,
         강릉동헌시에 차운하다 4수 제3수 시구>

*성현 →136.

519. 歷崆峒而崦嵫(역공동이엄자) 신선 사는 공동산을 지나 해가 지
    는 엄자산으로
    超月窟而扶桑(초월굴이부상) 달이 지는 崑崙山(곤륜산)의 월
    굴을 뛰어넘어 해가 뜨는 부상으로

    <南孝溫 得至樂賦득지락부, 지극한 즐거움을 얻은 부 句(구)>

*남효온 →11.

520. 役役皆王事(역역개왕사) 몸과 마음 다해 애쓰는 것 모두 임금님
    위한 일이요
    陶陶亦聖恩(도도역성은) 화락하게 즐기는 것 또한 성은이어라.

    <李奎報 扶寧馬上記所見부령마상기소견,
    부령에서 말 타고 본대로 쓰다 시구>

*이규보 →8.

521. 易贊坤元 所以配乾剛之道(역찬곤원 소이배건강지도) 주역에
    곤원[땅의 덕]을 칭찬함은 건강[왕의 결단]의 도를 짝한 것이요
    詩稱后德 所以明王化之基(시칭후덕 소이명왕화지기) 시경에
    后妃(후비)의 덕을 일컬음은 왕의 教化(교화)의 기본을 밝힌
    것이다.

    <無名氏 熙宗封任氏爲咸平宮主冊 희종봉임씨위함평궁주책, 희종이
    元妃(원비) 임씨를 왕비 함평궁주로 삼는 竹冊文(죽책문) 구>

522. 煙籠杜子清淮夜(연롱두자청회야) 연기 자욱해 杜牧(두목)의 秦
淮(진회) 시와 같은 밤 풍경이요
月小蘇仙赤壁秋(월소소선적벽추) 달이 작으니 蘇軾(소식)이
읊은 赤壁賦(적벽부)의 가을일세.

<李詹 宿滅浦院樓숙멸포원루, 멸포원의 누각에 묵으며 시구>

*이첨 →126.

523. 錬石欲補東南缺(연석욕보동남결) 돌 다듬어 동남쪽 하늘의 흠
집을 때워도 보고
鑿山將通西北迂(착산장통서북우) 산 쪼아 서북쪽 도는 길을
바로 통하게 해야지.

<李仁老 醉時歌취시가, 술 취하여 부른 노래 시구>

*이인로 →60.

524. 淵泉之幽幽(연천지유유) 깊은 샘물은 졸졸거리고
江海之冥冥(강해지명명) 강과 바다는 그윽하고 깊은데
我歌其中兮(아가기중혜) 내 노래 그런 속에 있으니
鬢毛之星星(빈모지성성) 귀밑 털만 희끗희끗하네.

<李穡 流水辭유수사, 흐르는 물을 읊은 글(사) 구>

*이색 →260.

525. 妍醜易分徵鏡下(연추이분징경하) 고움과 추함은 唐(당)의 鄭
國公 魏徵(정국공 위징)의 거울에서 쉽게 가려지고
重輕難避亮秤前(중경난피양칭전) 무겁고 가벼움은 諸葛亮(제갈

량)의 저울 앞을 피하기 어렵네.

<金克己 上首相詩상수상시, 으뜸 정승께 올리다 시구>

*김극기 →22.

526. 煙霞人老餘雙屐(연하인로여쌍극) 사람이 연하(자연)에서 늙으
니 나막신만 남고
文字僧來帶妙香(문자승래대묘향) 글 하는 중이 오니 묘한 향기
띠었구나.

<趙熙龍 詩會作詩句시회작시구, 시회에서 지은 시구>

*조희룡 →80.

527. 鹽梅聞傅說(염매문부열) 조미료 구실을 한 殷(은)의 정승 부열
의 일을 듣듯 하고
帷幄見張良(유악견장량) 政廳(정청)에서는 漢(한)의 공신 장량
을 보는 듯하네.

<卞季良 奉呈鄭三峯봉정정삼봉, 삼봉 鄭道傅(정도전)께 드리다 시구>

*변계량 →291.

528. 廉牧今千載(염목금천재) 戰國(전국) 때 趙(조)의 廉頗將軍(염
파 장군)과 李牧名將(이목 명장)은 지금부터 천년 전이요
桓文古一人(환문고일인) 春秋(춘추) 때 齊桓公(제환공)과 晉
文公(진문공)도 옛 一 人者(일인자)였어라.

<李時楷 亂後聞京信난후문경신, 전란 뒤에 서울 소식을 듣고 시구>

*이시해(?); 조선 효종 때 都承旨, 大司憲(도승지 대사헌). 자 子範(자범). 호 南谷(남곡). 본관 完山(완산).

529. 染絲不須悲(염사불수비) 墨子(묵자)처럼 흰 실이 다른 색으로 물들여져 본바탕을 잃는다고 슬퍼할 것 없으며
歧多何必泣(기다하필읍) 楊子(양자)와 같이 갈림길 많다고 울 것은 무언가.

<洪逸童 效八音體寄剛中효팔음체기강중,
팔음체를 본떠 강중 徐居正(서거정)에게 부치다 시구>

*홍일동 →319.

530. 冉冉蘆花白(염염노화백) 부드러이 늘어진 갈대꽃은 희고
團團菊蘂黃(단단국예황) 빙 두른 국화꽃 누르기도 하구나.

<李崇仁 感興감흥, 감동되어 이는 흥취 시구>

*이숭인 →6.

531. 冉冉窓外松(염염창외송) 창 밖에는 늘어진 소나무 가지
妍妍松上月(연연송상월) 그 소나무 위 곱고 고운 달.

<草衣 松月송월, 소나무와 달 시구>

*초의 →451.

532. 艶艶黃花啼曉露(염염황화제효로) 곱디고운 노란 국화 새벽이슬에 함초롬하고
蕭蕭赤葉下庭柯(소소적엽하정가) 붉은 낙엽 쓸쓸히 뜰 나뭇가

지에서 떨어지네.

<釋圓鑑 秋日偶書추일우서, 가을날에 우연히 짓다 시구>

*석원감 →113.

533. 斂跡成吾拙(염적성오졸) 못난 나 자취를 감추어

易安蝸室居(이안와실거) 오두막집에서 편안하게 사네.

自知閒日月(자지한일월) 스스로 한가로이 세월 보냄을 알면서

頗解古琴書(파해고금서) 거문고와 서책을 조금씩 풀어보네.

醉倒新篘後(취도신추후) 취하면 새 용수[술 거르는 체] 뒤에
넘어지고

甘眠一飽餘(감면일포여) 배불리 먹은 뒤엔 단잠에 빠지네.

紛華人世事(분화인세사) 번화로운 인간세상의 일

太半夢相疎(태반몽상소) 절반 넘게 꿈인 듯 나와는 멀어지는
구나.

<金聖厚 漫吟만음, 생각나는 대로 읊다>

*김성후(?); 조선 정조 때 서예가. 호 牛川(우천). 초서와 楷書(해서)에
독보였고 시도 잘 지었음.

534. 厭次先生須讓賦(염차선생수양부) 염차선생 東方朔(동방삭)은
부 짓기를 양보하라

宣城太守敢言詩(선성태수감언시) 선성태수 謝脁(사조)는 감히
시를 말하겠는가.

<崔承祐 送曹進士松入羅浮송조진사송입나부,
나부산으로 들어가는 조송 진사를 보내며 시구>

*최승우 →122.

535. 獵獵秋風吹破帽(엽렵추풍취파모) 가을 바람 우수수 헤진 갓에
　　불고
　　淒淒朝雨濕征鞍(처처조우습정안) 아침 비 부슬부슬 말안장을
　　적시네.

　　　　　<鄭誧 送白介夫遊河東송백개부유하동,
　　하동으로 유람 가는 개부 白彌堅(백미견)을 보내며 시구>

*정포 →71.

536. 嶺南遺愛春江綠(영남유애춘강록) 영남에 남긴 善政(선정)한 자
　　취 봄 강물같이 푸르고
　　塞北閑愁夕照明(새북한수석조명) 북쪽 변방의 한가로운 시름
　　석양에 밝구나.

　　　　　<韓就 次韻寄金學士之岱차운기김학사지대,
　　학사 김지대 시에 차운하여 그에게 부치다 시구>

　　*한취(?); 고려 고종 때 侍郞(시랑), 慶尙道按察使(경상도안찰사).

537. 嶺路如蛇走(영로여사주) 영마루 길은 뱀 기어가듯 꼬불꼬불하고
　　山巖如虎蹲(산암여호준) 산의 바위 범이 웅크리고 앉은 듯하구나.

　　　<曹伸 書交龜院柱서교구원주, 교구원 여관 기둥에 쓰다 시구>

　　*조신(?); 조선 성종 때 司譯院卿(사역원경), 譯官, 文章家(역관, 문장
　　가). 호 適庵(적암). 본관 昌寧(창녕). 일본과 중국에 여러 번 使行(사
　　행)하여 시를 주고받았음.

538. 英物一朝呱繡帳(영물일조고수장) 영특한 인물이 아침에 비단
　　　　장막 안에서 고고의 울음 터뜨리니
　　　微陽午夜動葭帷(미양오야동가유) 한밤중에 장막 안의 갈대재
　　　　가 양기 하나로 움직였구나.

＜趙沖 賀琴平章得外孫하금평장득외손,
琴儀(금의) 평장이 외손자를 보았음을 하례하다 시구＞

　　*조충 →219.

539. 佞臣謀國魚貪餌(영신모국어탐이) 간사하고 아첨하는 신하들이
　　　　나라 다스린다는 게 물고기가 미끼 탐하듯 하고
　　　黠吏憂民鳥養羞(힐리우민조양수) 간사한 벼슬아치들이 백성 걱
　　　　정한다는 게 새를 모이 주며 기르듯 하네.

＜李齊賢 多慶樓陪權一齋用古人韻同賦다경루배권일재용고인운동부,
다경루에서 권일재를 모시고 고인의 운자를 써서 같이 짓다 시구＞

　　*이제현 →9.

540. 盈盈谷中蘭(영영곡중란) 골짜기에는 난초 가득하고
　　　鬱鬱山上松(울울산상송) 산 위에는 소나무 울창하네.
　　　貞脆固有異(정취고유이) 곧기와 연하기는 본래부터 다르지만
　　　馨香乃相同(형향내상동) 멀리 풍기는 향기는 다 같구나.
　　　感玆鵜鳩鳴(감자제계명) 그 향기에 두견이도 느껴 울건만
　　　霜露悴孤叢(상로췌고총) 서리 이슬에 난초 떨기 시드네.
　　　芳意竟蕭索(방의경소삭) 봄의 情趣(정취)도 마침내 적막 쓸쓸
　　　해져서

零落隨孤蓬(영락수고봉) 바람에 굴러다니는 쑥대 따라 시들어
버리는구나.

<崔慶昌 感遇寄季涵감우기계함,
　　느낀 바 있어 계함 鄭澈(정철)에게 보내다>

*최경창 →431.

541. 嶺雲閑不撤(영운한불철) 영마루 구름 한가로워 걷히지 않는데
　　　澗水走何忙(간수주하망) 산골 물은 무엇이 바빠 달리듯 흐르
　　　는고.

<釋慧諶 妙高臺上作묘고대상작, 묘고대 위에서 짓다　前半(전반)>

*석혜심(1178~1234); 고려 후기 高僧(고승), 曹溪宗2世(조계종2세). 속성
崔氏(최씨). 호 無衣子(무의자). 시호 眞覺國師(진각국사). 고종6년(1219)
大禪師(대선사) 대우를 받았고, 유교와 불교가 다를 바 없다 했음.

542. 英雄已逝山河在(영웅이서산하재) 영웅들은 가고 없어 산하만
　　　남았고
　　　人物南遷市井空(인물남천시정공) 사람과 사물들 남쪽 한양으
　　　로 옮겨 시가지 텅 비었네.
　　　上苑煙霞微雨後(상원연하미우후) 궁중 동산에 이슬비 내린 뒤
　　　안개 끼었고
　　　諸陵草樹夕陽中(제릉초수석양중) 여러 왕릉의 풀과 나무 석양
　　　에 잠겼구나.

<李孟畇 松京懷古송경회고, 송도 서울 회고 시구>

*이맹균(1371~1440); 조선 세종 때 集賢殿大提學(집현전 대제학), 학

자. 호 漢齋(한재). 시호 文惠(문혜). 본관 韓山(한산). 학문이 깊고 필적
도 뛰어났음.

543. 鴒原先後君堪美(영원선후군감미) 할미새언덕[형제우애] 앞서거
    니 뒤서거니 하는 그대 부럽나니
    荊樹參差我獨傷(형수참치아독상) 자형나무 꽃[형제우애] 갈라
    지듯 한 나는 홀로 상심에 잠기네.

    <河緯地 送徐剛中兄弟榮親歸大丘송서강중형제영친귀대구,

    모친을 영화롭게 하려고 대구(大邱)로 돌아가는 강중 徐居正(서거정)

    형제를 보내며 시구>

    *하위지(1387~1456); 조선 단종 때 禮曹參判(예조참판). 사육신(死六
    臣). 호 丹溪(단계). 시호 忠烈(충렬). 본관 晉州(진주).

544. 寧爲北地王諶死(영위북지왕심사) 차라리 왕심과 같은 자살을
    택할지언정

    *王諶; 蜀漢 昭烈帝 劉備(촉한 소열제 유비)의 손자. 아버지 劉禪(유선)
    이 魏(위)에 항복하려는 것을 간하여도 듣지 않자 소열제 사당에 들어
    가 自刎(자문)했음.

    不作東窓賊檜生(부작동창적회생) 도적 같은 진회의 삶을 짓지
    않으리라.

    *賊檜; 도적 진회. 진회는 南宋(남송) 高宗(고종) 때 정승으로 金(금) 나
    라의 뇌물을 받고 主戰論(주전론)의 충신 岳飛(악비)를 모함해 죽였음.

    <蔡聖龜 亂後志感난후지감, 난리 뒤의 감상을 기록하다 시구>

    *채성구(1607~1647); 조선 인조 때 禮曹正郞(예조정랑). 자 用九(용구).
    호 知非齋(지비재). 본관 平康(평강).

545. 榮忝竹下會(영참죽하회) 영광되게 竹林7賢(죽림7현) 같은 모임
　　에 參詣(참예, 나아가 뵘)하여

　　快倒甕中春(쾌도옹중춘) 시원하게 독 안 봄[甕頭春옹두춘, 처
　　음 익은 술] 잔을 기울이네.

　　未識七賢內(미식칠현내) 이 일곱 분 어진 이들 중에서

　　誰爲鑽核人(수위찬핵인) 누가 왕융 같은 (인색하나) 淸談(청
　　담) 잘 하는 분인지 알지 못하겠구나. (나와 친구 될 분이 누구인
　　지 모르겠네)

　*王戎(왕융); 중국 晉(진) 나라 王渾(왕혼)의 아들로 죽림7현의 한 사람.
　청담을 잘하여 20세 연상의 阮籍(완적)과 벗이 되었고, 자기 집 오얏
　(자두) 나무의 맛있는 오얏의 씨를 남이 주워가서 심을까봐 오얏을 먹
　고는 그 씨를 뚫어서 버렸음.

　　<李奎報 七賢說칠현설, 일곱 분 모임에 관한 글(설) 중 5언절구>

　*칠현설은 지은이가 20대 무렵 海左7賢(해좌7현)의 빈자리로 들어오라
　는 권유를 거절하며 지은 글이며, 그 자리에서 春(춘), 仁(인) 韻字(운
　자)를 내며 시를 지어 보라하여 지은 시가 위의 5언절구임.

　*이규보 →8.

546. 寧出五銅瓶(영추오동병) 차라리 동병 돈 다섯 개는 내놓을망정

　　不納一銀瓶(불납일은병) 큰 돈인 은병 돈 하나는 바칠 수 없네.

　*高麗(고려) 때 朱印遠(주인원)이 慶尙道安廉勸農使(경상도 안렴권농사)
　로 가서 까치소리를 듣기 싫어해 활로 쫓도록 명하고, 까치소리가 한
　번 들리면 은병(화폐)을 징수했음.

　　<李學逵 嚇鵲令하작령, 까치를 쫓으라는 명령 시구>

*이학규 →90.

547. 榮親敢望三槐宅(영친감망삼괴댁) 三公(삼공)의 지위에 올라 어버이 영광되게 하기를 감히 바라랴마는
     責子將歸五柳門(책자장귀오류문) 자식 가르치려 陶淵明(도연명)처럼 버들 다섯 그루 심은 집에 돌아가야 하리.

  <鄭輳 栗里幽興율리유흥, 도연명의 은거지 율리의 그윽한 흥취 시구>

  *정주(?); 조선 중종 때 縣監(현감). 호 九柳齋(구류재). 본관 東萊(동래).

548. 譽我便應還毁我(예아편응환훼아) 나를 칭찬하는 게 오히려 헐뜯는 게 되고
     逃名却自爲求名(도명각자위구명) 이름을 피하는 게 도리어 명성 구하는 게 되네.
     花開花謝春何管(화개화사춘하관) 꽃이 피고 지는 걸 봄이 어찌 상관하며
     雲去雲來山不爭(운거운래산부쟁) 구름이 가고 옴을 산은 탓하지 않네.

  <金時習 乍晴乍雨사청사우, 갰다 비오다 하다 詩句(시구)>

  *김시습 →81.

549. 禮樂因時變(예악인시변) 예악은 시대의 변화에 말미암고
     絲綸盡聖言(사륜진성언) 詔勅(조칙, 詔書조서)의 글은 성인의 말씀을 다 하셨네.

  <李植 挽李廷龜만이정구, 이정구 공을 애도하다 시구>

*이정구(1564~1635); 조선 인조 때 정승, 右議政(우의정). 호 月沙, 秋崖, 習靜, 癡菴, 保晚亭主人(월사, 추애, 습정, 치암, 보만정주인). 시호 文忠(문충). 본관 延安(연안). 申欽, 張維, 李植(신흠, 장유, 이식)과 함께 조선중기 文章4大家(문장4대가). 이괄의 난·정묘호란 때 왕을 陪行(배행), 공주와 강화도로 피난했음.

*이식 →440.

550. 翳翳紫煙迷遠近(예예자연미원근) 자욱한 자줏빛 연기 원근을 분별 못하게 하고
　　 離離紅日照高低(이리홍일조고저) 또렷한 붉은 해는 높고 낮은 곳을 다 비추네.

　　<李齊賢 達尊杏花韻달존행화운, 달존의 살구꽃 운을 따라 시구>

　　*이제현 →9.

551. 禮重賓儀瞻秩秩(예중빈의첨질질) 예의가 엄연하여 손님 거동이 삼가고 공경하는(秩秩) 듯 보이고
　　 義深朋舊賦嚶嚶(의심붕구부앵앵) 情義(정의)가 깊어지자 오랜 벗같이 시경 벌목 편의 즐거운 새소리 시를 읊조리네.

　　<金富軾 謝崔樞密灌宴集사최추밀관연집, 추밀 최관의 연회를 사례하다 시구>

　　*김부식 →307.

552. 吾年七十臥窮谷(오년칠십와궁곡) 내 나이 일흔에 깊은 골짜기에 엎드려 사니
　　 人謂不足吾則足(인위부족오즉족) 남들은 모자란다 하지만 나는 만족일세.

朝看萬峯生白雲(조간만봉생백운) 아침이면 온갖 봉우리에 흰 구름 일어남을 보니

自去自來高致足(자거자래고치족) 절로 왔다가는 절로 가는 게 큰 만족이 아닌가.

<宋翼弼 足不足是足족부족시족,

넉넉하다 모자란다 하는 것이 곧 넉넉함이라>

*송익필 →230.

553. 五百年來王氣終(오백년래왕기종) 5백 년 이어온 왕의 기운 사라지고

繁華消盡市朝空(번화소진시조공) 번화하던 모습 없어져 시가지는 텅 비었네.

王孫何處尋遺跡(왕손하처심유적) 왕손의 남긴 자취 어디서 찾으려나

落日頹垣木葉重(낙일퇴원목엽중) 해 지는 때 무너진 담에는 나뭇잎만 쌓였구나.

<權健 題永川君遊長源亭詩卷제영천군유장원정시권,

영천군의 장원정 유람 시 두루말이에 짓다>

*권건(1458~1501); 조선 성종 때 知中樞院事(지중추원사). 시호 忠敏
(충민). 본관 安東(안동). 아버지 擥(람). 문장에 능했음.

554. 吾生元跼蹐(오생원국척) 나의 삶은 본디 황송해 몸 굽힘이요

世路亦崎嶇(세로역기구) 세상살이 또한 기구하구나.

<李穡 遺懷견회, 생각을 펴다 시구>

*이색 →260.

555. 午睡頻驚戴勝吟(오수빈경대승음) 뻐꾸기 울음소리 낮잠 자주 깨우니

何如偏促野人心(하여편촉야인심) 어째서 시골 사람 마음만 이리 재촉하는고.

啼被洛陽華屋角(제피낙양화옥각) 저 서울의 부잣집 지붕에 가서 울어

會人知有勸耕禽(회인지유권경금) 밭갈이 권하는 새가 있음을 알게 하려무나.

<朴仁老 戴勝吟대승음, 뻐꾸기 울음>

*박인로(1561~1642); 조선 선조 때 羅浦萬戶(나포만호), 시인. 호 蘆溪, 無何翁(노계, 무하옹). 본관 安東(안동). 水軍(수군)으로 종군하여 무공을 세웠고, 歌辭(가사)와 시조를 많이 남겼음.

556. 午睡風吹覺(오수풍취각) 낮잠 자다가 바람결에 깨어난 모습이요

晨粧雨細新(신장우세신) 빗물로 씻어 새벽 단장 깨끗이 했구나.

<趙通 芍藥작약, 함박꽃 시구>

*조통(?); 고려 신종 때 翰林學士(한림학사), 학자. 자 亦樂(역락). 玉果縣(옥과현, 전남곡성) 사람. 耆老會(기로회)를 조직, 유유자적했음.

557. 烏雲堆鬂非緣睡(오운퇴계비연수) 검은 낭자머리 보니 잠을 잔 모양 아니고

珠淚凝腮不是啼(주루응시불시제) 뺨에 엉긴 눈물자국 울었던 건 아니렷다.

<丁若鏞 雨中兩妓우중양기, 빗속에 찾아온 두 기생 시구>

*정약용 →318.

558. 烏鵲橋邊月(오작교변월) 오작교 다리 가에는 달이요
　　　廣寒樓下塘(광한루하당) 광한루 아래에는 연못일세.

　　　<金集 夜登廣寒樓야등광한루, 밤에 광한루에 올라 初頭(초두)>

　*김집(1574~1656); 조선 효종 때 吏曹判書(이조판서), 학자. 호 愼獨齋
　　(신독재). 시호 文敬(문경). 본관 光州(광주). 부친[沙溪 金長生]과 함께
　　禮學(예학)의 기본 체계를 완비했음.

559. 吾知過不及(오지과불급) 나는 아네, 지나침이나 모자람이나
　　　其失則爲同(기실즉위동) 그 잘못은 한가지로 같음을.
　　　不及猶可勉(불급유가면) 모자람은 오히려 힘쓰면 되지만
　　　過必隳其功(과필휴기공) 지나침은 반드시 이룬 공을 무너뜨리
　　고 마네.
　　　存心須慮善(존심수려선) 마음가짐에는 반드시 착함을 생각할
　　것이고
　　　開口或興戎(개구혹흥융) 입을 열면 혹 싸움을 일으킬지도 모르네.
　　　要當不遠復(요당불원복) 허물이 있으면 빨리 고쳐야 하리니
　　　何至哭途窮(하지곡도궁) 어찌 길 막혀 우는 데까지 이르리오.

　*哭途窮; 중국 晉(진)의 죽림7현인 阮籍(완적)이 술이 취해 뚫린 길을 가
　　다가 길이 다해 통곡하며 되돌아왔다는 故事(고사)를 이르는 말임.

　　　　　<李達衷 樂吾堂感興詩八首낙오당감흥시팔수,
　　　　　　　　낙오당의 감흥을 읊은 시 8수 끝 수>

*이달충 →56.

560. 嗚呼島在東溟中(오호도재동명중) 오호도는 동쪽 바다에 있으니

滄波渺然一點碧(창파묘연일점벽) 만경창파 아득한 속 푸른 한 점이라.

夫何使我雙涕零(부하사아쌍체령) 무엇이 나를 두 줄 눈물 흐르게 하는고

祗爲哀此田橫客(지위애차전횡객) 전횡과 그 문객들을 삼가 슬퍼함이라. 〈첫머리〉

不爲轟霆有所洩(불위굉정유소설) 천동 번개 되어 이 한 풀지 못하면

定作長虹射天赤(정작장홍사천적) 긴 무지개 되어 하늘을 붉게 쏘아야 하리.

君不見古今多少輕薄兒(군불견고금다소경박아) 고금의 많은 경박한 사람들

朝爲同袍暮仇敵(조위동포모구적) 아침에는 친구였다가 저녁이면 원수 되는 것을 그대 보지 못했는가. 〈尾聯〉

<李崇仁 嗚呼島오호도 首尾聯수미련>

*이숭인 →6.

561. 烏虖五歌兮歌斷腸(오호오가혜가단장) 아아 다섯째 노래여, 그 노래 애끊나니

魂兮歸來無四方(혼혜귀래무사방) 혼이여, 사방 어디라 없이 돌아오너라.

<金時習 東峯六歌동봉육가, 동봉 김시습 여섯 노래 제5가 詩句(시구)>

  *김시습 →81.

562. 五侯封旣遠(오후봉기원) 다섯 제후를 봉했기에 안개 낀 것은 이미
      옛날 일.

   *漢成帝(한성제)가 외숙 5명을 한 날에 제후로 봉하니 누런 안개가 종일
   꽉 끼었다 함.

      三里術何神(삼리술하신) 후한의 張楷(장해)나 裵優(배우)처럼
      30리 안개를 만드는 재주 신기하구나.

          <李崇仁 癸丑十一月十四日霧계축십일월십사일무,
              계축년 11월14일 안개 끼다 시구>

   *이숭인 →6.

563. 玉斝高飛江月出(옥가고비강월출) 옥 술잔 높이 드니 강에 달
      이 솟고
      珠簾半捲嶺雲垂(주렴반권영운수) 구슬발 반쯤 걷으니 영마루
      에 구름 드리우네.

        <鄭乙輔 晉州矗石樓진주촉석루, 경남 진주 촉석루 시구>

   *정을보(−1352−); 고려 충숙왕 때 政堂文學(정당문학). 호 勉齋(면재).
   시호 文良(문량). 본관 晉州(진주). 문장으로 이름 높았음.

564. 玉斗碎時虧霸業(옥두쇄시휴패업) 張良(장량)이 준 옥 국자를
      范增(범증)이 부술 때 항우의 패업은 이지러졌고
      珊瑚擊處有驕心(산호격처유교심) 石崇(석숭)이 王愷(왕개)의
      산호수를 치니 교만한 마음 있었네.

<權近 擊甕圖격옹도, 宋(송)의 司馬光(사마광)이
독에 빠진 아이를 독을 깨뜨려 구해낸 일을 그린 그림 시구>

*권근 →288.

565. 兀兀殿閣崇(올올전각숭) 우뚝우뚝 전각이 솟았는데
　　　鼕鼕鍾鼓擊(동동종고격) 동동 쇠북 치는 소리 들리네.

<金守溫 贈性哲上人증성철상인, 성철 스님에게 시구>

*김수온 →269.

566. 翁老守雀坐南陂(옹로수작좌남피) 늙은이 새 본답시고 남쪽 언
　　　덕에 앉았지만
　　　粟拖狗尾黃雀垂(속타구미황작수) 개꼬리 늘어지듯 한 조 이삭
　　　에 참새 매달렸네.

<朴趾源 田家전가, 시공 농가 初頭(초두)>

*박지원 →429.

567. 翁嗇子每蕩(옹색자매탕) 아비가 구두쇠이면 늘 방탕한 자식이
　　　있고
　　　婦慧郞必癡(부혜낭필치) 아내가 지혜로우면 그 남편은 꼭 바보
　　　더라.

<丁若鏞 獨笑독소, 혼자 웃다 시구>

*정약용 →318.

568. 蝸角是非憂轉劇(와각시비우전극) 달팽이 뿔의 시비[시시한 다

툼] 근심만 심하고

龜毛得失病還增(구모득실병환증) 거북 털의 성공이나 실패[실속 없는 득실]은 병만 오히려 더한다.

<崔恒 戒二子계이자, 두 아들에게 경계하다 시구>

*최항 →58.

569. 蝸角戰甘鬧蠻觸(와각전감요만촉) 달팽이 뿔에 싸움이 한창이라 그 뿔의 만과 촉나라가 시끄럽고
路岐多處泣楊朱(노기다처읍양주) 갈림길 많은 곳에서 戰國(전국) 때 魏(위)의 양주가 우네.

<李仁老 續行路難속행로난, 인생 길 어려움 속편 시구>

*이인로→60.

570. 臥龍扶蜀主(와룡부촉주) 와룡선생 諸葛亮(제갈량)은 촉한의 임금을 붙들어주었고
非虎相周王(비호상주왕) 周文王(주문왕)의 점괘에 범도 곰도 아니던 太公望(태공망)은 주 나라 임금 도왔네.

<李崇仁 次漁隱韻차어은운, 어은의 시에 차운하다 시구>

*이숭인 →6.

571. 玩世肯爲中散鍛(완세긍위중산단) 세상을 우습게 보는 晉(진)의 中散大夫 嵇康(중산대부 혜강)처럼 풀무질이나 할까
韜光正似子陵漁(도광정사자릉어) 빛을 감추니 바로 後漢(후한)의 자릉 嚴光(엄광)의 낚시질과 비슷하구나.

<成石璘 寄題吉再冶隱기제길재야은,
야은 길재를 지어 그에게 부치다 시구>

*성석린 →184.

572. 頑俗之聚也有甚乎霧(완속지취야유심호무) 완고한 풍속들은 안
    개보다 어둡고
    至德之行也可比乎春(지덕지행야가비호춘) 지극한 덕을 행함은
    봄처럼 훈훈하다.

    <閔漬 李勣應時掃雲布唐陽春賦이적응시소운포당양춘부, 이적이
      때맞추어 구름을 쓸어 당 나라의 봄을 펴다 글(부) 구>

    *민지(1248~1326); 고려 충숙왕 때 守政丞(수정승), 학자. 시호 文仁(문
    인). 본관 驪興(여흥). 충렬왕 때 鄭可臣(정가신)과 함께 世子(세자)를
    따라 元(원)에 갔음.

573. 阮籍聊興廣武歎(완적요흥광무탄) 완적은 애오라지 광무성에 올라
    전쟁터를 보며 탄식했고

    *완적; 중국 晉(진)의 竹林7賢(죽림칠현). 廣武城(광무성)에 올라 楚漢
    (초한)의 전쟁터를 보며 "그때 영웅이 없어서 더벅머리 자식들로 하여
    금 이름을 이루게 했구나" 했다고 함.

    鄒湛空作峴山悲(추담공작현산비) 추담은 부질없이 현산의 슬픔을
    지었구나.

    *추담; 중국 晉(진)의 襄陽太守(양양태수) 羊祜(양호) 麾下(휘하, 從事종
    사) 사람. 양호가 善政(선정)하며 가끔 峴山(현산)에 올라 "산은 그대
    로인데 오르던 사람은 간 곳 없으니 내 죽어서도 이 산에 오르리라" 하
    니, 추담이 "공은 어진 명성이 이 산과 함께 하지만, 저 같은 자는 참으
    로 흔적 없을 것입니다"고 탄식했음

<曺偉 金藏臺二首금장대이수, 경주의 금장대 두 수 제2수 시구>

*조위 →298.

574. 往事春泥鴻着爪(왕사춘니홍착조) 지난 일은 진흙 위의 기러기
발자국처럼 사라졌고
浮名滄海劒無痕(부명창해검무흔) 헛 명성은 창해의 칼자국같
이 흔적도 없구나.

<成重淹 次梅溪韻차매계운, 매계의 시에 차운하다 시구>

*성중엄(1471~1501); 조선 연산군 때 학자, 春秋館記事官(춘추관기사
관). 호 晴湖(청호). 본관 昌寧(창녕). 무오사화 때 江陵(강릉)에서 賜死
(사사)되었음.

575. 枉擬雲間鶴(왕의운간학) 나름대로 구름 사이로 날아가는 학에
비겨보지만
其如井中蛙(기여정중와) 실은 우물안 개구리일세.

<崔恒 贈日本僧증일본승, 일본 중에게 시구>

*최항 →58.

576. 王夷甫之口不言錢(왕이보지구불언전) 왕이보는 입으로 돈을 말
하지 않았고
崔良伯之手不執玉(최양백지수부집옥) 최양백은 손으로 옥을
잡지 않았네.

<無名氏 嗜欲皆同惟賢者節之賦기욕개동유현자절지부 구→148>

577. 外絶勤王事(외절근왕사) 궁궐 밖에는 임금님 돕는 사람 끊어졌고
　　朝多賣國兇(조다매국흉) 조정에는 나라 팔아먹는 흉측한 무리
　　로 찼네.

<鄭蘊 述懷술회, 생각을 말하다 시구>

　*정온(1569~1642); 조선 인조 때 吏曹參議(이조참의). 호 桐溪(동계).
　　시호 文簡(문간). 본관 草溪(초계). 丙子胡亂(병자호란) 때 和議(화의)를
　　반대했음.

578. 堯階三尺卑(요계삼척비) 요 임금 궁전 계단은 석자 높이로 낮았
　　지만
　　千載餘其德(천재여기덕) 천추토록 그 덕을 길이 남겼고
　　秦城萬里長(진성만리장) 秦始皇(진시황)이 쌓은 성 만리나 되
　　지만
　　二世失其國(이세실기국) 두 대만에 그 나라 없어지고 말았네.

<金富軾 結綺宮결기궁, 아름다운 궁전을 짓다 前半(전반)>

　*김부식 →307.

579. 遼陽城中秋風起(요양성중추풍기) 요양(遼寧省요녕성 도시) 성
　　안에 가을바람 일고
　　遼陽城下黃沙飛(요양성하황사비) 요양의 성 아래는 황사가 날
　　리네.

<李崇仁 渡遼曲도요곡, 요녕성을 건너며 시구>

　*이숭인 →6.

580. 窅窅碧天三島外(요요벽천삼도외) 푸른 하늘은 三神山(삼신산)
저쪽까지 아득하고
瞳瞳紅日萬方前(동동홍일만방전) 붉은 해는 온 사방에서 무심
히 보는 듯 하네.

<李安訥 沒雲臺몰운대 시구>

*이안눌 →266.

581. 擾擾宦情螳怖雀(요요환정당포작) 어지러운 벼슬길은 버마재비
가 뒤에서 노리고 있는 참새를 두려워하듯 하고
紛紛世態觸爭蠻(분분세태촉쟁만) 번잡한 세상 형편은 달팽이
뿔의 두 나라 만과 촉의 싸움 같아라.

<崔恒 桃源圖도원도, 무릉도원 그림 시구>

*최항 →58.

582. 窈窕形容在(요조형용재) 몸과 얼굴 얌전한 모습 그대로지만
玲瓏笑語無(영롱소어무) 생긋 웃는 말씀은 한 마디 없네.
峨皇如見此(아황여견차) 옛 아황이 이것을 본다면
應恥泣蒼梧(응치읍창오) 창오에서 舜(순) 임금 죽음을 통곡한
일 부끄러워하리.

<조선 무명씨 望夫石망부석, 남편을 바라다 바위로 변한 石像(석상)>

583. 龍團鳳餅堪同調(용단봉병감동조) 용단 차와 봉병 차는 그 맛을
같이하니
毛穎烏圭豈異心(모영오규기이심) 붓과 먹도 어찌 딴 마음이리.

<洪侖 謝松坡崔相國誠之惠茶紙二首사송파최상국성지혜차지이수, 송파
최성지 정승이 차와 종이를 보내줌을 사례하며 두 수 제1수 시구>

*홍약(?); 고려 충선왕 때 文人(문인).

584. 龍尾蛇頭安敢擇(용미사두안감택) 용의 꼬리니 뱀의 머리니 어
찌 감히 고르리오
牛溲馬勃幸容收(우수마발행용수) 소 오줌이나 말똥이나마 요
행히 거두어들일 것을. 一벼슬의 高下(고하)를 가려 들어갈 여
지없음.

<洪侃 諸郞席上次韻제랑석상차운,
여러 낭관들 모인 자리에서 차운하다 시구>

*홍간(?~1304); 고려 원종 때 僉正舍人(첨정사인), 시인. 호 洪崖(홍애).
詩體(시체)가 깨끗하고 곱기로 이름 높았음.

585. 龍顔結恨頻回首(용안결한빈회수) 용안은 한이 맺혀 고개 자주
돌리는데
玉貌催魂已隔生(옥모최혼이격생) 양귀비 옥 같은 모습 저승으
로 혼이 가버렸구나.
自此暮山多慘色(자차모산다참색) 이로부터 저무는 산은 처참한
빛 많아졌고
到今流水有愁聲(도금유수유수성) 지금까지도 흐르는 물조차 시
름소리 내네.

<朴仁範 馬嵬懷古마외회고, 양귀비를 賜死(사사)한 마외 회고 시구>

*박인범 →176.

586. 牛女何須烏鵲渡(우녀하수오작도) 견우 직녀는 어찌해 오작교
　　　로만 건너려 하는가
　　　銀河西畔月如船(은하서반월여선) 은하수 서쪽 가에 달이 배가
　　　되어 떠 있는데.

＜朴趾源　山行산행, 산에 가다　시구＞

*박지원 →429.

587. 偶到仙槎寺(우도선사사) 우연히 선사사 절에 오니
　　　巖空松桂秋(암공송계주) 바위 솟고 소나무 계수나무에 가을 들
　　　었구나.
　　　鶴翻羅代盖(학번나대개) 학은 신라 때의 닫집 펼친 듯하고
　　　龍蹴佛天毬(용축불천구) 용은 부처의 공을 차 버리는구나.
　　　細雨僧縫衲(세우승봉납) 보슬비 속에 중은 長衫(장삼)을 깁고
　　　있고
　　　寒江客棹舟(한강객도주) 찬 강물에는 노 저어 가는 배 실렸네.
　　　孤雲書帶草(고운서대초) 외로이 떠도는 구름 풀밭에 그림자지고
　　　獵獵萬池頭(엽렵만지두) 부드러운 바람 못에 가득 찼구나.

＜金宗直　仙槎寺선사사＞

*김종직 →82.

588. 友無楊得意(우무양득의) 나에게는 司馬相如(사마상여)를 漢武
　　　帝(한 무제)에게 추천한 양득의 같은 친구가 없고
　　　馬失九方甄(마실구방견) 내 말에는 말을 잘 알아보는 구방견 같
　　　은 사람이 없네.

<崔淑精 送李觀察使赴黃海道송이관찰사부황해도,
황해도로 부임하는 이 관찰사를 보내며 시구>

*최숙정→107.

589. 雨意偏侵夢(우의편침몽) 비가 오려는가 졸음이 자꾸 오고
秋光欲染詩(추광욕염시) 가을 맑은 빛 시를 물들이려 하네.

<成汝學 詩句시구>

*성여학(?); 조선 중기 文章家(문장가). 호 鶴泉, 雙泉(학천, 쌍천). 본관
昌寧(창녕). 50세에 司馬試(사마시)에 급제해 別坐(별좌)에 그쳤음.

*申緯(신위) 成汝學詩評(성여학시평)<東人論詩絶句>

白首苦吟成進士(백수고음성진사) 백발에 고심하며 읊던 성여학
진사
微官不及右文時(미관불급우문시) 文治崇尙(문치 숭상)하던 때에
말직에도 못 올랐어라.
直將郊島爭寒瘦(직장교도쟁한수) 맹교의 쓸쓸함과 가도의 수척함
을 겨루고자

*郊島寒瘦; 孟郊(맹교)와 賈島(가도)의 차고 여윔. 가도의 시는 수척한
맛이 있고, 맹교의 시는 쓸쓸한 경향임. 郊寒島瘦(교한도수).

一段秋光欲染詩(일단추광욕염시) 한 가닥 '가을빛이 시를 물들이
려' 했던가.

*신위 →20.

590. 虞時二女竹(우시이녀죽) 舜(순) 임금의 두 비 娥皇(아황) 女英
(여영)의 흘린 눈물 얼룩진 瀟湘斑竹(소상 반죽)

秦日大夫松(진일대부송) 秦始皇(진시황)의 대부 칭호를 받은 소나무

縱有哀榮異(종유애영이) 비록 죽은 뒤의 영예가 다르기는 하지만

寧爲冷熱容(영위냉열용) 어찌 盛衰(성쇠)에 따르는 모습을 지으리오.

<李石亨 詠懷영회, 품은 생각을 읊다>

*이석형 →321.

591. 牛渚波寒三夜月(우저파한삼야월) 牽牛(견우)의 물가 파도 차니 한밤중의 달이요

鳳機梭冷五更風(봉기사랭오경풍) 織女(직녀) 베틀의 북이 싸늘해 새벽바람이구나.

<徐居正 七月七日칠월칠일, 7월7일 칠석날 시구>

*서거정 →26.

592. 禹鼎重時生亦大(우정중시생역대) 우 임금의 태평스러운 정치가 존중받을 때는 삶 또한 소중하나

鴻毛輕處死還榮(홍모경처사환영) 목숨을 기러기 털같이 가볍게 여기는 곳에서는 죽음이 오히려 영광되네.

<李塏 臨死絶筆임사절필, 죽음에 이르러 마지막으로 짓다 前半(전반)>

*이개 →179.

593. 虞趙諸公共漸摩(우조제공공점마) 元(원) 나라에서 虞集(우집), 趙孟頫(조맹부)와 함께 학문 닦고

蜀吳萬里壯經過(촉오만리장경과) 촉과 오의 만리 길 장하게도
거쳤네.
文章爾雅陶鎔化(문장이아도용화) 문장은 갈고 닦은 듯 바르고
우아하여
功到于今儘覺多(공도우금진각다) 그 공로는 지금까지도 깨우쳐
주는 바 크네.

<申緯 李齊賢詩評이제현시평, 이제현의 시를 평함>

*신위 →20.

594. 雨歇長堤草色多(우헐장제초색다) 비 개자 긴 방죽에 풀빛 푸
른데
送君南浦動悲歌(송군남포동비가) 남포로 임 보내며 슬픈 노래
들리네.
大同江水何時盡(대동강수하시진) 대동강 물 언제 마르리
別淚年年添綠波(별루연년첨녹파) 해마다 이별 눈물 강물에 보
태지는데.

<鄭知常 送人(大同江)송인(대동강), 임을 이별해 보내며(대동강)>

*정지상 →134.

595. 虞姬可奈泣項王(우희가내읍항왕) 우여 어찌하랴 하고 항우는
울었는데
玉奴何曾負齊帝(옥노하증부제제) 옥노가 언제 제 나라 황제를
저버렸던가.

*옥노; 南齊 東昏侯(남제 동혼후)의 비 潘氏(반씨)의 종. 동혼후가 그녀
에게 혹하여 나라가 망했음.

<金訢 洛花巖낙화암, 부여 낙화암 시구>

*김흔 →169.

596. 雲開巫峽群峰秀(운개무협군봉수) 구름 걷히니 중국의 무협 같
    은 성천 열 두 봉은 모두 빼어나고
    天襯仙樓百尺崇(천친선루백척숭) 하늘에 솟은 강선루는 백 자
    로 높네.

<崔錫鼎 送成川朴使君之行송성천박사군지행,
박 성천부사가 가는 걸 송별하며 시구>

*최석정(1646~1715); 조선 숙종 때 領議政(영의정). 호 明谷(명곡). 시
    호 文貞(문정). 본관 全州(전주). 의정부에 들어가기 10번, 영의정을 6
    번 지냈음.

597. 雲能有舒卷(운능유서권) 구름은 폈다 말았다 할 수 있고
    月亦有圓缺(월역유원결) 달도 둥글었다 이지러졌다 하는구나.

<徐居正 雲月軒운월헌 詩句(시구)>

*서거정 →26.

598. 雲暗高林鶯滑滑(운암고림앵골골) 구름 침침한 숲에서는 꾀꼬리
    어지러이 날고
    露晴紅葉蝶翻翻(노청홍엽접번번) 이슬 마른 붉은 잎에는 나비
    떼지어 나네.

<張混 贈千氏증천씨, 千壽慶(천수경)에게 주다 시구>

*장혼(1759~1828); 조선 정조 때 監印所司準(감인소 사준), 학자. 호 而己,
    空空子(이기, 공공자). 본관 結城(결성). 효성이 지극했고 글씨에 뛰어났음.

599. 雲與山俱白(운여산구백) 구름과 산 모두 희어
　　雲山不辨容(운산불변용) 구름인지 산인지 그 모습 분별 안 되더니
더니
　　雲歸山獨立(운귀산독립) 구름 걷혀 산 우뚝 서니
　　一萬二千峰(일만이천봉) 일만 이천 봉우리로구나.

<宋時烈 金剛山금강산>

　*송시열 →133.

600. 雲影隨丹轂(운영수단곡) 구름 그늘은 임금님 수레를 따르고
　　山光濕翠華(산광습취화) 산 빛은 임금님 日傘(일산)으로 뒤덮이네.
이네.

<郭預 扈駕興王寺路上호가흥왕사노상,
왕의 수레를 호위하여 흥왕사로 가는 길에서 시구>

　*곽예(1232~1286); 고려 충렬왕 때 大司成(대사성). 자 先甲(선갑). 본관
　淸州(청주). 담백하고 학문이 깊었으며 筆法(필법)도 일가를 이루었음.

601. 雲外聽經白鵬下(운외청경백한하) 구름 밖에서 독경소리 듣고는
　　황새가 내려오고
　　洞中護法蒼龍蟠(동중호법창룡반) 골 안에 불법 지켜주는 푸른
　　용이 서렸구나.
　　塔影夜搖崖月淨(탑영야요애월정) 탑 그림자는 밤에 흔들려 벼
　　랑에 걸린 달이 깨끗하고
　　鍾聲曉襍松濤寒(종성효잡송도한) 새벽 종소리는 솔바람 소리에
　　섞여 싸늘하네.

<釋宏演 秋夜宿鍾山寺추야숙종산사, 가을밤에 종산사에 묵으며 시구>

602. 雲翼未瞻搏北極(운익미첨박북극) 대붕의 날개 북극으로 박차
오름을 못 보고
霜英還惜老東籬(상영환석노동리) 서리맞은 국화 동편 울타리에
서 시들 듯해 아깝구나.

<李珥 哭聽松先生곡청송선생, 청송 成守琛(성수침) 선생을 곡하다 시구>

*이이 →5.

603. 雲盡碧空橫快鶻(운진벽공횡쾌골) 구름 걷힌 창공에 독수리 비
껴날고
月明滄海戲群龍(월명창해희군룡) 달 밝은 창해에 용이 넘노는 듯.
依然步立仙山路(의연보립선산로) 그대로 신선 길 걸어 들자니
領略千峯更萬峯(영략천봉갱만봉) 천 봉우리 넘었는가 싶은데
또 만 봉우리 나타나네.

<權韠 讀杜詩偶題독두시우제,
두보의 시를 읽고 얼핏 떠오르는 생각을 짓다 後半(후반)>

*권필 →92.

604. 雲含暝色低巖樹(운함명색저암수) 구름은 어두운 빛 띠어 바위
나무에 나직하고
雨報秋聲打井桐(우보추성타정동) 비는 가을을 알려 우물가 오
동나무 때리네.

<尹汝衡 客寓靈光東資福寺객우영광동자복사,
영광 동쪽 자복사에 나그네로 묵다 시구>

*윤여형 →349.

605. 雲行四五里(운행사오리) 구름 따라 4, 5십리를 가며

漸下蒼山根(점하창산근) 푸른 산밑으로 내려가네.〈首聯〉

露冷螢火濕(노냉형화습) 반딧불은 찬이슬에 젖고

寒蚤噪空園(한공조공원) 귀뚜라미는 빈 동산에서 시끄럽게 우네.

悲吟臥待曙(비음와대서) 누워 슬피 탄식하며 새벽을 기다리니

碧海含朝暾(벽해함조돈) 푸른 바다는 아침해를 안았구나.〈尾聯〉

<金克己 宿香村숙향촌, 향촌에 묵으며 앞과 끝 연>

*김극기 →22.

606. 雄文司馬上(웅문사마상) 웅장한 문장은 漢(한) 나라의 학자 司
馬遷(사마천)의 윗 길이었고

直筆董狐前(직필동호전) 꼿꼿한 붓은 春秋(춘추) 때 晉(진)의
史官(사관) 동호에 앞섰었네.

<徐居正 送南原梁君誠之詩百韻송남원양군성지시백운,
남원으로 가는 양성지 군을 보내는 시 백운[2백구] 시구>

*서거정→26.

607. 圓未如輪長如瓮(원미여륜장여옹) 바퀴같이 둥글지 않고 항아리
처럼 길쭉하다가

出沒若聞聲砯砯(출몰약문성빙빙) 바다 위로 솟아날 때는 바위
에 부딪치는 물소리 쫘아 쫘아 나는 듯.

<朴趾源 叢石亭觀日出총석정관일출, 총석정에서 해돋이를 보며 시구>

*박지원 →429.

608. 遠岫似雲雲似岫(원수사운운사수) 먼 산은 구름 같고 구름은 산
    같은데
    長天浮水水浮天(장천부수수부천) 먼 하늘은 물에 떴고 물은 그
    하늘에 떠있구나.

    <邢君紹 永明寺浮碧樓영명사부벽루, 평양 영명사의 부벽루 시구>

    *형군소(?); 未詳(미상)이지만 고려 충숙왕 무렵의 文人(문인). 충선왕
    때의 權漢功(권한공), 충숙왕 때의 崔瀣(최해) 등과 교유한 듯함. 邢은
    중국 姓氏(성씨)임.

609. 遠水連天碧(원수연천벽) 멀리 흐르는 물 하늘에 이어 파랗고
    霜楓向日紅(상풍향일홍) 서리맞은 단풍 해를 따라 붉구나.
    山吐孤輪月(산토고륜월) 산은 둥근 달 하나 토해냈고
    江含萬里風(강함만리풍) 강은 만리에서 불어오는 바람 머금었네.

    <李珥 花石亭화석정, 경기도 파주 화석정 시구>

    *이이 →5.

610. 遠尋徐氏迹(원심서씨적) 불사약 구하려 한 徐市(서시)의 자취
    를 멀리 찾으며
    應有陸生功(응유육생공) 漢(한)의 陸賈(육가)와 같은 공을 응
    당 세우리라.

    <權近 送鄭大司成奉使日本송정대사성봉사일본, 鄭夢周(정몽주)
    대사성이 일본에 사신으로 감을 송별하며 시구>

*권근 →288.

611. 院院古非古(원원고비고) 절 집들은 낡은 듯하면서도 낡지 않았고
僧僧知不知(승승지부지) 중들은 알 듯하면서도 알지 못하겠구나.

<吳學麟 重遊九龍山興福寺중유구룡산흥복사,
구룡산 흥복사를 다시 유람하며 시구>

*오학린(?); 고려 중기 翰林學士, 名儒(한림학사, 명유). 본관 高敞(고
창). 世才(세재) 등 손자 3명 모두 明宗(명종) 때 명유임.

612. 元戎望重裴丞相(원융망중배승상) 武將 元帥(무장 원수)로도
명망 두터웠던 唐(당)의 裴度(배도) 정승이요
司馬才雄韓退之(사마재웅한퇴지) 그 배도의 行軍司馬(행군
사마)로 재주 뛰어난 한퇴지 愈(유)였네.

<朴仲孫 送具檢詳從事關西송구검상종사관서,
관서 지방에 종사로 가는 구 검상을 보내며 시구>

*박중손(1412~1466); 조선 세조 때 左贊成(좌찬성). 호 黙齋(묵재). 시
호 恭孝(공효). 본관 密陽(밀양). 어진 재상이라 했음.

613. 遠風搏野馬(원풍박야마) 멀리서 불어오는 바람 아지랑이를 쓸고
晴日聚河豚(청일취하돈) 비 갠 날에는 복어들 모여드네.

<許琮 次副使王公渡臨津江韻차부사왕공도임진강운, 부사로 온 왕 공이
임진강을 건너며 지은 시에 차운하다 시구>

*허종 →213.

614. 月白雪白天地白(월백설백천지백)〈僧〉 달도 희고 눈도 희고 온
세상 모두 흰데
山深夜深客愁深(산심야심객수심)〈笠〉 산 깊고 밤 깊고 나그네
의 시름도 깊구나.
燈前燈後分晝夜(등전등후분주야)〈승〉 등불 켜는 앞과 뒤로 낮
과 밤이 갈리고
山南山北判陰陽(산남산북판음양)〈립〉 산의 남쪽과 북쪽으로
음지와 양지를 아네.

　　　　　　<金炳淵 詩僧共作시승공작, 시를 하는 중과 함께 짓다>

　*김병연 →48.

615. 月夜瞻鄕路(월야첨향로) 달밤에 고향 길 바라보니
浮雲颯颯歸(부운삽삽귀) 뜬구름만 스산하게 떠가네.
緘書參去便(함서참거편) 편지 써서 가는 구름 편에 부치려 하니
風急不聽廻(풍급불청회) 바람이 듣지 않고 세차게 몰아가는구나.

　　　　　<慧超 南天路爲言남천로위언, 먼 남쪽 길에서 짓다>

　*혜초 →472.

616. 流光冉冉欺遊子(유광염염기유자) 흘러가는 세월 유람하는 나
를 속이고
世故紛紛困腐儒(세고분분곤부유) 어지러운 세상일 쓸모 없는
선비 어렵게 하네.

　　<鄭誧 福州次友人韻복주차우인운, 안동에서 벗의 시에 차운하다 시구>

　　*정포 →71.

617. 由來嶺海能死人(유래영해능사인) 육지와 섬으로 귀양살아 죽은
사람이 되어
不必驅馳也喪眞(불필구치야상진) 분주하게 달려 다니지 않아도
본성을 잃었네.
日暮林烏啼有血(일모임오제유혈) 저무는 숲의 까마귀 피나게 울고
天寒沙雁影無鄰(천한사안영무린) 추운 하늘의 기러기는 벗 없이
외롭구나.
政逢蘧伯知非歲(정봉거백지비세) 바야흐로 蘧伯玉(거백옥)처럼
쉰 살이 되어

*知非歲; 중국 春秋(춘추) 때 衛(위)의 거백옥(蘧瑗거원)이 '五十而知非
(오십이지비, 나이 50세가 되자 지난 49년 동안이 그릇되었음을 알게
되었다)'라 했음.

空逼蘇卿返國春(공핍소경반국춘) 겨우 漢(한) 나라의 蘇武(소무)
가 풀려나던 일같이 되었어라.
灾疾難消老形具(재질난소노형구) 재앙과 병은 없어지지 않고 몸
은 늙어가니
此生良覿更何因(차생양적갱하인) 즐겁게 만나는 일 무슨 인연으
로 다시 있으랴.
<盧守愼 寄尹李二故友기윤이이고우, 윤과 이 두 오랜 벗에게>

*노수신 →214.

618. 庾嶺樹曾雲外辨(유령수증운외변) 유령의 매화나무 구름 밖에
서 분별했고
羅浮春每夢中行(나부춘매몽중행) 매화 化身(화신)과 노는 나
부산 봄은 꿈속에서 매양 다녔어라.

<偰遜 病中詠瓶梅二首병중영병매이수,
몸 아픈 속에 병에 꽂힌 매화를 읊다 두 수 제2수 시구>

*설손(?~1360); 고려 공민왕 때 학자. 高昌(고창)에 살던 回鶻人(회골
인, 터어키계 부족). 공민왕 7년(1358) 홍건적의 난을 피하여 元(원)에
서 귀화했음.

619. 有物來來不盡來(유물내내부진래) 만물이 오고 오고 끝없이 오
고 또 오는데
來纔盡處又從來(내재진처우종래) 다 왔는가 했더니 뒤따라 또
오고 있네.
來來本自來無始(내내본자내무시) 오고 옴이 잇달아 시작이란
게 없나니
爲聞君從何所來(위문군종하소래) 그대 어디서 왔는가 들어본
들 무엇하리.

<徐敬德 有物吟유물음, 만물의 이치 곧 자연법칙을 읊다 前半(전반)>

*서경덕 →275.

620. 柳色烟中好(유색연중호) 이내에 싸인 버들 빛 더욱 좋고
山容雨後奇(산용우후기) 비 온 뒤의 산 모양 더 기이하구나.

<崔星煥 偶成우성, 우연히 시가 되다 시구>

*최성환(?); 조선 정조 때 시인. 호 昨悔齋(작회재). 공명과 영달을 멀리
하고 詩酒(시주)를 즐기며 살았음.

621. 柳絮白於衰客髮(유서백어쇠객발) 버들개지는 타향에 있는 내
백발처럼 희고

桃花紅勝美人顏(도화홍승미인안) 복사꽃은 미인 얼굴보다 더 붉어라.

春愁黯黯連空館(춘수암암연공관) 봄 시름은 은근하게 빈 객관 하늘에 잇달았고

歸興翩翩落故山(귀흥편편낙고산) 귀향하는 흥겨운 꿈 고향에 서 멈추네.

<蘇世讓 燕京卽事연경즉사,
연경―중국 北京(북경)―에서 즉흥으로 읊다 시구>

*소세양(1486~1562); 조선 중종 때 左贊成(좌찬성), 학자. 호 陽谷(양곡). 본관 晉州(진주). 중종27년(1532) 사신으로 명 나라에 가 詩文(시문)으로 떨치고 인종 즉위 때 탄핵받아 퇴관하고 竹林(죽림)에 살았음.

622. 有時潑剌波魚戲(유시발랄파어희) 때때로 활기차게 파도에 뛰노 는 물고기들

終日春鋤渚鷺忙(종일용서저로망) 종일토록 방아찧고 밭갈 듯 물 속 뒤지는 해오라기 바쁘구나.

<李書九 絶句절구 시구>

*이서구 →453.

623. 柳岸桃溪淑氣浮(유안도계숙기부) 버들 기슭 복숭아 냇물 화창 함이 떠 있는데

枝間鳥語苦啁啾(지간조어고주주) 나뭇가지 사이 새 소리 매우 지저귀네.

春工與汝爭何事(춘공여여쟁하사) 봄이 너 새들로 더불어 무얼 다투기에

慢罵東風不自休(만매동풍부자휴) 동풍 꾸짖기를 그리도 쉬지
않는고.

<金克己 春日춘일, 봄날>

*김극기; →22.

624. 柳岸緬思彭澤令(유안면사팽택령) 버드나무 선 언덕은 저 멀리
   팽택령 陶淵明(도연명)이 생각나고
   桃村時見武陵人(도촌시견무릉인) 복사꽃 핀 마을에 무릉도원
   사람 가끔 보이네.

<蔡寶文 珍島碧波亭次崔按部永濡韻진도벽파정차최안부영유운,
   진도의 벽파정에서 최영유 안부의 시에 차운하다 시구>

*채보문; 未詳(미상).

625. 有孃有孃孟氏孃(유양유양맹씨양) 어머니여 어머니여 맹씨 어머
   니여
   哀哀鞠育三遷坊(애애국육삼천방) 사랑으로 길러내어 집을 세
   번이나 옮기셨네.

<金時習 東峯六歌동봉육가, 동봉 김시습의 여섯 노래 제4가 첫머리>

*김시습 →81.

626. 柳餘陶令門前五(유여도령문전오) 버드나무는 陶潛(도잠)의 집
   문 앞 다섯 그루보다 더 있고
   山勝禺强海上三(산승우강해상삼) 산은 北海神(북해 신) 우강
   의 바다위 세 봉우리보다 낫구나.

<李奎報 過龍潭寺과용담사, 용담사를 지나며 시구>

*이규보 →8.

627. 有如玉笛過嶺啞(유여옥적과령아) 옥 피리가 고개를 넘으면 벙
어리가 되듯 (萬波息笛만파식적이 효능이 없어지듯)
譬引無人發弓角(비인무인발궁각) 갸웃이 보니 본래의 가락을
낼 사람이 없었네.

<鄭寅普 題梁柱東鄕歌證釋卷首五首제양주동향가증석권수5수,
양주동의 '향가증석' 책의 첫머리에 짓다 5수 첫수 시구>

*정인보(1892~?); 사학자, 한문학자. 호 守坡, 薇蘇山人, 爲堂, 簷園(수
파, 미소산인, 위당, 담원). 國學大學長(국학대학장) 역임. 6·25 때 납북
되었는데 최남선, 양주동과 함께 우리 나라 3대 천재라 했음.

628. 悠悠馬上送烏蟾(유유마상송오섬) 여행으로 유유히 세월[烏蟾,
까마귀와 두꺼비, 해와 달] 보내노라니
忽忽人間換冷炎(홀홀인간환냉염) 인간의 추위와 더위 철 바뀜
이 빠르기도 하다.

<李石亨 途中卽事도중즉사, 길에서 즉흥으로 읊다 시구>

*이석형 →321.

629. 惟情親之乖離兮(유정친지괴리혜) 정다운 친지들 멀리 서로 떨어
졌음이여
杳暮雲而春樹(묘모운이춘수) 저녁구름 봄 나무 아득하구나. (벗
들 소식 아득하구나)

*暮雲春樹; 먼 곳에 있는 벗을 생각하는 정이 간절함. 杜甫(두보)의 '春

日憶李白(봄날에 이백을 생각함)' 시에 "渭北春天樹 江東日暮雲(위북
춘천수 강동일모운, 위수의 북쪽 여기는 봄 나무들 한창 싱그러운데,
강동 그쪽은 해 저무는 날 구름이 마음 설레게 하리)"라 읊었음. 渭樹
江雲(위수강운). 雲樹之懷(운수지회).

觀吾身於霄壤兮(관오신어소양혜) 천지간에 둔 내 몸을 보라

吹毛一於牛九(취모일어우구) 아홉 마리 소의 털 하나[九牛一毛]
일세.

<李穡 自訟辭자송사, 자책의 글(사) 구>

*이색 →260.

630. 乳哺稚兒眈晝睡(유포치아탐주수) 아이 젖 물려 낮잠자기 일쑤요

爪劉蟣虱愛朝暉(조유기슬애조휘) 손톱으로 이 잡느라 아침 햇
볕 즐기네.

春蔬滿野寧携筐(춘소만야영휴광) 들 가득 봄나물인데도 광주리
들지 않고

秋雁傳聲不上機(추안전성불상기) 기러기 가을 알리건만 베틀에
안 오르네.

<李瑞雨 懶婦吟나부음, 게으른 부인을 읊다 시구>

*이서우(1633~?); 조선 현종 때 工曹參判(공조참판). 호 松谷(송곡). 본
관 羽溪(우계). 시에 뛰어나고 書道(서도)로도 알려졌음.

631. 流霞洗我肝(유하세아간) 흐르는 노을에 내 간을 씻고

淸泉濯吾足(청천탁오족) 맑은 샘물에 내 발을 씻네.

<許琛 觀音窟前溪夜飮관음굴전계야음,
관음굴 앞 시내에서 밤에 술 마시다 시구>

*허침 →94.

632. 楡穴鸛來啄(유혈관래탁) 느릅나무 구멍에는 황새가 와서 쪼아
대고
槐穴蛇來搜(괴혈사래수) 괴목나무 구멍에는 뱀이 와서 뒤진다오.

<丁若鏞 古詩二十七首고시이십칠수 제8수 시구>

*정약용 →318.

633. 六鼇動兮魚龍震蕩(육오동혜어룡진탕) 육오가 거동하면 고기와 용
이 뒤흔들리고
*육오; 발해 동쪽 바다 신선들의 다섯 산을 머리에 이고 있는 자라 6 마리.

九烏出兮草木焦枯(구오출혜초목초고) 구오가 나타나면 초목이
말라 시드네.
*구오; 해에 살고 있다는 까마귀 9 마리. 발이 세 개여서 三足烏(삼족오)
라 함.

<金克己 醉時歌취시가, 취했을 때 읊은 노래 시구>

*김극기 →22.

634. 六籍終安用(육적종안용) 여섯 경전을 어디에 쓰리오
三章竟不從(삼장경부종) 漢高祖(한고조)의 法三章(법 삼장)
도 끝내 따르지 못하네.

<李穡 讀漢史독한사, 한 나라 역사를 읽고 시구>

*이색 →260.

635. 蔭程老樹童童立(음정노수동동립) 길을 덮는 고목들 우뚝우뚝
서있고
遠郭長江衰衰流(요곽장강곤곤류) 성을 두른 긴 강은 넘실넘실
흐르네.

　　　<朴允文 丹陽翠雲樓단양취운루, 충북 단양 취운루 시구>

*박윤문(?); 未詳(미상).

636. 裛露濃花芳蝶舞(읍로농화방접무) 이슬 젖은 짙은 꽃에 고운 나
비 날고
隔溪深樹怪禽啼(격계심수괴금제) 시내 건너 숲나무에서 괴상한
새 울음 우네.
江含澄碧輕波闊(강함징벽경파활) 강은 맑고 푸르러 잔물결 퍼
지고
山欲微紅夕照低(산욕미홍석조저) 산은 저녁노을 아래 연분홍
빛 띠려하네.

　　　<趙龜錫 晚發鳳山夕後有雨만발봉산석후유우,
　　저물녘에 봉산을 떠나 저녁에 비를 만나며 시구>

*조구석(1615~1665); 조선 현종 때 全羅監司(전라감사). 호 藏六堂(장
륙당). 본관 楊州(양주). 파직되고 귀양간 일이 있음.

637. 應欺原壤老(응기원양로) 春秋(춘추) 때 魯(노)의 예법을 무시
한 원양의 늙음을 업신여긴 孔子(공자)의 말은 당연하며
莫怪接輿狂(막괴접여광) 춘추 때 楚(초)의 접여가 政令(정령)
이 자주 바뀌어 거짓 미친 체한 걸 괴상히 여기지 말라.

<李崇仁 次漁隱韻차어은운, 어은의 시에 차운하다 시구>

*이숭인→6.

638. 應時開國際明君(응시개국제명군) 時勢(시세) 따라 개국할 때
밝은 임금 만나
畫圖長生第一勳(화도장생제일훈) 長生殿(장생전)에 초상화
그려 붙일 만큼 으뜸 勳功(훈공)이었네.
恨不當年端國本(한불당년단국본) 한스러운 것은 그 당시 세자
옹립을 바로 하지 못해
泰山功業等浮雲(태산공업등부운) 태산 같은 공적이 뜬구름이
되고 만 일일세.

<陳義貴 哭鄭三峯곡정삼봉, 삼봉 鄭道傳(정도전)을 곡하다>

*진의귀(?~1424); 고려말 集賢殿提學(집현전 제학), 조선 태종 때 吏曹
參議(이조참의). 호 栗亭(율정). 본관 驪陽(여양). 정의에 일신을 돌보
지 않았고 문장에도 뛰어났음.

639. 應知昨夜山靈死(응지작야산령사) 어젯밤 산신령님이 돌아가셨
음을 알겠나니
多少靑峰盡白衣(다소청봉진백의) 푸르던 봉우리마다 흰옷으로
상복 입었구나.

<申儀華 雪後설후, 눈 온 뒤에>

*신의화(1637~1662); 조선 효종 때 承文院權知(승문원권지). 호 四雅
堂, 四痴(사아당, 사치). 본관 平山(평산).

640. 義湘庵峻天連棟(의상암준천련동) 의상암은 높이 솟아 지붕이
하늘에 맞닿았고

慈氏堂深石作關(자씨당심석작관) 미륵당은 깊숙하여 바위로 문빗장을 대신하네.

<釋圓鑑 遊愣伽寺유능가사, 능가사를 유람하며 시구>

*석원감 →113.

641. 疑是昔時隱者居(의시석시은자거) 아마도 옛날에 숨어 산 사람 살았을 법한데

人或羽化山仍空(인혹우화산잉공) 그 은자 신선 되어 가고 산 만 남았으리.

神仙有無未暇論(신선유무미가론) 신선이 있고 없고를 따져 무엇하리

只愛高士逃塵籠(지애고사도진롱) 다만 속세 굴레 뿌리친 높은 선비가 좋을 뿐.

<柳方善 靑鶴洞청학동, 지리산의 청학동 시구>

*유방선 →37.

642. 依稀寫出丹靑裏(의희사출단청리) 어렴풋하게 단청으로 그려내어

彷彿徜徉紫翠間(방불상양자취간) 마치 울긋불긋한 산 속을 거니 는 것 같구나.

<崔恒 桃源圖도원도, 무릉도원 그림 시구>

*최항 →58.

643. 李杜嘲啾後(이두조추후) 이태백과 두보가 조잘조잘 시 짓고 난 뒤

乾坤寂寞中(건곤적막중) 하늘땅 온 천지가 적막 속일세.

江山自閑暇(강산자한가) 강산은 절로 한가해졌고

片月掛長空(편월괘장공) 조각달 하나 너른 하늘에 걸려 있구나.

<李奎報 晚望만망, 저물녘에 바라보며>

*이규보 →8.

644. 里閭蕭索人多換(이려소삭인다환) 마을은 쓸쓸하고 사람 많이
바뀌었으며

墻屋傾頹草半荒(장옥경퇴초반황) 담장은 기울고 무너져 풀 거
반 우거졌구나.

<崔惟淸 初歸故園초귀고원, 고향에 처음 돌아와서 前半(전반)>

*최유청 →128.

645. 二水溶溶分燕尾(이수용용분연미) 두 강물 넘실넘실 제비꼬리로
갈라졌고

三山杳杳隔鼇頭(삼산묘묘격오두) 세 산은 가물가물 자라머리와
사이 했네.

*鼇頭; 三神山(삼신산)을 받치고 있는 자라의 머리.

<李仁老 韓相國江居한상국강거, 한 정승의 강변 별장 詩句(시구)>

*이인로 →60.

646. 李朝二十有七代(이조이십유칠대) 이씨조선 왕들은 27 대로 이
어왔고

享國五百十九年(향국오백십구년) 나라 다스리기가 519년이었네.

太定太世文端世(태정태세문단세) 태조 정종 태종 세종 문종 단
종 세조에

睿成燕中仁明宣(예성연중인명선) 예종 성종 연산군 중종 인종
명종 선조로

光仁孝顯肅景英(광인효현숙경영) 광해군 인조 효종 현종 숙종
경종 영조에

正純憲哲高純傳(정순헌철고순전) 정조 순조 헌종 철종 고종 순
종으로 전해지고

追崇德元眞莊文(추숭덕원진장문) 추숭 되기로는 덕종 원종 진
종 장조 문조요

廢黜燕山光海焉(폐출연산광해언) 폐출 된 왕은 연산군과 광해
군이어라.

<魚允迪 傳世詩전세시, 대대로 전해짐을 읊은 시>

*어윤적(1868~1935); 韓末(한말)의 史學者, 國語學者(사학자, 국어학
  자). 호 惠齋(혜재). 본관 殷栗(은률). 일찍이 일본 유학하고 돌아와 여
  러 직책을 역임하고 1927년 京畿道 參與官(경기도 참여관)을 지냈음.

647. 已踵殷周成武功(이종은주성무공) 이미 주와 은 나라와 같은 무
  공을 세웠으니

  宜追虞夏敷文德(의추우하부문덕) 마땅히 요 순 임금처럼 문덕
  을 폄이 마땅하리.

<李穡 貞觀吟楡林館作정관음유림관작,
유림관에서 정관[唐太宗당태종]을 읊다 시구>

*이색 →260.

648. 異鄕景物愁爲客(이향경물수위객) 타향의 경치는 나그네의 시름 자아내지만
    勝地風流樂與民(승지풍류낙여민) 경치 좋은 이 땅의 풍류 백성들과 함께 즐기네.

    <李道宰 題光州宣化堂제광주선화당, 광주의 선화당을 읊다 시구>

    *이도재(1848~1909); 조선 고종 때 學部, 內務大臣(학부, 내무대신). 호 心齋(심재). 시호 文貞(문정). 본관 延安(연안). 甲申政變(갑신정변) 때 古今島(고금도)로 귀양간 적이 있음.

649. 羸形有似喪家狗(이형유사상가구) 파리한 몰골은 상갓집 개와 같아
    濡沫誰憐涸轍魚(유말수련학철어) 누가 한 방울 물로 수레바퀴 자국의 물고기를 동정할꼬.

    <鄭招 寄梁使君汝恭기양사군여공, 양여공 사또에게 시구>

    *정초 →110.

650. 以畵爲無聲詩(이화위무성시) (옛 사람이) 그림을 소리 없는 시라 하고
    以詩爲有聲畵(이시위유성화) 시를 소리 있는 그림이라 했다.

    <李仁老 題李佺海東耆老圖後제이전해동기로도후, 이전의 '해동기로도 (우리 나라 60세 넘은 노인들 그림)' 後題(후제) 시구>

    *이인로 →60.

651. 李侯不悟倉中鼠(이후불오창중서) 秦(진)의 정승 李斯(이사)는 곳간 안의 쥐도 화가 될 수 있음을 깨닫지 못했고

杜簿猶疑盞底蛇(두부유의잔저사)   主簿(주부)   杜宣(두선)은
술잔 바닥의 활 그림자를 뱀으로 의심했네.

<金九容 遁村寄詩累篇次韻錄모둔촌기시누편차운녹정,
둔촌이 시 여러 편을 부쳐왔기에 차운해 적어 주다 시구>

*김구용 →63.

652. 人間萬事有飜覆(인간만사유번복) 인간만사에는 번복이 심하여
天末一身多是非(천말일신다시비) 하늘 끝에 와있는 이 몸에도
시비가 많네.
歲月悠悠老病集(세월유유노병집) 유유히 가는 세월에 늙음과
병은 모여들고
江湖杳杳情親稀(강호묘묘정친희) 시골 고향 멀고멀어 친밀한
분 보기 어렵구나.

<金聖鐸 望鄕망향, 고향을 그리워하며 시구>

*김성탁(?); 조선 숙종 때 弘文館校理(홍문관 교리). 호 霽山(제산). 교
리 때 미움받아 千里邊境(천리변경)으로 유배되었음.

653. 人間杳杳新羅國(인간묘묘신라국) 이 절 지은 사람이나 신라나
라는 까마득한데
天下深深太白山(천하심심태백산) 하늘 아래 깊고도 깊은 태백
산만 영원하네.
秋壑冥烟飛鳥外(추학명연비조외) 가을 골짜기의 자욱한 연기
나는 새도 피하고
海門殘照亂雲端(해문잔조난운단) 지평선 어지러운 구름 끝에
저녁노을 피었구나.

<李重煥 浮石寺부석사, 경북 영주 부석사 시구>

*이중환 →195.

654. 人間俯仰今古(인간부앙금고) 인간의 고금의 일 이리저리 헤아
려보니
天地幾回陰晴(천지기회음청) 천지는 몇 번이나 갰다 흐렸다 했
던고.

<洪貴達 龍泉途中六言三絶(용천도중육언삼절,
용천 길에서 6언절구 세 수 제2수 後半(후반)>

*홍귀달 →479.

655. 麟局修眉目之編(인국수미목지편) 인국[史局사국, 역사 기록처]
에서는 사실대로의 기록을 닦았고,
鶴廡吐心肝之錦(학무토심간지금)   학무[太子宮태자궁]에서는
진실한 문장의 재주를 드러냈다.

<李藏用 除宰臣朴文成李子晟宋恂任景肅麻制
제재신박문성이자성송순임경숙마제, 박문성, 이자성, 송순, 임경숙을
정승으로 제수하는 마제 구>

*이장용 →96.

656. 麟馬去不返(인마거불반) 東明聖王(동명성왕)이 기르던 기린 말
은 가서 돌아오지 않으니
天孫何處遊(천손하처유) 天神(천신)의 자손인 그 임금은 어디서
노니시나.
長嘯倚風磴(장소의풍등) 바람 부는 돌다리에 기대 길게 시 읊조

리노라니

山靑江自流(산청강자류) 산은 푸르고 강물도 제대로 흐르는구나.

<李穡 浮碧樓부벽루, 평양 부벽루 後半(후반)>

*이색 →260.

657. 人方憑水檻(인방빙수함) 내가 물가의 누각 난간에 막 기대니

鷺亦入沙灘(노역입사탄) 해오라기 또한 여울물에 드는구나.

白髮雖相似(백발수상사) 백발인 것은 둘이 비슷하나

吾閒鷺未閒(오한노미한) 나는 한가한데 백로는 그러하지 못하네.

<林億齡 鷺노, 해오라기>

*임억령(1496~1568); 조선 명종 때 江原監司(강원감사). 호 石川(석천).
본관 善山(선산). 강직하고 문장에 뛰어났음. 동생 百齡(백령).

658. 鄰壁嘲啾誦學而(인벽조추송학이) 이웃에서 논어 학이 편을 외
는 소리 시끄럽게 들리니

老人睡少聽移音(노인수소청이음) 노인은 잠이 적어 그 소리 들
으며 따라서 웅얼거리네.

<劉克莊 田舍卽事전사즉사, 농가에서 즉흥으로 읊다 시구>

*유극장; 未詳(미상).

659. 人生莫作遠遊客(인생막작원유객) 인생은 먼길 가는 나그네 되
지 말 것이니

少年兩鬢如雪白(소년양빈여설백) 소년이던 귀밑 털이 눈같이
세고 마네.

<鄭夢周 江南柳강남류, 중국 강남의 버들 끝 연>

*정몽주 →85.

660. 人生百歲間(인생백세간) 사람 살기 백년 동안
　　忽忽如風燭(홀홀여풍촉) 빨리 가기가 바람 앞의 촛불일세.
　　且問富貴心(차문부귀심) 묻나니 부귀 하려는 마음
　　誰肯死前足(수긍사전족) 그 누가 죽기 전에 만족하던가.

　　<崔惟淸 雜興九首잡흥구수, 여러 가지 흥취 9수 제2수 詩句(시구)>

　　*최유청 →128.

661. 人生七十古來稀(인생칠십고래희) 인생 일흔 살은 예로부터 드
　　물다는데
　　七十加三稀又稀(칠십가삼희우희) 칠십에 세 살 더 하니 드물
　　고도 드문 일이라.
　　稀又稀中多男子(희우희중다남자) 드물고도 드문 속에 아들 많
　　이 두었으니
　　稀又稀中稀又稀(희우희중희우희) 드물고도 드문 속에 또 드문
　　일이로구나.

　　<張氏夫人 稀又詩희우시, 드물고도 드묾을 읊은 시>

　　*장씨부인(1598~?); 조선 선조 때 여류시인, 書家(서가). 張興孝(장흥
　　효)의 무남독녀, 李時明(이시명)의 부인으로 7남 3녀를 두었음.

662. 仁叟好經術(인수호경술) 인수 朴彭年(박팽년)은 經學(경학)을
　　좋아했고

謹甫多文章(근보다문장) 근보 成三問(성삼문)은 문장을 여러 방면으로 잘 했으며

仲章經濟士(중장경제사) 중장 河緯地(하위지)는 經世濟民(경세제민)할 선비였고

太初英妙郞(태초영묘랑) 태초 柳誠源(유성원)은 재능이 뛰어난 사나이였네.

<李建昌 高靈歌고령가, 高靈君(고령군) 申叔舟(신숙주)의 노래 시구>

*이건창(1852~1898); 조선 고종 때 海州監察使(해주감찰사), 문장가. 호 寧齋(영재). 본관 全州(전주). 書狀官(서장관)으로 淸(청)에 가 문장으로 이름을 떨쳤고 서양사람을 미워해 크게 영달하지 못했음.

663. 人心自是分區域(인심자시분구역) 사람들 스스로 이 나라 꽃 저 나라 꽃 하며 편갈랐지

物性何曾有異同(물성하증유이동) 꽃의 본성이야 어찌 다르거나 같음이 있으랴.

<權健 日本躑躅일본척촉, 일본 철쭉 시구>

*권건 →553.

664. 仁義是膏粱(인의시고량) 인의는 곧 맛있는 진수성찬이요

禮法爲笏袍(예법위홀포) 예법은 홀과 도포[벼슬]이 되네.

<李穡 有感유감, 느낀 바 있어 시구>

*이색 →260.

665. 人在靈臺春靄靄(인재영대춘애애) 사람들이 영대에 있어 봄날

화창하고

詩歌天保日氾氾(시가천보일범범) 시경의 천보를 노래하매 해가
둥둥 떠있구나.

<金勘 貫虹樓관홍루 시구>

*김감 →167.

666. 人情那似物無情(인정나사물무정) 인정이 어찌 사물의 무정함과
같은고

觸境年來漸不平(촉경연래점불평) 다른 형세 맞은 이래 점차 편
치 못하구나.

偶向東籬羞滿面(우향동리수만면) 동편 울타리 우연히 보며 얼
굴 가득 부끄럽나니

眞黃花對僞淵明(진황화대위연명) 국화꽃 보니 도연명을 거짓되
게 한 듯해서라.

<李穡 絶句절구>

*高麗(고려)에 臣節(신절, 신하의 절개)을 온전히 못했음을 읊었음.

*이색 →260.

667. 人情蟬翼隨時變(인정선익수시변) 인정은 매미 날개 같아 수시
로 변하고

世事牛毛逐日新(세사우모축일신) 세상일 쇠털 같아 날로 새로
생겨나는구나.

<姜淮伯 寄證明師기증명사, 증명 스님에게 시구>

*강회백(1357~1402); 고려 공양왕 때 大司憲(대사헌), 조선 때 東北面
巡問使(동북면순열사). 조선 건국 때 晋陽(진양)으로 유배되었고, 총명
하고 義憤(의분)이 있었음.

668. 人情風雨九疑山(인정풍우구의산) 인정은 비바람이라 구의산처
럼 뚜렷하지 않고
世路風濤八節灘(세로풍도팔절탄) 세상 길 바람 치는 파도라 여
덟 구비 여울일세.

<劉因 人情인정, 사람의 정 시구>

*유인; 미상.

669. 人之愛正士(인지애정사) 사람들이 올바른 선비를 아끼고 사랑
함이
好虎皮相似(호호피상사) 마치 호피를 좋아함과 같구나.
生前欲殺之(생전욕살지) 범은 죽여야 한다고 떠들 듯 그 선비
를 생전에는 죽일 놈 살릴 놈 하며 헐뜯다가도
死後方稱美(사후방칭미) 그 선비 죽은 뒤에는 호피를 좋아하
듯이 입 모아 낭자하게 그 선비를 칭찬하네.

<曹植 偶吟우음, 우연히 읊다>

*조식 →49.

670. 一竿漁父雨聲外(일간어부우성외) 낚시질하는 어부 비가 와도
아랑곳없고
十里行人山影邊(십리행인산영변) 길가는 사람들은 산그늘 밟
으며 가네.

入檻雲生巫峽曉(입함운생무협효) 정자 난간에 구름이 이니 중국 무협의 새벽이요

逐波花出武陵煙(축파화출무릉연) 물결 따라 꽃잎 떠가니 무릉도원 경치로세.

<都元興 嶺南樓영남루, 경남 밀양의 영남루 시구>

*도원흥(?); 고려 공민왕 때 시인.

671. 一帶長江澄似鏡(일대장강징사경) 한 줄기 긴 강은 거울같이 맑고

兩行垂柳遠如煙(양행수류원여연) 두 줄 수양버들은 연기처럼 멀리 늘어섰네.

<金緣 大同江대동강, 평양 대동강 시구>

*김연(1487~1544); 조선 중종 때 司諫院正言, 江原監司(사간원정언, 강원감사). 호 雲巖(운암). 본관 光山(광산). 李彦迪(이언적)과 함께 金安老(김안로) 배척 활동을 했음.

672. 日落江天碧(일락강천벽) 해 지니 강과 하늘 푸르고

烟昏山火紅(연혼산화홍) 연기 어린 황혼 속에 산 마을 불 붉구나.

<洪慶臣 江東卽事강동즉사, 강동에서 즉흥으로 읊다 前半(전반)>

*홍경신(?); 조선 선조 때 副提學(부제학). 호 鹿門(녹문).

673. 一萬二千峰(일만이천봉) 금강산 1만 2천 봉

高低自不同(고저자부동) 높고 낮음이 절로 같지 않지.

君看日輪出(군간일륜출) 그대 해가 돋을 때 보게나

何處最先紅(하처최선홍) 어디가 가장 먼저 붉어지는가를.

<成石璘 送僧之楓嶽송승지풍악,

풍악-금강산-으로 가는 중을 송별하며>

*성석린 →184.

674. 一面長天白浪接(일면장천백랑접) 저편으로 멀고 넓은 하늘에
흰 물결 닿았고
一邊落照靑山重(일변낙조청산중) 한 쪽에는 낙조에 청산이 겹
겹일세.

<辛蕆 叢石亭총석정, 강원도 고성 삼일포 총석정 시구>

*신천(?~1339); 고려 충숙왕 때 判密直司事(판밀직사사). 호 德齋(덕
재). 시호 凝淸(응청).

675. 日暮磬聲雲外落(일모경성운외락) 날 저무니 풍경소리 구름 밖
으로 떨어지고
夜寒鍾影月中搖(야한종영월중요) 밤이 차니 종소리 여운은 달
속에서 흔들리네.

<辛碩祖 寓高嶺寺우고령사, 고령사 절에 묵으며 시구>

*신석조 →359.

676. 一陪高論道途中(일배고론도도중) 대사를 모시며 도중에 道(도)의
좋은 談論(담론)을 들으니
才似揚雄賦射熊(재사양웅부사웅) 재주는 射熊賦(사웅부) 지은
양웅과 비슷하네.

王氏系從淮水遠(왕씨계종회수원) 왕씨의 系譜(계보)는 멀리 회수로부터 나왔고

相如名與泰山崇(상여명여태산숭) 사마상여의 명성 거룩하기 태산 같구나.

詩妍自可侔西子(시연자가모서자) 시의 고운 맵시는 西施(서시)와 같다 하겠고

筆健還堪搏北宮(필건환감박북궁) 글씨는 힘차서 北宮黝(북궁유)를 칠 만하구나.

*북궁유; 중국 전국시대 力士(역사). 임금 찌르기를 거지 찌르듯 했다 함.

多謝賢侯廻顧眄(다사현후회고면) 어지신 대사께서 돌보아 주시어 고맙기도 하니

枉將珍髢鬻諸戎(왕장진체육제융) 진기한 다리[髢, 가발]를 오랑캐에게 파시는[鬻] 것 같구나.

<崔詵 大使見和復呈대사견화부정, 대사가 화답하기에 다시 드림>

*최선(?~1209); 고려 신종 때 參知政事(참지정사). 崔惟清(최유청)의 아들.. 형 讜(당). 시호 文懿(문의). 형과 쌍명재에서 耆老會(기로회)를 열어 즐겨 地上仙(지상선)이라 했음.

677. 日斜浦口帆飛疾(일사포구범비질) 해지는 포구에 돛단배는 나는 듯이 빠르고

雪滿沙頭鴈下遲(설만사두안하지) 눈 덮인 모래밭에 기러기 내리기 늦구나.

<安止 題八景圖제팔경도, 팔경도 그림에 짓다 시구>

*안지(1377~1464); 조선 태종 때 領中樞院事(영중추원사), 문인. 호 皐隱(고은). 시호 文靖(문정). 본관 康津(강진). 세종 때 龍飛御天歌(용비어천가)를 함께 지었음.

678. 一生苦沉痾(일생고침면) 일생을 두고 병이 낫지 않아 괴로운데

二月患喉嗄(이월환후사) 2월에는 목이 잠기는 감기라.

三夜耿不眠(삼야경불면) 사흘 밤을 초조하게 잠 못 이루니

四大眞是假(사대진시가) 사대[地水火風지수화풍, 온몸]가 정말 헛것일세.

五旬尙如此(오순상여차) 오십 일까지도 이러하니

六秩安可過(육질안가과) 육십 년을 어떻게 지내리.

*秩; '衣 사이에 失'을 한 글자 곧 '십년 질' 자 대신 썼음. 두 글자는 통용됨.

七情日煎熬(칠정일전오) 칠정은 날로 지지고 볶듯 하니

*七情; 사람의 일곱 가지 감정. 喜怒哀樂愛惡欲(희로애락애오욕) 또는 喜怒哀懼愛惡欲(희로애구애오욕) 등 여러 설이 있음.

八還終當藉(팔환종당자) 여덟 번째 오는 감정에 끝내 의지해야 하리라.

九經眞自鄶(구경진자회) 구경은 정말 볼 것 없는 하찮은 것이라

*九經; 周易, 詩經, 書經, 禮記, 樂記, 春秋, 孝經, 論語, 小學(주역, 시경, 서경, 예기, 악기, 춘추, 효경, 논어, 소학) 등 설이 많음.

*鄶; 하남성에 있었던 西周(서주)의 諸侯國(제후국). 鄶下無譏(회하무기, 언급할 가치도 없는 하찮은 것)의 뜻으로 썼음.

十載徒悲吒(십재도비타) 십 년을 헛되이 탄식만 하는구나.

<趙須 傚古효고, 옛 詩體시체—數字體수자체—를 본받아>

*조수→286.

679. 一生疏懶嵇中散(일생소라혜중산) 평생 게으름 피우기는 中散大夫(중산대부) 嵇康(혜강)이요

萬古風流李翰林(만고풍류이한림) 만고에 풍류롭기는 한림 李太白(이태백)이라.

<徐居正 用安陰詩韻용안음시운, 안음의 시 운자를 써서 짓다 시구>

*서거정 →26.

680. 一城桃李潘安縣(일성도리반안현) 온 성안의 복숭아 오얏은 西晉(서진) 安仁 潘岳(안인 반악)의 고을이던가

兩岸園池習氏家(양안원지습씨가) 양쪽 기슭의 동산과 못은 晉(진)의 習郁(습욱)의 집인 듯하네.

<崔修 次安東暎湖樓韻차안동영호루운, 안동 영호루시에 차운하다 시구>

*최수(?); 고려 후기 문인.

681. 一聲柔櫓滄波外(일성유로창파외) 천천히 노 젓는 소리 파도 위에 들리는데

縱有山僧奈爾何(종유산승내이하) 산중의 스님이여, 그대인들 어찌하리오.

<王氏 船上詩句선상시구, 배를 타고 읊은 시구>

*왕씨; 미상. 고려멸망 때 鄭道傳(정도전)이 수많은 왕씨들을 紫燕島(자연도)로 귀양 보낸다 핑계하고 큰배에 태워 띄운 뒤, 잠수부를 시켜 배 밑창을 뚫게 해 침몰시켰음. 이때 배에 탄 왕씨 중 한 사람이 언덕에 서 있는 중을 보며 읊었다는 시구임. <李重煥 '擇里志'>

682. 日萼紅張麗華之嬌醉也(일악홍장여화지교취야) 꽃봉오리가 햇빛 받아 붉은 것은 陳後主(진후주)의 장여화가 아리땁게 취한 것 같으며

露葩濕楊貴妃之始浴也(노파습양귀비지시욕야) 꽃 떨기가 이슬에
젖은 것은 唐玄宗(당현종)의 양귀비가 목욕을 시작한 것과 같다.

<李奎報 通齋記통재기, 통재의 글(기) 구>

*이규보 →8.

683. 一宴共歡三座主(일연공환삼좌주) 한 잔치에 세 科擧試官(과거
　　　시관, 좌주)들 모여 함께 기뻐하고
　　　四觴齊壽兩家尊(사상제수양가존) 네 술잔으로 두 댁 어른 네 분
　　　께 장수하시라는 술잔 올리네.

<尹奕 賀李通憲齊賢學士宴하이통헌제현학사연,

통헌 이제현 학사 연회를 하례하며 시구>

*윤혁(?); 고려 충렬왕 때 문인.

684. 一一塵塵諸佛國(일일진진제불국) 하나하나 대대로 여러 부처의
　　　나라요
　　　重重刹刹衆尊堂(중중찰찰중존당) 많고 많은 절들은 여럿 존귀
　　　한 분들의 집일세.

<崔行歸 普賢十願歌十一首禮敬諸佛頌보현십원가십일수예경제불송,

보현십원가11수 중 예경제불송 시구>

*최행귀(?); 고려 문종 때 翰林學士, 知制誥(한림학사, 지제고), 학자.

685. 一片紅旗風閃閃(일편홍기풍섬섬) 한 조각 붉은 깃발 바람에 나
　　　부끼고

數聲柔櫓水悠悠(수성유로수유유) 가벼이 노 젓는 소리에 강물
넘실거리네.
雨催寒犢歸漁店(우최한독귀어점) 빗발은 추운 송아지를 주막으
로 뛰어들게 하고
波送輕鷗近客舟(파송경구근객주) 파도는 가벼이 나는 갈매기를
뱃머리로 다가오게 하네.

<李齊賢 放舟向峨嵋山방주향아미산, 배로 아미산을 향해 가며 시구>

*이제현 →9.

686. 日表溫溫臨寶座(일표온온임보좌) 임금님 용안이 다사로이 보좌
에 납시고
朝儀濟濟排楓宸(조의제제배풍신) 朝會儀式(조회의식)에 濟濟
多士(제제다사)들 대궐 마당에 늘어섰네.

<尹淮 敎化門晨鍾돈화문신종, 돈화문 새벽종 시구>

*윤회 →271.

687. 一行兒女窺窓紙(일행아녀규창지) 조무래기 아이들 문틈으로 엿
보고
鶴髮隣翁問姓名(학발인옹문성명) 백발 이웃 노인 누구냐고 묻네.
乳號方通相泣下(유호방통상읍하) 아이 적 이름 대니 비로소 통
해 눈물 흘러내려
碧天如海月三更(벽천여해월삼경) 푸른 하늘 바다인 듯 달은 첫
새벽일세.

<西山大師休靜 還鄕二首환향이수, 고향에 돌아와서 두 수 제2수>

*서산대사 휴정 →183.

688. 一丸白日低頭上(일환백일저두상) 한 덩어리 밝은 해는 머리 위
  에 나직하고
  四面群山落眼前(사면군산낙안전) 사면을 두른 산들 눈앞에 떨
  어지네.

    <安軸 登太白山등태백산, 태백산에 올라 시구>

*안축 →4.

689. 林間鳳尾蕨芽老(임간봉미궐아로) 숲 사이의 봉황꼬리 같은 고
  사리 싹 굳어졌고
  園裏蠶頭菁子成(원리잠두청자성) 채소밭 누에머리 같은 무는
  밑이 들었구나.
  素月臨牕宵代燭(소월임창소대촉) 흰 달은 창에 다가와 촛불 대
  신 밤을 밝히고
  清泉漱石曉聞笙(청천수석효문생) 맑은 샘은 밤새도록 바위를
  씻어 새벽 생황소리 들려주네.

    <柳順汀 山居卽事산거즉사, 산 속에 살며 즉흥으로 읊다 시구>

*유순정 →415.

690. 琳宮梵語罷(임궁범어파) 절에서는 염불 소리 그쳤는데
  天色淨琉璃(천색정유리) 하늘빛은 유리알처럼 깨끗하구나.

    <鄭知常 山寺산사, 산 속의 절>

*김부식과 함께 어느 산사에 갔다가 지었는데, 김부식이 자기에게 달라

해 주지 않아 그에게 참살을 당하는 한 계기가 되었다 함.<李奎報이
규보 白雲小說배운소설>

*정지상 →134.

691. 臨樓兩江水(임루양강수) 절의 鍾樓(종루)는 두 강에 다가있고
     簷帶半山雲(첨대반산운) 처마는 산 구름을 반쯤 두르고 있구나.

<金昌集 水鐘寺수종사, 경기도 양평군 용문면의 수종사 시구>

*김창집(1648~1722); 조선 숙종 때 領議政(영의정). 호 夢窩(몽와). 시
호 忠獻(충헌). 본관 安東(안동). 老論(노론)의 領袖(영수)로 소론들에
게 탄핵되어 거제도에 流配, 賜死(유배, 사사)되었음.

692. 任重誰知伊尹志(임중수지이윤지) 맡은 임무 중해 殷(은) 나라
     어진 정승 이윤의 뜻과 같음을 뉘라 알며
     時危自許孔明忠(시위자허공명충) 시국이 위태하여 蜀漢(촉한)
     의 諸葛孔明(제갈공명)의 충성 그대로이리라.

<朴尙衷 送河南王使郭檢校永錫九疇송하남왕사곽검교영석구주,
하남왕의 사신 곽영석 구주 검교를 전별하며 시구>

*박상충(1332~1375); 고려 공민왕 때 判典校寺事(판전교시사), 학자.
시호 文正(문정). 본관 潘南(반남). 李仁任(이인임) 등이 元(원) 나라를
섬기려는 것을 반대하다가 도리어 田祿生(전녹생)과 함께 귀양가던 도
중 둘 다 사망했음. 근엄하고 효성이 지극했으며 문장에 능했음.

693. 林逋逐有西湖樂(임포축유서호락) 宋(송)의 임포는 서호의 즐거
     움을 누렸고
     何遜還成東閣詩(하손환성동각시) 梁(양)의 시인 하손은 눈 속

매화 읊은 동각시를 지었네.

<偰遜 病中詠甁梅병중영병매, 병중에 화병의 매화를 읊다 시구>

*설손 →618.

즈부 (694~784)

694. 子都之姣疇不爲美(자도지교 주불위미) 春秋(춘추) 때 鄭(정)
   의 미남자 자도의 어여쁨이야, 뉘 곱다 아니하며
   易牙所調疇不爲旨(역아소조 주불위지) 춘추 때 齊桓公(제환
   공)의 신하 역아가 만든 음식이야, 뉘 맛있다 아니하랴.

   <李達充 愛惡箴애오잠, 고움과 미움의 글(잠) 구>

   *이달충 →56.

695. 自負有山兼有水(자부유산겸유수) 산 있고 물 있음을 자부하니
   不論遺臭與流芳(불론유취여유방) 流芳遺臭(유방유취, 좋은 이
   름을 남김과 더러운 이름을 남김)는 따지지 않네.

   <柳洵 題耳叟제이수, 이수를 두고 짓다 시구>

   *유순(1441~1517); 조선 중종 때 領議政(영의정). 호 老圃堂(노포당).
   시호 文僖(문희). 본관 文化(문화). 책을 즐기고 특히 字學(자학)에 정
   통했으며, 醫方(의방)과 地理(지리)에도 조예가 깊었음.

696. 子雲殊寂寞(자운수적막) 揚雄(양웅)이 누각에서 몸을 던졌으니
   자못 적막하고
   伯始自中庸(백시자중용) 胡廣(호광)은 스스로 중용이라 했네.

   <李穡 讀漢史독한사, 한 나라 역사를 읽고 시구>

   *이색 →260.

697. 子猷發剡溪之興(자유발섬계지흥) 晉(진)의 자유[王獻之왕헌지]는
   섬계의 흥을 일으켰고
   *왕헌지가 눈오는 밤에 섬계의 戴逵(대규)를 보러 배 저어 갔다가 흥이
   다해 만나지 않고 되돌아온 고사.

惠連賦梁園之懷(혜련부양원지회) 宋(송) 혜련[謝莊사장]은 양원
의 회포를 읊었네.

*梁園; 漢 梁孝王(한 양효왕)의 동산. 兎園(토원). 문인들이 모여 즐겼고
司馬相如(사마상여)가 거기서 '白雪賦(백설부)'를 지었기로 雪苑(설원)
이라고도 함.

<成侃 新雪賦신설부, 첫눈 글(부) 구>

*성간 →448.

698. 自有五經笥(자유오경사) 나 스스로 5경 상자를 지녔으니
    不憂四壁空(불우사벽공) 가난으로 네 벽이 비었음을 근심 않네.

<崔瀣 次韻答鄭載物子厚차운답정재물자후,
재물 정자후의 시에 차운하여 그에게 답하다 시구>

*최해 →384.

699. 自慙風月無功業(자참풍월무공업) 시 짓거나 업적을 이룸이 없
    어 부끄럽고
    回望雲霄已夢魂(회망운소이몽혼) 멀리 높은 하늘 바라봐야 이
    미 꿈속일세.

<崔瀹 出守春州和人贈別출수춘주화인증별,
춘천고을 수령으로 가며 송별해 주는 분들 시에 화답하다 시구>

*최약(?); 고려 예종 때 禮部尙書, 翰林學士(예부상서, 한림학사). 본관
海州(해주). 왕이 자주 대동강에서 시인들과 詩會(시회) 엶을 부당하다
하여 春州府使(춘주부사)로 좌천되었다가 위의 시를 왕이 보고 다시
불러들였다 함.

700. 昨日花滿樹(작일화만수) 어제는 나무 가득 꽃 피었더니
    今日花辭枝(금일화사지) 오늘은 꽃들이 가지를 하직하네.
    東風有何忙(동풍유하망) 동풍은 무엇이 그리 바쁘기에
    開花無停期(개화무정기) 꽃 피우기를 멈출 때가 없었던가.

<李混 擬古의고, 옛 시를 본떠 初頭(초두)>

*이혼 →325.

701. 蠶室淫刑豈有辜(잠실음형기유고) 무슨 허물 있어 잠실[去勢(거
    세)]과 음형[陰部(음부) 봉쇄] 형벌 당하는고
    閩囝去勢良亦慽(민건거세양역척) 중국의 민 땅 아들들(囝) 거
    세당하는 일 역시 참 슬프구나.

<丁若鏞 哀絶陽애절양, 거세당하는 것을 슬퍼하다 시구>

*정약용 →318.

702. 長江萬古流滔滔(장강만고유도도) 긴 강물 만고에 도도히 흐르
    나니
    波不渴兮魂不死(파불갈혜혼불사) 그 물결 마르지 않듯 그들의
    충혼 영원하리.

<金誠一 矗石樓촉석루, 晉州(진주) 촉석루>

*김성일(1538~1593); 조선 선조 때 副提學, 慶尚道右兵使(부제학, 경상
    도우병사). 호 鶴峰(학봉). 시호 文忠(문충). 본관 義城(의성). 晉州城(진
    주성)에서 순직.

703. 長江俯瞰千尋練(장강부감천심련) 긴 강 내려다보니 천 길 비단
    이요

遠岫平看萬點螺(원수평간만점라)　먼　산들　바라보니　올망졸망
소라일세.

<盧公弼　次張舍人壁上韻차장사인벽상운,

장사인[4품벼슬]집　벽의　시　차운　시구>

*노공필(1445~1516); 조선 중종 때 領中樞府事(영중추부사). 호 菊逸齋
(국일재). 본관 交河(교하). 효성이 지극했음.

704. 張騫梯路仍多阻(장건제로잉다조)　장건의　은하수　가는　길　많이
　　　막히고
　　　徐市樓船久未還(서시누선구미환)　서시의　다락　배는　오래　돌아
　　　오지　못했네.

<崔鳴吉　懷仙詞회선사, 신선을　생각하며　시구>

*최명길(1586~1647); 조선 인조 때 領議政(영의정). 호 遲川(지천). 시
호 文忠(문충). 본관　全州(전주). 丙子胡亂(병자호란) 때 主和派(주화
파)였고 淸(청)의 구원병 요청을 거절, 청에 잡혀갔다가 金尙憲(김상
헌)과 함께 귀국했음.

705. 將見鋤耰棘矜之起(장견서우극긍지기)　장차　괭이자루와　창　자루
　　　의　일어남이
　　　悉爲鉤戟長鎩之資(실위구극장살지자)　모두　갈고리　창과　장창
　　　의　구실을　하게　됨을　볼　것이라.

<尹淮　擬宋岳飛請北伐表의송악비청북벌표,

송의　악비가　북벌을　청한　表箋(표전)을　본떠　구>

*윤회 →271.

706. 長卿去蜀曾題柱(장경거촉증제주) 장경 司馬相如(사마상여)는 촉 땅을 떠날 때 다리 기둥에 '높은 수레 타지 않고는 이 다리를 지나지 않으리라'고 썼고

鄒子遊梁得曳裾(추자유량득예거) 鄒陽(추양)은 梁孝王(양 효 왕)의 上客(상객)으로 궁중에서 옷자락을 땅에 끌기를 허락 받 았네.

<李齊賢 感懷감회, 느낀 생각과 회포 시구>

*이제현 →9.

707. 將軍貂續狗(장군초속구) 장군이란 사람은 담비꼬리 대신인 개 꼬리 갓끈이요

謀士鶴同鷄(모사학동계) 전략 짜는 모사는 학이 아닌 닭일세.

聞說天驕子(문설천교자) 들으니 오랑캐는

稱王鴨綠西(칭왕압록서) 압록강 서쪽에서 임금이라 했다 하네.

<宋翼弼 歎北報탄북보, 북쪽 소식 듣고 탄식하다 시구>

*송익필 →230.

708. 長對靑山趣味深(장대청산취미심) 청산을 오래 마주하니 정취 깊은데

閒花啼鳥各春心(한화제조각춘심) 피어난 꽃 우는 새 각기 봄을 즐기네.

超然坐我煙霞富(초연좌아연하부) 세속 벗어나 무심히 앉으니 연하가 둘러싸고

忘却頭邊白雪侵(망각두변백설침) 머리에 센 머리카락 생긴 것 도 모르겠구나.

<趙彦觀 春日獨坐춘일독좌, 봄날에 혼자 앉아>

*조언관(1805~1870); 조선 헌종, 철종 때 선비. 호 荷潭(하담). 본관 漢
陽(한양). 경북 英陽 三池洞(영양 삼지동)에 世居(세거)하며 賢士(현사)
들과 사귀고 학문에 전념하면서도 孝悌(효제)가 남달랐음.

709. 長生靈藥三山遠(장생영약삼산원) 오래 사는 신령스런 약을 얻
   는 삼신산은 멀고

   濟衆神草百草香(제중신초백초향) 여러 대중 살리는 신비한 약
   초는 향기 풍기는 백 가지 모든 풀일세.

<閔泳煥 在俄京思鄕재아경사향,

아라사[러시아] 서울에서 고향을 그리워하며 시구>

*민영환(1861~1905); 조선말 各部(각부)의 大臣(대신), 忠臣(충신). 호
桂庭(계정). 시호 忠正(충정). 본관 驪興(여흥). 露英獨佛(노영독불)의
公使(공사) 역임 후 귀국, 국운이 쇠퇴일로라 뜻을 펴지 못하고 乙巳保
護條約(을사보호조약) 때 자결, 순국했음.

710. 長城一面溶溶水(장성일면용용수) 긴 성 한쪽으로는 질펀히 흐르
   는 물이요

   大野東頭點點山(대야동두점점산) 큰 들판 동편에는 점점이 솟은
   산들일세.

<金黃元 浮碧樓부벽루, 평양 부벽루 시구>

*이 두 구를 읊고는 詩想(시상)을 잇지 못해 석양에 통곡하며 내려왔다 함.

*世評(세평): 당시 사람들의 김황원에 대한 평가.

   聞宋玉悲秋氣(문송옥비추기) 옛 楚(초)의 송옥은 가을을 슬퍼했
   다 들었는데

今見黃元哭夕陽(금견황원곡석양) 지금 황원이 석양에 통곡하는
걸 보는구나.

*김황원 →272.

711. 長嘯愁無四(장소수무사) 휘파람 길게 부니 네 가지 시름이 없어지고

*四愁; 後漢(후한) 張衡(장형)의 四愁詩(사수시). '生老病死(생로병사)'로
볼 수도 있겠음.

行歌樂有三(행가낙유삼) 다니며 노래부르니 세 가지 즐거움이 있네.

*三樂; 春秋(춘추) 때 隱士(은사) 榮啓期(영계기)가 '人男壽(인남수)'를 말
했음. 곧 사람으로 태어나고, 남자이며, 오래 삶,

<李仁老 謾興만흥, 흥이 나는 대로 시구>

*이인로 →60.

712. 長息久朝天子所(장식구조천자소) 맞아들은 오래도록 임금님
조정에서 벼슬하고
次兒新付法王家(차아신부법왕가) 둘째 놈은 새로이 불가에 들
어갔네.
移忠固是爲臣分(이충고시위신분) 효를 충으로 옮김은 신하의
당연한 본분이요
割愛其如出世何(할애기여출세하) 사랑을 중생에게 나누려 불
도로 듦을 어이하리.

<李尊庇 寄曹溪晦堂和尙기조계회당화상, 조계종 회당 화상에게 시구>

*이존비(?~1287); 고려 충렬왕 때 判密直司事, 監察大夫(판밀직사사, 감
찰대부). 본관 固城(고성). 民怨(민원)을 사지 않았고 정직했음.

713. 齋居寂無事(재거적무사) 집에서 적적하게 지내니 아무 일 없고
    閉門春日遲(폐문춘일지) 문 닫고 있으니 봄날은 길기도 하네.
    幽卉漸映砌(유훼점영체) 그윽하고 쓸쓸한 꽃들은 섬돌을 차츰
    가리고
    新流已滿池(신류이만지) 새 빗물 흘러들어 못물 이미 가득 찼네.
    復此時雨霽(부차시우제) 비가 갠 이때를 만나
    好鳥鳴高枝(호조명고지) 고운 새들 높은 가지에서 지저귀네.
    相思不在此(상사부재차) 우리 서로 생각하는 게 이런 데 있지 않
    을 것이라
    誰可共華滋(수가공화자) 누가 고운 모습 함께 만날 수 있게 하리.
    日夕西南望(일석서남망) 해 질 무렵 서남쪽을 바라보며
    黙黙中自悲(묵묵중자비) 고요하고 적막한 속에 홀로 서글퍼하네.

    <白光勳 寄孤竹기고죽, 고죽 최경창(崔慶昌)에게>

    *백광훈(1537~1582); 조선 선조 때 시인. 호 玉峯(옥봉). 본관 海美(해
    미). 13세에 詩名(시명)을 떨쳤으며 庶系(서계)라 벼슬의 뜻 버리고 산
    수를 즐기며 시 짓기에 전념했음. 선조 10년(1577) 宣陵參奉(선릉참봉)
    이 되고 三唐詩人(삼당시인), 8文章家(문장가)임.

714. 才也等元稹(재야등원진) 재주는 唐(당) 나라 시인 원진과 나란하고
    孝乎同阿香(효호동아향) 효도는 무덤 속 여신 아향과 같구나.

    <李崇仁 次漁隱韻차어은운, 어은의 시에 차운하다 시구>

    *이숭인 →6.

715. 樗櫟山中老(저력산중로) 가죽나무와 상수리나무 같은 나는 산
    속에서 늙어가고
    芝蘭林下芳(지란임하방) 지초와 난초는 숲 밑에서도 향기롭네.

<卓光茂 遣悶견민, 번민을 털어 버리다 시구>

*탁광무 →383.

716. 赤壁吹焚曹子艦(적벽취분조자함) 적벽강에 불어제쳐 조조의
전함을 불살랐고
睢陽噓酸項家兵(수양허산항가병) 수양 땅에 휘몰아쳐 항우의
군사들을 흩뜨렸네.

<宋時烈 詠風영풍, 바람을 읊다 시구>

*송시열 →133.

717. 前車可爲後車戒(전거가위후거계) 앞 수레 넘어진 것이 뒤 수레
의 경계가 되는데
後車相尋迷覆轍(후거상심미복철) 뒤 수레도 그 자국에 빠져 넘
어져 버렸네.
我願天公令鬼守(아원천공영귀수) 내 바라노니 하느님이 귀신
시켜
留與後人鑑此石(유여후인감차석) 뒷사람들 이 포석정을 거울삼
도록 잘 간수하게 되기를.

<曺偉 鮑石亭포석정, 경주의 포석정>

*조위 →298.

718. 轉頭迷去路(전두미거로) 머리 돌려보아도 갈 길이 안 보이고
擧目失比隣(거목실비린) 눈 들어 바라보니 이웃집이 어딘지
알 수 없네.

<李崇仁 癸丑十一月十四日霧계축십일월십사일무,
계축년 11월14일 안개 시구>

*이숭인 →6.

719. 前身曾是大夫平(전신증시대부평) 너 전신이 바로 三閭大夫
     (삼려대부) 屈平(굴평)이렷다
     漁腸忠魂變化成(어장충혼변화성) 물에 빠져 죽은 충혼 너로
     환생했구나.
     衰俗亦知尊敬意(쇠속역지존경의) 다른 인심 야박해도 그 충혼
     존경하여
     只稱其姓不稱名(지칭기성불칭명) 이름은 안 부르고 다만 성만
     일러 '굴'이라 하네.

                <釋處黙 詠石花영석화, 굴을 읊다>

     *석처묵(?); 조선 선조 때 승려. 속성 崔氏(최씨). 젊어서부터 시에 능했음.

720. 田園歸路三千里(전원귀로삼천리) 고향으로 돌아가는 길 3천리요
     帷幄深恩四十年(유악심은사십년) 임금님 큰 은혜 받기 4십 년
     이로구나.

   <柳成龍 到廣津도광진, 落鄕(낙향)하는 길에 광진 나루에 와서 시구>

     *유성룡(1542~1607); 조선 선조 때 名相(명상). 호 西厓(서애). 시호 文
      忠(문충). 본관 豊山(풍산). 임진왜란 때 큰 공을 세웠고, 영의정에 보직
      되었다가 사퇴하고 귀향했음. 扈聖功臣(호성공신)이 되고 예악과 治兵
      理財(치병 이재)를 연구했으며 저서 懲毖錄(징비록)은 귀중한 자료임.

721. 絶裾已負三遷敎(절거이부삼천교) 나는 옷자락 끊어 이별해 이미
     삼천지교를 저버렸으나

*절거; 뿌리치고 감. 중국 晉(진)의 溫嶠(온교)가 왕의 명을 받아 강남으로 갈 때 어머니 崔氏(최씨)가 못 가게 붙잡으므로 옷자락을 끊고 갔음.

*삼천교; 孟子(맹자)의 어머니가 아들의 교육을 위해 거처를 세 번 옮긴 일.

泣線空懸寸草情(읍선공현촌초정) 어머니는 바느질하던 손길 멈추시고 이 아들 생각에 우시리라.

*촌초정; 자식 생각. 촌초는 '아들 또는 자식'을 뜻함 <孟郊 遊子吟>

<吳達濟 思親사친, 어머니를 생각하여>

*오달제(1609~1637); 조선 인조 때 斥和派忠臣(척화파 충신), 副校理(부교리). 호 秋潭(추담). 시호 忠烈(충렬). 丙子三學士(병자삼학사)의 한 분임.

722. 折楊柳寄千里人(절양류기천리인) 버들가지 꺾어 천리 먼 분에게 부치나니
爲我試向庭前種(위아시향정전종) 나를 생각해 뜰 앞에 심어두어 보시라.
須知一夜生新葉(수지일야생신엽) 하룻밤에 새 잎 돋아나거든
憔悴愁眉是妾身(초췌수미시첩신) 초췌하고 시름 진 눈썹 이 내 몸인 줄 아시라.

*洪娘(홍낭)의 시조를 漢譯(한역)했음.

묏버들 갈해 것거 보내노라 님의손대
자시는 창 밧긔 심거 두고 보쇼서
밤비에 새닙곳 나거든 날인가도 너기쇼서.
<崔慶昌 飜方曲번방곡, 邊方(변방)의 노래 번역>

*최경창 →431.

723. 折長補短我無術(절장보단아무술) (학의 다리) 긴 것 잘라, (오리 다리) 짧은 것에 기워주는 재주 내게는 없고
損之益之我無策(손지익지아무책) 이익일세 손해일세 따지는 방책도 나는 모르네.
夷齊餓夭兮盜跖壽富(이제기요혜도척수부) 백이숙제는 굶주렸고 일찍 죽었는데 큰도둑 도척은 오래 살고도 재물 많았고
秦隋暴興兮鄒魯窮阨(진수폭흥혜추로궁액) 진 나라 수 나라는 포악했으나 흥하였는데 공자와 맹자는 곤궁했고 운수도 나빴어라.

<徐居正 醉謌行취가행, 취하여 지은 노래 시구>

*서거정 →26.

724. 點點階苔紫(점점계태자) 섬돌의 이끼는 점점이 붉고
茸茸徑草靑(용용경초청) 오솔길의 무성한 풀 푸르네.
殘生浮似夢(잔생부사몽) 인생이란 꿈처럼 허망하게 떠 있는 것
破屋豁於亭(파옥활어정) 헐어진 집은 정자보다 넓구나.
不省空囊倒(불성공낭도) 주머니 비어 찌그러진 것 본체만체
猶嫌一日醒(유혐일일성) 하루라도 술 깨는 걸 싫어하네.
詩成誰復愛(시성수부애) 시를 지었으나 누가 애틋해 하리
自寫枕頭屏(자사침두병) 내 손으로 베껴 머리맡에 붙여둘밖에.

<李奎報 草堂端居和子美新賃草堂韻초당단거화자미신임초당운, 초당에 똑바로 앉아 두보의 '새로 빌린 초당' 시에 화운하다 제3수>

*이규보 →8.

725. 蝶翅勳名薄(접시훈명박) 공훈과 명성은 나비날개같이 얇고

龍腦富貴輕(용뇌부귀경) 부귀도 용뇌 향기처럼 가벼이 날아가네.

萬事驚秋夢(만사경추몽) 만사가 한바탕 가을 꿈에 지나지 않아

東窓海月明(동창해월명) 놀라 깨니 동창에 바다에 뜬 달이 밝구나.

<趙仁壁 絶句절구, 4句(구)로 된 시>

*조인벽(?~1393); 고려 우왕 때 무관. 四道指揮使(사도지휘사), 조선 태조 때 위화도 회군의 공으로 2等功臣(2등공신)이 됨. 본관 漢陽(한양).

726. 政簡印生綠(정간인생록) 政事(정사)는 간소하여 官印(관인)에는 녹이 나고

宴疎琴冪塵(연소금멱진) 잔치도 드물어 거문고 상자에 먼지 앉았구나.

<鄭誧 東萊雜詩十首동래잡시십수, 동래를 읊은 잡시 열 수 제9수 시구>

*정포→71.

727. 鼎冠撑立小溪邊(정관탱립소계변) 조그만 시냇가에서 솥뚜껑을 걸고

白粉淸油煮杜鵑(백분청유자두견) 흰 밀가루, 참기름에 진달래 꽃 전을 부치네.

<林悌 花煎화전, 화전놀이 시구>

*임제→180.

728. 正色黃爲貴(정색황위귀) 순수한 노란빛 국화를 귀하다지만

天姿白亦奇(천자백역기) 타고난 자태 가진 흰 국화도 기이하네.

世人看自別(세인간자별) 사람들이 누르느니 희느니 말들 하는 게지

均是傲霜枝(균시오상지) 둘 다 오상고절의 꽃가지임이야 똑같으리.

　　<高敬命 詠黃白二菊영황백이국, 노란 국화와 흰 국화 둘을 읊다>

*고경명(1533~1592); 조선 선조 때 承文院判校, 東萊府使(승문원판교, 동래부사), 의병장. 호 霽峰, 苔軒(제봉, 태헌). 시호 忠烈(충렬). 본관 長興(장흥). 60세 나이에 의병 6천 명을 거느리고 行宮(행궁)이 있는 평안도로 가다가 戰死(전사)했음.

729. ㄱ) 精神秀發江山色(정신수발강산색) 정신[산의 氣力(기력)]은 강과 산 경치에 빼어나고

氣勢高撑宇宙形(기세고탱우주형) 기세[形勢(형세)]는 우주의 모양을 높이 버티었구나.

　　ㄴ) 地上形高端士立(지상형고단사립) 땅위에 솟아 있는 모양 아담한 선비가 서 있는 듯

波心影動老龍飜(파심영동노룡번) 파도 속 일렁이는 그림자는 용이 뒤집는 듯.

　　　　<李重煥 舟過丹陽玉筍峰주과단양옥순봉,
　　　　배로 단양의 옥순봉을 지나며 시구 두 편>

*이중환 →195.

730. 定有仙聖域(정유선성역) 꼭 신선들 사는 곳 있겠는데

烟嵐但深藏(연람단심장) 연기와 안개가 깊이 감추었는가보다.

興盡却回轡(흥진각회비) 흥이 다해 말고삐 돌려

捫心空歎傷(문심공탄상) 가슴 어루만지며 부질없이 서러워하네.

＜金克己 龍灣雜興五首용만잡흥오수,
용만의 여러 흥취 다섯 수 제1수 尾聯(미련)＞

*김극기 →22.

731. 庭前一葉落(정전일엽락) 뜰 앞 나무의 잎 하나 떨어지니 이미 가을이라
　　床下百蟲悲(상하백충비) 마루 밑에서는 온갖 벌레소리 구슬프네.
　　忽忽不可止(홀홀불가지) 빠르게도 가는 세월 그치게 할 수 없는데
　　悠悠何所之(유유하소지) 그대 유유히 어느 곳으로 가는가.
　　片心山盡處(편심산진처) 산이 다하는 곳이면 홀로 된 마음
　　孤夢月明時(고몽월명시) 달 밝을 때면 외로운 꿈
　　南浦春波綠(남포춘파록) 남포에 봄 물결 푸르러지면
　　君休負後期(군휴부후기) 그대 뒷 기약한 걸 어기지 말게나.

＜鄭知常 送人송인, 벗을 송별하며＞

*정지상 →134.

732. 征驂遠指新羅域(정참원지신라역) 타고 가는 말이 멀리 신라 강토를 가리키니
　　客路經由故國邊(객로경유고국변) 내 나그네 길이 곧 옛 고향 나라 신라였네.
　　院宇雖非松壤日(원우수비송양일) 큰집들은 비록 옛날의 성천 송양국 때 것은 아니지만

*송양; 성천의 옛 이름 또는 고구려 초기 압록강 중류에 있던 부족 국가.

江山猶是馬韓天(강산유시마한천) 강산은 역시 옛 마한[三韓] 같
은 모습이리라.

<張仲陽 成川途中성천도중, 평안남도 성천으로 가는 길에 시구>

*장중양(?); 고려말의 金海府使(김해부사). 본관 仁同(인동). 조선조에
不應(불응)했음.

733. 庭下芝蘭繁奕葉(정하지란번혁엽) 뜰 아래 지초 난초 같은 인재
대대로 번성하고
門前桃李尚靑春(문전도리상청춘) 문 앞의 도화 이화 같은 문하
생들 아직도 번창하네.

<田得良 哭杏村李侍中喦곡행촌이시중암,
행촌 이암 시중을 곡하다 시구>

*전득량(－1364－); 고려 공민왕 때 三重大師(삼중대사), 문인. 본관 泰
山(태산).

734. 鼎湖之仙馭難留(정호지선어난류) 정호의 신선 行次(행차)는 만
류하기 어려웠지만
*정호; 중국 옛 黃帝(황제)가 큰솥을 만들고 나서 용을 타고 昇天(승천)
한 곳.

斧扆之宸威如在(부의지신위여재) 부의의 위엄은 살아있듯 하다.
*부의; 왕이 앉은자리 뒤의 문 사이에 동서로 세운 병풍모양의 기구. 자
루 없는 도끼 무늬를 수놓았음.

<朴寅亮 文王哀册문왕애책, 문왕 애책문 구>

*哀册; 문체의 하나. 帝王(제왕)이나 后妃(후비)의 죽음을 슬퍼하여 지은 글. 哀册文(애책문). 哀策(애책).

*박인량(1010~1096); 고려 문종 이후 右僕射參知政事(우복야참지정사), 학자, 시인. 호 小華(소화). 시호 文烈(문렬). 본관 竹州(죽주).

735. 齊眉縱有如賓敬(제미종유여빈경) 後漢(후한) 梁鴻(양홍)의 부인 孟光(맹광)의 눈썹까지 높이 든 밥상 남편을 손님같이 받들었는데
誰擧田中郤缺賢(수거전중극결현) 春秋(춘추) 때 晉극(진)의 大夫(대부) 극결이 밭에서 아내를 손님처럼 공경하는 모습은 누가 천거했는고.

<李元鎭 壟頭餉婦농두엽부, 밭두둑의 들밥 이고 온 부인 後半(후반)>

*이원진(?); 조선 효종 때 濟州府使(제주부사), 江原監司(강원감사). 호 太湖(태호). 본관 驪州(여주).

736. 霽色稜稜欲曉鴉(제색능릉욕효아) 갠 하늘 차디차고 새벽 까마귀 울려는데
雷聲陣陣逐香車(뇌성진진축향거) 뽀드득 우렁우렁 우레 같은 바퀴 구르는 소리 칠향거에서 나오네.

*香車; 七香車(칠향거). 귀인이 타는 화려한 수레.

寒侵綠酒難生暈(한침녹주난생훈) 맛좋은 술은 차가워 취기가 돌기 어렵고
威逼紅燈未放花(위핍홍등미방화) 추위 기세 등불을 위협하니 불꽃도 튀지 않네.
一棹去時知客興(일도거시지객흥) 노 저어가면서 나그네의 흥취

를 알게 되고

孤煙起處認山家(고연기처인산가) 외줄기 연기 나는 곳 반가운 산속 집이렷다.

閉門高臥無人到(폐문고와무인도) 문 닫고 누웠으니 올 사람도 없어

留得筒錢任畵叉(유득통전임화차) 통 안에 엽전 몇 푼 두고 화차에 맡기노라.

*畵叉; 자루 끝에 쇠갈고리를 단 긴 막대기. 소동파가 귀양가서 초하루면 돈을 30 덩이로 갈라 대들보에 걸어두고 하루 한 덩이씩 화차로 당겨썼다 함.

<李仁老 雪用東坡韻설용동파운,
蘇軾(소식)의 詩韻(시운)을 써서 눈을 읊다>

*소식(1036~1101); 중국 宋(송)의 文豪(문호).

*이인로 →60.

737. 趙高欺二世(조고기이세) 秦(진)의 조고는 指鹿爲馬(지록위마, 사슴이나 노루를 말이라고 함) 따위로 2세 황제를 속였고

林甫誤三郞(임보오삼랑) 唐(당)의 李林甫(이임보)는 玄宗(현종, 삼랑)을 그르쳤네.

<李崇仁 次漁隱韻차어은운, 어은의 시에 차운하다 시구>

*이숭인 →6.

738. 朝望海雲開戶早(조망해운개호조) 아침이면 바다 구름 보려고 문 일찍 열고

夜憐山月下簾遲(야련산월하렴지) 밤에는 산에 걸린 달이 고와 발 늦게 내리네.

<朴宜中 幽去卽事유거즉사, 한가로이 숨어살며 즉흥으로 읊다 시구>

*박의중(?); 고려 우왕 때 密直提學(밀직제학). 호 貞齋(정재). 본관 密
陽(밀양). 조선이 건국하자 檢校參贊議政府事(검교참찬의정부사)가 되
었으며, 성리학에 밝고 문장이 아담했음.

739. 釣名作賢人(조명작현인) 이름을 낚아 어진 사람이 된다면
何代無顔子(하대무안자) 어느 시대엔들 顔淵(안연) 같은 분이
없으며
釣名作循吏(조명작순리) 명성을 낚아 착한 벼슬아치 된다면
何邑非龔遂(하읍비공수) 어느 고을엔들 공수가 없으리오.

*공수; 중국 漢(한)의 渤海太守(발해태수). 도둑들을 귀순시켰음.

<李奎報 釣名諷조명풍, 명성을 구함에 대한 풍자 初頭(초두)>

*이규보 →8.

740. 鳥巢獸穴皆有居(조소수혈개유거) 새는 둥지, 짐승은 굴 모두
집이 있건만
顧我平生獨自傷(고아평생독자상) 내 평생을 돌아보니 마음만
아파라.
芒鞋竹杖路千里(망혜죽장노천리) 짚신에 대지팡이 갈 길은 천리
水性雲心家四方(수성운심가사방) 물같이 구름같이 떠도니 가
는 곳이 내 집일세.

<金炳淵 蘭皐平生난고평생, 난고 김삿갓의 평생>

*김병연 →48.

741. 朝陽聲翽翽(조양성홰홰) 아침 햇볕에 봉황이 훨훨 나는 소리
　　　雞省影翩翩(계성영편편) 承政院(승정원)에 그 날아가는 그림
　　　자 비치네.

　　　　　　<權健 送大虛觀察忠淸송대허관찰충청,
　　　　　　대허가 충청도 관찰사로 감을 송별하며 시구>

　　*권건→553.

742. 朝旭明東土(조욱명동토) 아침 햇살은 우리 동방을 밝히고
　　　金風冷滿洲(금풍냉만주) 가을바람은 만주에 서늘하구나.

　　　　　　<姜瑋 登白頭頂俯瞰天池등백두정부감천지,
　　　　　　백두산 정상에 올라 천지를 내려다보며 시구>

　　*강위(1820~1884); 조선말 한문학자. 호 秋琴, 古懽子(추금, 고환자).
　　皇城新聞(황성신문) 발기에 참여했고, 金澤榮(김택영)·黃玹(황현)과 함
　　께 3 시인이었음.

743. 朝議同推轂(조의동추곡) 조정의 의론이 똑같이 천거하니
　　　皇恩命草綸(황은명초륜) 임금님 은혜로 敎旨(교지) 만들라는
　　　명을 받았네.

　　　　　　<釋天因 次韻雲上人病中作차운운상인병중작,
　　　　　　운 스님의 병중에 지은 시에 차운하다 시구>

　　*석천인(1205~1248); 천인스님. 고려 고종 때 天台宗 僧侶(천태종 승
　　려). 시호 靜明國師(정명국사). 속성 朴氏(박씨). 圓妙國師(원묘국사)의
　　敎觀(교관)을 이었음.

744. 朝一溢麩 暮一溢麩(조일일거 모일일거) 아침에 죽 한 그릇, 저

녁에도 죽 한 그릇

麩將不繼 遑敢求飫(거장불계 황감구어) 보리죽도 못 이으니,
배부르기 바랄손가.

<丁若鏞 熬麩오거, 보리죽 시구>

*정약용 →318.

745. 雕俎加肩非彘願(조조가견비체원) 죽어 그 고깃살이 祭器(제기)
에 담기는 게 돼지의 소원은 아닐 것이며
廟巾笥骨豈龜榮(묘건사골기구영) 죽어 廟堂(묘당)의 상자에
뼈가 간직되는 게 어찌 거북의 영광이리.

<金終弼 放言방언, 거침없이 말하다 시구>

*김종필 →515.

746. 照徹覆盆寧有碍(조철복분녕유애) 엎어둔 동이 속도 비추니 어
찌 장애가 있으며
恩加蔀屋自無彊(은가부옥자무강) 오막살이집에도 은혜 베풀어
가이없구나.
蓬萊隱映三山杳(봉래은영삼산묘) 봉래산 은은히 비치어 그 삼
신산 아득하고
海若蹁躚百鬼忙(해약편선백귀망) 바다 신 해약이 춤추니 온갖
귀신 바쁘네.

<金守溫 奉敎題日出扶桑圖봉교제일출부상도,
임금님 명을 받들어 부상에 해 돋는 그림에 짓다 시구>

*김수온 →269.

747. 釣必連海上六鰲(조필련해상육오) 낚으려면 바다의 여섯 자라를 잇달아 낚아채고
     射必落日中九烏(사필락일중구오) 쏘려면 해 속의 아홉 까마귀를 쏘아 떨궈야지.

<金克己 醉時歌취시가, 취했을 때 읊은 시 시구>

*김극기 →22.

748. 從古神人迷大隗(종고신인미대외) 옛날 聖人(성인) 黃帝(황제)는 하남성의 泰隗山(태외산)에서 길을 잃었는데
     至今福地似天台(지금복지사천태) 지금의 복된 땅은 천태산과 같도다.

<朴誾 福靈寺복령사 시구>

*박은 →3.

749. 從教壟麥倒離披(종교농맥도이피) 밭둑의 보리야 패어 넘어지든 말든
     亦任丘麻生兩歧(역임구마생양기) 또한 언덕 삼밭의 삼대야 두 갈래 되든 말든
     滿載靑瓷兼白米(만재청자겸백미) 청자 그릇과 흰 쌀 가득 싣고
     北風船子望來時(북풍선자망내시) 뭍의 사공 북풍 타고 올 날만 기다리네.

<李齊賢 小樂府 耽羅新詞소악부 탐라신사, 소악부 제주도 민요>

*이제현 →9.

750. 終朝高詠又微吟(종조고영우미음) 아침 내내 크게 읊거나 나직이 읊어도

若似披沙欲鍊金(약사피사욕연금) 모래 헤치며 금싸라기 찾기와 같네.

莫怪作詩成太瘦(막괴작시성태수) 시 짓느라 杜甫(두보)처럼 바싹 말랐음을 괴상히 여기지 말라

只緣佳句每難尋(지연가구매난심) 다만 좋은 구절 찾아낼 연분 늘 어렵다네.

<鄭夢周 吟詩음시, 시를 읊조림─시 지음에 대하여>

*정몽주 →85.

751. 座主座看邀座主(좌주좌간요좌주) 좌주[유평장]가 앉아서 좌주[우승 이존비]를 맞이하고

*좌주; 監試 科擧及第者(감시 과거급제자)가 試官(시관)을 일컫는 경칭. 恩門(은문).

門生門見領門生(문생문현영문생) 문생[이존비]이 문에서 문생을 거느리고 뵙네.

<金坵 賀柳平章門生李右丞尊庇領門生獻壽
하유평장문생이우승존비영문생헌수, 유평장의 문생인 우승 이존비가
문생들을 거느리고 유평장에게 헌수함을 하례하다 시구>

*平章; 平章事(평장사). 中書門下省(중서문하성)의 정2품.

*右丞; 三司(삼사, 出納 會計출납 회계 담당 관청)의 종3품.

*김구(1211~1278); 고려 高宗, 忠烈王(고종, 충렬왕) 때 中書侍郎平章事(중서시랑평장사). 호 止浦(지포). 시호 文貞(문정). 본관 扶寧(부령).

752. 珠淚幾霑吳練袖(주루기점오련수) 구슬 같은 눈물 몇 번이나 비
단 소매 적셨던가
薰香猶濕越羅衣(훈향유습월라의) 향기는 아직도 비단 치마에
스며 있네.

*吳나 越은 중국 지명. 그 곳에서 생산된 비단이라는 뜻으로 별 의미는
없음.

<朴致安 興海鄕校月夜聞老妓彈琴홍해향교월야문노기탄금, 홍해
향교의 달밤에 늙은 퇴기가 타는 거문고소리를 들으며 시구>

*박치안 →216.

753. 株履雲無迹(주리운무적) 구슬 신을 신었던 春申君(춘신군)의
문객들 구름처럼 자취 없고
蒼官火不存(창관화부존) 푸르던 소나무 불에 타 남아있지 않구나.

<安軸 題寒松亭제한송정, 강릉 한송정을 읊다 시구>

*안축 →4.

754. 朱門多酒肉(주문다주육) 고관대작 집에는 술과 고기 풍성하고
絲管邀名姬(사관요명희) 이름난 기생 불러 풍악 울리며
熙熙太平像(희희태평상) 喜喜樂樂(희희낙락) 태평세월 누리고
儼儼廊廟姿(엄엄낭묘자) 조정에서 정치한다고 위엄만 부리는구나.

<丁若鏞 饑民詩기민시, 백성들의 굶주림을 읊은 시 시구>

*정약용 →318.

755. 蛛絲烏觜俱奇禍(주사오취구기화) 거미줄이나 까마귀 부리는 다 뜻밖의 재난이 될 터인데
胡乃飛騰不暫停(호내비등부잠정) 어찌하여 날아오르기를 잠시도 멈추지 않는고.

<林悌 蟬선, 매미 시구>

*임제 →180.

756. 酒似情人離則戀(주사정인이즉련) 술은 임과 같아 헤어지면 그립고
愁如白髮落還生(수여백발낙환생) 시름은 백발 같아 떨어지면 도로 나네.

<郭夫人 詠酒영주, 술을 읊다>

*곽부인(?); 조선 효종 때 여류시인. 金銑根(김선근)의 아내.

757. 朱索弄丸多巧術(주삭농환다교술) 붉은 줄 타며 방울 놀리는 재주 크게 교묘하고
穿絲刻木逞神機(천사각목영신기) 인형에 실 꿰어 놀리는 신묘한 기교 보이네.

<成俔 觀傀儡雜戲관괴뢰잡희, 꼭두각시놀이 관람 시구>

*성현 →136.

758. 周王賜宴歌常棣(주왕사연가상제) 주 나라 임금은 잔치 내려 형제간 우애 읊은 상제를 노래했고

漢帝吟風感蓐收(한제음풍감욕수) 한 나라 무제(武帝)는 秋風辭
(추풍사)를 지어 가을의 신 욕수에게 늙어감을 탄식했네.

<趙永仁 扈從安和寺應製호종안화사응제,
안화사로 임금님 모시며 명에 따라 짓다 시구>

*조영인(1133~1202); 고려 신종 때 門下侍中(문하시중). 시호 文景(문
경). 본관 橫城(횡성). 어릴 때부터 총명했고 명종의 명으로 太子(태자)
를 가르쳤음.

759. 竹愛霜餘靜(죽애상여정) 대나무가 서리 뒤에 고요해짐을 아끼고
梅吟臘底香(매음납저향) 매화의 섣달 세밑 향기를 음미하네.
水明搖淨植(수명요정식) 연꽃이 맑은 물에 조촐히 서 있음을 즐
기고
風嫋泛崇光(풍요범숭광) 해당화가 바람 나긋할 때 고상한 빛 띄
움을 사랑한다네.

<朴彭年 題剛中家梅竹蓮海棠四詠제강중가매죽연해당사영, 강중
徐居正(서거정) 집의 매화, 대, 연, 해당화 넷을 두고 읊다 시구>

*박팽년 →508.

760. 駿馬五千嘶柳下(준마오천시유하) 준마 5천 필은 버드나무 아래
서 울고
豪鷹三百坐樓前(호응삼백좌누전) 호쾌한 사냥매 3백 마리는 누
대 앞에 앉았네.

<兪應孚 爲咸吉道節度使作위함길도절도사작,
함길도 절도사가 되어 짓다 시구>

*유응부(?~1456); 조선 단종 때 死六臣(사육신). 시호 忠穆(충목). 본관

川寧(천녕). 平安道 節制使(평안도절제사)를 지내고 학문에 뛰어났으며 효성이 극진했음.

761. 中林往復峰巒逼(중림왕복봉만핍) 숲 속을 오가듯 지나노라니 산봉우리 바싹 다가오고

盡日攀躋薦葛勞(진일반제조갈로) 종일 기어오르노라 담쟁이, 칡덩굴이 수고롭네.

<李秉淵 白雲臺백운대, 삼각산 백운대 시구>

*이병연→175.

762. 仲宣作賦非吾土(중선작부비오토) 魏(위) 나라 중선 王粲(왕찬)은 登樓賦(등루부)를 지으며 '아름다우나 내 고향은 아니로세'라 읊었고

江令思歸未到家(강령사귀미도가) 梁(양) 나라 江摠(강총)은 고향으로 돌아가려 했 지만 정작 집에는 못 갔어라.

<田祿生 暎湖樓次韻영호루차운, 안동 영호루 시에 차운하다 시구>

*전녹생 →236.

763. 中宵見月思親淚(중소견월사친루) 밤중에는 달 보며 어버이 생각에 눈물 지고

白日看雲憶弟心(백일간운억제심) 한낮에는 구름 보며 아우 그리는 마음일세.

<成石璘 在固城寄舍弟재고성기사제, 고성에 있으면서 동생에게 주다 시구>

*성석린→184.

764. 衆惡叢身憐一介(중악총신련일개) 온갖 허물 한 몸에 받아 이 몸 가련한데

舊情緘骨荷群賢(구정함골하군현) 여러분의 옛 정이 뼈에 묶이 도록 잊지 못하네.

<鄭澔 虛川謫路贈諸君허천적로증제군,

허천 귀양길에서 여러분에게 주다 시구>

*정호(1648~1736); 조선 영조 때 領議政(영의정). 호 丈巖(장암). 시호 文敬(문경). 본관 延日(연일). 甲山(갑산), 理山(이산) 등지로 두 차례 귀 양갔고, 문장과 도덕으로 이름 높았음.

765. 中兄業胃脯(중형업위포) 둘째 오빠는 순대 만들고

長夏烹狗醬(장하팽구장) 더운 긴 여름에는 개장국도 끓인다오.

<金鑢 古詩爲張遠卿妻沈氏고시위장원경처심씨,

장원경의 아내 심씨를 두고 쓴 고시 시구>

*김여→119.

766. 中原安得息豺虎(중원안득식시호) 어찌하면 중국 땅의 승냥이와 범 같은 무리들이 잠잠하도록 하며

北闕幾時來鳳麟(북궐기시내봉린) 언제 우리 고려 조정에는 봉 황과 기린 같은 훌륭한 인재가 날 것인가.

<偰長壽 新春感懷신춘감회, 새해의 감회 시구>

*설장수→252.

767. 贈君同心結(증군동심결) 그이에게 동심결 매듭을 드렸더니

貽我合歡扇(이아합환선) 나에게 합환선 부채를 주시네.

<李達衷 閨情규정, 안방의 정―아내의 정 시구>

*이달충 →56.

768. 曾聞有客騎黃鶴(증문유객기황학) 어느 손이 황학 탔다는 말은 일찍이 들었는데
今恨無人狎白鷗(금한무인압백구) 지금은 아무도 갈매기와 친하게 노는 이 없어 섭섭하구나.

<鄭樞 次三陟竹西樓韻차삼척죽서루운, 삼척 죽서루 시 차운 시구>

*정추 →189.

769. 贈行言款款(증행언관관) 떠날 때 정답고 친밀하게 말 주고받으며
惜別恨忡忡(석별한충충) 석별의 한스러움으로 섭섭해했네.

<李崇仁 送林主事還京師송임주사사환경사,
사신의 임무 마치고 서울로 돌아가는 임 주사를 보내며 시구>

*이숭인 →6.

770. 枝幹老擁腫(지간노옹종) 가지와 줄기는 울툭불툭 혹이 튀어나왔고
剝落苔滿面(박락태만면) 껍질 떨어져 나간 데는 온통 이끼 끼었네.
久無斧斤浸(구무부근침) 오래도록 도끼와 자귀가 넘보지 못했으니
敢望明堂薦(감망명당천) 어찌 좋은 자리에 천거되기를 바랐으랴.

<趙昱 酬奇高峯수기고봉, 고봉 奇大升(기대승)에게 주다 시구>

*조욱(1498~1557); 조선 명종 때 長水縣監(장수현감), 학자. 호 憂菴, 洗心堂(우암, 세심당). 본관 平壤(평양). 詩文, 書畫(시문, 서화)에 능했음.

771. 只磬三歸資福利(지경삼귀자복리) 다만 삼귀에 몸 굽혀 복리를 꾀하기 바랄 뿐

*삼귀; 三歸依(삼귀의). 佛法僧(불법승, 부처·불법·스님)에 귀의함.

   敢幷四事恣遨遊(감병사사자오유) 四美(사미)의 네 가지를 겸하여 놀이를 즐기시기 감히 바라리오.

*사미; 네 가지 아름다움 곧 좋은 시절, 아름다운 경치, 경치를 감상하고 즐기는 마음, 술과 詩歌(시가)와 음악 등 유쾌한 일.

      <趙永仁 扈從安和寺應製호종안하사응제,
      안화사로 임금님 모시고 가며 명에 따라 짓다 시구>

*조영인 →758.

772. 池頭楊柳疎(지두양류소) 못 가의 버들잎 성글어졌고
   井上梧桐落(정상오동락) 우물 위 오동잎도 떨어지네요.

      <許蘭雪軒 效崔國輔體三首효최국보체삼수,
      唐(당) 나라 최국보의 시 격식을 본떠 세 수 제2수 前半(전반)>

*허난설헌 →292.

773. 支遁從安石(지둔종안석) 東晋(동진)의 名僧(명승) 지둔(道林도림)은 사안석(謝安 사안) 정승을 따랐고
   鮑昭愛惠休(포소애혜휴) 南朝(남조) 劉宋(유송)의 시인 포소

는 詩僧(시승)인 혜휴를 아끼었네.

<李仁老 贈四友 空門友宗聆증사우 공문우종령,
네 벗 중 佛門(불문)의 벗 종령에게 드리다 初頭(초두)>

*이인로 →60.

774. 志士達時少(지사봉시소) 지사들은 시운을 만나기 어렵고
佳人薄命多(가인박명다) 미인들은 박명이 많다네.
相看一歎息(상간일탄식) 제각기 탄식만 하다가
頭白奈何何(두백내하하) 머리 백발이 됨을 어이하리.

<許采 絶句절구>

*허채(?); 조선 영조 때 掌令(장령), 학자. 호 聾窩(농와). 본관 陽川(양
천). 풍채가 늠름하여 사람의 마음을 움직였고 문장이 높았음.

775. 地勢已終蘭子島(지세이종난자도) 우리 땅 맥락은 난자도에서
끝났고
行人不見漢陽歸(행인불견한양귀) 한양 서울 간다는 사람 볼 수
가 없네.

<李好閔 龍灣行在聞下三道兵進攻漢城용만행재문하삼도병진공한성,
용만 행재소에서 남도의 군사들이 서울로 진격한다는 말을 듣고 시구>

*이호민(1553~1634); 조선 선조 때 大提學, 左贊成(대제학, 좌찬성). 호
五峰(오봉). 시호 文僖(문희). 본관 延安(연안). 六經(육경)에 능했음.

776. 鷙獸隨金策(지수수금책) 사나운 짐승은 굳센 풀 가시덤불에 살고
飢禽啄寶盂(기금탁보우) 굶주린 새는 귀한 밥그릇을 쪼는 법이라.

三車資辨塵(삼거자변진) 부처의 법을 실은 세 수레는 俗塵(속
진) 털어냄에 쓰이고
二酉供書廚(이유공서주) 대유 소유(大酉小酉) 두 산에 감춰진
책들은 책 궤에 제공되기 마련일세.

<申從濩 贈日本僧奉敎製증일본승봉교제,
임금님의 가르침을 받들어 일본 중에게 주다 시구>

*신종호(1456~1497); 조선 성종 때 禮曹參判兼同知春秋館事(예조참판
겸 동지춘추관사). 호 三槐堂(삼괴당). 본관 高靈(고령). 문장, 시, 글씨
모두 일가를 이루었음.

777. 鵁鶄觀傾松櫟暗(지작관경송력암) 지작관 別宮(별궁)은 기울어
소나무 가죽나무만 컴컴하게 우거졌고
鳳凰臺沒草萊多(봉황대몰초래다) 봉황대는 무너져 잡초만 더
부룩하네.

<洪侃 次韻李夢庵西京懷古차운이몽암서경회고,
이몽암의 서경을 회고한 시에 차운하다 시구>

*홍간 →584.

778. 枝條將萎絶(지조장위절) 꽃가지는 말라 떨어지려 하고
花蕊半凋殘(화예반조잔) 꽃술은 반나마 쓸쓸히 시들었네.

<金麟厚 盆菊분국, 화분의 국화 시구>

*김인후(1510~1560); 조선 인종 때 玉果縣監(옥과현감), 대학자. 호 河
西, 湛齋(하서, 담재). 시호 文正(문정). 본관 蔚山(울산). 乙巳士禍(을사
사화) 후 고향 長城(장성)으로 돌아가 성리학 연구로 일생을 보냈음.

779. 塵世萬緣都撇手(진세만연도철수) 티끌세상 모든 인연 다 팽개
쳐버리고
空門一念不回頭(공문일념불회두) 일념으로 부처님 믿어 고개도
안 돌리네.

<李尙迪 聞鄭壽銅入香山爲僧문정수동입향산위승, 정수동이 묘향산에
들어가 중이 되려 한다는 말을 듣고 시구>

*이상적 →30.

780. 塵習龜毛兼兎角(진습구모겸토각) 세상 풍습은 거북의 털과 토
끼 뿔 같아 유명무실하고
雲遊鳳髓與鸞膠(운유봉수여난교) 구름에 놀 듯 고고한 삶은 봉
황의 골과 난새를 고아 만든 아교풀같이 얻기 어렵네.

<釋眞靜 次李居士穎詩차이거사영시, 이영 거사의 시에 차운하다 시구>

*석진정(−1360−); 고려 충선왕 때 白蓮社4代祖師, 名僧(백련사4대조
사, 명승). 속성 申氏(신씨). 법명 眞靜. 공민왕의 스승이 되었고 文章
(문장)으로 이름 높았음.

781. 塵埃早謝於人間(진애조사어인간) 세간의 티끌을 일찍이 물리
치고
山水偏遊於方外(산수편유어방외) 佛界(불계)의 산수 자연에
두루 노닐었네.

<崔滋 曹溪宗三重神化爲禪師官誥조계종삼중신화위선사관고,
조계종 삼중신화를 선사로 하는 관고 구>

*최자→277.

782. 塵緣擾擾誰先覺(진연요요수선각) 속세 인연의 뒤숭숭함을 누가
    먼저 깨달을꼬
    業識茫茫路轉迷(업식망망노전미) 인과응보 알기가 망망하여 길
    몰라 헤매네.

    <釋懶翁 警世二首경세이수, 세상을 깨우치다 두 수 제1수 시구>

    *석나옹(1320~1376); 나옹 스님. 고려 공민왕 때 王師(왕사). 호 懶翁,
    江月軒(나옹, 강월헌). 존칭 普濟尊者(보제존자). 속성 牙氏(아씨). 寧海
    府(영해부) 사람. 3大和尙(3대화상)의 한 분이며 神勒寺(신륵사)에서
    入寂(입적)했음.

783. 眞趣豈能聲上得(진취기능성상득) 참된 취미를 어찌 거문고 소
    리로써 얻을손가
    天機須向靜中尋(천기수향정중심) 천기란 모름지기 고요한 속에
    서 찾아지네.

    <李永瑞 無絃琴무현금, 줄 없는 거문고 시구>

    *이영서(?~1450); 조선 세종 때 禮曹正郎, 廣州牧使(예조정랑, 광주목
    사). 호 魯山, 希賢堂(노산, 희현당). 본관 평창(평창). 글씨에 뛰어났음.

784. 澄澄鏡浦涵新月(징징경포함신월) 맑디맑은 경포에 초승달 잠겼고
    落落寒松鎖碧煙(낙락한송쇄벽연) 우뚝한 한송정에 푸른 이내
    서리었네.
    雲錦滿地臺滿竹(운금만지대만죽) 아침노을은 온 땅에 가득하고
    경포대에 대나무 빽빽하니
    塵寰域有海中仙(진환역유해중선) 속세에도 바다의 신선이 있겠
    구나.

<黃喜 鏡浦臺경포대, 강릉 경포대>

*황희(1363~1452); 조선 세종 때 領議政(여의정). 호 厖村(방촌). 시호
翼成(익성). 본관 長水(장수). 寬厚仁慈(관후인자)하여 많은 일화를 남
겼고 淸白吏(청백리)의 귀감이 되었음.

ㅊ · ㅋ부 (785~861)

785. 此君素節堅如鐵(차군소절견여철) 그대—대나무—의 평소 절개는
쇠처럼 굳고
此君空腹渾無物(차군공복혼무물) 그대의 뱃속은 온통 비었어라.
吟風嘯月守長齋(음풍소월수장재) 음풍농월하며 장재를 지키고
  *장재; 불교도들이 정오가 지나면 먹지 않음을 오래 계속함, 또는 오래
   채식하는 일.

玉瘦瓊寒氷自潔(옥수경한빙자결) 옥처럼 여위고 구슬같이 맑으면
서 조촐하기 얼음일세.
  <李仁老 竹醉日移竹죽취일이죽, 죽취일에 대나무를 옮기다 시구>
  *죽취일; 대를 심으면 뿌리가 잘 내린다는 날. 음력 5. 13 또는 8. 8.

  *이인로 →60.

786. 嗟夫我人 萬物之靈(차부아인 만물지령) 아아 우리 사람이 만물
의 영장인데
忘吾形以樂其樂(망오형이낙기락) 내 몸도 잊고 그 즐거움을 즐
기며
樂其樂以歿吾寧(낙기락이몰오녕) 그 즐거움을 즐기다가 편안히
자연으로 가누나.

  <李穡 觀魚臺賦관어대부, 경북 영덕군 寧海(영해) 관어대 부 구>
  *이색 →260.

787. 嗟小人之徇財(차소인지순재) 아아, 소인은 재물에만 마음이 끌려
昧斗筲之局促(매두소지국촉) 두소의 작고 좁음을 알지 못한다.
  *斗筲; ①한 말들이 대그릇. ②器量이 적음(재능, 지식이 얕음). 斗筲之

人(두소지인, 기량이 적은 사람)<論語 子路>

<李奎報 陶甖賦도앵부, 질항아리 부 구>

*이규보 →8.

788. 此身死了死了(차신사료사료) 이 몸이 죽고 죽어
　　　一百番更死了(일백번갱사료) 일백 번 고쳐 죽어
　　　白骨爲塵土(백골위진토) 백골이 진토 되어
　　　魂魄有也無(혼백유야무) 넋이라도 있고 없고
　　　向主一片丹心(향주일편단심) 임 향한 일편단심이야
　　　寧有改理也歟(영유개리야여) 가실 줄이 있으랴. <沈光世 海東樂府>

<沈光世 鄭夢周丹心歌정몽주단심가 漢譯한역>

*심광세(1577~1624); 조선 선조 때 文臣(문신). 호 休翁(휴옹). 持平, 校
　理(지평, 교리)를 역임했고 海東樂府(해동악부)를 지었음.

789. 借箸便能成漢業(차저편능성한업) 임금 수라상의 젓가락을 빌어
　　　서 계책을 세워 능히 한 나라 대업을 이루었고
　　　分符獨自讓齊封(분부독자양제봉) 공적 따라 제후 봉할 때 넓은
　　　땅 제의 제후 되기를 홀로 사양했네.

<蔡壽 張良장량, 漢(한) 나라 건국 공신 장량 시구>

*채수 →78.

790. 嗟歎李朝桂月香(차탄이조계월향) 슬프다 이조의 계월향이여
　　　芳魂何處獨悽傷(방혼하처독처상) 꽃다운 혼 어디서 홀로 슬퍼
　　　하고 있을꼬.
　　　練光亭上朱欄朽(연광정상주란후) 倭將(왜장)에게 붙잡혔던 연

광정 난간은 썩었고

義烈祠頭蔓草長(의열사두만초장) 그대 의열사 위에는 덩굴 풀
만 무성하네.

<蔡錦紅 追慕桂月香추모계월향,
임진왜란 때 義妓(의기) 계월향을 추모하다>

*이 시가 平壤 市中(평양 시중)에 널리 퍼지자 경찰이 채금홍을 要視察
妓生(요시찰 기생)으로 지목하니, 그 때 그녀의 나이 20세였음.

*채금홍(?); 平壤(평양) 기미독립운동의 義妓(의기). 普通學校(보통학
교, 초등학교)를 졸업하고 기생학교에 들어가 가무를 배워 기생 영업
을 하는 한편, 漢詩壇(한시단)의 巨星(거성) 崔在學(최재학)의 지도를
받았음. 3·1운동이 일어나자 계월향의 의열사를 참배하고 이 시를 지
었음.

791. 着柳淐濛綠(착류공몽록) 봄비 버들가지에 뿌려 뽀얀 속에 푸르고
催花蓓蕾紅(최화배뢰홍) 꽃피기를 재촉하니 막 피려는 꽃봉오
리 붉구나.

<鄭摠 春雨춘우, 봄비 시구>

*정총(?); 고려 우왕 때 政堂文學(정당문학), 朝鮮開國功臣(조선개국공
신), 학자. 호 復齋(복재). 시호 文愍(문민). 본관 淸州(청주). 明(명)에서
유배 가던 중 사망했음.

792. 讖雨廢池蛙閣閣(참우폐지와각각) 비 오겠다고 점을 치며 개구
리는 웅덩이에서 개굴개굴 울고
相風高樹鵲査査(상풍고수작사사) 높은 나무에서 좋은 소식 있
으리라 까치는 깍깍 우네.

<金克己 村家촌가, 시골집 시구>

*김극기 →22.

793. 窓聞小雨天難曉(창문소우천난효) 창 밖에서 들리는 가랑비소
리 새벽오기 어렵고
城枕寒江地易秋(성침한강지이추) 성이 찬 강물 베고 누웠으니
가을되기 쉽네.

<李睟光 淸川懷古청천회고, 청천강에서의 회고 시구>

*이수광(1563~1628); 조선 선조 때 吏曹判書(이조판서), 학자. 호 芝峰
(지봉). 시호 文簡(문간). 본관 全州(전주). 奏請使(주청사)로 燕京(연경)
에 세 번 왕래하며 이태리 神父(신부) 마테오 리치의 天主實義(천주실
의)를 가져와 최초로 西學(서학)을 도입했고 芝峰類說(지봉유설)을 지
어 서양 사정과 천주교 지식을 소개했음.

794. 窓外莎鷄鳴不盡(창외사계명부진) 창밖에는 베짱이 울음 그치
지 않고
夢中莊蝶去無邊(몽중장접거무변) 꿈속에서는 장자의 나비같
이 끝없이 날아가네.

<草衣 奉和晶陽道人봉화정양도인, 정양도인의 시에 받들어 화답하다 시구>

*초의 →451.

795. 彩筆昔曾供日角(채필석증공일각) 채색 솜씨는 일찍 임금 초상
그리기에 바쳤고,
花禽已復到蠻荒(화금이부도만황) 꽃 그림, 새 그림은 이미 오
랑캐 땅에 퍼졌네.

<趙熙龍 贈呈李在寬증정이재관, 이재관께 드리다 시구>

*이재관(-1837-); 조선 憲宗(헌종) 때 화가. 자 元剛(원강). 호 小塘(소당). 登山僉使(등산첨사)를 역임했고 李太祖(이태조) 御眞(어진)을 模寫(모사)했음.

*조희룡 →80.

796. 舴艋獨行明鏡裏(책맹독행명경리) 거룻배는 거울 같은 바다에 홀로 떠가고
鷺鷥雙去畫圖中(노사쌍거화도중) 해오라기들은 쌍쌍이 날아 그림 속 같구나.

<金富軾 觀瀾寺樓관란사루, 관란사의 누각 시구>

*김부식→307.

797. 處世同炊黍(처세동취서) 세상살이는 기장밥 지을 동안 같아 짧은데
持身若累碁(지신약누기) 몸가짐은 바둑돌 쌓아올리듯 어렵고 위태하네.
浮沈元有數(부침원유수) 흥성하거나 침체함은 이미 정해진 운수요
覆載本無私(복재본무사) 덮는 하늘과 싣는 땅은 본디 사사로움이 없네.

<趙須 贈金相國증김상국, 김 정승께 드리다 시구>

*조수→286.

798. 凄絶班姬扇(처절반희선) 처절한 漢成帝(한 성제) 후궁 班婕妤 (반첩여)의 부채요

悲凉卓女琴(비량탁녀금) 섧고도 처량한 漢(한)의 司馬相如(사마상여)의 아내 卓文君(탁문군)의 거문고일세.

<許筠 悼癸娘도계낭, 계낭을 애도하다 시구>

*허균 →353.

799. 天公爲送三山壽(천공위송삼산수) 하늘은 三神山(삼신산) 長壽(장수)를 내려주고

靈鵲來通百世榮(영작내통백세영) 신령스런 까치는 백세토록 영화로울 거라고 지저귀어 주네.

<柳希春夫人宋氏 題新舍제신사, 새 집을 두고 짓다 前半(전반)>

*유희춘부인송씨(?); 조선 인종 때 여류시인. 호 德峯(덕봉). 宋駿(송준)의 딸로 經史(경사)에 통하고 시를 잘 지었음.

800. 千年卿雲啓厖鴻(천년경운계방홍) 천년의 빛나는 상서로운 구름의 서기가 크고 넓게 열리니

當宁淸明萬化隆(당저청명만화륭) 임금님께서 청명하사 온갖 교화 융성하네.

<金勘 貫虹樓관홍루 시구>

*김감 →167.

801. 千里書回一雁天(천리서회일안천) 천리 밖의 글월 기러기 나는 하늘에서 오니

新承宣代舊承宣(신승선대구승선) 새 승선이 옛 승선[김양경]과 교대했구나.

不才見擯雖堪愧(부재견빈수감괴) 나는 재주 없어 물리침을 받아 부끄럽지만

猶向皇朝賀得賢(유향황조하득현) 오히려 황제의 조정 향해 어진 사람 얻은 걸 하례하네.

<金良鏡 賀新承宣李公老하신승선이공로, 새 승지 이공로를 하례하다>

*承宣; 承旨(승지).

*이공로(?~1234); 고려 高宗(고종) 때 重臣(중신). 자 去華(거화). 安邊判官, 國子大司成(안변판관, 국자대사성) 등을 역임했고 청빈으로 유명함.

*김양경 →267.

802. 千里遠遠道(천리원원도) 천리 머나먼 길에

美人別離秋(미인별리추) 미인과 이별한 가을.

此心未所着(차심미소착) 이 마음 어디 붙일 데 없어

下馬臨川流(하마임천류) 말에서 내려 냇가에 다다랐네.

川流亦如我(천류역여아) 냇물 또한 나와 같아

嗚咽去不休(오열거불휴) 소리내어 울며 흐르기를 그치지 않는구나.

<시조> 천만리 머나먼 길에 고운 님 여희옵고

내 마음 둘 데 없어 냇가에 앉아시니

저 물도 내 안 같아야 울어 밤길 예놋다.

<王邦衍 無題時調 漢譯무제시조 한역,
제목 없는 시조를 한시로 번역하다>

*漢譯은 광해군9년(1617) 龍溪 金止男(용계 김지남)이 錦江(금강)에서 처
녀들이 이 시조를 쉽게 노래하는 것을 듣고 한시로 옮겼다고 함.

*왕방연(?); 조선 세조 초 禁府都事(금부도사), 시인. 세조2년(1457) 왕
명에 따라 上王(상왕)이 된 단종을 寧越(영월)로 호송했음. 돌아오며
괴로웠던 심정을 읊은 위의 시조로 유명함.

803. 天旋地轉光岳合(천선지전광악합) 하늘이 돌고 땅이 굴러 三光
(삼광, 해, 달, 별)과 五岳(오악, 중국 5 명산)의 정기가 합하고
土圭日影明堂開(토규일영명당개) 땅의 깊이와 해 그림자 재던
토규로 터를 잡아 명당을 열었네.

<李穡 燕山歌연산가, 하북성 薊縣(계현) 서남 연산을 읊은 시 시구>

*이색 →260.

804. 天城赫居後(천성혁거후) 임금님 쌓은 높은 성 朴赫居世(박혁
거세) 시조 뒤
公館壽同餘(공관수동여) 관청건물과 함께 길이 이어 내려오는데
臨眺趨庭寂(임조추정적) 가르침 받던 우리 집 뜰 내려다보니 적
막해
愁添宦謫初(수첨환적초) 벼슬길 나가던 그 때보다 수심만 더하
는구나.

<張修 歸鄕有感귀향유감, 고향에 돌아간 감상 後半(후반)>

*장수(?); 조선 세종 때 掌令(장령). 본관 仁同(인동).

805. 天垂繚白縈靑外(천수요백영청외) 하늘은 縈靑繚白(영청요백) 밖

으로 드리웠고

秋入丹砂點漆中(추입단사점칠중) 가을은 붉은 물감 칠한 듯한 단
풍 속에 들었네.
峽鬪虎狼霾短景(협투호랑매단경) 골짜기에서 범과 이리 다투고
날리는 모래로 하늘과 해를 가린 저녁 때
城昏鴉鶻舞回風(성혼아골무회풍) 성은 어둡고 갈가마귀와 송골매
는 회오리바람에 날리며 춤추듯 하네.
<申緯 會嶺鎭회령진, 함북 會寧(회령)의 고개 鎭寨(진채) 시구>

*신위 →20.

806. 天心已與人心改(천심이여인심개) 천심은 이미 백성들 마음 따
라 바뀌었고
王氣潛從怨氣銷(왕기잠종원기소) 임금 될 징조는 원망하는 기
운을 몰래 좇아 녹아 버렸네.

<許琛 阿房宮畫屛二首奉教製進아방궁화병이수봉교제진, 왕의 명을
받들어 아방궁 그림 병풍을 보고 두 수를 지어 올리다 시구>

*허침 →94.

807. 千巖映發秋冬際(천암영발추동제) 많은 바위들이 가을 겨울이면
비쳐오고
一逕盤紆雲霧中(일경반우운무중) 구름 안개 속에 구불구불 오
솔길이 있네.

<金昌翕 三淵新構삼연신구, 새로 얽은 내 집 시구>

연). 시호 文康(문강). 본관 安東(안동). 시 짓기를 좋아하고 處士(처사)
로 顯達(현달)을 구하지 않았음.

808. 天翁不辨埋愁地(천옹불변매수지) 조물주는 인간의 시름 묻을
곳을 가리지 못해
盡向寒窓種白頭(진향한창종백두) 모조리 타관살이 백발머리에
만 심어 두었구려.

＜申從濩 悲秋비추, 쓸쓸한 가을 後半(후반)＞

*신종호 →776.

809. 天翁尚未貰漁翁(천옹상미세어옹) 하느님은 아직도 어부에게 너
그럽게 못해 주어
故遣江湖少順風(고견강호소순풍) 짐짓 강과 호수에 순풍을 적
게 하는구나.
人世險巇君莫笑(인세험희군막소) 인간 세상 험하더라고 어부여
웃지 마오
自家還在急流中(자가환재급류중) 그대 오히려 급류 속에 몸 부
쳐 있지 않은가.

＜金克己 漁翁어옹, 어부 늙은이＞

*김극기 →22.

810. 穿月棹聲連榻上(천월도성연탑상) 달을 뚫는 노 젓는 소리 평상
에 잇따라 들리고
掛空燈影落波間(괘공등영낙파간) 공중에 단 등불 그림자 물결
에 떨어지네.

銀灘釣叟魚同樂(은탄조수어동락) 은탄의 낚시질 노인 물고기와 함께 즐기고

翠嶂禪僧鶴共閑(취장선승학공한) 푸른 산 스님은 학과 어울려 한가해라.

<趙簡 次永明樓韻차영명루운, 영명루 시에 차운하다
頷頸聯(함경련, 제3~6구)>

*조간(?); 고려 충선왕 때 僉議評理(첨의평리). 시호 文良(문량). 본관 金堤(김제). 시와 문장에 뛰어났음.

811. 天意已歸三尺劍(천의이귀삼척검) 하늘의 뜻 이미 漢高祖(한 고조)의 삼척 장검에 돌아갔는데

人心豈特一丸泥(인심기특일환니) 인심이 어찌 한 덩이 흙으로 함곡관 막는 데에만 있으리.

<李齊賢 函谷關함곡관, 중국 낙양 서쪽 함곡관 시구>

*이제현 →9.

812. 天地無心客(천지무심객) 온 세상 속세의 일에 얽매이지 않는 나 그네요

江湖有約人(강호유약인) 자연 속에 살기를 기약한 몸이라지만

斜陽樓百尺(사양누백척) 저녁 해에 죽서루 우뚝 솟았음을 보니

虛送故園春(허송고원춘) 고향의 봄 그리며 세월만 헛되이 보내고 있구나.

<李俊民 竹西樓죽서루, 강원도 삼척 죽서루>

*이준민(1524~1590); 조선 명종 때 吏曹判書(이조판서), 左參贊(좌참

찬). 호 新菴(신암). 본관 全義(전의). 曺植(조식)의 생질이요 栗谷(율곡)
과 親交(친교)가 깊었음.

813. 天地無心容我輩(천지무심용아배) 천지는 무심하여 우리들을 받
아들이고
江山有眼識詩人(강산유안식시인) 강산은 눈(안목)이 있어 시
인을 알아주네.

<成仲淹 自正月步還老僧~遂吟韻一節자정월보환노승~수음운일절, 정월에 걸
어 돌아오는데 노승 두어 사람이 송별하러 西溪(서계)를 지나자, 내가 돌아보며
"이것이 虎溪(호계)가 아닌가?" 하니 禪上人(선상인)이 웃으며 대답하기를 "저 같
은 중은 惠遠(혜원)도 아닌데 무슨 말씀입니까?" 하여 시 한마디를 읊었다 시구>

  *성중엄 →574.

814. 天地中間星點點(천지중간성점점) 천지 중간에 별 여기저기 하
나씩이요
樓臺上下月層層(누대상하월층층) 누대의 위아래에는 달이 층
층일세.

  <金亮元 觀燈夕관등석, 觀燈節관등절—4월초파일—저녁 시구>

  *김양원 →400.

815. 天下幾人學杜甫(천하기인학두보) 세상에서 몇 사람이나 두보
를 배웠던가
家家尸祝最東方(가가시축최동방) 집집이 축문처럼 읽기는 우
리가 으뜸이리.
時從批解窺斑得(시종비해규반득) 두시비해로 해서 얼마간의

소득이 있었으니

先數功臣李澤堂(선수공신이택당) 공신으로 치자면 우선 이식을 꼽아야 하리라.

<申緯 李植詩評이식시평, 이식의 시를 평하다
東人論詩絶句동인논시절구>

*李植 →440.

*신위 →20.

816. 鐵慚融作器(철참융작기) 쇠는 녹여져서 그릇이 되는 게 부끄럽겠고
    銅恥鑄成錢(동치주성전) 구리는 틀에 부어져 엽전이 되는 게 창피한 일이리라.

<金良鏡 石不可奪堅석불가탈견, 돌의 굳음은 빼앗지 못한다 시구>

*김양경 →267.

817. 簷短先邀月(첨단선요월) 추녀가 짧아 달을 먼저 맞이하고
    墻低不礙山(장저불애산) 담장이 낮아 산을 막지 않네.

<釋圓鑑 幽居유거, 한적한 곳에 살다 시구>

*석원감 →113.

818. 瞻星臺古飢烏集(첨성대고기오집) 첨성대 오래라 주린 까마귀들 모여들고
    半月城高野鹿登(반월성고야록등) 반월성은 높아 노루 사슴 올라가네.

*박홍미(1571~1642); 조선 인조 때 吏曹參判(이조참판). 호 灌圃(관포).
본관 慶州(경주).

819. 請看千石鍾(청간천석종) 저 크고 무거운 종을 보라

　　非大叩無聲(비대고무성) 크게 치지 않으면 소리내지 않네.

　　萬古天王峯(만고천왕봉) 영원토록 우뚝 솟은 천왕봉

　　天鳴山不鳴(천명산불명) 하늘은 울려도 이 산만은 울리지 않는다네.

　　<曹植 題德山溪亭柱제덕산계정주, 덕산의 시내 정자 기둥에 붙이다>

　　　*조식 →49.

820. 靑裙白屋女(청군백옥녀) 오두막집 푸른 치마 입은 여인

　　云是被兵婦(운시피병부) 戰禍(전화) 입은 부인이라네.

　　小兒才扶床(소아재부상) 작은아이는 겨우 상을 집고 일어서고

　　大兒薪能負(대아신능부) 큰아이는 땔나무 해 지고 올 수 있다네.

　　　<任相元 居官二年公事有可悶可惋者不顧時諱形於歌諷~

　　因分爲三篇以附樂府 거관이년공사유가민가완자불고시휘형어가풍~

　　인분위삼편이부악부, 관직 2년에 공사에 고민스럽고 슬픈 일이 있기에

　　비난받을 걸 생각 않고 노랫가 락에 드러내니~그로 해서 세 편으로

　　나누어 악부에 붙인다 初頭(초두)>

　　　*임상원(1638~1697): 조선 숙종 때 시인. 郡守(군수) 역임.

821. 靑裙女出木花田(청군여출목화전) 남치마 입은 여인 목화밭에서

　　나오다가

見客回身立路邊(견객회신입노변) 지나는 손 보고는 몸 돌려 길 가에 비켜서네.

白犬遠隨黃犬去(백견원수황견거) 흰 삽살개 멀리서 따라오다가 누렁이 수캐 만나더니

雙還却走主人前(쌍환각주주인전) 각기 헤어져 주인 앞으로 달려가는구나.

<申光洙 峽口所見협구소견, 두메 어귀에서 본 바>

*신광수(1712~1775); 조선 영조 때 右承旨, 敦寧都正(우승지, 돈녕도정). 호 石北(석북). 본관 高靈(고령). 글과 書畵(서화)에 뛰어나 文名(문명)을 전국에 떨쳤음.

822. 靑鸞不至海天闊(청란부지해천활) 푸른 난새 오지 않고 바다와 하늘 훤히 틔어

三十六峯明月明(삼십륙봉명월명) 서른 여섯 봉우리에 달이 밝구나.

<田禹治 三日浦삼일포, 고성 삼일포 後半(후반)>

*전우치(?); 조선 중종 때 道術家(도술가). 본관 潭陽(담양, 담양 아닌 자료도 있음). 松都(송도)에 거주, 기행과 도술로 유명하고 고대소설 '전우치전'이 있음.

823. 靑山不拒貧(청산불거빈) 청산은 가난을 거절하지 않아

赤手來謀食(적수래모식) 빈손으로 들어와도 먹을거리를 마련할 수 있네.

<李建昌 峽村記事협촌기사, 골짜기 마을 기록 시구>

*이건창 →662.

824. 靑山時立戶(청산시입호) 청산은 때때로 지게문에 들어오고
明月夜爲鄰(명월야위린) 명월은 밤이면 이웃이 되어주네.

　　<鄭道傳 村居卽事촌거즉사, 시골에 살며 즉흥으로 읊다 시구>

　*정도전 →406.

825. 靑山宛轉如佳人(청산완전여가인) 청산은 바뀌어 미인같이 되고
雲作香鬢霞作脣(운작향빈하작순) 구름은 향긋한 귀밑 털이요
노을은 입술일세.
更敎橫嵐學眉黛(갱교횡람학미대) 다시 비낀 아지랑이로 눈썹
먹을 본뜨게 하니
春風故作西施顰(춘풍고작서시빈) 봄바람은 일부러 서시의 찡
그림을 짓는구나.

　　<陳澕 宋迪八景圖山市晴嵐송적팔경도 산시청람,
중국 송적이 그린 팔경도 중 산골마을의 아지랑이 그림 앞부분>

　*진화 →73.

826. 靑松白鶴雖無分(청송백학수무분) 푸른 솔과 흰 학은 비록 연분
없으나
碧水丹山信有緣(벽수단산신유연) 푸른 물과 붉은 산은 참으로
인연 있구나.

　　<李滉 赴丹山書堂朴仲初·閔景說·南景琳·尹士推餞席留贈
부단산서당박중초·민경열·남경림·윤사추 전석유증, 단산서당에 가서
박중초 등 여러 사람의 전별 자리에서 지어 주다 시구>

　*이황 →1.

827. 清新庾開府(청신유개부) 시의 품격이 청신하기는 北周(북주)의
庾信(유신)이요

終始郭汾陽(종시곽분양) 부귀로 한결같기는 唐玄宗(당 현종)
때의 郭子儀(곽자의)로다.

<白文寶 杏村李侍中嵒挽詞행촌이시중암만사,
행촌 이암 시중 만사 시구>

*백문보(?~1374); 고려 공민왕 때 政堂文學(정당문학), 유학자. 호 淡庵
(담암). 시호 忠簡(충간). 본관 稷山(직산). 검소 결백하고 강직했으며,
문장에 능했음.

828. 清晨纔罷浴(청신재파욕) 맑은 새벽에 잠깐 목욕을 마치고(바람
을 쐬고)

臨鏡力不持(임경역부지) 거울(맑은 수면) 앞에서 힘을 가누지
못하네.

天然無限美(천연무한미) 타고난 한없는 아름다움은

摠在未粧時(총재미장시) 온통 단장하기 전에 있구나.

<崔瀣 風荷풍하, 바람 앞의 연꽃>

*최해 →384.

829. 清晨薰沐上高臺(청신훈목상고대) 이른 새벽 몸 깨끗이 하고 높
은 누대 오르니

目極扶桑瑞色開(목극부상서색개) 부상의 상서로움 눈 가득 펼
쳐지네.

風動玻瓈金柱立(풍동파려금주립) 바람이 수정 같은 파도 일으
켜 금 기둥이 서고

彩雲擎出九烏來(채운경출구오래) 오색구름은 해[九烏구오]를
받들고 나오는구나.

<鄭致 觀音寺望日出관음사망일출, 관음사에서 해돋이를 바라보다>

*정치 →481.

830. 清渭東流白髮垂(청위동류백발수) 동으로 흐르는 맑은 위수 물
가의 백발 노인
一竿誰見釣璜時(일간수견조황시) 낚싯대 하나로 佩玉(패옥)을
낚으려 했음을 그 누가 알던가.
悠悠湖海多漁父(유유호해다어부) 넓은 호수나 바다에 어부들
많았지만
不遇文王定不知(불우문왕정부지) 周(주) 문왕 같은 분 만나지
못한 사람들 그 얼마던고.

<申光漢 呂望여망, 중국 周(주)의 어진 신하 太公望(태공망)>

*신광한(1484~1555); 조선 명종 때 左右贊成(좌·우찬성), 학자. 호 企齋,
駱峰, 石仙齋, 青城洞主(기재, 낙봉, 석선재, 청성동주). 시호 文簡(문
간). 본관 高靈(고령). 문장, 시에 능했음.

831. 晴窓看貝葉(청창간패엽) 창문 밝으면 불경을 읽고
夜榻究禪關(야탑구선관) 밤이면 평상에서 참선의 길을 찾네.
世上繁華子(세상번화자) 속세의 일에 번거롭게 매달리는 이들
安知物外閑(안지물외한) 세상 물정 피해 한가로운 이 경지를 어
찌 알리오.

<鞭羊堂彦機 山居산거, 산 속에 살며 後半(후반)>

*편양당 언기(1581~1645); 조선 인조 때 승려. 호 鞭羊堂. 속성; 張氏(장씨). 본관 竹州(죽주). 묘향산의 서산대사에게 법을 받고 풍악산, 묘향산에서 禪敎(선교)를 강론했음.

832. 靑靑松柏秋(청청송백추) 소나무 잣나무 짙푸른 가을이요
　　　馥馥芝蘭春(복복지란춘) 지초 난초 향기 짙은 봄이로세.

　　　　　　<郭珛 贈朴中書中美증박중서중미,
　　　　　中書 官職(중서 관직)에 있는 박중미에게 시구>

　*곽곤(?); 미상.

833. 靑海水從銀漢落(청해수종은한락) 청해의 물 따라 은하수가 떨어져 내리고
　　　白雲天入玉山浮(백운천입옥산부) 흰 구름 걷히니 옥산이 떠오르네.

　　　　　<楊士彦 萬景臺만경대, 금강산 만경대 시구>

　*양사언(1517~1584); 조선 선조 때 府使(부사), 문장가, 명필. 호 蓬萊, 完丘, 滄海, 海客(봉래, 완구, 창해, 해객). 본관 淸州(청주). 4大書藝家(4대서예가)의 한 분임.

834. 草書入妙人傳聖(초서입묘인전성) 초서로 미묘한 경지에 들면 초성이라 하는데
　　　瓢飮安貧我歎賢(표음안빈아탄현) 표주박으로 물 떠 마시고 가난을 편하게 여김을 나는 어질다고 탄복하네.

　　　　　<金克己 讀林太學椿詩卷독임태학춘시권,
　　　　　태학 임춘의 시 두루말이를 읽고 시구>

*김극기 →22.

835. 初如蕩蕩懷春女(초여탕탕회춘녀) 처음에는 마음 설레는 봄처녀 같더니
　　　漸作寥寥結夏僧(점작요요결하승) 차츰차츰 고요해져 여름 참선 중이 되네.

　　　　　　　　　<李奎報 杜門두문, 문을 닫다 시구>

*이규보 →8.

836. 草有三椏綠(초유삼아록) 절의 뜰 풀에는 삼지닥나무가 푸르고
　　　塵無半點紅(진무반점홍) 절간은 먼지 없어 반쯤 불그레할 뿐 일세.

　　　　　　　　　<卓柱漢 三藏寺用板上韻삼장사용판상운,
　　　　　　삼장사에서 詩板(시판)의 운자를 써서 짓다 시구>

*탁주한(？); 조선 영조 때 歌人(가인). 본관 嘉平(가평). 敬亭山歌壇(경정산가단)에 출입한 유명가객이었음.

837. 楚子不成巫峽夢(초자불성무협몽) 楚襄王(초 양왕)은 巫山巫峽(무산무협)의 선녀 꿈 이루지 못했고
　　　漁翁虛負武陵春(어옹허부무릉춘) 무릉 땅 어부노인도 武陵桃源(무릉도원) 봄을 다시 찾지 못했다네.
　　　雲烟洞口僧三輩(운연동구승삼배) 구름 낀 골 어귀에는 중 셋이 있어 晉(진) 때 虎溪三笑圖(호계삼소도) 같고
　　　風雨峯頭月一輪(풍우봉두월일륜) 비바람 치는 봉우리에 둥근 달 하나 떴구나.

<許誠 題山水圖제산수도, 산수도 그림을 두고 짓다 시구>

*허계 →466.

838. 初唱聞皆說太眞(초창문개설태진) 처음에 부르는 노랫가락 모두 양귀비를 읊으니
至今如恨馬嵬塵(지금여한마외진) 지금도 마외 언덕에서 죽은 한이 여실하네.
一般時調排長短(일반시조배장단) 보통 시조는 장단 가락을 배열하나니
來自長安李世春(내자장안이세춘) 그것은 평양의 이세춘에게서 비롯되었네.

<申光洙 時節歌시절가, 時調(시조)>

*신광수 →821.

839. 悄悄深夜寒(초초심야한) 근심에 쌓인 깊은 밤 찬 바람 스미고
蕭蕭秋葉落(소소추엽락) 쓸쓸히 가을 잎 지네.

<許蘭雪軒 寄荷谷기하곡, 하곡에게 시구>

*허난설헌 →292.

840. 觸境能遊刃(촉경능유인) 느껴지는 境地(경지)대로 칼날 잘 놀리고
當機妙斲輪(당기묘착륜) 기틀 따라 묘하게 깎아 바퀴 만드네.

<釋天因 次韻雲上人病中作차운운상인병중작,
운 스님이 병중에 지은 시에 차운하다 시구>

*석천인 →743.

841. 觸處精金鏘有響(촉처정금장유향) 어디 닿으면 순금처럼 쟁그랑 소리 울리고

洗來團璧滑無瑕(세래단벽활무하) 씻으면 둥그런 구슬같이 매끈 해 티가 없네.

淸晨點筆秋牕下(청신점필추창하) 가을 맑은 새벽 창 밑에서 붓에 먹 찍으니

頓覺詩情十倍加(돈각시정십배가) 시정이 열 갑절 더해짐을 문득 깨닫겠구나.

<鄭夢周 謝日東僧永茂惠石硯사일동승영무혜석연, 일본 중 영무가 돌 벼루를 주어 고마워하며>

*정몽주 →85.

842. 矗矗尖尖怪怪奇(촉촉첨첨괴괴기) 삐죽하고 뾰족하고 기이 괴상 하여

人仙鬼佛摠堪疑(인선귀불총감의) 사람인지 신선인지 귀신인지 부처인지 도무지 알 수 없구나.

平生詩爲金剛惜(평생시위금강석) 내 평생 금강산을 위해 시를 아껴두었는데

及到金剛便廢詩(급도금강편폐시) 정작 금강에 이르고 보니 감히 붓 못 들어.

<申佐模 長安寺장안사, 금강산 장안사>

*신좌모(1799~1877); 조선 철종 때 吏曹參判(이조참판). 호 澹人(담인).

843. 蔥嶺鬼應開棧道(총령귀응개잔도) 印度(인도)의 총령에서는 귀 신이 응당 잔도를 열어주겠고

流砂神如作雲梯(유사신여작운제) 西域(서역) 사막에서는 신이
구름사다리를 만들어 주리.

<朴仁範 送儼上人歸乾竺國송엄상인귀건축국,
인도로 돌아가는 엄 스님을 송별하며 시구>

*박인범 →176.

844. 秋來陰雨不逢晴(추래음우불봉청) 가을 음산한 비에 갠 날 없더니
愁殺東籬菊花莖(수쇄동리국화경) 동편 울타리의 국화 줄기 시
름겹게 하네.
九死一身心尚在(구사일신심상재) 九死一生(구사일생)으로 살
아난 몸 마음만은 살아 있어
擬將餘齒看河淸(의장여치간하청) 남은 생애 황하 맑아지듯 하
기를 기다려보네.

<李荇 謫中感懷적중감회, 귀양 중의 감회>

*이행 →185.

845. 秋雨華容走阿瞞(추우화용주아만) 가을비 내리는 화용도 길을
조조가 달아나니
髯公一馬把刀看(염공일마파도간) 수염 많은 關雲長(관운장)
이 말에서 장검 짚고 바라보네.
軍前搖尾眞狐媚(군전요미진호미) 군사들 앞에서 꼬리 흔들며
아양떠는 여우 꼴이어서
可哂奸雄骨欲寒(가소간웅골욕한) 간사한 영웅이 발발 떠는 모
양 가소롭구나.

<宋晚載 華容道화용도,

중국 赤壁(적벽)의 화용도 길—觀優戲(관우희) 20수 제10수—>

*송만재(?); 조선 영조 때 歌人(가인). 農政家 徐有榘(농정가 서유구)의

4촌 처남임.

846. 啾啾多言費楮毫(추추다언비저호) 두런거리는 많은 말들 종이와
붓만 허비하고
三尺喙長只自勞(삼척훼장지자로) 석 자의 부리 길면 다만 수고
로운 뿐이리.
謫仙逸氣萬像外(적선일기만상외) 인간 세상으로 귀양온 신선
李太白(이태백)의 뛰어난 기상 온갖 모습을 넘었느니
一言足倒千詩豪(일언족도천시호) 한 마디 말로 천 명의 뛰어난 시
인들을 넘어뜨리는구나. (李白이백의 세속을 벗어난 기상을 가졌구나)

<陳澕 評李奎報詩평이규보시, 이규보의 시를 평하다>

*진화 →73.

847. 秋風杜老破茅屋(추풍두로파모옥) 가을바람에 杜甫(두보)의 초
가집 무너졌고
落日山公倒接䍦(낙일산공도접리) 저녁에 晉(진)의 山簡(산간)
은 習家池(습가지)에서 두건을 거꾸로 썼네.

<李穡 東山동산 시구>

*이색 →260.

848. 秋風唯苦吟(추풍유고음) 가을바람 선들 불어 괴롭고 안타까운데
擧世少知音(거세소지음) 세상에는 날 알아줄 친구 없구나.

窓外三更雨(창외삼경우) 한밤중 창밖에는 비가 내리고
燈前萬里心(등전만리심) 등불 앞의 내 마음 고향 만리 달려가네.

<崔致遠 秋夜雨中추야우중, 가을밤 비오는 속>

*최치원 →25.

849. 春光正在峰頭寺(춘광정재봉두사) 봄빛은 바로 산봉우리 절에
있건만
花外歸僧自不如(화외귀승자불여) 꽃 바깥 길 따라 돌아오는 중
은 그걸 모르네.

<白光勳 龍門春望용문춘망, 경기도 양평 용문산에서 봄을 바라다 後半(후반)>

*백광훈 →713.

850. 春水白魚爭潑潑(춘수백어쟁발발) 봄 냇물에 뱅어들 다투듯 팔
짝팔짝 뛰고
野田黃雀自飛飛(야전황작자비비) 들밭의 참새들 절로 펄펄 나네.

<鄭斗卿 田園卽事三首전원즉사삼수,
전원에서 즉시 읊다 세 수 제2수 시구>

*정두경 →279.

851. 春愁黯黯連空館(춘수암암연공관) 봄 시름은 은근하게 빈 객관
에 이어졌고
歸興翩翩落故山(귀흥편편낙고산) 귀향하는 흥겨운 꿈은 훨훨
고향 산에 이르네.

<蘇世讓 燕京卽事연경즉사, 연경(北京북경)에서 즉흥으로 읊다 시구>

*소세양 →621.

852. 春雨細不滴(춘우세부적) 봄비 보슬보슬 내려 빗방울지지 않더니
　　　夜中微有聲(야중미유성) 밤들자 들리는 나직한 빗소리.
　　　雪盡南溪漲(설진남계창) 눈도 녹아 앞개울 남실거릴 게라
　　　草芽多少生(초아다소생) 봄 풀 싹도 파릇이 돋았겠구나.

<鄭夢周 春興춘흥, 봄의 홍취>

*정몽주 →85.

853. 春陰欲雨鳥相語(춘음욕우조상어) 봄 그늘 진 속에 비오려 하니 새
　　　들 재잘거리고
　　　老樹無情風自哀(노수무정풍자애) 古木(고목)이 별 생각 없어 바
　　　람만 슬퍼하네.

<朴誾 福靈寺복령사 시구>

*박은 →3.

　　*學副眞才一代論(학부진재일대론) 학문에 참된 재주 당대의 公論(공론)
　　容齋正覺入禪門(용재정각입선문) 용재 李荇(이행)은 진정한 깨
　　달음으로 佛門(불문)에 들 듯했네. *용재 이행 →185.

　　海東亦有江西派(해동역유강서파) 우리에게도 또한 강서파가 있으니

　　* 江西派; 중국 宋(송) 때 蘇東坡(소동파)와 다른 詩風(시풍) 곧 唐(당)
　　　의 杜甫(두보)를 배울 것을 주장한 山谷 黃庭堅(산곡 황정견)의 詩派
　　　(시파). 그가 江西省(강서성) 사람이어서 강서파라 함.

　　老樹春陰抱翠軒(노수춘음읍취헌) '노수'와 '춘음' 읊은 박은이어라.
　　*위 시 참조.

<申緯 朴誾詩評박은시평, 박은의 시를 평하다>

*신위 →20.

854. 春意自能成細雨(춘의자능성세우) 봄의 뜻은 절로 가랑비를 내리게 하고

山光元不厭貧家(산광원불염빈가) 산 경치는 본디 가난한 집을 싫어하지 않네.

<李天輔 早春偶題조춘우제, 이른봄에 우연히 짓다 시구>

*이천보(1698~1761); 조선 영조 때 領議政(영의정). 호 晉庵(진암). 시호 文簡(문간). 본관 延安(연안). 관대하고 생각이 깊으며 허식을 차리지 않았고 시에 능했음.

855. 春風好去無留意(춘풍호거무유의) 봄바람이 더 머무를 뜻이 없어 즐겨 가버리니

久在人間學是非(구재인간학시비) 인간에 오래 있어 봐야 시비만 배울 것이기 때 문이리.

<趙云仡 送春日別人송춘일별인, 봄날에 벗을 보내며 後半(후반)>

*조운흘 →396.

856. 衝冠短髮心猶壯(충관단발심유장) 관을 찌르는 머리 짧으나 마음만은 장해

透甲長虹劒自雄(투갑장홍검자웅) 갑옷을 뚫는 긴 무지개 같은 장검이로세.

<崔大立 義州砲臺의주포대, 평북 의주의 포대 後半(후반)>

*최대립 →251.

857. 忠勤定國新開府(충근정국신개부) 나라안정에 충성을 다해 새

軍營(군영) 열었고

淡泊爲家只俸錢(담박위가지봉전) 욕심 없어 집을 위해서는 다
만 녹봉뿐이었어라.

<鄭夢周 奉次鐵城府院君在盈德所著詩韻 봉차철성부원군재영덕소저시운,
철성부원군 崔瑩(최영)이 영덕에서 지은 시에 받들어 차운하다 시구>

*정몽주 →85.

858. 醉睡仙家覺後疑(취수선가각후의) 신선도 닦는 운백의 집에서
취해 자다 깨어나니 아리송한데
白雲平壑月沈時(백운평학월침시) 흰 구름이 골을 덮고 새벽달
넘어가네.
翛然獨出脩林外(소연독출수림외) 허둥지둥 걸어 숲 밖으로 빠
지려니
石逕筇音宿鳥知(석경공음숙조지) 자갈길 지팡이 소리에 자던
새 놀라누나.

<朴淳 訪曺雲伯二首방조운백이수, 조운백을 찾아가다 두 수 제2수>

*이 시 끝 '宿鳥知'로 해서 지은이는 '숙조지 선생' 애칭을 받았음.

*박순(1523~1589); 조선 선조 때 領議政(영의정), 학자. 호 思庵(사암). 시
호 文忠(문충). 본관 忠州(충주). 퇴계 선생과 사귀어 계발된 바 많았다 함.

859. 醉後却思陳藥石(취후각사진약석) 술 깬 뒤에는 임금께 깨우치
는 말씀 아뢰리라 생각하지만
老來無復進鹽梅(노래무부진염매) 늘그막이 되어 나라 일 도울
길 다시없구나.

<尹澤 偶吟우음, 우연히 읊다 前半(전반)>

*윤택(1289~1370); 고려 공민왕 때 贊成事(찬성사). 호 栗亭(율정). 시
호 文貞(문정). 본관 茂松(무송). 손자 紹宗(소종).

860. 七十老孀婦(칠십노상부) 일흔 살 늙은 홀어미
單居守空壺(단거수공호) 빈 안방 지키며 혼자 산다네.
慣讀女史詩(관독여사시) 王后(왕후) 모시는 女子書記(여자서
기)의 시도 늘 읽었고
頗知姙姒訓(파지임사훈) 어진 어머니였던 太姙(태임)과 太姒
(태사)의 가르침도 자못 알고 있다네.
傍人勸之嫁(방인권지가) 이웃사람 시집가라 권하며
善男顔如槿(선남안여근) 남자 얼굴이 무궁화 꽃 같다 하는구나.
白首作春容(백수작춘용) 백발에 청춘같이 꾸미라는 것이니
寧不愧脂粉(영불괴지분) 연지와 분에 어찌 부끄럽지 않겠소.

<柳夢寅 孀婦상부, 홀어미>

*유몽인 →168.

861. 快哉農家樂(쾌재농가락) 상쾌하도다, 농가의 즐거움이여
歸田從此始(귀전종차시) 田園(전원)에 돌아온 게 이제 시작되
는구나.

<李奎報 遊家君別業西郊草堂二首유가군별업서교초당이수,
아버지의 별장 서교초당에서 두 수   제1수 끝>

*이규보 →8.

ㅌ부 (862~872)

862. 濯髮淸川落未收(탁발청천낙미수) 맑은 냇물에서 머리 감다가 빠진 것 못 주워

　　一莖飄向海東流(일경표향해동류) 머리칼 한 올 물에 떠 바다로 흘러가네.

　　蓬萊仙子如相見(봉래선자여상견) 봉래산 신선들 이 머리칼 서로 보면서

　　應笑人間有白頭(응소인간유백두) 인간에도 백발 있는가 응당 웃으리라.

＜宋時烈 濯髮탁발, 머리 감다＞

*송시열→133.

863. 擢玉亭亭倚寺門(탁옥정정의사문) 옥 뽑아 올린 듯 우뚝하게 절 문에 기대어

　　僧言錫杖化靈根(승언석장화영근) 석장[지팡이]이 변해 신령스러운 뿌리가 되었다고 중들은 말하네.

　　杖頭自有曹溪水(장두자유조계수) 지팡이 꼭지에 절로 조계종의 근원 물이 있어

　　不借乾坤雨露恩(불차건곤우로은) 하늘땅의 비와 이슬 은혜를 빌리지 않는구나.

＜李滉 浮石寺飛仙花樹부석사비선화수,
경북 榮州(영주) 부석사의 비선 꽃나무＞

*비선화수; 義湘大師(의상대사)가 인도로 갈 때 꽂은 지팡이가 살아난 나무.

*이황→1.

864. 彈琴人去鶴邊月(탄금인거학변월) 거문고 타던 분 가고 없어 학만 달 아래 날고

吹笛客來松下風(취적객래송하풍) 나그네 피리소리만 솔바람에 실려오네.

萬事一回悲逝水(만사일회비서수) 세상만사 한번 물 흘러가듯해 슬프고

浮生三歎撫飛蓬(부생삼탄무비봉) 덧없는 인생 쑥대처럼 떠도는 삶임을 거듭거듭 탄식하네.

<朴祥 彈琴臺탄금대, 충주의 탄금대 시구>

*박상→187.

865. 塔影倒江翻浪底(탑영도강번랑저) 탑 그림자는 강물에 거꾸로 져서 물결 속에서 일렁이고

磬聲搖月落雲間(경성요월낙운간) 풍경소리는 달을 흔들어 구름 새로 메아리치네.

<朴寅亮 使宋過泗州龜山寺사송과사주구산사,
송 나라에 사신으로 가다가 사주 구산사를 지나며 시구>

*이 시는 그 절 현판에 새겨진 유명한 작품임.

*박인량→734.

866. 湯氷俱是水(탕빙구시수) '끓는 물이나 얼음이나 모두 물이요

裘葛莫非衣(구갈막비의) 겨울옷이든 여름옷이든 옷이 아니랴'는 청음의 말씀

事或隨時別(사혹수시별) 일이란 사정에 따라 달라지기도 하지만

心寧與道違(심녕여도위) 마음이야 어찌 도에 어긋나게 가지리오.

<崔鳴吉 在審獄和淸陰韻재심옥화청음운,
심양 옥중에서 청음 金尙憲(김상헌)의 시에 화운하다 시구>

*최명길 →704.

867. 蕩蕩乾坤皆在御(탕탕건곤개재어) (임금님은) 넓고 큰 하늘과 땅을 모두 제어하고
滔滔江漢盡朝宗(도도강한진조종) 거침없이 흐르는 강물이 바다에 모이듯 모두 모으네.
曈曈紅日行黃道(동롱홍일행황도) 돋아 오르는 붉은 해는 하늘 길로 가고
靉靆卿雲繞紫宮(애체경운요자궁) 자욱히 낀 상서로운 구름 궁궐을 둘렀구나.

<金勘 貫虹樓관홍루, 무지개를 꿰뚫는 누각-왕과 사직 송축시 시구>

*김감 →167.

868. 態度如玉樹臨風(태도여옥수임풍) 태도는 느티나무가 바람에 한들거리는 것 같고,
胸襟若氷壺貯月(흉금약빙호저월) 품은 생각은 얼음 병에 담긴 달 같다.

<河千旦 鄭璨爲工部尙書官誥정찬위공부상서관고,
정찬을 공부상서로 하는 관고 구>

*하천단 →150.

869. 苔碑勝迹傳從昔(태비승적전종석) 이끼 낀 비석의 좋은 자취 옛
　　날 일을 일러주고
　　素壁新詩記自今(소벽신시기자금) 흰 벽의 새로운 시는 요즈음
　　쓴 것일세.

　　　　<釋義砧 靈通寺西樓次古人韻영통사서루차고인운,
　　　　영통사 서루에서 옛 분 杜甫(두보)의 시에 차운하다 시구>

　　*석의침(?); 조선 중종 때 學僧(학승, 학문하는 스님). 호 月窓(월창). 曺
　　偉(조위)와 함께 두보의 시를 번역했으니 곧 '杜詩諺解(두시언해)'임.

870. 吐鳳成文價益高(토봉성문가익고) 봉황을 토하듯 훌륭한 글 이
　　루니 값어치 더욱 높고
　　畫蛇着足難藏拙(화사착족난장졸) 뱀을 그리며 발까지 덧붙였으
　　니 치졸함을 감추기 어렵네.

　　　　<李仁老 扈從放榜호종방방,
　　　　과거급제 발표에 임금님을 수행하여 시구>

　　*이인로 →60.

871. 土床冬暖足(토상동난족) 흙마루는 겨울에 발을 따뜻이 해주고
　　蓽牖夏散髮(필유하산발) 대로 얽은 창은 여름에 머리칼 날리네.

　　　　<洪逸童 傚八音體寄剛中효팔음체기강중,
　　　　팔음체를 본떠 徐居正(서거정)에게 부치다 시구>

　　*홍일동 →319

872. 兎罝歌赳赳(토저가규규) 토저에서는 씩씩한 모양을 노래했고

*赳赳武夫 公侯干城(규규무부 공후간성, 씩씩한 무사들이여 제후의 방패로다) <詩經 周南 兎置>

江漢詠洸洸(강한영광광) 강한에서는 무사들 용감하다고 읊었네.

*江漢湯湯 武夫洸洸(강한탕탕 무부광광, 강한의 물결 출렁이고 무사들 용감하도다)<詩經 大雅 江漢>

<金訢 大唐中興五十韻대당중흥오십운,
당 나라의 중흥 50운(100구) 시구>

*김흔 →169.

포부 (873~901)

873. 頗牧今千載(파목금천재) 염파와 이목 장군은 지금 천년 전 일이
되었고

*파목; 중국 戰國(전국) 때 趙(조)의 廉頗, 李牧(염파, 이목) 두 장수. 匈奴
(흉노)가 이들을 두려워했음.

桓文古一人(환문고일인) 환공과 문공도 옛 한 사람들에 지나지 않네.

*환문; 중국 春秋(춘추) 때 齊桓公(제 환공)과 晉文公(진 문공). 이들은
周(주) 나라 왕을 높이 모시려고 애썼음.

<李時楷 亂後聞京信난후문경신,
병자호란 뒤에 서울 소식을 듣고 시구>

*이시해 →528.

874. 貝錦誰將委豺虎(패금수장위시호) 참소하는 무리를 누가 잡아 늑
대에게 줄까

*패금; ①조가비 무늬같이 아름다운 비단. ②남을 중상하는 말을 꾸며
내는 일.

干戈無奈到參商(간과무내도삼상) 전쟁은 어쩔 수 없이 삼상(삼
과 상의 두 별, 멀리 떨어진 곳)까지 이르렀네.

<李齊賢 題長安逆旅제장안역려, 중국 장안의 여관에서 시구>

*이제현 →9.

875. 敗荷終夜響(패하종야향) 시든 연잎은 밤새도록 바람에 사각거
리고
衰柳半池陰(쇠류반지음) 앙상한 버들가지는 못의 반쯤에 그늘
지네.

<鄭蘭宗 題海州鳳池樓제해주봉지루, 해주 봉지루 누각에서 시구>

*정난종(1433~1489); 조선 성종 때 判書(판서), 右參贊(우참찬). 호 虛
白堂(허백당). 시호 翼惠(익혜). 본관 東萊(동래). 文武兼全(문무 겸전)
했음

876. 鞭石擬窮烏兎窟(편석의궁오토굴) 바위를 채찍질해 해와 달이
     있는 굴을 엿보고
     乘槎直泛斗牛津(승사직범두우진) 신선 배 바로 타고 북두 직녀
     성 나루에 뜨리라.

              <洪彦忠 遊橘島유귤도, 귤도 섬 유람 시구>

     *홍언충 →270.

877. 平蕪淡淡接烟津(평무담담접연진) 평평한 거친 들판 산뜻하게
     안개 낀 나루에 닿았고
     鏡面澄澄絶點塵(경면징징절점진) 거울같이 맑은 강물 티끌 한
     점 없구나.

        <申從濩 次正使董公泛大同江韻차정사동공범대동강운,
          사신 동공이 대동강에 배 띄운 시에 차운하다 시구>

     *신종호→776.

878. 平生南與北(평생남여북) 평생 남과 북 사방으로 다니니
     心事轉蹉跎(심사전차타) 바라는 일 어긋나고 마네.
     故國海西岸(고국해서안) 고국은 바다 너머 서쪽
     孤舟天一涯(고주천일애) 외로이 하늘 끝에 와 있구나.
     梅窓春色早(매창춘색조) 매화 핀 창에 봄빛 일찍 오고,

板屋雨聲多(판옥우성다) 판자로 지은 집에는 빗소리 크게 들리네.
獨坐消長日(독좌소장일) 홀로 앉아 긴 날을 허비하노라니
那堪苦憶家(나감고억가) 집 생각하는 괴로움 어이 견뎌낼 건가.

<鄭夢周 旅寓여우, 여행중의 숙박>

*정몽주 →85.

眞傳理學冠東邦(진전이학관동방) 성리학을 바르게 전하기로는 우
리 나라의 으뜸
節義堂堂百世降(절의당당백세강) 절의도 당당하게 백세토록 전해
내려오네.
不謂詞章兼卓犖(불위사장겸탁락) 詩歌(시가)와 문장 겸해 월등
히 뛰어남을 말하지 않아도
雨聲板屋早梅窓(우성판옥조매창) '판잣집의 빗소리' '일찍 피는 매
화 창'일세.

*끝 구는 위 시(旅寓—5言律詩)의 경련[梅窓春色早 板屋雨聲多]을 인용했음.

<申緯 鄭夢周詩評정몽주시평,
정몽주의 시를 평하다 東人論詩絶句(동인논시절구)>

*신위. →20.

879. 平生牢落知誰藉(평생뇌락지수자) 평생을 꿋꿋하게 산 것이 누
굴 믿고 그랬던가
投老逡遭只自憐(투로둔전지자련) 늙어지며 머뭇머뭇 살아가니
절로 가련하구나.

<鄭士龍 後臺夜坐二首후대야좌이수,
밤에 뒤편 누대에 앉아 두 수 제2수 시구>

*정사룡(1491~1570); 조선 명종 때 判中樞府事(판중추부사). 호 湖陰
(호음). 본관 東萊(동래). 네 왕을 섬겨 太平宰相(태평재상)이라 했고 문
장이 豪邁(호매)했음.

880. 平生不識梅花訣(평생불식매화결) 평생 매화의 감춰진 바를 알
지 못해
胸裏槎牙苦未平(흉리차아고미평) 가슴속 모나게 얽힌 마음 괴
로워 편치 않더니
獨向涪翁參妙理(독향부옹참묘리) 홀로 부옹[黃庭堅황정견]의
묘리를 살피어
嫩寒淸曉到孤山(눈한청효도고산) 으스스 춥지만 맑은 새벽에
고산[林逋임포]의 경지에 이르렀네.

<田琦 畫題三絶화제삼절, 그림에 쓴 시 세 수 제1수>

*전기(1825~1854); 조선 철종 때 화가. 호 古藍, 杜堂(고람, 두당). 본관
開城(개성). 헌걸차고 빼어나 晋唐(진당) 시대의 그림 속 인물 같았음.
시를 지으면 남이 말한 것은 쓰지 않았고 안목과 筆力(필력)이 국내에
국한되지 않았다 함.

881. 平生智略傳黃石(평생지략전황석) 평생의 슬기로운 計略(계략)
황석공에게서 전해 받고
老去功名付赤松(노거공명부적송) 늙어서는 공명을 마다하고 적
송자 신선 따랐네.
堪笑世人長役役(감소세인장역역) 세상사람들 오래 경박 간사함
이 우습나니
功成勇退是英雄(공성용퇴시영웅) 공을 이루고는 장량처럼 용퇴
함이 곧 영웅일세.

<蔡壽 張良장량, 漢高祖(한 고조)의 충신 장량 後半(후반)>

*채수→78.

882. 平生喜作俳諧句(평생희작배해구) 평생 농담 같은 시구를 즐겨
　　지어
　　惹起人間萬口喧(야기인간만구훤) 수많은 사람의 입에 오르내
　　리게 했구나.
　　從此括囊聊卒歲(종차괄낭요졸세) 이제부터 죽을 때까지 입 다
　　물고 있으려니
　　向來宣聖欲無言(향래선성욕무언) 옛 공자께서도 '말하지 않으
　　련다' 하셨더니라.

　　　　　　<權韠 寄甥姪기생질, 누이의 아들에게 주다>

*권필→92.

883. 平安壯士目雙張(평안장사목쌍장) 평안도 장사가 두 눈을 부릅떠
　　快殺邦讐似殺羊(쾌살방수사살양) 나라 원수[伊藤博文이등박
　　문] 죽이기를 양을 잡듯 했구나.

<金澤榮 聞義兵將安重根報國讐事三首 문의병장안중근보국수사삼수,
　　의병장 안중근의 나라 원수를 갚은 거사를 듣고 세 수 제1수
前半(전반)>

*김택영(1850~1927); 韓末(한말) 유학자, 문학가. 호 滄江, 韶護堂主人
　(창강, 소호당주인). 고종 때 中樞院書記官(중추원 서기관), 광무7년
　(1903) 學部 編輯委員(학부 편집위원) 등 역임.

884. 平湖春暖煙千里(평호춘난연천리) 넓은 호수에 봄날 마스해 천
리에 안개 끼이고

古岸秋高月一航(고안추고월일항) 옛 언덕에 가을 깊어 달은 한
척 배로구나.

<偰長壽 漁翁어옹, 어부 늙은이 시구>

*설장수 →252.

885. 布衾擁衆兒(포금옹중아) 베 이불에 아이들 끼고 누우니

窮若將雛鴨(궁약장추압) 궁색하기 새끼 거느린 오리 같아라.

竟夜眠不得(경야면부득) 밤이 다하도록 잠들지 못해

農談逮明發(농담체명발) 농사 이야기로 새벽에 이르렀구나.

<金克己 田家四時전가사시, 농가의 춘하추동 終聯(종련)>

*김극기 →22.

886. 表裏江山坐萬家(표리강산좌만가) 강과 산 안팎으로 집들 가득 들
어섰으니

舊京形勝復何加(구경형승부하가) 서울 개성이 경치 좋다해도 더
할 나위 없네.

已知河勝金城固(이지하승금성고) 강물이 金城湯池(금성탕지)보
다 굳센 줄 이미 알지만

且更諳他德勝河(차갱암타덕승하) 그보다도 덕을 베푸는 게 강물
보다 나은 줄을 알아야 하리라.

<李奎報 江華島강화도>

*이규보 →8.

* 齊名陳李有誰知(제명진이유수지) 이규보와 진화의 나란한 명성 누가 알랴

片羽零金恰小詩(편우영금흡소시) 조각 깃, 금 부스러기 같은 하찮은 글귀도 작은 시가 되네.

密葉翳花雲漏日(밀엽예화운누일) 빽빽한 잎사귀에 가려진 꽃과 구름 새로 새는 햇살에 *이규보의 '夏日卽事2首' 제2수 3, 4구.

一江春雨碧絲絲(일강춘우벽사사) 앞강에 내리는 봄비는 푸른 실 오리일세. *진화의 시 '野步'의 끝구.

<申緯 陳澕·李奎報詩評진화·이규보시평,
진화와 이규보의 시를 평하다>

*진화 →73.

*신위 →20.

887. 風動玻瓈金柱立(풍동파려금주립) 옥 같은 물에 바람 일며 금 기둥이 서더니

彩雲擎出九烏來(채운경출구오래) 찬란한 구름이 해를 떠받들어 나오게 하네.

<鄭致 觀音寺望日出관음사망일출,
관음사에서 해돋이를 바라보며 시구>

*정치 →481.

888. 風來聲慽慽(풍래성척척) 바람 불면 그 소리 우수수 슬퍼지고

月上影紛紛(월상영분분) 달이 뜨면 그 그림자 어질어질 어지럽구나.

<金時習 落葉낙엽>

*김시습 →81.

889. 風流太守二千石(풍류태수이천석) 풍류 넘치는 태수는 2천 섬
    높은 벼슬인데
    邂逅故人三百盃(해후고인삼백배) 뜻밖에 옛 친구 만나 3백 잔
    술 마시네.

<鄭夢周 重九題明遠樓중구제명원루,
중구 날 명원루를 두고 짓다 시구>

*정몽주 →85.

890. 風伯之所橐籥(풍백지소탁약) 바람의 신이 풀무질하는 곳이요
    海若之所室家(해약지소실가) 바다의 신이 사는 집일세.

<李穡 觀魚臺賦관어대부,
경북 영덕군 영해(寧海)의 '물고기 노는 걸 보는 누대' 글(부) 구>

*이색 →260.

891. 風飜夜石陰山動(풍번야석음산동) 밤바람이 바위를 뒤흔드니
    內蒙古(내몽고)의 음산이 움직거리고
    雪入春澌月窟開(설입춘시월굴개) 잦아드는 봄물에 눈이 내려
    달이 지는 월굴이 열리네.

<洪翼漢 瀋獄踏靑日詠懷심옥답청일영회,
심양 감옥에서 답청일(삼짇날)에 회포를 읊다 시구>

*홍익한(1586~1637); 조선 인조 때 兵曹正郞(변조정랑). 호 花浦(화포).

시호 忠正(충정). 丙子胡亂(병자호란) 때 和議(화의)를 극구 반대하여
吳達濟(오달제), 尹集(윤집)과 함께 淸(청)에 잡혀가 죽음을 당하니 이
들을 丙子3學士(병자3학사)라 함.

892. 楓山灝氣千年積(풍산호기천년적) 풍악산 가득 맑은 기운 천년
    을 쌓였고
    蓬海蒼波萬丈深(봉해창파만장심) 동해의 푸른 파도 만길 깊어라.

    <宋時烈 遊楓岳次尹美村韻유풍악차윤미촌운,
    금강산을 유람하며 윤 미촌의 시에 차운하다 시구>

    *송시열 →133.

893. 風送客帆雲片片(풍송객범운편편) 바람 타고 지나는 배 돛들은
    구름 조각 조각들이요
    露凝宮瓦玉鱗鱗(노응궁와옥린린) 궁전 기와에 엉긴 이슬은 옥
    비늘 비늘들일세.

  <鄭知常 長遠亭장원정, 고려의 離宮(이궁) 장원정 頷聯(함련, 3, 4구)>

    *정지상 →134.

894. 風樹多危葉(풍수다위엽) 바람에 흔들리는 나무에는 위태로운
    잎이 많고
    秋山易夕陽(추산이석양) 가을 산에는 석양이 쉬이 드리우네.
    雁行斜度漢(안항사도한) 기러기행렬 비스듬히 한강을 건너고
    蛩韻冷依床(공운냉의상) 귀뚜라미 우는 소리 침상에 차갑구나.
    病欲侵年至(병욕침연지) 병은 나이 먹어갈수록 스며들고
    愁今抵夜長(수금저야장) 수심은 밤 깊을수록 더하는구나.

知音空海內(지음공해내) 참된 벗 나라 안에 없으니

誰與一商量(수여일상량) 누구와 함께 뜻을 나눌꼬.

<李荇 風樹풍수, 바람 앞의 나무 제1수>

*이행 →185.

895. 風月無私隨處足(풍월무사수처족) 맑은 바람과 밝은 달은 공평
하여 이르는 곳마다 흡족하고

乾坤大度放子閑(건곤대도방자한) 천지는 도량이 커 나를 한가
롭게 내버려두네.

<卓光茂 景濂亭경렴정,
益齊 李齊賢(익제 이제현)이 이름지은 경렴정 시구>

*탁광무 →383.

896. 風月不隨黃鶴去(풍월불수황학거) 바람과 달 좋은 경치는 신선
이 된 崔致遠(최치원) 선생을 따라가지 않았고

烟波相逐白鷗來(연파상축백구래) 안개 낀 물결과 갈매기는 오
라고 서로 부르고 따르네.

雨晴山色濃低檻(우청산색농저함) 비 개니 난간 밖으로 산 경치
짙고

春盡松花亂入盃(춘진송화난입배) 봄이 다 가매 송화 가루 술잔
에 날아드네.

<蔡洪哲 月影臺월영대, 경남 馬山(마산)의 월영대 시구>

*채홍철(1262~1340); 고려 충숙왕 때 三重大匡(삼중대광). 호 中菴(중
암). 본관 平康(평강). 文章技藝(문장기예)에 정교했고 불교를 즐겼음.

897. 風裁人如玉(풍재인여옥) 풍채는 옥같이 깨끗하고
文章筆似椽(문장필사연) 문장은 붓이 서까래만 하도다.
英靈星岳降(영령성악강) 영특한 정신은 별과 산의 정기 받았고
襟韻雪霜鐲(금운설상견) 마음씨와 인품은 눈과 서리 같이 조
졸하네.

<徐居正 送南原梁君誠之詩百韻송남원양군성지시백운,
양성지 군을 남원으로 송별하며 지은 시 백운(200구) 시구>

*서거정 →26.

898. 風定江淸上小舟(풍정강청상소주) 바람자고 강물 맑아 작은 배
에 오르니
兩兩鴛鴦相對浮(양량원앙상대부) 원앙새 쌍쌍이 마주 떠 있네.
愛之欲近忽飛去(애지욕근홀비거) 귀여워 가까이 가려하니 문
득 날아가
芳洲日暮謾回頭(방주일모만회두) 꽃다운 물가 해 저무니 부질
없이 머리 돌리네.

<李混 春日江上卽事三首춘일강상즉사삼수,
봄날 강 위에서 즉흥으로 읊다 세 수 제3수>

*이혼 →325.

899. 風定花猶落(풍정화유락) 바람은 자는데도 꽃은 지고
鳥鳴山更幽(조명산갱유) 새가 우니 산은 다시 그윽하구나.
天共白雲曉(천공백운효) 하늘과 흰 구름 함께 새벽이 되고
水和明月流(수화명월류) 강물은 밝은 달을 싣고 흘러가네.

<李萬元 古意고의, 古風(고풍)—회고의 정>

*이만원(?); 조선 숙종 때 觀察使(관찰사), 參判(참판). 호 二憂堂(이우
당). 본관 延安(연안). 閔妃廢妃論(민비폐비론)을 반대했고, 宋時烈(송
시열)을 極諫(극간)하는 등 논조가 秋霜(추상) 같았음.

900. 風透破窓搖燭影(풍투파창요촉영) 바람은 부서진 창으로 들어와
촛불 흔들고
雨侵疎壁濕蛩聲(우침소벽습공성) 비는 허술한 벽에 스며 귀뚜
라미 소리 적시네.

<賢孫 秋夜有懷추야유회, 가을밤의 회포 시구>

*현손; 이현손. 鳴陽副正(명양부정)에 봉해진 王族(왕족)이므로 姓(성)을
쓰지 않았음.

901. 筆得鍾王妙(필득종왕묘) 글씨는 鍾繇(종요)와 王羲之(왕희지)의
묘법을 얻었고

*종요(151~230); 중국 삼국시대 魏(위) 나라의 隸書(예서) 名家(명가).

*왕희지(307~365); 중국 晉(진)의 書聖(서성).

詩羞魏晉卑(시수위진비) 시는 위와 진 나라 때의 비속함을 부끄럽
게 여겼네.

<白光勳 自述자술, 나 스스로의 설명 시구>

*백광훈 →713.

효부 (902~967)

902. ㄱ)夏之興也以塗山(하지흥야이도산) 하 나라의 일어남은 도산에
서요

*塗山; 중국 고대 禹(우) 임금이 諸侯(제후)들을 모이게 했던 곳.

殷之興也以莘野(은지흥야이신야) 은 나라의 일어남은 신야에서라.

*莘野; 중국 殷(은)의 伊尹(이윤)이 有莘(유신)의 들에 은거해 농사짓던
곳.

    <無名氏 睿宗册延德宮主爲王妃册예종책연덕궁주위왕비책,
        예종이 연덕궁주를 왕비로 봉하는 죽책문 구>

    ㄴ)塗山適而夏業興(도산적이하업흥) 도산에서 맞이하매 하 나라
가 일어나고
大任歸而周室盛(태임귀이주실성) 太姙(태임)이 시집오매 주 나
라가 흥성했다.

*태임; 周(주) 季歷(계력)의 아내, 周 文王(주 문왕)의 어머니.

<無名氏 熙宗封任氏爲咸平宮主册희종봉임씨위함평궁주책, 희종이
        임씨를 함평궁주로 봉하는 죽책문 구>

903. 學派則鯨噴海濤(학파즉경분해도) 학문의 흐름[갈래]은 고래가
큰 물결 내뿜는 듯
詞鋒則劍倚雲漢(사봉즉검의운한) 글의 날카로움은 長劍(장검)
이 은하수에 기댄 듯.

            <崔致遠 獻詩啓헌시계,
        시를 바치며 여쭈다 ―顧雲詩評고운시평 句(구)>

*顧雲(―890―); 중국 唐(당)의 시인. 최치원의 知己之友(지기지우)였음.

*최치원 →25.

904. 漢家信美非吾土(한가신미비오토) 중국 땅 아름다우나 내 고장
이 아니니
歸夢時時落海東(귀몽시시낙해동) 돌아갈 꿈은 시시로 해동에
서 멎는구나.

<朴恒 北京路上북경노상, 북경 길을 가며 시구>

*박항(1227~1281); 고려 충렬왕 때 左丞相(좌승상). 시호 文懿(문의).
본관 春川(춘천). 문장이 뛰어났고 매사 공명정대했음.

905. 寒谷積陰春到晚(한곡적음춘도만) 추운 골짜기 그늘 깊어 봄 늦
게 오고
海村耕岸雪消遲(해촌경안설소지) 바다 마을 언덕 밭도 눈 녹기
더디네.

<洪瑞鳳 寄申象村기신상촌, 상촌 申欽(신흠)에게 시구>

*홍서봉(1572~1645); 조선 인조 때 領議政(영의정). 호 鶴谷(학곡). 시
호 文靖(문정). 본관 南陽(남양). 丙子胡亂(병자호란) 수습에 힘을 썼
고, 문장에 능하고 시에 뛰어났음.

906. 翰墨餘生老採樵(한묵여생노채초) 글[붓, 먹]로 살던 여생 땔나
무꾼으로 늙어가니
兩肩秋色動蕭蕭(양견추색동소소) 가을빛은 두 어깨를 비쳐 쓸
쓸하구나.
山風吹入長安路(산풍취입장안로) 산바람은 장안[서울] 길에 불
어오는데
曉到東門第二橋(효도동문제이교) 새벽에 동문 둘째 다리 나무
시장에 왔네.

<＜趙秀三 販樵판초, 땔나무―장작―을 팔다＞

*조수삼(1762~1849); 조선 정조 때 시인. 호 秋齋, 經畹(추재, 경원). 본
관 漢陽(한양). 문장이 博通(박통)하고 시에 크게 능하여, 중국에 여섯
번이나 왕래하며 四海名士(사해명사)들과 사귀었고 80 세에 司馬試(사
마시)에 합격했음.

907. 寒松亭畔雙輪月(한송정반쌍륜월) 한송정 가에는 하늘과 물의
두 둥근 달이요
鏡浦臺前一陣風(경포대전일진풍) 경포대 앞에는 시원한 바람
한바탕 불리.
沙上白鷗恒聚散(사상백구항취산) 바닷가 모래밭에 갈매기들
모였다 흩어지고
波頭漁艇每西東(파두어정매서동) 파도머리 고깃배 이리저리
오가리.

＜申師任堂 思親사친, 어버이를 그리워하며 시구＞

*신사임당(1512~1559); 조선 중종 때 여류서화가, 문장가. 호 師任堂
(사임당, 思任堂, 師妊堂), 媤任堂(시임당), 妊師齋(임사재). 본관 平山
(평산). 栗谷 李珥(율곡 이이)의 어머니임.

908. 捍水功高馬岩石(한수공고마암석) 물을 막는 큰 공은 마암 바위요
浮天勢大龍門山(부천세대용문산) 하늘 높이 뜨는 형세 용문산
일세.

＜李穡 驪興淸心樓題次韻여흥청심루제차운,
여주 신륵사의 청심루를 지은 시에 차운하다 시구＞

*이색 →260.

909. 韓彭竟葅鹽(한팽경저염) 漢高祖(한 고조)의 신하 한신과 팽월
　　　은 드디어 소금에 절여졌고
　　　蕭周亦械繫(소주역계계) 소하와 주발 역시 형틀에 매이고 말았
　　　구나.

　　　　　<魚世謙 和御製示功臣詩代人作어제시공신시대인작,
　　　　왕이 지은 공신을 나타낸 시에 화답해 다른 사람 대신 짓다 시구>

　　　*어세겸(1430~1500); 조선 연산군 때 左議政(좌의정). 호 西天(서천).
　　　시호 文貞(문정). 본관 咸從(함종). 문장과 필법이 뛰어났음.

910. 海客查通銀漢上(해객사통은한상) 뱃사공의 뗏목 배는 은하수
　　　로 통하고
　　　仙人笙降紫霄間(선인생강자소간) 신선이 피리 불며 하늘에서
　　　내려오네.

　　<許邕 驪江樓여강루, 경기도 여주 神勒寺 淸心樓(신륵사 청심루) 시구>

　　　*허옹(?); 고려 忠肅王(충숙왕) 때 典理判書(전리판서). 호 迂軒(우헌).
　　　본관 丹城(단성). 강직하기로 이름났음.

911. 奚論骨力韻優優(해론골력운우우) 시의 넉넉함을 어찌 힘으로 논할
　　　건가
　　　城枕寒江地易秋(성침한강지이추) '찬 강에 누웠으니 가을되기 쉽
　　　네'의 시구

　　　*이수광의 詩句 →793.

　　　眞見人家有跨竈(진견인가유과조) 아비보다 나은 아들 가진 집 누
　　　구네인가

詩文雙絶李東洲(시문쌍절이동주) 시와 문에 모두 뛰어난 이민구네라 하겠네.

<申緯 李敏求父子詩評이민구부자시평, 이민구 부자의 시를 평하다>

*이민구(1589~?); 인조 때 문관. 호 東洲, 觀海道人(동주, 관해도인). 본관 全州(전주). 李睟光(이수광)의 아들. 인조 때 兵曹參判(병조참판)이었는데, 병자 호란 때 강화 함락의 책임으로 寧邊(영변)으로 귀양가 사망했음. 문장으로 유명하고 詩文(시문)에 능했으며 東洲集(동주집)이 있음.

*신위 →20.

912. 海明先見日(해명선견일) 바다가 밝아지면 해를 먼저 보고
　　　江白迥聞風(강백형문풍) 강이 희면 멀리 바람소리 듣네.

<張祐 題松汀驛제송정역, 송정역에서 시구>

*장우; 미상.

913. 海闊經層浪(해활경층랑) 바다 넓게 트이어 거센 파도 겪어야 하고
　　　山高歷畏途(산고력외도) 산이 높아 험한 길을 지나야 하리.

<鄭太和 別關東伯별관동백, 강원도관찰사를 작별하며 시구>

*정태화(1602~1673); 조선 현종 때 領議政(영의정) 6차례 역임. 호 陽坡(양파). 시호 翼憲, 忠翼(익헌, 충익). 본관 東萊(동래).

914. 幸觀大有之徵(행관대유지징) 다행히 풍년의 징조를 보옵고
　　　第頌難名之道(제송난명지도) 또 自然攝理(자연섭리)의 이름 붙이기 어려운 도를 頌祝(송축)하옵니다.

<李奎報 賀新雪表하신설표, 첫 눈을 하례하는 表箋(표전) 終句(종구)>

*이규보 →8.

915. 行笻拄到白雲間(행공주도백운간) 지팡이 짚으며 흰 구름 속으로 가다가
坐見長空鳥影閒(좌견장공조영한) 앉아 높은 하늘의 한가로운 새를 바라보네.
對西中國連平海(대서중국연평해) 서쪽으로 넓은 바다로 이어진 중국을 마주하고
拱北王城冠衆山(공북왕성관중산) 북으로는 서울을 받들어 뭇 산들의 으뜸일세.
五江舟楫春風遠(오강주즙춘풍원) 한강의 다섯 강 배들은 봄바람 실어 멀리 가고
列郡人烟夕照還(열군인연석조환) 주변 마을들 밥 짓는 연기 석양에 피어오르네.
俯仰乾坤知廣大(부앙건곤지광대) 쳐다보고 굽어봐도 천지의 광대함을 알겠거늘
胡爲庸碌作羞顏(호위용록작수안) 어찌 용렬하게 부끄러운 얼굴 짓겠는가.

<柳麟錫 登冠岳山등관악산, 관악산에 올라>

*유인석(1842~1915); 구한말 의병장. 호 毅庵(의암). 본관 高興(고흥). 金弘集內閣(김홍집내각)의 斷髮令(단발령)을 반대하고 각지에서 의병이 일어나자 堤川(제천) 의병장이 되어 斥洋斥倭(척양척왜)를 주장했음. 을사보호조약 후 滿洲(만주)로 망명해 제자들을 길렀음. 저서 祭禮(제례 2권).

916. 行人脫履邀尊長(행인탈리요존장) 길 가던 사람은 신발 벗어 존
    장을 맞이하고
    志士磨刀報世讎(지사마도보세수) 지사는 칼을 갈아 代代(대
    대)의 원수를 갚네.

    *일본에 사신으로 갔을 때 지은, 일본 풍속을 읊은 시구임.

    <鄭夢周 偶題五首우제오수, 우연히 짓다 5수 제5수 시구>

    *정몽주 →85.

917. 行通小有乾坤闊(행통소유건곤활) 조금 가니 신선 사는 소유동
    이 헌칠하게 열려
    坐覺無何日月閑(좌각무하일월한) 들어가 앉으니 세월이 감을
    느끼지 못하네.

    <崔恒 桃源圖도원도, 무릉도원 그림 시구>

    *최항 →58.

918. 行行摩詰詩裡(행행마힐시리) 가고 갈수록 마힐 王維(왕유)의
    시 속 경지에 들고
    處處倪迂畫中(처처예우화중) 곳곳마다 詩畫(시화)에 능했던
    예우의 그림 속일세.

    <李德懋 途中도중, 길가는 중에 시구>

    *이덕무(1714~1793); 조선 정조 때 奎章閣檢書官, 積城縣監(규장각검
    서관, 적성현감), 학자. 호 炯庵, 雅亭(형암, 아정). 본관 完山(완산). 庶
    出(서출)이고 後四家(후사가)로서 활약이 컸음. 靑莊館全書(청장관전
    서)를 지었음.

919. 香燈處處皆祈佛(향등처처개기불) 곳곳마다 향등으로 불공드리고
絲管家家競祀神(사관가가경사신) 집집마다 풍악으로 다투듯 푸
닥거리하네.
惟有數間夫子廟(유유수간부자묘) 오직 두세 칸 공자님 사당은
滿庭秋草寂無人(만정추초적무인) 뜰 가득 가을 풀에 사람 없어
쓸쓸하네.

<安珦 學宮학궁, 孔子廟(공자묘)>

*안향(1243~1306); 고려 원종 때 僉議中贊(첨의중찬), 대학자. 호 晦軒
(회헌). 시호 文成(문성). 본관 順興(순흥). 우리 나라 최초의 朱子學徒
(주자학도)로 숭앙되며 제자를 양성했음. 후에 그를 기리는 白雲洞書
院(백운동서원)이 고향 순흥에 세워졌음.

920. 鄕思千里外(향사천리외) 고향 생각을 하나 천리 밖 일이요
殘生絶島中(잔생절도중) 절해고도에서 실낱같은 목숨 이어가네.

<金淨 述懷술회, 회포를 펴다 시구>

*김정(1486~1520); 조선 중종 때 大司憲, 刑曹判書(대사헌, 형조판서).
호 冲庵(충암). 시호 文簡(문간). 본관 慶州(경주). 己卯士禍(기묘사화)
때 錦山, 濟州道(금산, 제주도)로 유배되었음. 열 살 미만에 四書(사서)
를 모두 익혔음.

921. 香山縹氣飛朱栱(향산표기비주공) 묘향산의 신령스런 기운 대
접받침에 들고
渤海祥光隱畫欖(발해상광은화롱) 발해의 상서로운 빛은 단청
한 난간에 감도네.
朗月照襟開玉界(낭월조금개옥계) 밝은 달은 가슴을 헤쳐 신선
세계를 열어주고

仙風吹夢落瓊宮(선풍취몽낙경궁) 신선이 된 꿈은 아름다운 구슬 궁전에 왔구나.

<奇大升 百祥樓백상루, 평남 안주의 백상루 시구>

*기대승 →123.

922. 鄕心不斷若連環(향심부단약연환) 고향 그리는 심정 잇댄 쇠고리라 끊임이 없어
一騎今朝出漢關(일기금조출한관) 오늘 아침 말 한 필로 한양성을 나가시네.
寒勒嶺梅春未放(한륵영매춘미방) 한륵령의 매화는 봄인데도 아직 피어나지 않았으리니
留花應待老仙還(유화응대노선환) 마땅히 신선 같은 퇴계 선생 돌아오심을 기다리느라 그러할 것일세.

<朴淳 送退溪先生南還송퇴계선생남환,
남쪽 고향으로 돌아가는 퇴계 이황 선생을 송별하며>

*박순 →859.

923. 許國孤忠應貫日(허국고충응관일) 나라 위한 외로운 충절 응당 해를 꿰었고
忘身大義便長城(망신대의편장성) 제 몸 잊은 대의는 곧 만리장성이로다.

<趙浚 次原州東軒韻有懷元秉甲차원주동헌운유회원병갑,
원병갑을 회상하며 원주동헌시에 차운하다>

*원병갑; 고려 충렬왕 때 進士(진사). 元(원) 나라 哈丹賊(합단적)의 침입을 막아 그들을 사살했음.

*조준 →247.

924. 許國義高三顧後(허국의고삼고후) 三顧草廬(삼고초려)를 받고
    나자 나라에 몸 바 칠 의리를 높였고
    出師謨遠七擒餘(출사모원칠금여) 七縱七擒(칠종칠금, 일곱 번
    붙잡았다가 일곱 차례 놓아줌) 하고 나서 군사동원의 계책이 원
    대했네.

    <李齊賢 諸葛孔明祠堂제갈공명사당, 諸葛亮(제갈량)의 사당 시구>

*이제현 →9.

925. 虛堂盡日無人過(허당진일무인과) 텅 빈 마루에 종일토록 들르
    는 사람 없어
    老樹低頭聽讀書(노수저두청독서) 늙은 나무 고개 숙여 내 글
    읽는 소리 듣네.

        <金正喜 絶句절구 後半(후반)>

    *김정희(1786~1856); 조선 순조 때 大司成, 兵曹參判(대사성, 병조참
    판), 고증학자, 금석학자, 서도가. 호 阮堂, 秋史, 禮堂, 詩庵, 果坡, 老果
    (완당, 추사, 예당, 시암, 과파, 노과). 본관 慶州(경주). 淸(청)의 학자들
    과 막역하게 지냈고 헌종 때 제주도로 유배되 었으며 秋史體(추사체)
    를 이룩했음.

926. 軒造咸池(헌조함지) 黃帝(황제)가 咸池樂(함지악)을 만들고
    禹成大夏(우성대하) 우 임금이 大夏樂(대하악)을 이루었다.

            <朴景緯 謝賜新樂表사사신악표,
        새 음악을 내려주심을 감사하는 글(표전) 구>

*박경작(1055~1121); 고려 예종 때 參知政事修國史(참지정사수국사).
後名(후명) 景仁(경인). 시호 章簡(장간). 尹瓘(윤관)의 9城(성) 개축을
반대했음.

927. 顯晦宜如月(현회의여월) 세상에 드러내거나 감추는 일은 달과
     같이 하고
     守持乃若松(수지내약송) 지조 지키기는 소나무와 같이 할 것이라.
     亭兼二正學(정겸이정학) 이 월송이란 정자는 그 둘의 올바른 배
     움을 겸했으니
     便是道中庸(편시도중용) 이 곧 중용을 지키라 말하고 있구나.

                <田子壽 月松亭월송정, 경북 평해 월송정>

     *越松亭(월송정)이라 현판이 붙었음.

     *전자수 →239.

928. 逈撞乘鶴晉(형당승학진) 멀리는 학을 탄 왕자 진을 들이받고
     *승학진; 중국 周靈王(주 영왕)의 太子(태자) 晉이 학을 타고 생황을 불
      며 구름 사이로 사라져 신선이 되었다 함.

     高刺上天咸(고자상천함) 높이 하늘로 오르는 巫咸(무함)을 찌르네.
     *무함; 고대 중국 黃帝(황제) 때 무당. 하늘과 땅을 오르내릴 수 있었다 함.

                <吳世才 戟巖극암, 창바위 시구>

     *오세재 →127.

929. 形役爲微物(형역위미물) 정신이 육체에 매이면 미물이 되지만
     躬行卽大君(궁행즉대군) 몸소 실천해 가면 큰 군자일세.

古今何間斷(고금하간단) 예와 지금이 어찌 끊겼겠는가

堯舜我同群(요순아동군) 요순 임금들도 우리와 같은 무리인데.

<金時習 俯仰부앙, 내려다보고 처다보다 後半(후반)>

*김시습 →81.

930. 形圓至大又窮玄(형원지대우궁현) 둥근 모양 하도 크며 또 가물 가물 끝 모르겠고

浩浩空空繞地邊(호호공공요지변) 넓디넓고 텅텅 비어 땅 끝을 둘러쌌구나.

覆幬中間容萬物(부도중간용만물) 그 중간에 온갖 것을 모두 감 싸 덮는데 *覆; 덮을 부.

杞人何事恐頹連(기인하사공퇴련) 기 나라 사람 무슨 일로 무너 질까 걱정했던고.

<金麟厚 詠天영천, 하늘을 읊다>

*6세 때 지었다 함.

*김인후(1510~1560); 조선 인종 때 名儒(명유). 호 河西, 湛齋(하서, 담 재). 시호 文正(문정). 본관 蔚山(울산). 중종 때 弘文館副修撰(홍문관 부수찬)과 玉果縣監(옥과현감)을 역임했고, 을사사화 후 長城(장성)으 로 귀향, 성리학 연구에 여생을 보냈으며 經書(경서)를 정독했음. 저서 河西集, 周易觀象篇, 百聯抄解(하서집, 주역관상편, 백련초해) 등.

931. 胡廣中庸世更賢(호광중용세갱현) 호광의 중용을 세상에서 어질다고 해

*호광; 漢(한)의 정승. 政務(정무)를 잘 처리해 칭송 받았지만, 王氏(왕 씨)들이 나라를 빼앗았는데도 그는 제 몸만 보전해 '호광의 중용'이라 욕먹었음.

六朝丞相萬人先(육조승상만인선) 여섯 조정을 걸쳐 정승이라 만
인에 앞섰다네.

當時自笑西山餓(당시자소서산아) 서산에서 굶은 伯夷叔齊(백이
숙제)를 당시에는 웃었지만

*서산; 殷(은)의 義士(의사) 백이숙제가 숨어 고사리를 캐어 먹다가 죽
　은 首陽山(수양산).

死後諂名汚幾年(사후첨명오기년) 호광은 사후에 아첨꾼이란 오명
이 몇 해를 따랐던가.

　　　<南孝溫　自詠十一首자영십일수, 스스로 읊다 열 한 수　제6수>

*남효온 →11.

932. 狐能化美女(호능화미녀) 여우는 능히 미인으로 화하고
　　　狸亦作書生(이역작서생) 삵 또한 글 하는 선비로 화하네.
　　　誰知異流物(수지이류물) 그 누가 알리, 다른 것들이
　　　幻惑同人形(환혹동인형) 사람 모양으로 둔갑해 홀리는 것을.
　　　變化尙非艱(변화상비간) 변화하기는 오히려 어렵잖으나
　　　操心良獨難(조심양독난) 마음 가지기가 참으로 어렵네.
　　　欲辨眞與僞(욕변진여위) 참과 거짓을 분별하려거든
　　　願磨心鏡看(원마심경간) 바라건대 마음 거울을 닦고 보라.

*心鏡; <佛>萬象(만상)을 다 비출 수 있는 거울처럼 맑고 깨끗한 마음.

　　　　<崔致遠　古意고의, 의고(擬古)—옛 체에 견주어 지음>

*최치원 →25.

933. 虎逃龍亡人事變(호도용망인사변) 범과 용이 가듯 큰 인물 가
　　　셨지만

瀾回路闢簡編新(난회노벽간편신) 물길 돌리고 갈 길 여신 지은 저서들 새롭구나.

<李珥 哭退溪先生곡퇴계선생, 퇴계 李滉(이황) 선생을 곡하다 시구>

*이이 →5.

934. 縞嶺嵯峨連北極(호령차아연북극) 흰 영마루 높아 북극에 잇달았고
銀濤浩渺暗東邊(은도호묘암동변) 은빛 물결 넓고 아득해 동녘 끝이 어두워라.
蒼松日射晴含雪(창송일사청함설) 푸른 솔에 해 비치니 맑은데도 눈을 머금은 듯
綠竹風微晩殫烟(녹죽풍미만타연) 푸른 대에 바람 부드러워 저녁 연기 끼이네.

<成俔 次江陵東軒韻四首차강릉동헌운사수,
강릉 동헌 시에 차운하다 네 수 제4수 시구>

*성현 →136.

935. 湖水涵太淸(호수함태청) 호수는 푸른 하늘을 담았고
亂山恰白描(난산흡백묘) 들쭉날쭉한 산들 먹으로만 그린 백묘 그림 같구나.

<朴漢永 三日浦삼일포, 강원도 고성 삼일포 시구>

*박한영 →303.

936. 好詩人必傳(호시인필전) 좋은 시는 남들이 반드시 전할 것이고

惡詩人必唾(악시인필타) 나쁜 시는 남들이 꼭 침 뱉으리라.

人傳破何傷(인전파하상) 남들이 전한다면 시 적은 종이 찢어진들 어떠하며

人唾破亦可(인타파역가) 남들이 침 뱉는다면 찢어져도 좋으리라.

<魚世謙 書窓서창, 서재의 창 시구>

*어세겸 →910.

937. 虎豹新過跡未乾(호표신과적미간) 범과 표범 맹수 금방 지나 발자국 안 말랐고

雲心何處道人壇(운심하처도인단) 구름 속 어디가 청은 도인 거처인가.

參天樹木疑無路(참천수목의무로) 하늘로 솟은 나무들로 하여 길이 없는 듯

靜看蒼鼯竄石間(정간창오찬석간) 돌 틈 들락거리는 다람쥐만 조용히 바라보네.

<南孝溫 訪淸隱于水落山失路~二首방청은우수락산 실로~이수, 수락산으로 청은 김시습을 찾아가다가 길을 잃다 ~두 수 제2수>

*淸隱; 김시습의 호. →81.

*남효온 →11.

938. 或有宦遊客(혹유환유객) 어쩌다 여기 벼슬살이 온 분들

留連不憶歸(유련불억귀) 머뭇거리며 돌아갈 생각을 않네.

醇醪添氣象(순료첨기상) 전국 술(無灰酒무회주)은 호기를 돋구고

紅粉倍光輝(홍분배광휘) 분단장 기생들은 광채를 더해주기 때문이라.

良馬常多取(양마상다취) 좋은 말은 늘 빼앗아 가질 수 있고

潛珠亦暗飛(잠주역암비) 해녀들이 캐낸 진주도 몰래 낚아챌 수 있으렷다.

島氓何所望(도맹하소망) (이러하니) 섬사람들 무엇을 바라겠는가

御史有霜威(어사유상위) 암행어사의 서릿발같은 위엄만 기다릴 수밖에.

<金春澤 濟州雜詩謾用子美秦州雜詩韻20首
제주잡시만용자미진주잡시운20수, 자미 두보의 진주잡시 운자를
마음대로 써서 제주잡시를 짓다 20수 제18수>

*子美; 중국 詩聖(시성) 杜甫(두보).

*김춘택(1670~1717); 조선 숙종 때 학자, 문인. 호 北軒(북헌). 본관 光州(광주). 參判(참판)을 역임했음. 金萬重(김만중)의 從孫(종손)으로 九雲夢(구운몽)과 謝氏南征記(사씨남정기)를 漢譯(한역)했음. 문집 北軒集(북헌집).

939. 忽忽不可止(홀홀불가지) 바삐 떠나가니 말릴 수 없지마는
     悠悠何所之(유유하소지) 유유히 어디로 가는 건가.

<鄭知常 送人송인, 임을 보내며 시구>

*정지상 →134.

940. 紅鬣有情還識路(홍렵유정환식로) 말은 옛정을 알아 천관의 집
     길을 갔건만

蒼頭何罪謾加鞭(창두하죄만가편) 종놈은 무슨 죄가 있어 채찍
매 맞았는고.

唯餘一曲歌詞妙(유여일곡가사묘) 오직 남은 건 묘한 노랫말 怨
詞(원사)이니

蟾兎同眠萬古傳(섬토동면만고전) 달과 함께 산다는 말 만고에
전해오네.

<李公升 天官寺천관사, 경주 천관사 後半(후반)>

*이공승(1099~1183); 고려 의종·명종 때 정승. 시호 文貞(문정). 본관
清州(청주). 吏部尚書, 中書侍郎平章事(이부상서, 중서시랑평장사) 역
임. 李義方(이의방)의 文臣虐殺(문신학살) 때 제자 文克謙(문극겸)의 구
명운동으로 죽음을 면했음.

941. 鴻雁失行悲白髮(홍안실행비백발) 기러기 행렬 잃듯 형제 함께
     못하고 백발을 슬퍼하며

     松楸連壟泣靑山(송추연롱읍청산) 先塋(선영)의 나무와 연이은
     봉분을 생각하며 청산보고 우노라.

<金光轍 客中寄舍弟객중기사제, 객지에서 아우에게 부치다 시구>

*김광철; 미상.

942. 紅衣落盡秋風起(홍의낙진추풍기) 붉은 연꽃 지자 가을바람 불어
     日暮芳洲生白波(일모방주생백파) 해 저무는 경치 좋은 물가에
     흰 파도 이네.

<崔慶昌 次大同江韻차대동강운, 대동강 시에 차운하다 시구>

*최경창 →431.

943. 紅粧待曉貼金鈿(홍장대호첩금전) 곱게 단장하고 새벽을 기다리며 금비녀 꽂고

爲被催呼上綺筵(위피최호상기연) 재촉하는 부름 받아 비단 자리에 오르네.

不怕長官嚴號令(불파장관엄호령) 원님의 엄한 호령도 겁내지 않고

謾嗔行客惡因緣(만진행객악인연) 나그네와의 나쁜 인연이라 공연히 꾸짖는구나.

乘樓未作吹簫伴(승루미작취소반) 누각에는 올랐으나 통소 부는 짝이 되어주지를 않고

*簫伴; 중국 春秋(춘추) 때 秦穆公(진 목공)의 딸 弄玉(농옥)과 簫史(소사) 故事(고사).

奔月還爲竊藥仙(분월환위절약선) 약 훔쳐 달로 달아난 선녀 姮娥(항아)가 되고 마는구나.

*奔月竊藥仙; 중국 夏(하)의 名弓 羿(명궁 예)의 아내였던 姮娥(항아) 故事.

寄語靑雲賢學士(기어청운현학사) 청운의 뜻 가진 어진 학사—밀주고을 원님에게 이르노니

仁心不用示蒲鞭(인심불용시포편) 어진 마음으로 부들채찍 벌이라도 쓰지 마시기를. (그 기생에게 가벼운 벌이라도 가하지 말기를)

*密州(밀주)에 들리니 고을 원이 동침 기생을 보냈으나 기생이 밤에 도망가서 지었음.

<林椿 戱贈密州倅희증밀주쉬, 밀주 원에게 실없이 드리다>

*倅(쉬); ①副官(부관). ②<國>守令(수령), 고을 원.

*임춘→28.

944. 紅襯山花蒸躑躅(홍친산화증척촉) 붉은빛은 산 꽃에 다가들어
철쭉이 쩌낸 듯이 붉고
靑挑野菜細茵陳(청도야채세인진) 푸른빛은 들나물을 끌어내어
촘촘한 자리 편 듯 하네.

<金宗直 寒食한식>

*김종직 →82.

945. 畫角聲中朝暮浪(화각성중조모랑) 바라 소리 속에 조석으로 일렁
이는 메아리요
靑山影裏古今人(청산영리고금인) 청산 그 속에 고금 사람들 그림
자 서렸네.
霜催玉樹花無主(상최옥수화무주) 스산한 꽃인 양 玉樹後庭花
(옥수후정화) 곡조에 陳後主(진 후주) 임금은 없고
風暖金陵草自春(풍난금릉초자춘) 바람 따뜻해 금릉[南京남경]의
풀 절로 봄일세.

<崔致遠 登潤州慈和寺上房등윤주자화사상방,
윤주[강소성 鎭江진강]의 자화사 주지방에 올라 시구>

*최치원 →25.

946. 花間瓦影鱗鱗碧(화간와영인린벽) 꽃 새로 보이는 기와 비늘처
럼 포개져 푸르고
石上苔紋點點紅(석상태문점점홍) 바위의 이끼무늬 점점이 붉구나.

<薛文遇 水原雲錦樓수원운금루,
경기도 수원 운금루 頷聯(함련, 제3, 4구)>

*설문우(?); 미상.

947. 花開昨夜雨(화개작야우) 어젯밤 봄비에 꽃 피어나더니

　　　花落今朝風(화락금조풍) 오늘 아침 바람에 지고 마는구나.

　　　可憐一春事(가련일춘사) 슬프다, 봄에 일어나는 한 가지 일이

　　　往來風雨中(왕래풍우중) 바람과 빗발 속에서 오고 가버리다니.

<宋翰弼 偶吟우음, 우연히 읊다>

*송한필(?); 조선 선조 때 학자. 호 雲谷(운곡). 본관 礪山(여산). 출신이 미
천하여 벼슬을 모르고 일생을 보냈는데, 성리학에 밝았고 시는 세상일을
근심하는 지극한 정이 스며있다는 평을 받았음.

948. 花開花謝春何管(화개화사춘하관) 꽃이 피고 짐을 봄이 어이 상
관하며

　　　雲去雲來山不爭(운거운래산부쟁) 구름이 가고 옴을 산은 다투
지 않네.

<金時習 乍晴乍雨사청사우, 갰다 비오다 하다 시구>

*김시습 →81.

949. 畫工未意千般景(화공미의천반경) 화가는 이 온갖 경치가

　　　盡入書生一首詩(진입서생일수시) 서생의 시 한 수에 모두 들어
와 있음을 알지 못하리라.

<崔成一 泛舟遊晉州南江범주유진주남강, 진주 남강에 배 띄워 유람하다 시구>

*최성일; 미상.

950. 華山之石拔幾盡(화산지석발기진) 삼각산의 돌들 거의 다 뽑아
냈고

白雲之木斫幾禿(백운지목작기독) 백운대의 나무들 거의 다 찍었네.

<李石亨 呼耶歌호야가, 어여차 소리 노래 시구>

*이석형 →321.

951. 花瓷碎玉含微涓(화자쇄옥함미연) 꽃 항아리에 옥 조각처럼 떨어진 꽃잎 작은 물방울 맺혔고
溪毛翠嫩根龍纏(계모취눈근용전) 물풀 같은 푸른 새싹에 뿌리는 용처럼 얽혔네.
風波癯瘦甚可愛(풍파구수심가애) 풍파에 여윈 모습 심히 사랑스러워
知是草中山澤仙(지시초중산택선) 이로써 산천 풀 중의 신선임을 알겠구나.

<陳澕 金明殿石菖蒲금명전석창포, 금명전 화분의 창포 首聯(수련)>

*진화 →73.

952. 花塼侍講老學士(화전시강노학사) (나는) 翰林院(한림원, 花塼)에서 시강하던 늙은 학사요
栢署提綱賢按公(백서제강현안공) (그대는) 御史臺(어사대, 栢署)의 우두머리로 어진 國政調査官(국정조사관, 按公)일세.

<金之岱 贈西海按部王侍御仲宣증서해안부왕시어중선,
서해의 안부 왕중선 시어께 드리다 시구>

*김지대 →89.

953. 和風生皂幕(화풍생조막) 화창한 바람은 검은 장막에서 일고
　　　旭日映丹門(욱일영단문) 아침해는 붉은 문에 비치는구나.

＜王漢相 詩句시구＞

*왕한상 →504.

* 俠骨崢嶸宜擊劍(협골쟁영의격검) 호협한 기상은 높고 험해 격검에
　　좋고
　　石腸淸婉解吟詩(석장청완해음시) 단단한 속은 맑고 고와 시 읊을
　　줄 아네.

＜趙熙龍 讚詩句찬시구, 왕한상의 시구를 칭찬하다＞

*조희룡 →80.

954. 歡迎纔結襪(환영재결말) 즐거이 맞이하여 漢(한)의 張釋之(장
　　　석지)처럼 겨우 노인의 버선 끈 매어 주듯 한 것뿐인데
　　　惜別已霑衣(석별이점의) 이별을 아끼는 눈물 벌써 옷을 적시네.

＜元松壽 送天台洪若海照磨송천태홍약해조마,
천태종 홍 약혜 조마를 송별하며 시구＞

*원송수(1324~1366); 고려 공민왕 때 政堂文學(정당문학). 시호 定定
(문정). 왕의 총애가 깊었으나 辛旽(신돈)이 꺼리는 바 되어 퇴직하고
사망했음.

955. 歡情浹洽藏春嶼(환정협흡장춘오) 기쁜 정을 듬뿍 쏟을 때는 봄
　　　동산에 든 듯
　　　怒氣陰凝蔽日雲(노기음응폐일운) 노기가 어둡게 뭉치면 해를
　　　가리는 구름이라.

<李達衷 辛旽二首신돈이수, 신돈 두 수 제1수 시구>

*이달충 →56.

956. 黃狗蒼鷹眞所忌(황구창응진소기) 누렁개와 보라매를 꺼린 것은 마땅하나

烏鷄白馬何是辜(오계백마하시고) 오골계와 백마는 무슨 죄가 있어 즐겨 먹었노.

<李達衷 辛旽二首신돈이수, 신돈 두 수 제2수 시구>

*이달충 →56.

957. 黃鳳羽歸飛鳥雀(황봉우귀비조작) 봉황새 날개 접어 돌아가 버려 참새 떼만 날고

杜鵑花發牧羊牛(두견화발목양우) 진달래 만발한 곳에 양과 소만 치고 있네.

<黃眞伊 滿月臺懷古만월대회고,
고려 왕궁 터 만월대에서 회고하다 시구>

*황진이 →233.

958. 黃沙古戍身千里(황사고수신천리) 몸은 천리 밖 누런 모래 날리는 옛 수자리에 있으면서

白日長安夢九天(백일장안몽구천) 꿈은 먼 하늘을 달려 서울을 그리며 백일몽에 잠기네.

<沈彦光 鍾城館遇雨종성관우우, 종성 客館(객관)에서 비를 만나 시구>

*심언광(?); 조선 중종 때 禮曹判書(예조판서). 호 漁村(어촌). 시호 文

恭(문공). 본관 三陟(삼척). 金安老(김안로)를 적극 추천했다가 나중에
는 잘못 보았다고 후회했음.

959. 荒色極於師師(황색극어사사) 색에 음탕하기로는 宋(송)의 이름
난 기생 사사에게서 극도에 이르고
妖聲起於蓬蓬(요성기어봉봉) 요망한 소리는 어지러이 흐트러지
는 데서 일어나네.

<金馹孫 遊月宮賦유월궁부, 달 궁전을 유람하는 글(부) 구>

*김일손 →27.

960. 黃虞邈邈成千古(황우막막성천고) 黃帝(황제)와 순(舜) 임금은
아득한 오랜 옛날 되었고
孔孟栖栖志九州(공맹서서지구주) 공자와 맹자는 바삐 서두르
면서 온 천하에 뜻을 두었네.

<金宗直 讀史독사, 역사책을 읽으며 시구>

*김종직 →82.

961. 黃鶴名樓彼一時(황학명루피일시) 황학루 이름난 누각도 그 한
때라
崔君好事偶留詩(최군호사우유시) 崔顥(최호) 시인이 수다스러
워 우연히 시 남겼으리.
登臨景物無增損(등림경물무증손) 올라보니 경치는 더함도 덜함
도 없고
題詠風儀有盛衰(제영풍의유성쇠) 扁額(편액)의 시들 품격 성

쇠가 보이네.

玉斝高飛江月出(옥가고비강월출) 옥 술잔 높이 나는 듯 강에 달이 솟고

珠簾半捲嶺雲垂(주렴반권영운수) 구슬발 반쯤 걷으니 영마루 구름 내려오네.

倚欄回首乾坤小(의란회수건곤소) 난간에 기대어 머리 돌리니 천지가 작아 보여

方信吾州特地奇(방신오주특지기) 바로 내 고을 경치 아주 기이함을 알겠구나.

<鄭乙輔 晉州矗石樓진주촉석루, 경남 진주의 촉석루>

*정을보(-1352-); 고려 충숙왕 때 政堂文學(정당문학), 공민왕 때 贊成事(찬성사). 호 勉齋(면재). 시호 文良(문량). 본관 晉州(진주). 문장으로 이름 높았음.

962. 晦朔潮爲曆(회삭조위력) 조수가 책력이 되어 초하루 그믐을 알게 하고

寒喧草記辰(한훤초기신) 풀이 날짜를 나타내어 추위와 더위 철을 알려주네.

<兪升旦 穴口寺혈구사, 혈구사 절 시구>

*유승단(1168~1232); 고려 고종 때 參知政事(참지정사), 문인. 초명 元淳(원순). 시호 文安(문안). 본관 仁同(인동). 經史, 佛典(경사, 불전)에 밝았음.

963. 廻首海陽城(회수해양성) 고개 돌려 해양성을 보니

傍城山嶙峋(방성산인구) 성 곁으로 산들 높이 솟았구나.

山遠已不見(산원이불견) 그 산들 멀어져 이미 보이지 않거니

況是城中人(황시성중인) 하물며 성안의 사람들이야 보일 리 있는가.

<崔讜 馬上寄人三首마상기인삼수,
말을 타고 고을 원에게 부치다 3수 제1수>

*최당 →14.

964. 懷土士衡猶得信(회토사형유득신) 고향 그리워하던, 西晉(서진)에서 벼슬한 陸機(육기)는 고향 소식 받았지만

登臺子美不勝哀(등대자미불승애) 누대에 올랐던 杜甫(두보)는 슬픔을 이기지 못 했네.

<許伯 丁卯重陽정묘중양,
정묘년(원종 8년, 1267) 9월 9일 중구날 시구>

*허백(一1267一); 고려 원종(1259~1274) 때 文人(문인).

965. 曉月滿庭而慘色(효월만정이참색) 새벽달은 뜰에 가득하나 슬픈 빛이요

秋風吹幕以悲凉(추풍취막이비량) 가을바람 장막에 불어 섧고 처량하다.

<朴寅亮 順德王后哀册순덕왕후애책, 순덕왕후를 슬퍼하는 죽책문 句(구)>

*박인량 →734.

966. 興到卽韻意(흥도즉운의) 흥이 나면 곧바로 뜻에 실어보고

意到卽寫之(의도즉사지) 뜻에 맞으면 곧장 쓰고 마는 것이지.

我是朝鮮人(아시조선인) 우리는 곧 조선 사람이니

甘作朝鮮詩(감작조선시) 조선의 시를 즐겨 짓는다네.

<丁若鏞 老人一快事六首效香山體노인일쾌사육수효향산체,

白樂天(백낙천)의 시체를 본받아 지은 노인의 한 유쾌한 일 6수 제5수

初頭(초두)>

*정약용 →318.

967. 羲易三驅垂軌範(희역삼구수궤범) 周易(주역)에는 삼구의 본보기

법도를 드리웠고

*삼구; 천자가 사냥할 때 三面(삼면)을 열어놓아 한쪽으로 오는 짐승만

잡고 달아나는 짐승은 몰지 않음<易經 比卦>

虞箴一語砭膏肓(우잠일어폄고황) 揚雄(양웅)이 지은 우잠 글 한

마디는 고황[심장과 횡격막 사이]에 침 놓았네.

*우잠; 사냥을 경계한 箴言(잠언). 虞는 '虞人(우인), 사냥을 맡은 官吏

(관리)'임.

<金訢 東郊觀獵三十韻應製동교관렵삼십운응제,

동쪽 교외에서 사냥함을 보며 임금님 명에 따라 30운 시를 짓다 시구>

*김흔 →169.

附録

一) 昭陽江行(소양강행, 7言古詩) 9首〈東文選 所載〉

* 소양강행시는 고려 중기에서 조선 초기에 걸쳐 아홉 문사들이 지은 7언고시이다. 한 장소에서 같은 날에 지었는지 다른 날에 각각 지은 것인지는 알 수 없다. 작품은 모두 15연(30구)으로 이루어졌는데, 평성 '先(선)' 운이 7연(14구), 평성 '灰(회)' 운이 6연(12구) 및 측운 '陌(맥)' 운이 2연(4구)으로 동일하다.

1. 春州昭陽江行次韻

(춘주소양강행차운, '춘천의 소양강행' 시에 차운하다)

　　邢君紹(형군소 1294~1339): 고려 忠肅王(1294~1339) 무렵(?)의 문인.
　　　　→608.

寒松松色凝蒼煙 鏡浦波光明遠天　叢石金蘭與國島 ——奇觀供眼前
　　(한송송색응창연 경포파광명원천　총석금란여국도 일일기관공안전)

　　한송정 솔빛 푸른 이내에 엉기고, 경포의 물빛은 하늘 멀리 환하구나.
　　총석정과 통천 고을[金蘭], 이 지역 여러 섬들,
　　하나하나 기이한 광경 눈앞에 펼쳐지네.

我行此間恣遊覽 搜奇摘勝多留鞭　自言海東天壤裏 更無一遺好山川
　　(아행차간자유람 수기적승다유편　자언해동천양리 갱무일유호산천)

　　나 이 풍경 속을 마음대로 유람하며,
　　기이함과 명승지를 찾고 더듬어 자주 머물렀어라.
　　우리 동쪽의 하늘과 땅에서,
　　좋은 산천경개 하나도 빠뜨리지 않았노라 자부했는데,

昨過大關到此境 荒郡古縣空依然　到頭民逋問誰使 無人臥閣鳴琴絃
　　(작과대관도차경 황군고현공의연　도두민포문수사 무인와각명금현)

　　어제 대관령 지나 이 곳에 이르니,
　　거칠고 낡은 고을들 그대로 남아 있어,
　　가는 곳마다 백성들 달아나고 없으니 누가 이렇게 되게 했나,
　　누각에서 중국의 子賤(자천)처럼 거문고 타며 선정하는 수령은 없고,

唯有昭陽一江水 袞袞不盡東流年

　(유유소양일강수 곤곤부진동류년)

　다만 소양강 한 줄기 강물 있어, 쉼 없이 동으로 흘러갈 뿐이로구나.

傍江官柳間野梅 景物欣欣似慰懷　白沙鋪雪白鳥白 兩派淨渌靑於苔

　(방강관류간야매 경물흔흔사위회　백사포설백조백 양파정록청어태)

　강가의 관청 버들 사이 매화만 피어있어,

　그 경치 기쁘게 내 마음 위로해주는구나.

　눈 덮인 듯한 흰 모랫벌에 갈매기 더욱 희고,

　두 갈래 강물 맑아 이끼보다 푸르구나.

關東佳致孰與此 終日點檢首不回　我欲含情酹江水 何人爲之奠酒杯

　(관동가치숙여차 종일점검수불회　아욕함정뇌강수 하인위지전주배)

　관동의 좋은 경치 이만한 곳 또 있는가,

　종일토록 낱낱이 보느라 머리 못 돌리네.

　내 애틋한 정으로 강물에 술 한잔 부으리니,

　누가 있어 江神(강신)에 술 한잔 올리리.

入州空館亦云麗 涼軒燠室絶點埃　壁間江行誰唱出 珠玉輝輝照草萊

　(입주공관역운려 양헌욱실절점애　벽간강행수창출 주옥휘휘조초래)

　고을에 드니 관청은 비었으나 곱기도 하고,

　시원한 처마 따스한 방 티끌 한 점 없네.

　누가 '소양강행' 지어 벽에다 썼는가,

　그 시 주옥처럼 무성한 잡초 속에서 빛나는구나.

此江此行更着色 吟哦可以破索莫 莫嫌狗尾續貂尾 紅綃署中舊遊客.
   (차강차행갱착색 음아가이파삭막 막혐구미속초미 홍초서중구유객)

   이 강과 읊은 이 시 모두 빛남을 더하거니,
   읊고 또 읊어 삭막함을 면케 하네.
   晉(진)의 趙王 倫(조왕 윤)처럼 개꼬리로 돈피 장식 잇는다 탓하지 말라,
   나도 지난날 홍초[翰林院한림원]에서 벼슬하던 사람일세.

2. 春日昭陽江行(봄날에 소양강을 가다)
   崔洳(최여 ?): 고려 중기 中書省 文官(중서성 문관).

上元佳節好風煙 千古昭陽江上天 山光靑靑倒鏡面 柳帶裊裊搖風前
   (상원가절호풍연 천고소양강상천 산광청청도경면 유대효효요풍전)

   대보름 좋은 절기 경치도 좋아,
   영원토록 빛나는 소양강의 자연 경관일세.
   산 경치 짙푸르게 맑은 강에 잠겼고,
   버들가지 하늘하늘 바람에 흔들거리네.

江邊行客發春興 信馬閒吟垂竹鞭 入城景物更奇絶 野廣白沙分二川
   (강변행객발춘흥 신마한음수죽편 입성경물갱기절 야광백사분이천)

   강가의 유람객 춘흥이 일어,
   말 가는 대로 맡겨 시 읊조리고 대 채찍 드리웠구나.
   성안으로 들어가니 경치 더욱 뛰어나고,
   너른 들판 모래밭으로 해 강물 둘로 갈리었네.

停車久立汀洲際 白鷗落照心悠然 想見當時全盛日 朱欄畫閣擁管絃
　　(정거구립정주제 백구낙조심유연 상견당시전성일 주란화각옹관현)

　수레 멈추고 한동안 강가에 섰노라니,
　갈매기와 저녁 해로 마음 더욱 여유롭네.
　지난날 번성하던 그 때를 회상해보니,
　붉은 난간 단청한 누각 풍악소리에 둘리었겠지.

繁華一逐東流去 江草江花年復年
　　(번화일축동류거 강초강화연부년)

　그 번화로움 강물 따라 동으로 흘러갔고,
　강가의 풀과 꽃들만 해마다 되풀이되는구나.

誰家玉笛吹落梅 今人無端感旅懷 昔日紅粧映水處 浣紗石老空莓苔
　　(수가옥적취낙매 금인무단감여회 석일홍장영수처 완사석로공매태)

　누가 옥피리로 '낙매화가'를 부는가,
　지금 듣는 사람 하릴없이 나그네 회포 느끼네.
　옛날 단장한 미녀 물에 비치던 곳,
　비단 빨던 완사계의 바위처럼 푸른 이끼만 끼었구나

吾人年少好遊樂 每逢勝景輒忘廻 鸚鵡洲邊木蘭棹 鳳凰臺上黃金盃
　　(오인연소호유락 매봉승경첩망회 앵무주변목란도 봉황대상황금배)

　우리는 젊었을 때 놀며 즐기기를 좋아해,
　승경을 만났을 때마다 돌아가기를 잊었었지.
　李白처럼 황학루 앵무주에서 목란 노 젓고,
　금릉의 봉황대에 올라 황금 술잔 기울이리.

自從身嬰利名累 十載蠢蠢趨塵埃　如今按轡水雲界 坐使逸想凌蓬萊
　　(자종신영이명루 십재준준추진애　여금안비수운계 좌사일상능봉래)

　　몸이 名利를 좇아 매인 이래,
　　10년 동안 굼틀굼틀 티끌 세상 달렸어라.
　　지금 물 있고 구름 머무는 고장에 오니,
　　조용히 막힘 없는 생각 봉래산을 넘보게 되네.

此江無盡眞聲色 休道關東多寂寞　誰將醉墨語江風 紫薇花下草綸客.
　　(차강무진진성색 휴도관동다적막　수장취묵어강풍 자미화하초륜객)

　　이 소양강의 참 맵시 다함이 없으니,
　　관동 지방 적막하더라는 말은 하지를 말라.
　　누가 취중의 글씨 써 강바람에 말할까,
　　중서성에서 임금님 말씀 草하던 벼슬아치였다고.

3. 昭陽行(소양행)
　　李弆(이기 ？): 高麗中期(고려 중기) 文官(문관)？

峽中萬古凝翠煙 兩邊山木高撑天　沿溪細路石犖确 大嶺小嶺橫當前
　　(협중만고응취연 양변산목고탱천　연계세로석낙학 대령소령횡당전)

　　골짜기는 만고토록 푸른 아지랑이 엉기었고,
　　양쪽 기슭 나무들 높이 하늘 떠받치네.
　　시냇물 기슭 따른 오솔길은 돌 울퉁불퉁하고,
　　큰 고개 작은 고개 앞을 가로질렀네.

行行數日到光海 喜得平廣還停鞭　此間形狀畫不如 四山屛擁臨雙川
　　(행행수일도광해 희득평광환정편　차간형상화불여 사산병옹임쌍천)

　며칠을 가고 가 광해주[춘천]에 이르니,
　평평하고 넓은 경개 기뻐서 말을 멈추네.
　이러한 모습 그림으로 그려낼 수 없고,
　사면의 산들 두 냇물을 병풍처럼 안고 있구나.

中流頓忘來時苦 忽然逸興入渺然　誰能喚致琴高生 一彈流水冷冷絃
　　(중류돈망내시고 홀연일흥입묘연　수능환치금고생 일탄유수냉랭현)

　냇물 중간에서 올 때의 고생을 어느덧 잊고,
　갑자기 흥취 일어 아득한 속으로 드네.
　누가 周末 趙의 거문고 명수 琴高를 불러와,
　유수곡 한가락을 서늘하게 퉁기게 했는고.

閬風玄圃是何處 便欲於此消餘年
　　(낭풍현포시하처 편욕어차소여년)

　신선 사는 낭풍과 현포 그 어디일꼬,
　여기서 여생을 편안하게 보내고 싶구나.

千金笑與早春梅 一展謝傅東山懷　江邊又築子陵臺 一竿明月印石苔
　　(천금소여조춘매 일전사부동산회　강변우축자릉대 일간명월인석태)

　기생 천금소 조춘매와 함께,
　晉(진)의 謝安(사안)처럼 동산에서 한번 지내고 싶고,
　강변에 漢光武帝 친구 엄자릉의 돈대 쌓아,
　낚싯대에 걸린 명월 아래 이끼 밟고 싶구나.

携妓釣魚兩不惡 乘流上下不知回　盡将江水作春酒 日飮無何那計盃
　　(휴기조어양불오 승류상하부지회　진장강수작춘주 일음무하나계배)

　기생 데리고 낚시질 둘 다 싫지 않으나,
　강물 따라 오르내리느라 돌아가기 잊어버리네.
　이 강물로 봄 술을 빚어두고,
　날마다 마시면 몇 잔째인가 셀 필요 없으리.

人生此志苟能遂 何須役役東華埃　況今太守政化最 田野盡闢無蕪萊
　　(인생차지구능수 하수역역동화애　황금태수정화최 전야진벽무무래)

　인생에서 이 뜻이 진정 이루어진다면,
　왜 翰林의 동화문 티끌 속을 허덕이며 지내리.
　이곳 태수는 정치 교화가 최상급이라,
　들판 모두 개간해 거친 잡초 모두 없게 했고,

與人喜怒不形色 頗設杯盤遺寂寞　我因王事得勝遊 却嗟不是忘機客.
　　(여인희로불형색 파설배반유적막　아인왕사득승유 각차불시망기객)

　백성들에게 희로의 기색 보이지 않으며,
　가끔 술자리 베풀어 적막함을 덜었어라.
　나는 國事로 해 좋은 경치 유람하면서,
　돌이켜 세속 일 잊은 망기객 아님이 한스럽구나.

4. 遊昭陽江(소양강 유람)
　　柳淑(유숙 1324~1368): 恭愍王 때 文臣. 호 思菴. 判典校 역임. →146.

江邊春氣煙非煙 江頭花開雨後天　蘭橈來往明鏡裏 松亭掩映屛風前

　(강변춘기연비연 강두화개우후천　난요내왕명경리 송정엄영병풍전)

　강변 봄기운 이내인 듯 아닌 듯,

　강나루의 꽃들 비 온 뒤 활짝 피었구나.

　목란 삿대 젓는 배 맑은 강물에 오가고,

　병풍 두른 듯한 솔숲 속 정자 은은히 비추네.

此間景物稱人意 徐行信馬不動鞭　良辰行樂莫辜負 頭上歲月如奔川

　(차간경물칭인의 서행신마부동편　양진행락막고부 두상세월여분천)

　이런 경관 사람들 마음에 맞아,

　말에 맡겨 천천히 가며 채찍질 안 하네.

　좋은 날 놀고 즐김을 헛되이 저버릴 수 없는데,

　백발 되는 세월 바삐 가는 냇물 같아라.

亭前大野天共遠 倚欄從賞心豁然　落花紛紛飄舞席 春禽嚶嚶和鳴絃

　(정전대야천공원 의란종상심활연　낙화분분표무석 춘금앵앵화명현)

　정자 앞 너른 들판 하늘 함께 멀찍하고,

　난간에 기대 구경하노라니 마음 확 트이는구나.

　떨어지는 꽃잎 노는 자리에 나부끼고,

　봄 새들 짹짹거리며 거문고 소리에 화답하네.

喜予勝景遊觀日 正値居民富庶年

　(희여승경유관일 정치거민부서년)

　승경을 유람하는 날이 기쁨을 더하니,

　바로 백성들 풍년드는 해에 걸맞구나.

世間功名杏與梅 癡兒欲速焦中懷 我今老病百無用 廢井不食生陰苔
  (세간공명행여매 치아욕속초중회 아금노병백무용 폐정불식생음태)

  세간 공명은 살구꽃 매화처럼 때가 있는 법인데,
  어리석은 사람들 속히 되기 애태우네.
  나 이제 늙고 병들어 온 가지가 소용없어,
  못 쓰게 된 우물에 이끼 낀 형국이라.

古來賢達今安在 大江東流不復廻 尊前一笑不易得 對花强倒三兩盃
  (고래현달금안재 대강동류불부회 준전일소불이득 대화강도삼량배)

  옛날의 현인 달사들 지금 어디 있는고,
  큰 강물 따라 동으로 흘러 다시 오지 못하리.
  술잔 앞 한바탕 웃음도 쉬 얻어지지 않아,
  꽃을 마주해 억지로 두 석 잔 비우네.

人生聚散何足道 世事過眼隨飛埃 徘徊弔古空歎息 千年斷碣埋山萊
  (인생취산하족도 세사과안수비애 배회조고공탄식 천년단갈매산래)

  인생의 만남과 흩어짐 일러 무엇하리,
  세상일 눈앞을 스쳐 버리는 티끌인 것을.
  이리저리 옛 흔적 찾으며 탄식하나니,
  오래된 부서진 비석 산 풀숲에 묻혔음이라.

要將詩酒酬春色 莫待無花空寂寞 誰家泉甘有竹林 招此無家遠遊客
一云 明朝瘦馬西渡江 怳如一夢瑤臺客.

(요장시주수춘색 막대무화공적막 수가천감유죽림 초차무가원유객
일운 명조수마서도강 황여일몽요대객)

440 _ 韓國漢詩句選

다만 시와 술로 봄 경치와 수작할 뿐,

꽃 없는 적막한 때를 기다리지 말 일이로다.

어느 집에 좋은 샘물과 대밭이 있어,

집 없이 멀리 온 이 나그네를 불러줄 것인고.

또 일러 '내일 아침 여윈 말로 강을 건너가,

　　서쪽 신선 궁전에서 황홀하게 한바탕 꿈꾸리'

5. 次春日昭陽江行('춘일 소양강행'에 차운하다)

　李達衷(이달충 ?-1385): 恭愍王 때 儒學者. 호 霽亭. 密直提學 역임. →56.

昭陽江草綠如煙 昭陽江水碧如天　情興難容宇宙內 吟哦已入羲王前

　(소양강초녹여연 소양강수벽여천　정흥난용우주내 음아이입희왕전)

　소양강가의 풀들 연기 같은 초록빛이요,

　강물은 푸르기가 하늘같구나.

　정감과 흥취 우주도 비좁은 듯해,

　시 읊조리며 옛 伏羲氏(복희씨) 태평시절로 드네.

平看大野正如局 遠數靑山頻擧鞭　誰知仲尼歎逝水 競效崔顥吟晴川

(평간대야정여국 원수청산빈거편　수지중니탄서수 경효최승음청천)

　너른 들판 바라보니 바둑판 같은데,

　멀리 청산 봉우리 세어가며 말채찍 자주 드네.

　누가 孔子님의 逝水之歎을 알리,

　다투듯 崔顥의 晴川歷歷漢陽樹 구절 본받게 되는구나.

去年過此秋颯爾 今年過此春茫然　羅綺香熏琥珀枕 別離聲苦鴛鴦絃

　(거년과차추삽이 금년과차춘망연　나기향훈호박침 별리성고원앙현)

　지난해 지날 때는 가을이라 쓸쓸했는데,

　올해 다시 오니 봄이라 넓고 멀어 아득하네.

　비단 향내는 호박장식 베개에 풍기고,

　이별곡은 원앙 새긴 거문고 줄에 괴롭네.

多情自謂少壯日 屈指還驚老成年

　(다정자위소장일 굴지환경노성년)

　젊은 때는 스스로 다정하다 말했건만,

　손 꼽아보니 어느덧 늙은 나이 되어 놀랍구나.

江淸安容心渴梅 江流可以寄予懷　繞江皐兮掇瑤草 愛江石兮坐綠苔

　(강청안용심갈매 강류가이기여회　요강고혜철요초 애강석혜좌녹태)

　강물 맑아 마음의 갈증 풀어주고,

　흘러가는 강물에 내 회포 부칠 만하구나.

　강 언덕을 둘렀음이여 香草(향초)를 뜯고,

　강의 바위 좋아함이여 푸른 이끼에 앉노라.

牽攀六龍日馭驅 挽到百歲風光廻　酤酒何論十千斗 逢人輒釂三百盃

　(견반육룡일어구 만도백세풍광회　고주하론십천두 봉인첩조삼백배)

　해를 모는 여섯 용을 끌어당겨 두고,

　백년토록 좋은 경치 되돌려 보았으면.

　술을 사면 한 말에 만전을 비싸다 하리,

　좋은 사람 만나 곧장 3백 잔을 조객(釂客, 술잔 비우기 권함) 하리라.

從此徜佯山水窟 洒然脫落原衢埃 行險須知世道惡 多荒要去心田萊
(종차상양산수굴 쇄연탈락원구애 행험수지세도악 다황요거심전래)

이제부터 산과 물의 동굴에 노닐면서,
속세에서 쌓인 티끌 털어 깨끗이 씻어버리리.
험한 곳 갈 때면 세상살이 나쁨을 알아야 하고,
거친 것 많은 마음의 잡초 없애야하리.

東山不妨有聲色 首陽何苦守寂寞 主人聽此昭陽行 努力勞慰昭陽客.
(동산불방유성색 수양하고수적막 주인청차소양행 노력노위소양객)

晉(진)의 謝安(사안)처럼 동산에서 풍악과 女色(여색) 가짐도 무방하거늘,
어째서 伯夷叔齊(백이숙제)같이 수양산에서 적막을 지키며 고생하겠는가.
주인은 이 소양강행 시를 듣고, 힘써서 소양강 나그네를 위로해 주오.

6. 春日昭陽江行(봄날에 소양강으로 가다)
趙浚(조준 1346-1405): 朝鮮 開國功臣. 호 松堂. 領義政府事 역임. →247.

春城城裏無生煙 昭陽江頭十月天 腥羶賊氣蒸山阿 豕突鳥逝向無前
(춘성성리무생연 소양강두시월천 성전적기증산아 시돌조서향무전)

춘천 성안에서는 밥짓는 연기 오르지 않는데,
소양강 나루터 부근 시월같이 시원하네.
비리고 누린 도적들의 기세 산기슭에 배어,
돝같이 치고 새처럼 날아 앞이 無人境일세.

鼓吻期呑昭陽江 憑凌直投符堅鞭 堂堂王使失紀律 至使賊足蹂伊川
(고문기탄소양강 빙릉직투부견편 당당왕사실기율 지사적족유이천)

입술 부풀려 소양강을 삼킬 듯,

뽐내며 前秦의 苻堅처럼 채찍들 던져 강물 막으려 하네.

당당한 왕의 使者(사자)는 기율을 잃었고,

도적의 발길 伊川까지 유린하려 하는구나.

哀哀孑遺盡赤立 矯首問天誰使然　傷心走馬昭陽亭 昭陽水碧月正絃

　(애애혈유진적립 교수문천수사연　상심주마소양정 소양수벽월정현)

　가엾기도 하여라 살아남은 백성들,

　맨몸으로 서서 하늘 보며 '뉘 탓인고' 하소연하네.

　마음 상해 말을 달려 소양정에 이르니,

　소양강 푸른 물에 달은 바른 반달이구나.

更深鐵衣冷如水 風景悠悠似去年

　(갱심철의냉여수 풍경유유사거년)

　밤 깊어지자 갑옷은 강물같이 차갑고, 풍경은 한가로워 지난해와 같아라.

亭前玉樹臨風梅 脈脈似慰王人懷　嗚呼淸寧五百秋 歌舞故地生靑苔

　(정전옥수임풍매 맥맥사위왕인회　오호청녕오백추 가무고지생청태)

　정자 앞 느티나무 바람맞는 매화,

　使臣(사신)의 회포를 끊임없이 위로해주는 듯.

　아아 나라 태평스럽기 5백년 세월,

　가무 즐기던 옛 자리 푸른 이끼만 돋았네.

我願生平奮長策 致主三代欲挽廻　腰懸斗大黃金印 一擧滅賊如擧盃

　(아원생평분장책 치주삼대욕만회　요현두대황금인 일거멸적여거배)

내 소원은 평생에 장기 계책 내어,

임금님 도와 옛 夏殷周 같은 태평시대 이룸이요,

허리에는 말만큼 큰 황금 인장을 차고,

한꺼번에 술잔 돌리듯 도적 섬멸함이라.

張皇威靈若風雷 洒掃日出無塵埃 遂銷鋒鏑作犁鋤 闢盡蒼蒼南畝萊

　　(장황위령약풍뢰 쇄소일출무진애　수소봉적작이서 벽진창창남무래)

신령의 위력을 바람 우레처럼 펼쳐서,

해돋이 때 티끌 없듯 도적들을 없애버리리.

드디어 칼과 창을 녹여 호미 보습으로 만들어,

잡초 벌판 개간해 곡식 푸르게 하리.

敷陳文物闢壽域 一慰蒼生多寂寞 開平昭陽江上日 不妨也作風流客.

　　(부진문물천수역 일위창생다적막　개평소양강상일 불방야작풍류객)

문물 베풀어 태평성세 열어,

적막한 창생들 단번에 위로하리.

태평세상 연 소양강 좋은 날,

그 때는 풍류객이 되는 것도 괜찮겠구나.

7. 春日昭陽江行(봄날에 소양강으로 가다)

　　權湛(권담？): 朝鮮初期 文官, 文人?

十里江村桑柘煙 一江疎雨暮春天 昭陽亭在畵圖裏 氣槪蒼茫一望前

　　(십리강촌상자연 일강소우모춘천　소양정재화도리 기개창망일망전)

10리 강 마을의 상자(桑柘, 뽕나무와 산뽕나무)에는 연기 어리었고,

한 줄기 강에 비 띄엄띄엄 내리는 늦봄일세.
소양정은 그림 속인 양 놓였는데, 꿋꿋한 모습 한눈 앞에 넓게 펼쳐지네.

女佩傾筐尋野菜 誰驅瘦馬搖征鞭 楊花漫漫飛古渡 草色萋萋連淸川
　(여패경광심야채 수구수마요정편 양화만만비고도 초색처처연청천)

아낙네는 광주리 들고 들나물 찾아가는데,
여윈 말 몰며 채찍 흔들어 가는 이 누구인가.
버들강아지 느릿느릿 옛 나루에 날아들고,
풀빛 더부룩하게 맑은 내를 이었구나.

天低野闊白雲遠 騷人遷客眼潸然 我來此地鬢生白 昭陽江月幾度絃
　(천저야활백운원 소인천객안산연 아래차지빈생백 소양강월기도현)

하늘 나지막하고 들판 넓어 흰 구름은 저 멀리에,
귀양 온 시인 눈물 줄줄 흘리는구나.
나 여기 와서 귀밑 털 세었으니, 소양강 달이 몇 번이나 이지러졌던가.

浮生忽忽逝日夜 水流花謝又一年
　(부생홀홀서일야 수류화사우일년)

덧없는 인생 문득문득 밤낮으로 가버리니,
물 흐르고 꽃은 져 또 한해가 되었구나.

少年此手未調梅 異鄕空抱鬱鬱懷 昭陽誰道歌舞地 池亭牢落生春苔
　(소년차수미조매 이향공포울울회 소양수도가무지 지정뇌락생춘태)

젊어서는 이 손으로 임금님 돕는 조미료가 되지 못하고,

타향에서 헛되이 답답한 회포만 안고 있었네.
이 소양 땅을 가무 즐기는 곳이라 누가 말했는가,
정자는 쓸쓸하게 봄 이끼만 돋았는데.

我本疎慵物外者 愛此形勝每往廻 教授洪公亦吾輩 共倒春風三兩盃
　(아본소용물외자 애차형승매왕회　교수홍공역오배 공도춘풍삼량배)

　나는 본디 옹골차지 못하고 게을러 세상 물정 모르는 사람,
　이 승경지를 좋아해 자주 와 보았노라.
　교수 홍 공 또한 나와 같은 사람,
　봄바람 속에서 함께 두 석 잔 술 마시네.

未用强顔隨世俗 悠悠碌碌趂風埃 大器由來當晩用 此身未必老草萊
　(미용강안수세속 유유녹록추풍애　대기유래당만용 차신미필노초래)

　억지로 세속을 따라서,
　오래도록 바삐 애써 먼지 날리는 속세를 달려 무엇하리.
　老子의 말처럼 큰그릇은 본디 늦게 쓰이는 법,
　이 몸 시골에서 늙고 말기야 하랴.

他日風雲魚水會 應念昭陽多寂寞 寄語川人須者眼 我亦當年紫薇客.
　(타일풍운어수회 응념소양다적막　기어천인수자안 아역당년자미객)

　다음 날 풍운 속에 물고기가 물 만나듯 의좋은 君臣(군신) 사이가 되면,
　응당 소양강 적막하던 일 회상하게 되리라,
　이 고장 사람들에게 눈여겨보기 알리나니,
　그 때에는 나 또한 中書省(중서성) 벼슬아치이리라.

8. 春日昭陽江行(봄날 소양강으로 가다)

李先齊(이선제 ?): 朝鮮 文宗 때 提學.

沃野漫漫橫素煙 中有鳳山撑蒼天 昭陽江水流山北 光海州治依山前
   (옥야만만횡소연 중유봉산탱창천 소양강수유산북 광해주치의산전)

  기름진 들판 펼쳐있고 흰 이내 비꼈는데,
  鳳儀山이 가운데에 솟아 하늘을 버티었네.
  소양강 강물은 산의 북으로 흐르고,
  춘천 고을[광해주치]은 앞산을 의지했구나.

山西水南是濊墟 風淳俗美示蒲鞭 向時憂華隨世塵 樓觀有基臨淸川
   (산서수남시예허 풍순속미시포편 향시우화수세진 누관유기임청천)

  산 서편은 물이요 남쪽은 濊의 옛터,
  풍속이 순박하고 고와 형벌에는 부들 채찍이라.
  지난날의 호화로움 세월 따라 없어지고,
  맑은 강가에는 즐비하던 누각 터만 남아있구나.

宋公經營不日成 心匠與此同豁然 簷牙高啄鳳岡阿 鳳去山空松彈絃
   (송공경영불일성 심장여차동활연 첨아고탁봉강아 봉거산공송탄현)

  송 사또가 소양정을 착공하여 며칠만에 준공하니,
  그 계획이 이 정자처럼 넓어,
  추녀 끝이 봉의산 기슭에 우뚝 솟고,
  봉황은 가고 산은 비어 솔바람 거문고 소리내네.

登臨一望萬景奔 物像依然似去年
　　(등림일망만경분 물상의연사거년)

　정자에 올라보니 온갖 경치 달려오고, 삼라만상은 지난날과 비슷하구나.

我來又見發春梅 東西役役每勞懷　光陰冉冉不我延 花飛悄悄粘蒼苔
　　(아래우견발춘매 동서역역매노회　광음염염불아연 화비초초점창태)

　내 오는 날 매화꽃 피어나니, 이리저리 분주한 몸 회포 품게 하네.
　세월은 흐르고 흘러 날 위해 늦추지 않고,
　꽃잎은 고요하고 적막하게 이끼에 나붙네.

花粘蒼苔可奈何 倚柱空吟首不廻　今年春旱又倍前 渴飲茶湯代酒盃
　　(화점창태가내하 의주공음수불회　금년춘한우배전 갈음다탕대주배)

　꽃잎 이끼에 붙으니 어이할거나,
　정자기둥에 기대어 다만 시 읊으며 고개 돌리지 못하겠구나.
　올해 봄 가뭄이 전보다 갑절 심하다 하니,
　목말라도 찻물로 술을 대신하네.

苗不入土昭雲章 藹藹南畝飛黃埃　降香精禱象天庥 田畯欣欣治汙萊
　　(묘불입토소운장 애애남무비황애　강향정도상천휴 전준흔흔치오래)

　모내기 못한 논에 채색구름 밝고,
　남녘 논밭 이랑에는 누런 먼지만 날리는구나.
　신이 내리는 降眞香(강진향)으로 정성껏 天福(천복) 내리기 비니,
　권농관 기뻐서 황무지[汙萊오래] 일구라 하네.

來牟更明稼生穡 肯使北樓終寂寞 秋來把酒邀明月 莫爲虛作關東客.
　　(내모갱명가생색 긍사북루종적막 추래파주요명월 막위허작관동객)

　　보리와 밀이 되살아나고 곡식농사 생기가 나니,
　　하늘이 북녘 누각 쓸쓸히 버려 두리.
　　가을에는 술잔 들고 달맞이하며,
　　관동 지방 유람하는 나를 헛되게 하지 않기를.

9. 春日昭陽江行(춘일소양강행)
　　兪孝通(유효통 ?): 朝鮮初期 文人, 醫人. 世宗 때 大司成. →41.

江之濁兮凝濃煙 江之淸兮涵晴天 或淸或濁豈江性 被他外物交如前
　　(강지탁혜응농연 강지청혜함청천 혹청혹탁기강성 피타외물교여전)

　　강의 흐림이여 짙은 연기 엉겼고,
　　강의 맑음이여 활짝 갠 하늘 담았구나.
　　강의 맑음이나 흐림이 어찌 강의 본성이리,
　　주변 사물로 하여 그리되는 게 아닌가.

人心明暗只如此 寄語少年須着鞭 利源一開而濫觴 誰能禦之同逝川
　　(인심명암지여차 기어소년수착편 이원일개이남상 수능어지동서천)

　　인심의 명암도 오직 이와 같으므로,
　　소년들이여 모름지기 남 앞서 일을 꾀하여라.
　　利慾(이욕, 이익이나 욕심)의 근원은,
　　강 근원이 한 잔 넘치는 샘물에서 시작하듯 조그만 데서 비롯되어,
　　점점 불어나 큰 냇물 되어 흐르듯 하니 누가 능히 막을 수 있으리요.

扶微去危充四端 煌煌特達泉火然 我本質魯性偏柔 戰兢自持師佩絃
　　(부미거위충사단 황황특달천화연　아본질로성편유 전긍자지사패현)

　미묘한 道心은 붙잡고 위태로운 人心은 버려 仁義禮智 실마리인 四端
을 가득히 하고,
　　활활 불이 타고 샘물 철철 흐르듯 뛰어나라.
　　나는 본디 미련하고 둔하며 성격이 유약하여,
　　전전긍긍으로 다잡으려 활시위 차는 걸 본받고자 하네.

馳騁長途未津涯 居然已作白首年
　　(치빙장도미진애 거연이작백수년)

　먼길을 달렸으나 나루터를 만나지 못했고,
　　하릴없이 백발 나이 되어버렸어라.

敢期殷鼎調鹽梅 任重才劣常憂懷 遙想故園花正濃 三逕就荒生苺苔
　　(감기은정조염매 임중재열상우회　요상고원화정농 삼경취황생매태)

　임금님 곁에서 도와드릴 엄두는 감히 못 내지만,
　　내 할 일 중한데 재주 없어 늘 걱정일세.
　　멀리 고향 생각하니 꽃 흐드러지게 피었겠고,
　　정원의 세 갈래 길은 거칠어져 이끼만 돋아났으리.

手種桑梓夢蒼蒼 中有曲渚相縈廻 風景不殊江山異 登臨縱目聊擧盃
　　(수종상재몽창창 중유곡저상영회　풍경불수강산이 등림종목요거배)

　내 손으로 심은 뽕나무 가래나무 꿈속에서도 푸른데,
　　그 가운데의 굽은 물가 구불구불 감도리라.

여기 풍경 비슷하나 강산이 다르니,
소양정 올라 바라보며 애오라지 술잔만 드노라.

江流山峙露眞機 遠近物像無塵埃 誰云信美非吾土 掛冠歸去鋤田萊
  (강류산치노진기 원근물상무진애 수운신미비오토 괘관귀거서전래)

강 흐름과 산처럼 솟은 누각 참모습 드러내고,
원근의 만물에는 티끌 하나 없구나.
누가 진정 아름다우나 내 고장 아니라 했던가,
벼슬 버리고 돌아가 밭매기나 하리라.

候門稚子有愉色 可與此輩排寂寞 我是我非天獨知 五十二年無事客.
  (후문치자유유색 가여차배배적막 아시아비천독지 오십이년무사객)

어린 내 아이들 문 기대어 기다리며 기뻐하리니,
그놈들과 함께 적막함을 풀어버리리라.
내 옳은가 그른가는 하늘만이 알리니,
쉰 둘 나이의 자연스러웠던 나그네였네.

二) 科體詩

　과체시는 科擧(과거)에서 출제된 題目(제목)을 두고 시은 것
인데, 科擧詩(과거시), 科題(과제) 또는 科體(과체)라고도 하며
수십 연으로 지은 長篇詩(장편시)이다. 여기에 예시한 두 작품
중 이순인의 시는 全篇(전편)을 실었고 신광수의 시는 발췌하였
다.

1. 凝碧池(응벽지)

중국 唐 玄宗(당 현종) 궁중의 연못인 응벽지. 중국 당 나라 서울 長安(장안)의 궁전 동산에 있던 못. 安祿山(안록산)이 반란을 일으켜 이기고 이 곳에서 병사들에게 풍악을 울리며 승전 잔치를 벌였음. 32聯(32연, 64구).

李純仁(이순인) →261.

塵生金鑑混姸媸 (진생금감혼연치)

거울삼아야 할 것이 흐려지면 고움과 추함이 뒤섞이는 법

一陣風流天寶危 (일진풍류천보위)

한바탕 풍류로 당 현종(唐玄宗)이 위기에 몰렸구나.

掀天鼙鼓勢崩瓦 (흔천비고세붕와)

하늘 뒤흔드는 북소리에 그 풍류 기세 와르르 무너졌으니

可嗟列郡無男兒 (가차열군무남아)

아아, 모든 고을에 남아 대장부 없었구나.

孤忠只有一伶官 (고충지유일영관)

다만 한 영관[똑똑한 관리] 있어 홀로 충성 바쳤으니

萬古傷心凝碧池 (만고상심응벽지)

응벽지는 만고토록 마음 상하게 하네.

多情池水不盡碧 (다정지수부진벽)

다정한 못물은 끝없이 푸른데

至今潴得前朝悲 (지금저득전조비)

지금까지 웅덩이에는 당 나라 비극이 담겼네.

憶昔臨池醉春遊 (억석임지취춘유)

지난날을 생각하니 응벽지에서 봄을 즐기는 놀이에 취했는데

照耀紅粧明碧漪 (조요홍장명벽의)

온갖 붉은 꽃들[미인들] 밝게 비쳐 푸른 물가가 흰했었지.

凝心解語萬機輕 (응심해어만기경)

현종 임금은 양귀비에 마음 쏠려 온갖 政事(정사) 소홀히 하여

*解語; '말을 알아듣는 꽃', 현종 임금이 양귀비(楊貴妃)를 두고 한 말임.

羯鼓聲中飛玉卮 (갈고성중비옥치)

갈고 장구 소리에 옥 술잔이 날아 깨어졌었네.

長安一夜塵滿城 (장안일야진만성)

서울 장안이 하룻밤에 티끌로 가득한데

靑騾何處愁峨嵋 (청라하처수아미)

푸른 노새는 어디서 아미산을 시름하는고.

空餘池花樂孼虜 (공여지화낙얼로)

응벽지의 꽃들은 하릴없이 사악한 오랑캐 안록산이 즐기게 되었고

霓裳半雜胡笳吹 (예상반잡호가취)

예상우의곡은 날라리 소리에 반나마 섞였구나.

*霓裳羽衣曲(예상우의곡); 당 나라 악곡 이름. 현종 또는 羅公遠(나공원)이
　　　　　　　　　　　　　달나라에 가서 듣고 와 편곡했다 함.

梨園依舊弟子是 (이원의구제자시)

이원에는 옛날과 다름없이 제자들이 가득한데

*梨園; 당 나라 궁중의 歌舞敎習所(가무교습소).

座上鑾輿非昔時 (좌상난여비석시)

그 자리의 임금 수레는 지난날과 다르구나.

凄凉池水爲誰綠 (처량지수위수록)

처량한 응벽지 못물 누굴 위해 푸른고

滿目愁煙宮柳垂 (만목수연궁류수)

눈 가득 시름겨운 안개 속에 대궐 버들가지 늘어졌네.

空將舊箜不忍奏 (공장구공불인주)

옛날처럼 공후를 연주하기 부질없는 짓이요

憶君酸淚雙交頤 (억군산루쌍교이)

임 그리는 가슴아픈 눈물 턱을 흘러내리네.

風前擲器哭一聲 (풍전척기곡일성)

바람에 버려진 그릇 같은 신세 통곡 한번 하니

犬馬微誠天獨知 (견마미성천독지)

이 작은 정성, 犬馬之勞(견마지로)를 하늘만은 알리라.

孤魂已逐劍光飛 (고혼이축검광비)

양귀비의 외로운 넋 이미 칼날에 날아가 버렸고

千載知心高漸離 (천재지심고점리)

천년토록 고점리의 심정을 알게 되는구나.

*고점리; 중국 戰國時代(전국시대) 燕(연) 나라 사람. 荊軻(형가)의 遺志(유지)
　　　를 받들어 秦始皇(진시황)을 죽이려다가 피살되었음.

伶師猶解感恩死 (영사유해감은사)

樂官(악관)의 우두머리는 은혜에 감사하여 죽었음을 잘 알리니

君臣大義當何爲 (군신대의당하위)

군신 사이의 큰 의리에 마땅한 일 아니랴.

餘漣未洗碧血痕 (여련미세벽혈흔)

진한 핏자국을 아직도 물에 씻어내지 못했으니

一脉遺寃無絶期 (일맥유원무절기)

한 줄기 남은 원통함이 없어지지 않으리라.

往事悲傷不可問 (왕사비상불가문)

지난 일 마음 아프고 슬프지만 물을 것 못 되어

衰草斜陽迷故基 (쇠초사양미고기)

시든 풀과 석양 속에 옛터 찾기 어려워라.

2. 登岳陽樓歎關山戎馬 등악양루탄관산융마,
   악양루에 올라 고향의 전란을 탄식하다

初中終聯 (초중종련)

杜甫(두보)의 春望(춘망, 國破山河在 城春草木深으로 시작되는 시)을 소재로 한, 과거에서 출제된 것으로 20연(40구) 이상의 長篇詩(장편시)임. 두보의 登岳陽樓(등악양루) 시의 終聯(종련)은 '戎馬關山北 憑軒涕泗流(융마관산북 빙헌체사류, 고향 산 북쪽은 아직도 戰亂전란이라, 난간에 기대어 눈물 흘리네)'임.

申光洙(1712~1775) →821.

魚龍寂寞秋江冷(어룡적막추강랭)

어룡은 잠들어 적막하고 가을 가람 찬데

人在西風仲宣樓(인재서풍중선루)

나는 서풍 맞으며 중선루에 올랐네.

梅花萬國聽暮笛(매화만국청모적)

곳곳에서 落梅花曲(낙매화곡, 매화꽃 떨어짐을 읊은 오랑캐 악곡)

피리소리 들리는 저녁

桃竹殘年隨白鷗(도죽잔년수백구)

도죽장 지팡이 짚은 늙은이 갈매기를 따르노라. 〈初頭〉

〈中略(중략)〉

無邊草色七百里(무변초색칠백리)

끝없는 풀빛 7백 리에 이었고

自古高樓湖上浮(자고고루호상부)

예로부터 악양루 높은 누각 호수 위에 떠있지.

秋聲徙倚落木天(추성사의낙목천)

가을의 소리 낙엽 지는 하늘에서 서성거리고

眼力初窮靑草洲(안력초궁청초주)

푸른 풀 우거진 물가 눈에 가물가물하구나.

〈중략〉

風塵弟妹眼欲枯(풍진제매안욕고)

난리 속에 오누이들은 눈물조차 마르고

湖海親朋書不投(호해친붕서불투)

사방의 친한 벗들 편지조차 없구나.

如萍天地此樓高(여평천지차루고)

떠돌이의 천지에 이 악양루만 높아

亂代登臨悲楚囚(난대등림비초수)

난세에 여기 오르니 초의 포로 같은 내 신세가 슬프구나.

中原萬事奕碁場(중원만사혁기장)

중국 본토에서 이루어지는 모든 일 바둑판 같아

北望黃屋平安不(북망황옥평안부)

皇宮(황궁) 바라보며 임금님 안부를 걱정하노라.

〈중략〉

君山元氣莽蒼邊(군산원기망창변)

호수 안 군산 섬의 기운 아득한 벌판 가에 있고

一簾斜陽不滿鉤(일렴사양불만구)

발에 빗긴 해는 발 거는 갈고리에도 차지 않네.

三聲楚猿喚愁生(삼성초원환수생)

초 땅 원숭이의 세 마디 울음 시름을 일으키고

眼穿京華倚斗牛(안천경화의두우)

북두성 따라 서울을 뚫어지게 바라보네. 〈終聯〉

한국한시구선

초판 1쇄 인쇄일	2018년 10월 10일
초판 1쇄 발행일	2018년 10월 31일

지은이	전관수
펴낸이	정진이
편집장	김효은
편집/디자인	우정민 박재원
마케팅	정찬용 이성국
영업관리	한선희 정구형
책임편집	장 여
인쇄처	국학인쇄사
펴낸곳	국학자료원 새미(주)
	등록일 2005 03 15 제 406−3240000251002005000008 호
	경기도 파주시 소라지로 228-2 (송촌동 579-4)
	Tel 442−4623 Fax 6499−3082
	www.kookhak.co.kr
	kookhak2001@hanmail.net

ISBN	979-11-88499-69-4 *93810
가격	32,000원

* 저자와의 협의하에 인지는 생략합니다.
  잘못된 책은 구입하신 곳에서 교환하여 드립니다.
  국학자료원 · 새미 · 북치는마을 · LIE는 국학자료원 새미(주)의 브랜드입니다.
* 이 도서의 국립중앙도서관 출판예정도서목록(CIP)은 서지정보유통지원시스템 홈페이지(http://seoji.nl.go.kr)와 국가자료공동목록시스템
  (http://www.nl.go.kr/kolisnet)에서 이용하실 수 있습니다.